사랑의
대지

TERRA AMATA
by J. M. G. Le Clézio

이 도서의 국립중앙도서관 출판예정도서목록(CIP)은
서지정보유통지원시스템 홈페이지(http://seoji.nl.go.kr)와
국가자료공동목록시스템(http://www.nl.go.kr/kolisnet)에서 이용하실 수 있습니다.
(CIP제어번호: CIP2019007467)

사랑의 대지

Terra amata

J.M.G.
르 클레지오
장편소설

J. M. G. Le Clézio

최수철
옮김

문학동네

일러두기

1. 주석은 모두 옮긴이주다.
2. 본문 중 고딕체는 원서에서 이탤릭체나 대문자로 강조한 부분이다.

차례

프롤로그

당신은 이 책을 잡고서 바로 이 페이지를 펼쳤다. 당신은 무심히 제목과 작가 이름과 출판사 이름을 눈에 담으면서 두세 페이지를 넘겼다. 그리고 아마도 당신은 소설의 첫머리에 거의 항상 있기 마련인 인용문을 찾았을 것이다. 작가가 소설을 시작하기 전에 어떤 문구를 인용하는 것은 그 편이 좋아 보여서이기도 하고, 또한 자기보다 더 명망이 높은 어떤 사람을 앞에 내세워서 조금이라도 자신을 보호하기 위함이다. 이 책의 경우에 인용문을 달아야 했다면 나는 다음과 같이 썼을 것이다. '나는 당신들 중 하나, 한 알의 난알, 당신들 중 하나…… 빛나며…… 떨리며…… 타오르는……' 어느 날 내가 국립도서관에 앉아 있는데, 토끼 가죽 보닛을 쓴 오십대의 한 부인이 내 탁자 앞으로 다가와서 수줍은 듯이 손을 내밀며 말했다. "나는 마리아 미할로비치라고 합니다. 혹시 시간이 있으시면…… 이 시들을 좀……" 그 시편들은 아름다웠고, 그래서 내가 만일 무언가를 인용하기로 마음을 먹게 되었다면 그 시들 중 한 행을 기꺼이 인용했을 것이다.

여하튼 말을 이어가도록 하자. 당신은 이 책을 펼쳤다. 이 책은 당신이 책방에서 산 것이거나, 혹은 다른 사람이 당신의 생일이나 명절을 기념해 선물한 것이다. 그런데 왜 당신은 다른 것이 아닌 바로 이것을 가지게 되었는가? 책방에는 수많은 소설, 수많은 연애 · 탐정 이야기, 그리고 모험과 첩보에 대한 수많은 책이 있다. 제목이 그럴듯하여 우리를 끌어당기는 책들, 사람들의 입에 오르내리는 책들, 각 페이지마다 이미지와 대화와 심리 분석이 수놓인 책들도 무수하게 많다. 그 책들은 때로 다음과 같이 멋진 제목을 가지고 있기도 하다. '전나무 향을 맡으며' '덤덤 교향곡' '새까만 눈동자와 대화를' '사마귀' 등등. 또한 마닐라, 홍콩, 아레키파, 도쿄, 레이캬비크, 블라디보스토크 등등 특별하고 신비로운 도시의 이름을 담은 아름다운 제목들도 있다. 어떤 책들은 벌거벗은 예쁜 여인이 손에 리볼버를 들고 있거나, 혹은 당신을 껴안으려는 듯이 손을 앞으로 내뻗고 있는 모습이 그려진 매우 멋진 겉장을 달고 있다. 재미있는 이야기, 범죄와 폭력, 이국 취향, 에로티시즘에 대한 책들이 수없이 많다. 그런데 왜 하필이면 이 책인가? 하지만 사실상 예술이라거나 문학이라는 것이 있는 법이어서, 천박하게 보이지나 않을까 하는 염려 없이 침실 탁자 위에 버젓이 놓아둘 수 있는 책들이 따로 있기는 하다. 문화라는 것이 존재하기 때문이다. 그러나 이러한 문제들에 대해 말하기란 너무 까다로운, 혹은 너무 위험한 일이다. 요컨대 당신은 당신의 눈앞에, 당신의 얼굴로부터 35센티미터쯤 떨어진 곳에 이 책을 펼쳐놓고 있다. 당신은 이 책이 어떤 책인가 살펴보기 위하여, 혹은 재미있는 구절을 발견할 수 있지 않을까 하는 마음에, 대충 여기저기에서 한 줄씩 읽으면서 이미 몇 장을 뒤적여보았다. 그러고 나서 당신은, 아마도, 이 책을 읽기로 결정했다. 일반적으로 책을 고를 때 대개의 경우가 그러하기 때문이다. 당신은 가장 편한 자세를 취하고서 책을 폈다. 만약에 당신이 역에서 다른 신문이나 잡지 두세 부와 함께 이 책을 샀다면, 당신은 기차의 객실에서 그것들을 앞에 놓고 잠시 생각에 잠겼다가 이 책을 선택한 것이다. 당신이 잡고 있는 당신 앞의 책, 이를테면 보호대 역할을 하는 이 책 위로, 곧 옆 사람들의 수다와 객쩍은 소리들이 튀어오른다. 기차의 흔들림이 당신 눈앞의 글줄들을 흔들어대어서 책을 읽는 것이 힘들다. 기차 바퀴가 철로에 부딪치는 단조로운 소리가 규칙적으로 당신 속으로 스며들고, 점차로 당신을 마취한다. 당신은 오래 견디지 못할 것이다. 곧 당신은 눈을 감고 잠에 들고자 할 것이다. 아니면 당신은 책을 옆에 내려놓은 후, 잡지를 펴 들고서 최근의 비행기 추락 사고라거나 이름을 읽기도 어려운 어느 낯선 나라에서 벌어지고 있는 전쟁에 대한 기사를 사진과 함께 다시 읽어나갈 것이다. 그러나 당신은 기차 안에 있지 않을 수도 있다. 당신은, 아마도, 어느 공항의 대합실에 있다. 그곳에서 당신은 비행기를 갈아타기 위하여 하룻밤을 보내야 한다. 당신은 가판대에서 이 책을 샀고, 그러고 나서 너무 낮은 감이 있는 팔걸이의자 쪽으로 가서 붉은색 쿠션에 몸을 맡겼다. 당신은 담배를 한 대 피웠고, 곧 책을 읽기 시작했다. 그러는 중에, 젊은 여인의 기계적이고 신경에 거슬리는 목소리가 대합실 전체를 울린다. "프랑크푸르트행 612 SAS편 승객께서는 곧 19번 탑승구로 탑승해주십시오. Flight 612 SAS to Frankfurt, immediate boarding gate No. 19." 그곳에서는 편평한 천장으로부터 끊임없이 떨어져내리는 새하얀 빛이 플라스틱과 유리와 금속으로 이루어진 물체들의 표면에 부딪혀 튀어올라서, 사방이 온통 눈부시게 반짝거린다. 시간은 길고 공허하며 위조된 듯하다. 이런 곳에서는 책이 실로 더이상 보호대가 될 수 없다. 그보다는 오히려 하나의 무기, 한 자루의 리볼버가 되어서, 당신은 그것으로 너무도 깨끗한 모든 유리창과 멀리서 흔들거리는 모든 실루엣을 향해 쏘아댈 수 있다.

그러나 당신은 여행중이 아닐 수도 있다. 그렇다면 당신은 그저 당신의 집에서 팔걸이의자에 앉아 있을 뿐이다. 당신은 손에 무언가 마실 것이 든 잔을 들고 있고, 발에 실내화를 신고 있다. 서둘러서 읽고 있는 것은 아니지만, 당신은 단지 때로 한 줄, 혹은 두 줄, 그리고 아주 간혹 한 페이지 전체를 뛰어넘는다. 당신은 책 두세 권을 동시에 꺼내들었으나, 이 책이 맨 위에 놓여 있었기 때문에 마지막 순간 이것으로 선택했다. 만일 당신이 침대 위에 누워 있는 것이 아니라면 말이다. 물론 많은 사람들이 누워서 책을 읽는 것을 좋아한다. 이때 한 가지 난처한 일은, 오른쪽 팔꿈치로 몸을 받치거나 하여 너무 오랫동안 같은 자세를 유지하는 경우, 금방 관절경직이 온다는 사실이다. 하지만 심지어 무릎을 꿇고서든 선 채로든 간에, 모든 자세가 읽기에 적합하다. 자신의 교양을 쌓는 데에 특정한 태도가 요구되는 것은 아니다.

당신은 또한 해변에서 뒹굴며 독서를 할 수도 있다. 당신은 햇빛의 반사로 인하여 검은색 색안경을 쓰고 있으며, 모래나 자갈 위에 배를 깔고 엎드려 있다. 너무 더우면 당신은 바다로 나가서 수영을 한다. 그러고 나면 다시 책을 잡을 수 있다. 방금 읽은 내용을 잊어버리기는 했지만, 문학 서적을 읽을 때에는 그런 것은 아무런 문제가 되지 않는다. 책은 우리 삶 속의 어떤 물체처럼 그 자리에 놓여 있을 뿐이고, 당신을 둘러싼 다른 어떤 것보다 더 읽기 쉬운 것도 더 지속적인 것도 아니다. 비키니 차림의 여인이 당신 앞을 지나가고 당신은 그녀를 바라본다. 그러고 나서 당신은 쓰여 있는 글들로 돌아온다. 마치 이야기 속에 실제로 비키니 차림의 여인이 지나가는 장면이 들어 있기라도 한 것처럼 말이다. 여기에는 '탁자'라고 쓰여 있고 저기에는 '거울'이라고 쓰여 있다 하더라도 그것들은 또한 '구름'과 '탱크로리'일 수도 있다. 책을 읽을 때 흥미로운 것은 바로 이 점이다. 이러한 상황은 단 하나의 가능한 기호 속에서 무한히 다양한 방식으로 드러날 수 있다. 그러니 당신이 이 글줄들을 읽고 있는 시간과 장소가 어떠하든 무슨 상관이겠는가? 당신이 어떤 이유로 책을 읽고 있든 무슨 상관이겠는가? 그 이유는 이럴 수도 있고, 저럴 수도 있다. 끊임없이 맞물려 돌아가는 톱니바퀴들에 깃든 우연이 항상 미약하나마 자신의 역할을 수행해나가는 것이다. 그렇다면 글을 쓰는 어떤 사람이 있고, 그것을 읽는 어떤 사람이 있다는 것이 무슨 중요성을 가지겠는가? 근본적으로, 지극히 근본적으로 그들은 하나이며, 또한 그들은 언제나 그 사실을 알고 있었다고 해야 할 것이다.

나 이 땅에 우연히

나는 우선 그곳의 풍경에 대해 이야기하는 것부터 시작해야겠다. 그곳은 말라붙은 흙과 자갈로 이루어진 벌판이었는데, 한쪽으로는 높은 산과 구릉이 몇 개 솟아 있었고, 다른 쪽으로는 광막한 사구砂丘가 펼쳐져 있었다. 어디라고 집어 말할 수 없는, 그러나 이를테면 영원한 고장인 그곳에서는, 수많은 남자와 여자가 태어났다가 죽고, 도마뱀들이 구멍 속에서 잠들고, 벌레들이 붕붕거리고, 잎이 두꺼운 식물들과 먼지를 뒤집어쓴 작은 관목들이 땅에 뿌리를 박는 일이 끊임없이, 조금도 변함없이, 반복되고 있었다. 이름도 없고, 늙은 여인의 주름진 피부처럼 노쇠한 그곳의 풍경은 낮 동안에는 부풀어올랐다가 밤에는 다시 식어버렸고, 비에 씻기고 바람에 마모되었으며, 혹한에 갈라져 터지고,

바다에 조금씩 침식되고, 개울들에 의해 모습이 바뀌고, 수 세기에 걸쳐 여기저기에 구멍이 뚫리고 씨가 뿌려지고 경작되고 수확되고 다시 다져졌다. 그리고 때로 지진이 지표를 훑고 지나가면 새로운 산마루가 일어서고 새로운 깊은 구렁이 열렸다. 그러나 아무 일도 일어나지 않은 듯했다. 푸석푸석한 폐석들 속에 화석이 된 조개류들이 헛되이 갇혀 있을 뿐이었다.

나는 또한 곧 태양에 대해서 이야기하고자 한다. 단단하고 울퉁불퉁한 지표면 위로 태양은 하늘에 박힌 괴상한 심연처럼 부글부글 끓고 있다. 지금 태양은 오후 두시 삼십분경의 제자리에 둥글고 창백한 모습으로 떠 있고, 하늘에 그 외에는 아무것도 없다. 희끄무레한 공기층 뒤에 가려지고 부풀어오르고 느즈러진 그 태양은 흡사 노려보는 듯한 타오르는 눈이다. 그것은 아무것도 이해하지 않는다. 그것은 아무것도 판단하지 않는다. 그렇다, 그것은 단지 하늘에 굳건하게 못박혀 있을 뿐이고, 땅으로 끊임없이 동심同心의 고리들을 보내오며, 그리하여 붉은색 수은주가 30도 정도를 가리키게 되는 것이다. 뜨거운 열기가 태양에서부터 방출되어 하늘의 구석구석으로 퍼져나가서, 그 에너지가 모래비처럼 모든 것을 가득 채운다. 혹독한, 이루 말할 수 없이 혹독한 태양의 에너지가 지상의 모든 벌어진 동공洞空 속에 자신의 입자들을 박아넣고, 모든 것을 마멸시키고 갉아내고 벗겨내는 것이다. 오늘, 태양은 숨이 막힐 듯이 타오르고 그 시선은 아픔이 느껴질 정도로 열렬한 것이, 마치 누군가가 그것에게 어떤 이름을 부여하기라도 한 듯하다. 이를테면 영원히 사라지지 않을 이름, 책에 기록되고, 돌로 된 기념비에 새겨지고, 알로에의 매끄러운 이파리들에 칼로 새겨넣어져서 영원히 아물지 않는 상처를 남기게 될 이름을.

태양

이제, 그것에게 말을 걸 수도, 그것의 이름을 부를 수도 있고, 입을 거의 벌리지 않고 잇새로 여러 가지 장황한 말들을 중얼중얼 늘어놓을 수도 있다. 그리고 또한 볕에 덴 두 눈에서 눈물이 흐르고, 눈앞이 캄캄해질 때까지 그것의 시선을 마주 바라볼 수 있다. 혹은 알이 두툼한 검은색 색안경을 끼고서, 청록색으로 보이는 차광 유리를 통해 주석빛 공처럼 희고 둥근 그것의 모습을 지켜볼 수도 있다. 캄캄한 하늘에 태양이라는 흰색 별이 떠 있다. 그것은 전적으로 홀로, 하늘 한가운데에 걸려 있다. 전구처럼, 혹은 검은색 탁자 위에서 빛나는 단 한 닢의 니켈 주화와 흡사하게.

지금 바로 이 순간, 지구라는 이 유동의 고원高原으로부터 그것을 정면으로 바라보고, 그것에게 이야기를 걸어볼 시기이다. 우선 그것을 망각하지 않기 위해 그것에게 사람이나 동물의 이름을 하나 부여해야 한다. 칵스, 그것은 칵스라고 불릴 것이다. 칵스는 지구를 바라본다. 칵스는 나무줄기들을 뜨겁게 한다. 칵스는 작은 진흙 덩어리들을 가루로 만든다.

그리고 그것은 하늘에 걸린 돋보기이기도 해서 그것을 통하여 모든 것을 볼 수 있다. 수많은 재와 먼지 속에 숨겨진 무한의 빛의 점, 그 희고 미세한 점으로부터 생명이 이루어지고, 아마도 곧 그 속에서 종이를 태울 최초의 불꽃이 튀어나올 것이다.

빛이 흘러넘치고, 광명은 끊임없이 진동과 선회를 거듭한다. 칵스는 선하지 않다. 그것은 무자비한 괴물이어서 지상의 세계를 파괴하려 한다. 그것은 보이지 않는 자신의 투창들을 던져대고, 자신의 힘이 닿는 곳 안에 있는 모든 것을 눈에 띄지 않게 마멸시키고 갉아먹는다. 그래서 저녁에 그가 수평선 너머로 사라질 때마다, 지상의 모든 곳에서 안도의 한숨 소리가 들려온다.

그것의 아래쪽, 지상은 온통 벌레들로 넘쳐난다. 그 벌레들은 온갖 종류의 색을 가지고 있어서, 흑옥처럼 검은 것들도 있고, 푸른색, 회색, 노란색, 붉은색과 금빛, 붉은색과 초록빛, 보랏빛 그리고 물결무늬를 가진 것들도 있다. 그들은 온갖 푸른 나뭇잎 위에 자리를 잡고서 다리와 날개를 다듬고 있다. 어떤 것들은 꼼짝도 않고 있어서 핏방울처럼 보이기도 한다. 어떤 것들은 갈고리처럼 생긴 작은 발로 풀의 솜털을 움켜잡고서 쉬지 않고 움직이고 있다. 또 어떤 것들은 배때기를 팔딱거리면서 그 자리에서 날아오르고 있다. 그리고 다른 어떤 것들은 물웅덩이에서 헤엄을 치고 있다. 그들 모두를 헤아리자면 한이 없을 것이다. 그들 모두를 하나씩 죽이려 들자면 한이 없을 것이다.

때로 한 마리의 나비가 제멋대로 팔락거리며 뜨거운 공기 속을 날아가기 시작한다. 이끼 낀 큼직한 돌무더기 뒤에서는 유충들이 희끄무레한 아랫배를 부풀리고 있다. 혹은 지네 한 마리가 말았던 몸을 재빨리 펴서, 몸을 숨기기 위해 수많은 다리로 구멍을 파기도 한다. 그곳은 구더기와 전갈과 흰개미 들의 세상이다. 퀭한 눈을 한 그들은 촉수를 떨며 검고 차갑고 단단한 몸으로 흙알갱이들 사이를 헤쳐나간다.

그런데 그들은 각자 자신의 이름을 가지고 있다. 마치 작은 인간들이기라도 한 것처럼, 그들은 나름의 신비롭고 그럴듯한 신분을 가지고 있다. 모기 세피아도 있고, 모기 다리우스, 모기 아난다도 있다. 똥파리 트뤼밍도 있다. 바퀴벌레 브라이언트, 송충이 알렉스, 벼룩 마리아, 메뚜기 스미스, 메뚜기 에올, 빈대 마르셀도 있다. 진드기 갈라파고, 말벌 조르다노, 흑거미 상카, 나비

도리앙, 밤나방 카잔, 무당벌레 아냐, 사마귀 노크, 좀 퓨리어스, 그리고 풍뎅이 고도 있다.

그들 모두는 그곳에 있다. 각자 자신의 이름과 보잘것없지만 진지한 삶과, 알, 유충, 먹이, 배설물을 가지고 있다. 항상 그들을 노리는 죽음의 위험이 신비로운 껍질 속 그들의 심장을 전율케 한다. 또한 그들은 각자 자신의 은신처와 항상 다니는 길과 사냥이나 교미를 하는 자신의 영역, 꽃, 자갈 더미를 가지고 있다. 그들과 함께 그곳에 머무르려면 시기를 잘 택해야 하고, 부드럽게, 아주 부드럽게, 또 은밀하게 그들의 이름을 불러주어야 한다.

하지만 그곳에는 식물들과 다른 동물들도 있다. 개 아조르, 고양이 푸시, 앵무새 코코가 있다. 그리고 풀 한 포기 한 포기 각기 이름들을 가지고 있는데, 그 이름들은 바람의 힘에 휘어진 줄기에 새겨져 있다. 마뉘엘, 칼라르, 젤로, 실리코, 아메데, 프릭스트, 토니, 고르, 테런스, 올리브나무 질베르, 선인장 아나톨, 코르크떡갈나무 제레미, 대나무 워터먼. 이 식물들은 미세한 솜털처럼 땅에 뿌리를 박고서 조용한 삶을 영위하고 있다. 이 나무들 모두에게, 이 꽃들 모두에게, 이 돌들이나 작은 늪들 모두에게, 그들을 망각하지 않기 위해 이름을 부여해야 한다. 이 둥근 조약돌은 십송으로, 그리고 저 뾰족한 자갈은 모로보츠로 불릴 것이다. 날아가는 저 까마귀는 플린이다. 등에 털이 빠진 저 말은 구아랑이다. 이 병 조각은 롤랑이다. 그는 오통이라는 이름의 뽕나무 가지와 먼지 덮인 바위 그레구아르의 틈에 끼어 한이라는 이름을 가진 하늘의 빛을 반사하고 있다. 갈매기 앙타르가 바다 마의 위, 파도 솔랑주와 파도 시몬 언저리를 날고 있다.

각각의 사물들과 동물들, 식물들에게 이름을 부여하고 난 뒤에는, 인간은 더이상 혼자가 아닐 것이다. 식을 줄 모르는 열기가 몰아닥치는 이 광막한 풍경 위에서, 이 모든 이름들은 너무도 가늘어서 거의 보이지 않는 실로 서로서로 연결될 것이다. 항상 어느 곳이든 온갖 모험과 온갖 내력이 있기 마련이다. 그것들은 헤아릴 수 없이 많고, 끝날 줄도 모른다. 무수한 백일몽과 사소한 희비극, 긴박감 넘치는 영화, 투우 경기, 기마 시합, 전쟁, 종교 행렬 들이 있고, 그때마다 작은 나뭇가지와 조약돌이 저마다 제 역할을 한다. 그렇다면 이 세상의 모든 역사를 기술하기 위해서는, 바로 여기, 이를테면 지구 한가운데에 놓인 어느 바위 위에 앉아야 하거나, 아니면 거친 풀 위에 누워야 할 것이다. 그러고는 두툼한 검은색 공책의 첫 장에 대문자로 다음과 같이 쓰며 시작하게 될 것이다.

지구의 역사

그곳에는, 그 모든 전투와 학살과 집단 탈출 등에 대한 생생하고 세밀한 온갖 서사시가 쓰여 있을 것이다. 예를 들어 122장에는, 친이라는 개미 마을이 파괴된 내력과 새로운 도시를 세울 흙둔덕을 향해 개미들이 긴 행렬을 지어 이동하는 이야기가 적혀 있을 것이다.

그리고 594장에는, 바닷게 나탕의 모험 이야기가 있을 것이다. 그 장을 읽어보면, 다리 세 개가 부러진 채 폭풍우에 의해 해변에 내던져졌던 나탕이 어떻게 혹독한 태양빛을 견디고 바나토보로라는 물웅덩이까지 기어올라갔으며, 굴러떨어진 돌에 으깨어져서 죽기 전, 네 살이 될 때까지 어떻게 그곳을 전제군주로서 다스리게 되었는지 알 수 있을 것이다.

999장은 꼬리 잘린 도롱뇽 푸에코의 일생에 대한 이야기가 될 것이다.

1702장은, 두 마리의 타란툴라 거미 브뤽스와 제옥스가 암컷 바이옹을 놓고 벌인 처절한 싸움에 대해 다루고 있을 것이다.

또한 3346장에서는, 어느 여름날 밤, 벼락이 떡갈나무 자바 위에 떨어져서 그를 두 조각 내어버렸고, 불이 산 전체로 번져서 불과 몇 시간 만에 수많은 나무와 짐승이 타 죽게 된 자초지종이 자세히 기술되어 있을 것이다.

다른 곳에서와 마찬가지로, 이곳에서도 수많은 일이 일어나고 있었다. 한때는 사람이 살았으나 곧 황폐해져버린 이 한 조각의 땅 위로 태양은 너무도 강한 광선을 내리쬐고 있었다. 바위들은 아주 조금씩 모래와 작은 자갈로 된 땀을 흘리면서 눈에 띄지 않게 마멸되어갔다. 식물들은 조용히 돋아나서, 빛을 향하여 거의 흡사한 모양의 이파리들을 내뻗고 있었고, 땅속에서는 잔털이 난 뿌리가 미동도 않으면서 맑은 물을 찾아 수분을 흡수하고 소금을 녹였다. 그곳은 마치 아주 커다란 꽃병이랄까, 혹은 이를테면 일본식 정원과 유사해서 모든 것이 그 안에서 제자리를 차지했다. 이쪽으로는 알로에들, 저쪽으로는 푸른색으로 칠해진 시냇물과 거울 조각으로 만들어진 작은 연못. 더 멀리 떨어진 쪽으로, 산호처럼 현란하게 꾸며진 기묘한 바위. 그 바위 가까이에 선인장들. 또 저쪽에는 풀덤불, 키 작은 선인장, 그리고 박하 향기가 나는 풀. 제라늄 화단. 또한 거울 조각으로 된 연못가에는 성냥갑 같은 사원 하나가 있고, 그 주위에 울타리가 쳐져 있다. 분홍빛 홍학들은 철삿줄처럼 가느다란 다리를 박고 서 있다. 그리고 연못가 아주 가까이, 미지의 세계를 마주한 자리에는, 원뿔형 모자를 쓴 한 남자가 작고 기다란 기를 들고 있는데, 거기에는 다음과 같이 쓰여 있다.

아무도 이 고장을 벗어날 수 없다. 아무도, 각각의 사물들이 그 자체로서 지닌 그 이름들, 그 여러 꼬리표들로부터 벗어날 수 없다. 그곳은 또한 하나의 감옥, 그러나 밝고 경계가 없는 감옥이어서, 그곳에서 일어나는 모든 일은 당신을 얽어매는 하나의 비밀스러운 의미를 지닌다. 그러니 도망치려 해도 소용이 없고, 어두침침한 동굴 속이나 음산한 가시덤불 밑에 몸을 숨기려 해도 소용없다. 쓸데없는 짓이다. 아무도 그곳을 빠져나가지 못한다. 아무도 멀리 가버리지 못한다. 끊임없이 도처에서 몰려오는 사람들은 아름다움, 섬뜩하고 자극적인 그 대단한 아름다움에 충격을 받고 거기에 사로잡힌다. 마을들, 사람들의 집들, 해변, 자동차들, 야산들 사이로 구불구불 나 있는 골짜기 길들, 요란한 급류의 소용돌이들은 숨을 만한 장소가 못 된다. 아름다움은 그곳에 숨어 있는 당신을 항상 찾아내어 은근하게 다가와서는, 무자비하게도 당신을 그곳에서 끌어내 다시 삶의 한가운데에 떨어뜨려버린다. 그 아름다움은 손톱을 가지고 있고, 송곳니가 있으며, 위압적이면서도 조용한 목소리를 지니고 있어서, 당신에게 선을 행하고 있을 때에도 결국은 당신에게 해를 입히고 만다. 그것이 바로 아름다움이라는 것이다.

구름이 하늘을 덮고 번개가 갑자기 어두운 하늘의 천장을 찢자 굵은 빗방울이 떨어지기 시작한다. 그것이 바로 아름다움이다. 밤하늘에 둥근 달이 떠오른다. 그것이 바로 아름다움이다. 나무딸기숲에서 갑자기 가시가 손가락에 박히고 방울져 떨어지는 피에 표저瘭疽의 독이 섞여든다. 이것이 바로 아름다움이다. 이것도 역시 아름다움인 것이다. 회색빛 나무에서 열매가 커지기 시작하여 나뭇가지 끝에 무겁게 매달린다. 모든 오렌지와 레몬과 양모과에서 볼 수 있듯, 이것이 바로 아름다움이다. 자동차 도로에서, 태양열에 타르가 녹아 엔진이 부르릉거리면서 자동차가 멈춰 선다. 이것이 바로 그것, 아름다움이다.

그곳 풍경은 이러하다. 바다를 마주한 지상의 한곳, 그 위의 하늘에는 구름 한 점 없어서 밤이 되면 달과 별들이 뜨고, 낮이 되면 태양 칵스의 시선만이 유일하게 빛을 발하던 바로 그곳.

그곳의 풍경은 몇몇 중요한 요소들만이 간추려진 네 살짜리 아이의 그림처럼 짜여 있었다. 이를테면, 수평선과 탑만큼이나 키가 큰 나무 한 그루와 지붕이 뾰족한 집 한 채가 있고, 바둑판처럼 선이 그어진 하늘 오른쪽으로 풍뎅이 같은 것이 번쩍거리고, 도처에 나선 형태의 별들과 새들이 지그재그로 날아가는 모습, 얼룩진 구름들, 제트기와 비행접시처럼 보이는 원판들이 불분명하게 한데 뒤섞여서 괴발개발 그려진 그림처럼 말이다. 그곳은 모든 것이 아주 단순한 곳이었다. 이 세상에는 그와 같은 곳이 달리 없었다. 마치 오랜 세기 전부터 사람이 항상 그곳에서 살아왔고 어딘가에 몸을 숨겨왔던 듯했다. 한쪽 구석에 끼어 다른 것들과 함께 대충 뒤섞인 채로. 그렇다, 사람은 항상 그곳에 있어왔다. 그들 모두, 칵스, 바다 마, 마뉘엘, 칼라르, 아조르, 젤로, 실리코, 프릭스트, 고르, 토니, 아메데와 함께. 타란툴라 거미 브뤽스와 제옥스, 그리고 바닷게 나탕과 도롱뇽 푸에코와 함께. 바퀴벌레 브라이언트와 송충이 알렉스와 함께. 풍뎅이 고와 함께.

그리고 그 사람의 이름은 삐뚤삐뚤한 몇 개의 글자로 서툴게 다음과 같이 쓰여 있었다—샹슬라드.

태어나서

상슬라드라고 불리는 어린 소년이 햇빛을 받으며 낡은 집 앞에 앉아 있었다. 그는 삼베 바지와 붉은색 셔츠를 입고 있었고 두 발은 맨발이었다. 오른쪽 손목에 플라스틱 장난감 시계를 차고 있었는데, 시곗바늘은 열두시 삼십분을 가리키고 있었다. 그러나 아무도 정확한 시간을 말할 수는 없으리라. 그는 낡은 집의 문으로 통하는 층계의 두번째 계단에 앉아서 코를 후비고 있었다. 왼손 두번째 손가락이 왼쪽 콧구멍 속으로 두번째 지골 부분까지 들어가 있었고, 그는 몇 분 전부터 콧구멍 벽에 붙어 있는 코딱지를 손톱으로 파내기 위해 애쓰고 있었다. 그는 코를 후비는 데에 몰두하여서, 손가락을 콧구멍에서 빼낼 때마다 손가락 끝을 살펴보고는 바지에 대고 문질러 닦아내거나 아니면 손가락을 입으로 가져가서 맛을 보는 일을 되풀이하고 있었다. 약 십 분쯤 후에 방법을 바꾸었다. 오른손 약손가락을 사용하기 시작하였는데, 그쪽 손톱이 더 길었기 때문이었다. 과연 그는 마른 코딱지를 떼어내는 데 성공하였고, 만족스러운 표정으로 그것을 살펴보았다. 그것은 약간 끈적거리고 노르스름하고 길쭉하게 생겼으며, 끝부분은 초록빛이 어린, 기묘한 모양의 잿빛 딱지로 되어 있었다. 어린 소년은 그것을 입안에 넣고는, 약간 신맛이 나고 파삭거리는 그 작은 덩어리를 앞니로 씹으면서 잠시 빨아보았다. 그러고 나서 정원에다 뱉어버리고는 다른 일에 몰두하기 시작했다.

계절은 초여름, 그렇지 않으면 가을쯤이었다. 회청색 하늘 한가운데에는 태양이 꼼짝도 않고 타오르고 있었다. 나무들은 아주 고요히 땅에 뿌리를 박고 있었고, 바람이 나뭇잎들을 흔들어서 빗방울이 떨어지는 듯한 소리를 내고 있었다. 붉은색 벽돌집 앞에는 황폐해진 정원 같은 것이 있었는데, 오른쪽과 왼쪽으로는 대나무 울타리가 둘러쳐지고 안쪽으로는 배수로 역할을 하는 개울이 경계를 이루고 있었다. 정원은 아주 크지는 않았지만, 크고 작은 많은 풀들이 자라고 있었다. 드문드문 나무도 몇 그루 있었다. 줄기에 담쟁이덩굴이 감긴 키 큰 종려나무 두 그루, 발육 상태가 좋지 않은 오렌지나무와 레몬나무 한 그루, 희고 큰 상처 자국에 개미들이 들끓는 체리나무 한 그루, 양모과나무, 월계수, 밀감나무 한 그루, 그리고 정원의 중앙에는 자갈을 땅에 박아 만든 화단 한가운데에 올리브나무 한 그루가 곧게 서서 굵은 가지들을 온 방향으로 내뻗고 있었다. 그 주위에는 가늘고 작은 관목들이 풀숲 위로 가지를 내밀고, 그곳에 올리브 열매가 떨어져 썩어 싹을 틔우고 있었다. 정원 끝 쪽 썩어가는 개울 아주 가까이에 유칼리나무도 있었다. 매우 키가 크고, 줄기는 매끈거리고 잎들은 낫처럼 휜 그 유칼리나무는 썩 유쾌하지 않은 냄새를 조금씩 풍기면서 바람을 받아 살랑거리고 있었다. 아마도 칠십 년에서 백이십 년은 묵은 듯했다.

어린 소년은 전갈들을 피하기 위해 발 디딜 곳을 살피면서 몇 분 동안 수풀 속을 걸었다. 그러고는 되돌아와 층계의 두번째 계단에 앉아서 평소처럼 콜로라도감자잎벌레들을 관찰하기 시작했다.

감자벌레들은 풀밭을 지나 층계까지 이어지는 시멘트 보도 위까지 여기저기 기어다녔다. 열 마리쯤, 아니 백 마리쯤의 감자벌레들이 온 방향으로 기어다니거나 그 자리에 꼼짝 않고 있거나 멈췄다가 다시 출발하거나 벽을 기어올라가려다가 뒤집혀서 떨어졌다. 그것들은 모두 흡사한 모습이었는데, 대가리는 검은색이었고, 약간 휘어진 검은색 다리에 검은색 촉수가 있었으며, 검은색과 붉은색의 줄무늬 몸체가 햇빛을 받아 반짝거렸다. 그것들은 개미들처럼 줄을 이루고 떼를 지어 다니는 대신에, 지리멸렬하게 흩어져 오락가락하면서 각자 어떤 귀한 것을 찾아다니고, 몇 번이고 같은 길을 다시 지나다니고, 서로 부딪치고 몸을 비벼대면서도 전혀 지친 기색을 보이지 않았다. 상슬라드는 층계에 앉아 아무것도 생각하지 않으면서 오랫동안 그것들을 내려다보았다. 때때로 몇 마리가 그의 바짓단이나 발가락에 들러붙었고, 그는 그것들을 조심스럽게 떼어내서 정원의 풀 속으로 던져버렸다.

그런 식으로 시간은 몇 시간이고 흐를 수 있었다. 몇 시간이고 쭉치고 앉아 시멘트로 포장된 보도 위에서 우글거리는 감자벌레들을 지켜볼 수 있었다. 그중의 어느 하나, 예를 들어 방금 풀숲에서 나와 시멘트 바닥 위를 기어가기 시작한 놈을 택하여 그놈만을 살펴볼 수도 있었다. 그놈은 활처럼 굽은 네 다리를 두 개씩 번갈아 앞으로 내뻗으면서 빠르게 전진한다. 그놈은 다른 감자벌레 한 마리와 엇갈려 지나가고, 곧 또 한 마리, 그러고 나서 다시 또다른 한 마리와 엇갈린다. 그놈은 그 감자벌레들을 아예 쳐다보지도 않았다. 그놈은 멈춰 서 있는 감자벌레 한 마리를 추월하고는 몸을 반 바퀴 돌려 뒤로 돌아가서 아까 그 감자벌레와 다시 엇갈린다. 그놈은 오른쪽으로 방향을 바꿔서 해변용 신발 한 곁래에서 흘러나온 듯한 모래더미 쪽으로 나아간다. 모래더미를 왼쪽으로 우회한다. 멈춰 선다. 그러고는 뒤로 돌아간다. 그놈은 모래더미 주위를 돌고 있는 다른 감자벌레 세 마리와 마주친다. 다시 멈춰 선다. 더듬이로 첫번째 감자벌레의 더듬이를 비벼댄다. 두번째 감자벌레의 더듬이를 비벼댄다. 더듬이로 세번째 감자벌레의 등을 비벼댄다. 길이 열린다. 다시 출발한다. 반 바퀴를 돌아서 모래더미를 왼쪽으로 우회하기 시작한다. 또 감자벌레들을 만난다. 한 마리, 두 마리, 세 마리, 네 마리. 어린 싹 위를 지나간다. 그의 발에 밟힌 어린 싹이 약간 흔들린다. 멈춰 선다. 다시 출발한다. 빠르게 줄달음친다. 오른쪽으로 돌아서 벽 쪽으로 나아간다. 감자벌레 한 마리와 엇갈린다. 다른 한 마리를 추월한다. 미처 깨닫지도 못하는 상태에서 분주히 움직이는 아르헨티나개미떼 위로 지나간다. 썩은 마분지 조각 쪽으로 향한다. 멈춰 선다. 더듬이로 마분지 조각을 더듬는다. 뒷다리로 몸을 받치고서 기어오르려고 한다. 그러나 마분지가 흔들거리자 포기한다. 다른 방향으로, 이제는 훨씬 천천히, 다시 출발한다. 서로 마주보며 멈춰 서 있는 감자벌레 세 마리를 추월한다. 왼쪽으로 돌고, 오른쪽, 왼쪽, 다시 오른쪽, 그러고 나서 또다시 왼쪽으로 돈다. 보도 위에 그어진 가는 홈을 뛰어넘는다. 멈춰 선다. 사오 초가량 움직이지 않고 있다가 전속력으로 다시 출발하여 어떤 막연한 위험으로부터 달아난다. 또다른 어린 싹을 타넘고, 다른 감자벌레 한 마리와 엇갈린다. 오른쪽으로 몸을 돌려서 파리 한 마리가 앉아 있는 쪽으로 향한다. 그러나 부딪히려는 순간에 파리가 날아가버린다. 감자벌레 한 마리를 오른쪽으로 추월하고 다른 한 마리를 왼쪽으로 추월한다. 방향을 바꾸어 다시 벽 쪽으로 향한다. 벽 아래 이르러 벽을 따라 계단 쪽으로 달린다. 때때로 멈춰 서서 벽 쪽으로 머리를 돌려 기어오르려고 한다. 그러나 그럴 힘이 없다. 그러자 더듬이를 정원 쪽으로 뻗고서, 저쪽, 미지의 무언가가 가볍게 진동하고 있는 그곳, 저멀리 공기층 속에서 어떤 일이 일어나고 있는지 알아내고자 한다.

그런 식으로, 눈으로 그놈을 따라, 그놈이 헛되이 빙글빙글 도는 모습을 단 한 치도 놓치지 않고 내려다보면서 몇 시간이고 즐거워할 수 있었다. 또한 다른 감자벌레, 예를 들어 정원 아주 가까이의 보도 가장자리를 기어다니는 놈을 선택할 수도 있었다. 아니면 제라늄 줄기를 따라 기어오르는 놈이라거나, 그것도 아니면 시멘트 바닥 한가운데에 꼼짝도 않고 서서 알 수 없는 어떤 사건을 기다리고 있는 듯한 놈을 선택할 수도 있었다.

혹은, 그놈들 모두를, 각자 자신의 삶을 가지고 자기만의 작은 모험들을 벌이는, 각자 심장과 두 눈과 더듬이와 오장육부와 성性과, 검은색과 붉은색 선들이 그어진 등을 가진 그놈들 모두를 따라잡을 수 있었다. 그리고 마치 어디에선가 누군가가 널찍한 층계의 계단 위에 앉아서 몸을 비스듬히 하여 머릿속으로 아무것도 생각하지 않으면서 당신을 지켜보고 있기라도 하듯이, 우리 각자는 미지근하고 닫혀버린 자기만의 삶을 가지고 있었던 것이다.

어린 소년은 문득 자신이 감자벌레들에게는 신과 같은 존재이고 그놈들의 생사여탈권을 손에 쥐고 있다는 것을 깨닫고는 행동을 벌이기로 마음먹었다.

몸을 미끄러뜨려서 첫번째 계단까지 내려간 그는 그곳에 앉았다. 그러고 나서 오른발을 뻗어 쇠격자를 하나 몸 쪽으로 끌어왔다. 그 쇠격자는 정원을 산책하고 돌아왔을 때 발에 묻은 진흙을 떼어내는 데 쓰던 것이다. 그는 그것을 집어서 앞쪽 바닥에 내려놓아 자신의 왕국을 규정했다. 여러 개의 쇠막대가 서로 엇갈려 놓여서 서른 개쯤의 작은 독립된 방을 이루고 있었다. 샹슬라드는 쇠격자 쪽으로 몸을 웅크려서 감자벌레를 서른 마리쯤 잡아 각 방마다 한 마리씩 집어넣었다. 쇠격자가 칸칸이 감자벌레로 가득찼을 때, 샹슬라드는 바닥에 무릎을 꿇고는 자신이 해놓은 것을 내려다보았다. 그의 눈에는 그럴듯하게 보였다. 감자벌레들은 쇠로 된 네모꼴들 속에서 벗어나고자 안간힘을 쓰고 있었다. 그놈들은 쇠막대 위에 앞다리를 얹어놓고는 올라타려고 애쓰고 있었다. 그러나 그놈들은 너무 무겁고 다리가 쇠 위에서 자꾸 미끄러져서 모두들 얼마 버티지 못하고 곧 뒤로 떨어져버렸다. 어떤 놈들은 거꾸로 뒤집혀 떨어져서 갈색 배를 드러내고 사지를 허우적거리며 절망적인 몸짓을 보이고 있었다. 어린 소년이 손가락 끝으로 밀어서 몸 뒤집기를 도와주자, 그놈들은 다리가 닿자마자 곧 독방의 칸막이를 기어오르려는 시도를 되풀이했다.

샹슬라드는 자신이 만들어놓은 감옥을 가만히 살펴보았다. 쇠격자의 각 네모꼴 칸 속에서는 붉은색과 검은색 줄이 그어진 감자벌레의 등과 가는 다리들이 버둥거리고 있었다. 그것은 마치 한눈에 내려다볼 수 있는 도시, 시멘트와 쇠로 이루어지고, 한결같은 창문들이 아파트의 밀폐된 작은 공간들로 나 있는 진짜 도시와도 같았다. 그것은 폭력을 가할 수 있고, 불을 질러버릴 수 있고, 완전히 쓸어버릴 수도 있는 도시였다. 그 도시에 살고 있는 생물들을 임의로 선택하여 하나씩 죽여버릴 수도 있었고, 그런다 하더라도 그놈들은 스스로를 방어하기 위하여 할 수 있는 일이 아무것도 없을 것이었다. 그는 위에서 도시를 내려다보며 그 도시에서 군림하기 시작했다. 그는 도시를 향해 말했다. 그러나 그는 아무도 그의 말을 이해하지 못할 것이라는 사실을 알고 있었다. 그는 때때로 무뚝뚝하게 명령을 내렸다. 그는 이렇게 말했다.

"거기 있는 너."

"그래, 너 말이다. 너는 내가 네놈이 하는 짓을 보지 못했다고 생각하겠지? 조금만 기다려라. 본때를 보여줄 테니."

"멈춰라. 달아나려 해도 소용없다는 것을 모르는가?"

"저기 너, 앞으로 가. 자, 한 바퀴 돌아!"

"그래, 바로 그거다. 계속해."

"6번 감자벌레, 차렷!"

"아니, 대체 무슨 일인가?"

"저기 너, 얌전히 있지 못해?"

"멈춰!"

"넌 뭘 하는 거야? 아마 너는 내가 너를 보지 못한다고 생각하겠지? 이 몸은 모든 것을 보고 있다. 나는 모든 것을 보고 있단 말이다."

"이봐, 너, 벽에서 떨어져!"

"정신 바싹 차려라. 네놈들 때문에 이 몸이 화가 나셨다."

샹슬라드는 16호 독방의 감자벌레부터 벌을 가하기 시작했다. 근육이 잘 발달된 놈이었다. 소년이 엄지와 검지로 집어올리자, 그놈은 몸을 빼내기 위하여 버둥거리면서 다리를 허우적거렸다. 샹슬라드는 그놈을 얼굴 가까이로 가져가서 빤히 바라보며 은근하게 꾸짖었다. 그러고 나서 왼손으로 다리를 하나씩 떼어냈다.

체형이 끝나자 상슬라드는 그 감자벌레를 다시 독방에 내려놓았다. 놈은 잠시 동안 죽은듯이 꼼짝도 하지 않았다. 그러더니 곧 무력하게 몸 전체를 떨며 바닥을 기려고 안간힘을 썼다. 단지 더듬이만이 공중에서 계속 파들거리면서 더듬을 것을 찾아 움직이고 있었다. 그러자 상슬라드는 손가락으로 다시 그놈을 집어올려서 쇠격자 옆에 내려놓았다. 그러고는 스스로 화를 내지 않도록 자제하면서 차분히 다시금 입을 열었다.

"이젠 알겠지. 그런 짓을 해서는 안 되는 거였어. 내게 복종을 했어야지. 이제 너는 더이상 움직일 수 없어. 너는 다리가 없거든."

어린 소년은 몸을 일으켜 정원으로 가서 뾰족한 돌을 찾아 가지고 돌아와 그 감자벌레 옆에 무릎을 꿇고 앉았다. 그는 벌레가 겉날개를 양쪽으로 벌리고 있는 것을 보았다. 그놈은 갈색 날개를 펴려 하고 있었다.

"너 날고 싶니, 응?" 상슬라드가 말했다. "하지만 넌 나는 법을 모르잖아."

마침내 놈은 절망적인 노력 끝에 왼쪽 날개를 펴는 데 성공했다.

"그래봐야 아무 소용 없어. 알고 있겠지만, 나는 이 돌로 너를 죽일 생각이다."

그는 돌로 감자벌레를 살짝 밀었고, 놈은 굴러 뒤집어졌다. 상슬라드는 뒷다리 중의 하나가 완전히 떨어지지 않았다는 걸 발견했다. 남은 다리 토막이 앞뒤로 움직이고 있었는데, 마치 놈이 있지도 않은 다리를 허우적거리려는 것처럼 보였다. 머리 위에서는 더듬이가 계속해서 기계적으로 접혔다 펼쳐졌다 하고 있었다.

"어쨌거나, 이렇게 하는 편이 너를 위해서도 좋을 거야." 어린 소년은 이렇게 말하고 나서 뾰족한 돌로 힘껏 내리쳤다. 그러고는 시멘트 바닥 위, 토마토소스 색깔의 작은 얼룩 한가운데에 으깨진 감자벌레를 보았다.

야릇한 분노가 속에서 치밀어올랐다. 그는 갑자기 자신의 백성들이 그를 배반하고 그를 버렸다는 느낌에 사로잡혔다. 그는 적의가 담긴 눈길로 도시를 바라보았다. 그러고는 다시 말했다. 그러나 그의 말은 도시 위로 천둥처럼 떨어졌고, 그의 숨결은 화산 가스처럼 뜨겁게 타올랐다. 그는 그들에게, 자신이 16번 감자벌레에게 방금 한 것처럼 그들 모두를 죽일 것이라고 말한다. 그들은 그에 대해 신뢰를 가지고 있지 않은 것이다. 그들은 반란을 일으킨 것이었다. 그들은 그가 제공한 땅을 거부했고, 그를 그들의 유일한 신으로 받아들이려 하지 않았다. 그래서 그들은 그에게 복수를 당할 터다. 그는 그들을 하나도 빼놓지 않고 모두 죽일 것이었다.

어린 소년은 돌로 감방들 안을 내려치기 시작했다. 그러나 돌이 너무 컸던 탓에, 감자벌레의 등을 부수려면 네 번, 다섯 번 거듭하여 가격해야 했다. 어떤 것들은 죽지 않고서 토마토주스 같은 얼룩을 만들며 둥글게 몸을 감고 바닥에 늘어져 있었다. 샹슬라드의 분노는 그리 오래가지 않았다. 그는 붉게 물든 돌을 던져버리고서 말했다.

"너희 모두 내 말을 잘 들어라. 나는 너희를 벌줄 방법을 발견했다. 나는 이 쇠격자로 너희를 죽일 것이다. 나는 너희 위에 쇠격자를 떨어뜨릴 테고, 그러면 너희는 머리가 잘릴 것이다. 하지만 나는 관대해질 작정이다. 쇠격자가 떨어질 때 죽지 않은 놈들에게는, 좋다, 나는 그놈들에게는 더이상 아무 짓도 하지 않을 것이다. 목숨을 살려주겠다는 말이다. 내 말 알아듣겠는가? 자, 그럼 머리에 쇠격자를 맞지 않도록 각자 알아서 대비를 해둬라."

어린 소년은 몸을 굽혀서 두 손으로 쇠격자를 쥐고 공중으로 치켜든 후 이삼 초 동안 그 상태로 머물러 있었다. 아래쪽에서는 감자벌레들이 온 방향으로 꿈틀거리고 있었다. 있는 힘껏 발을 움직여서 달아나려 하는 놈들도 있었고, 어떤 놈들은 다리와 더듬이를 접어서 배 밑으로 감추고는 몸을 웅크려서 죽은 척했다. 또 어떤 것들은 완전히 으깨져서, 혹은 반쯤 으깨져서 핏빛 붉은 액체에 엉겨 들러붙어 있었다. 많은 감자벌레가 달아나려 애를 쓰면서도 다리가 흥건한 액체에 엉겨붙어서 꼼짝 못했으며, 더듬이로는 다른 죽은 감자벌레들의 등을 더듬고, 입으로는 형제들의 내장에서 흘러나온 듯한 즙을 맛보고 있었다. 샹슬라드는 아무 말도 없이, 아무 생각도 하지 않으면서 벌레들 위로 치켜든 쇠격자를 한동안 더 들고 있었다. 증오와 연민, 그리고 운명과 흡사한 그 모든 위험이 그를 엄습했다. 곧이어 그는 손가락들을 펼쳐서 무거운 쇠격자를 도시 위로 떨어뜨렸다. 쇠격자를 시멘트 바닥에 떨어지는 요란한 금속성이 울리고, 빽빽한 정적이 주위를 감쌌다.

샹슬라드는 몸을 굽히고 아래를 내려다보았다. 거의 모든 감자벌레가 죽었음을 알 수 있었다. 대부분이 쇠격자의 막대 부분에 동강이 나 있었고, 토마토소스 색깔의 액체가 그 회색 금속 위에 튀어 있었다. 어떤 것들은 끔찍하게 타격을 입어서, 배때기의 반이 떨어져나가고 등이 팬 채로 바닥을 기고 있었다. 또 어떤 것들은 다리가 절단되어서 절뚝거리며 빙글빙글 돌고 있었다. 도처에 잘린 머리, 갈라진 배, 으스러진 흉부, 너덜너덜해진 다리, 갈가리 찢긴 날개 들이 널려 있었다. 그놈들 중 한 마리는 달아나려던 순간에 엉덩이가 쇠격자의 모서리에 깔려버렸다. 무거운 쇳조각이 그놈을 바닥에 짓눌렀고, 그래도 놈은 몸의 다른 부분들이 아직 살아 있어서 눌린 몸을 빼내기 위하여 계속 다리를 버둥거렸다. 마침내, 애를 쓴 끝에, 그놈은 빠져나올 수 있었지만, 배의 반은 떨어져나가서 쇠격자 밑에 깔린 채로 남겨져 있었다. 놈이 바닥을 기어서 몇 센티미터를 나아가는 중에 내장이 주변에 흘러나와 널렸다. 그러고 나서 놈은 붉고 긴 흔적을 남기고 죽었다.

유린된 도시로부터는 아무런 신음소리도, 고통에 찬 절규도 들려오지 않았다. 오히려, 마치 모든 것이 정상이기라도 한 것처럼, 그는 낯선 정적 위에 우뚝 서 있었다. 그러나 그 정적은 비탄의 소리보다 훨씬 더 끔찍한 것이었다. 그 비극적이고 강렬한 정적은 어린 소년의 귓속으로 파고들어서 천천히 그를 얼어붙게 했다. 그것은 마치 지구로부터 수십억 광년 떨어진 별 하나가 갑자기 폭발하여 램프가 꺼지듯이 우주의 어둠 속으로 사라져버릴 때처럼, 외계의 대재난과 흡사한, 멀리 떨어진 다른 세계의 정적이었다.

샹슬라드는 진정으로 깨닫지 못했지만, 방금 이곳에서 일어난 일은 그야말로 끔찍한 것이었다. 그 일은 그 장소, 그 순간, 그리고 샹슬라드 자신보다도 더 중요한 것이었다. 그 일은, 지구상의 그 한 부분으로부터 자유로워져서 전체 속에서 진실을 판단해보려 한 사람이라면 그 누구도 견딜 수 없는 것이었다. 다시 말해서 여기에서는 운명이 저 홀로 작용한 것이다. 운명, 일을 꾸미는 추악한 운명이, 그저 아무 이유도 없이, 단지 그 행동을 완성

시키기 위하여 조금 전의 그 범죄로 통하는 계단을 선택했을 뿐이었다. 그 시멘트 바닥도 그 범죄를 위해 만들어졌다. 그 집, 정원, 풀, 나무도 그 범죄를 위하여, 단지 그 일만을 위하여 세월이 흐르면서 그곳에 자리잡게 된 것이었다. 오로지 그 일을 위하여, 어느 날 한 아이가 태어나 그곳으로 와 붉은색 벽돌집 앞 층계의 두번째 계단에 앉아서 아무 생각 없이 벌레들의 도시를 유린하게 되기 위하여, 하늘에 구름이 떠 있고, 태양이 떠올라 중천에 이르고, 바람이 불고, 개울에서는 물이 흐르며, 비행기들이 수평선 너머로 천천히 날아간 것이었다.

그곳에는 대재난과 전쟁의 모든 것이 있었다. 그곳, 감자벌레의 터져버린 몸속에, 여기저기 널린 내장들 속에, 쇠격자의 예리한 막대에 묻은 끈끈하고 붉은 액체 속에.

조용히 눈사태가 일어나서 엄청난 양의 흰 눈가루로 작은 육신들을 삼켜버렸다. 고요한 밤에, 아무 이유 없이, 방죽이 무너져내려 진흙과 물이 한데 섞인 끈적끈적한 물결이 마을 위로 쇄도해서, 집을 부수고 나무를 뽑아버리고 잠든 남자들과 여자들, 아이들의 입과 콧구멍을 파고들었다.

혹은 그 감옥 도시에 전쟁이 터졌다. 굉장한 섬광이 일어났고, 눈을 멀게 할 듯한 빛의 물결이 순식간에 수천의 존재들을 증발시켜버렸다. 그리고 지금, 지상은 그 흉터가 영원히 사라지지 않을, 이를테면 상처나 종양으로 온통 뒤덮여 있었다. 진흙 같은 것으로 가득한 크레이터 주위에는 어떤 물체들이 우뚝 선 채로 여전히 남아 있었다. 수천 년의 세월을 견뎌낸 벽들, 반쯤 탄 전봇대들, 형체만 남은 고철들, 증발해버린 사람의 그림자가 어른거리던 벽돌담들이 그것이었다.

그 모든 것들이 한꺼번에 그곳, 시멘트 보도 위, 층계에서, 그 어린 소년과 쇠격자와 감자벌레들에게 일어난 일이었다. 그것은 끔찍한 범죄, 오로지 끔찍한 범죄일 뿐이었다. 그리고 이미 그 일은 잊혀버리고 말았다.

어린 소년은 살아남은 감자벌레들을 모두 주워모았다. 그는 부엌에 가서 빈 성냥갑을 가져와 거기에 그놈들을 넣었다. 그러고 나서 죽은 감자벌레들을 쓸어모아 정원의 풀숲에 던져버렸다.

성냥갑 안에는 여섯 마리의 감자벌레, 앙티스, 골리앗, 벨로, 아작스, 도리, 그리고 포르가 들어 있었다. 샹슬라드는 층계 꼭대기로 올라가서 부엌으로 통하는 문에 등을 기대고 앉아 감자벌레들을 가지고 놀기 시작했다. 그는 그놈들에게 몇 가지 재주부리는 법을 가르치려 했다. 그들에게 서로 싸움을 붙이려 했다. 그들에게 숫자 세는 법을 가르치려 했다. 그들이 두 줄로 늘어서게 하려 했고, 종이를 뭉쳐 만든 작은 공을 가지고 축구를 하도록 하려 했다. 먹을 것을 주려고도 했다. 그러나 그에게는 아무것도 할일이 없었다. 감자벌레들은 그를 이해하려 하지 않았다. 샹슬라드는 때때로 한 마리를 잡아 손바닥에 올려놓았다. 그러면 그의 피부 위에서 움직이는 작은 다리들과, 그의 손가락을 깨무는 주둥이의 감촉이 느껴졌다.

얼마 후, 그들에게 싫증이 나자 그는 부엌에서 성냥을 가져와 성냥갑에 불을 붙였다. 그리하여 그날 감자벌레들에게 행해졌던 대학살의 유일한 생존자들, 앙티스, 골리앗, 벨로, 아작스, 도리와 포르는 그렇게 죽고 말았다.

삶을 시작하고

이런 세상에서 살아간다는 것은 매우 행복한 일이라고 말할 수 있을 것이다. 물론 도처에 짜증스러운 일들이 널려 있기는 하다. 심지어, 좀더 가까이에서 바라보면 끔찍하기까지 한 일들도 있다. 지나치게 생생하고, 공기와 물과 대지에 섞여들어서 당신을 없애버리고자 하는 그 모든 지긋지긋한 무거운 짐이 존재한다. 인간들의 고약함과 동물들의 탐욕스러움, 그리고 사물들의 무관심도 존재한다. 그 모든 소리, 그 모든 빛, 그 모든 냄새가 수시로 살 속을 파고드는 비수의 일격으로서 존재한다. 그러한 모든 것으로 인하여 산다는 것은 결코 쉬운 일이 아니다. 아니, 아무도 이런 식으로 말할 수는 없을 것이다. 그럼에도 불구하고 산다는 것은 기이한, 이를테면 감격적이고도 기이한 일이며, 감정과 언어와 의식이 소용돌이치는 하나의 완벽하고 아름다운 모험일 뿐만 아니라, 기억의 저 한구석에서는 침묵과 고요함에 대한 일종의 향수일 수 있기 때문이다.

그렇다. 산다는 것은 당신에게 일어나는 잊으려야 잊을 수 없는 모험, 독특한 모험이다. 사람들은 그러한 사실에 눈감고 있고, 마음속으로도 그러한 사실을 깨달으려 하지 않는다. 그러나 어느 날 이 대지 위에 인간이 살아 존재하게 되었다. 인간은 걷고, 말하고, 먹고, 읽고, 쓰는 법을 배웠다. 그는 처음으로 미소 짓게 되었다. 그는 사랑을 하거나 증오를 하기 시작했다. 그는 모든 것을 이해하고자 하는 마음으로 하늘과 구름과 태양과 노란 꽃들을 바라보았다. 그는 의미 있는 몸짓을 보이기도 하였다. 그는 두려움도 가졌다. 그런데 그런 일은 어떤 다른 사람에게 일어난 것이 아닌, 바로 당신에게 관계된 일이고, 당신의 문제다. 바로 당신의 얼굴, 당신의 피부, 당신의 머리카락, 당신의 손톱과 발톱, 당신의 덥수룩한 털, 당신의 뇌, 당신의 내장, 당신의 심장, 당신의 두 손, 당신의 두 팔, 당신의 두 다리, 당신의 두 발목, 당신의 두 팔꿈치에 말이다. 이제 앞으로 무슨 일이 일어나든, 그리고 이 길고 긴 이야기가 어떻게 풀려나가든 간에, 당신은 그 인간이 당신이 아닌 것처럼 행동할 수는 없다. 당신은 이 책에서 눈을 뗄 수 없고, 페이지를 건너뛸 수도, 이 책을 덮어버릴 수도 없으며, 작은 휴대용 줄칼로 손톱을 갈 수도 없다. 그런 술수는 통하지 않는다. 사람들은 당신이 잊었다고 생각할 수 있겠지만, 당신은 결코 잊을 수 없다. 당신은 당신 자신을 떨쳐버릴 수 없다. 당신은 살아야 한다. 계속해서 살아가야만 한다. 그리고 당신에 관한 이야기를 들려주는 그림책을 계속해서 읽어나가야 한다. 이런 식으로 끝까지.

이 이야기는 재미있다. 이 이야기는 당신에 관한 것이기 때문이다. 게다가 이 이야기는 언젠가 당신에게 일어날 일 가운데 유일하게 재미있는 것일 수도 있다. 당신은 당신이 누워 있던 침대에서, 혹은 당신이 앉아 있던 의자에서 몸을 일으킨다. 당신은 방안을 왔다갔다하다가 창가로 가서 거리나 정원에서 무슨 일이 일어나고 있는가를 살핀다. 그후, 당신은 방 한가운데로 돌아와서 성냥으로, 이따금 라이터로도, 담배에 불을 붙이는 시늉을 한다. 아니면 당신은 투명 포장지를 벗겨서 박하사탕을 입에 넣는다. 당신은 왼쪽 귀를 긁기도 한다. 방안에 누군가가, 가령 당신의 부인이 있다면, 당신은 다음과 같이 말한다.

"몇시지?"

"뭐라고?"

"몇시냐고."

"다섯시 십분이야."

"산책하러 갈까?"

"어디로?"

"모르겠어. 그러니까 내 생각으로는 나가서……"

"그렇지만 여섯시까지는 그곳에 가야 해."

"그래, 하긴 그렇지."

"게다가 날씨가 이래서야."

"맞아, 비가 올 것 같긴 해."

"책 더 안 읽어?"

"안 읽겠어."

"재미있어?"

"형편없어."

"있잖아, 일전에 재미있는 탐정소설을 한 권 샀어, 아니와 함께."

"제목이 뭐지?"

"그 책 제목? '점선을 따라 자르시오'야."

"그건 누가 쓴 거지?"

"모르겠어. 아마 미국인이었던 것 같은데, 아니, 영국인이던가? 티푸스균으로 오염된 편지들을 발송하는 한 괴짜에 대한 이야기야. 기발하지 않아?"

"그래, 괜찮겠는데. 작가의 이름은 기억 못하겠어?"

"볼링이던가, 롤린스던가, 뭐 그런 이름이었는데."

"그런 이름은 들어본 적 없는데."

"혹시 로이터라는 독일 사람일지도 모르겠어."

"그래?"

"아니와 함께 있었는데, 아니가 누구와 만날 약속이 있어서 길을 걷다가……"

"그건 그렇고, 우리 영화 구경 갈까?"

"응?"

"오늘 저녁에 영화 보러 가겠냐고."

"어떤 영화를 하는데?"

"모르겠어. 별 대단한 건 없는 것 같긴 하지만."

"매일 저녁 영화라니, 이젠 슬슬 지겨워져."

"그럼 달리 무얼 하겠다는 거야? 그렇다고 당신은 연극 보러 가는 걸 원하지도 않잖아?"

"놀리는 거야?"

"아니, 왜, 놀리면 안 되나?"

"무얼 해야 좋을지 모르겠으면 십자말풀이나 해. 나는 나대로 할일이 있으니까."

"하다못해 텔레비전이라도 있었으면."

"텔레비전을 원하지 않은 건 바로 당신이야. 그걸 보면 뱃멀미가 난다며."

"내 말은 매일 저녁 보면 그렇다는 말이지."

"당신은 매일 저녁 보게 될 거야."

"꼭 그렇진 않아."

"난 당신을 잘 알아."

그러고 나서 당신은 또 한 대의 담배에 불을 붙인다. 당신은, 가끔 한 번씩 숨을 내쉴 때마다, 입으로는 푸르스름한 연기를, 콧구멍으로는 회색 연기를 내보낸다. 당신은 잡지 한 권을 집어 들고 페이지를 한 장씩 넘기면서 사진들과 거기 붙은 설명들, 브래지어와 코르셋 광고, 자동차, 냉장고, 그리고 밀크 초콜릿과 아몬드 초콜릿 광고들을 들여다본다. 당신은, 미소를 지으면서 햇볕에 그을린 허벅지를 내보이며 자동차에서 내리는 여인들, 그리고 바람에 흩날리고 태양빛에 반짝거리는 긴 머리카락이 얼굴에 감긴 채 몸에 착 달라붙는 파란색과 오렌지색이 섞인 수영복을 입고서 해변을 달리는 여인들이 나온 선정적인 사진들을 들여다본다. 당신은 이 모든 것을 말없이 들여다보고 있지만 그렇다고 기분이 좋아지는 것은 아니다. 그리하여 매 순간 당신은 거리로 나서서 다음과 같은 문구를 플라타너스 줄기마다 칼로 새기고 모든 벽과 보도 위에 백묵으로 휘갈겨야만 한다.

1966년 6월 11일
나는 살아 있다

하지만 그것만으로는 충분하지 않을 것이다. 도처에, 북극광이 나타나는 산 위에, 화산들이 소리 없이 폭발하는 바다 깊숙한 곳에, 비가 부드럽게 내리기 시작하여 나뭇잎 위에 고인 물방울들이 잘게 흩어지는 숲속에, 동시에 어디에나 존재하여야 할 것이다. 많은 포탄이 한꺼번에 씽 소리를 내며 날아와서 벌판에 시커먼 포탄 자국을 움푹 파놓는 전쟁의 와중에 진흙으로 범벅이 된 채로 존재하여야 할 것이다. 혹은 죽이고 또 죽이라는 맹목적인 명령에 사로잡혀서 아무런 생각도 없이 제트기를 타고 날아가고 있어야 할 것이다. 네거리에서 사고가 일어날 때마다 그곳에, 하얀 시트에 덮여 차도 위에 누인 시체들을 바라보며 깨어진 유리와 휘발유가 흥건히 고인 웅덩이들 사이를 걷고 있어야 할 것이다. 모든 것을 생각하고, 모든 것을 말하고, 모든 것을 이해하고자 할 수 있어야 할 것이다. 흐리거나 맑은 하늘 아래, 골짜기 깊숙이 자리잡고 있는 여러 도시들과, 아치형 교각 밑으로 흙탕물이 흐르는 그 도시들의 강들을 하나하나 상상해볼 수 있어야 할 것이다. 이곳저곳에서, 일생을, 아내와 서너 명의 아이들, 친구들과 함께, 자동차 한 대, 개 한 마리, 영사기 한 대, 자기

집 한 채를 가지고 살아갈 수 있어야 할 것이다. 이를테면, 벽돌 담을 달구는 끔찍한 더위에 사로잡힌 다르에스살람 같은 곳에서도, 혹은 백묵만큼이나 흰 기묘한 산에 갇힌 채, 파리들이 빽빽한 대기 속을 윙윙거리는 아그리젠토에서도, 끝날 줄 모르는 가뭄에 짓눌린 리마에서, 또는 음산한 대기 속에 퍼진 안개와 공장이 뿜어내는 연기로 호흡하는 브리스틀에서도. 눈 속에 파묻힌 셔브룩에서, 캄캄한 밤의 밑바닥에 내던져진 캘리포니아의 고먼에서도. 함부르크, 콜카타, 시러큐스에서도. 즉, 이 대지의 곳곳에서, 그곳의 공기를 마시고, 맑거나 기름기가 떠 있는 그곳의 물을 마시면서, 그곳의 고기를 먹고, 흐리거나 활활 타오르는 태양빛에 피부를 그을리면서 오랫동안 살아가야 할 것이다. 여기저기 배설물을 방출하며 깊은 하수관 속으로 흐르게 하면서. 갈색 혹은 흰색 피부의 여인들과 함께, 알아들을 수 없는 그곳의 여러 언어로 말하고, 수많은 기도와 절과 제물을 바쳐 그곳의 무수히 많은 신을 경배하면서.

그러고 나서 좀더 멀리 가야 했을 것이다. 이 푸른 행성을 떠나서 우주공간 속으로 파고들어야 했을 것이다. 몇 십억 광년 떨어진 곳, 지표면은 금속이나 수은으로 이루어져 있고, 붉은색 하늘에는 여섯 개의 매우 작은 태양이 수평선 주위를 빠른 속도로 도는 곳에서 태어났어야 했을 것이다.

수 세기를 기다려서 바람이 산을 천천히 마모시키고 바다가 그 자리에서 휘발유 자국처럼 말라붙는 것을 보아야 했을 것이다. 다른 종의 생물들이 나타날 수 있을 것이고, 다른 지각 격변 현상도 일어날 수 있을 것이다. 갑작스럽게 대지의 한가운데가 갈라지면서 엄청난 양의 용암이 쏟아져나와 대지의 표면을 조금씩 조금씩 덮어버릴 것이다.

또한 인간은 과거로 돌아가서, 온몸이 털로 덮인 채, 곳곳에 위험이 도사리고 있는 밀림 속을 기어갈 수도 있었을 것이다. 날카로운 송곳니를 가진 덩치 큰 짐승들이 숲속 깊은 곳에서 호시탐탐 노리고 있었을 것이며, 그러면 인간은 쿵쾅거리는 가슴을 안고 달아났을 것이다. 그리고 저녁에는 천장이 낮은 동굴 속에서 몸을 웅크리고 앉아 그날 있었던 일을 기록으로 남기기 위하여 목탄 조각으로 비뚤비뚤하고 묘한 기호들을 새겨넣었을 것이다.

이 모든 것이 진실로 행복해지기 위해서 해야 했을 일들이었다. 바로 이 모든 삶을, 신처럼 행복해지기 위하여, 함께 영위해 나가야 했던 것이다. 그러나 분명 그것들은 쉬운 일이 아니었다.

그 무렵, 샹슬라드와 같은 인간들은 밤에 잠 못 이루고 자리에 일어나 앉곤 했다. 바깥의 어둠 속에서는 온갖 동물들의 울음소리가 기괴하게 울려퍼지고 있었다. 골짜기 저편의 두꺼비들과 수백 미터 떨어진 곳의 두꺼비들이 서로 화답하며 울어대고 있었다. 귀뚜라미들은 완전히 심취하여 미친듯이 소리 높여 울었다. 사람 눈에 띄지 않는 어느 음산한 집의 울타리 안에서는 개 한 마리가 겁에 질려 짖어대기도 했다. 도처에서 삐걱거리는 이상한 소리들, 은은한 폭발음, 무엇인가 긁히는 소리, 윙윙거리는 소리, 날개를 마찰시키는 소리가 들려와서, 이 세상과 집이 이름 모를 곤충 집단의 수중에 떨어져 있음을 알려주었다. 그리고 정원 어디에선가, 나이팅게일 한 마리가 어느 나무 속에 숨어서 매번 약 육 초 간격으로 지어낸 듯한 울음소리를 냈다. 그 소리는 계속하여 세 부분으로 나뉘어 울렸다.

"푸이 푸이, 르—우—이, 르—우유유."

"쿠츄, 크뢰휘휘, 후이후이후이."

"후 후 후, 후이퇴, 쿠트."

"하푸—, 하후이 하후이, 후 후 후."

"프르—이—우, 크리외, 푸—투 푸—투."

"후휘—후휘—, 피오—피오—피오—, 트르—이—트."

"푸이 푸이, 푸—프리오츄 후이트키, 코—."

인간은 차가운 유리창에 머리를 대고서 덧문 틈 사이로 바깥을 내다보려 했다. 그러나 형체를 알 수 없는 시커멓고 커다란 덩어리만 보일 뿐이었고, 아마도 그 너머 멀리로 불 켜진 가로등이 하나쯤 희미하게 빛나고 있었을 것이다. 그러면 인간은 밤을 타고 한데 뒤섞여서 밀려들어오는 온갖 소리에 하릴없이 귀를 기울였으며, 그때 그 소리들은 알아듣기 힘든 은근한 목소리가 되어서 치열한 삶에 대한 매우 긴 이야기를 들려주곤 하였다. 그래서 인간들은 차츰 자신들이, 그 목소리가 들려주는 모든 단어와 이름을 알게 되고, 이를테면 그전부터 줄곧 그것들을 알고 있었다는 사실을 깨닫게 되었다. 그 목소리들이 말하는 바는 간단했다. 그것은, 싸움을 벌이고, 하늘로 날아오르거나 풀숲을 가로질러서 도망을 치고, 몇 시간 동안 먹잇감을 노리며 숨어 있다가 눈 깜짝할 새에 날아가버리고 하는 등등에 대한 이야기였다. 또한 그것은 사랑, 암컷이 수컷에게 보내는 열렬한 구애 행위, 몇 킬로미터 떨어진 곳에서도 미치도록 달아오르게 하는 농염한 체취에 대한 이야기였다. 그들의 몸뚱이는 당장이라도 교미할 준비가 되어 있었으며, 밤의 미로 속에서 서로를 찾아다니고 있었다. 깃털은 매우 반들거렸으며, 눈은 빛났고, 근육은 잔뜩 긴장되어 있었다. 그것은 또한 어느 구석지고 포근한 곳에 낳아야 할 알들과, 고치를 부풀리고 있는 애벌레들에 관한 이야기이기도 했다. 그 모든 이야기는 서로 비슷비슷하게 닮아 있었지만 그 어떤 것도 똑같지는 않았다. 삶에 관한 한 새로움이란 끝이 없는 것이었으며, 모험은 끊임없이 되풀이되는 법이었다. 모험담들은 한데 어우러지고, 한마디 한마디가 가슴에 박혀 결코 잊히지 않을 그 모든 이야기는 서로 화답하며 저녁의 대기 속에서 엇갈리고, 길을 달려 밤을 가로질러 여기저기로부터 꾸물꾸물 모여들어서 우연히도 가장 거창한, 가장 아름다운 이야기, 한없이 되풀이되어 들릴 유일무이한 이야기를 이루어놓는 것이다.

성장하고

또한 그 어느 날, 찔 듯이 무더운 날이 있었다. 태양은 부글부글 끓어오르고, 흰 안개가 피어오르고, 동풍이 불어오고, 산과 바다와 하늘은 꿈쩍도 않고 버티고 있었고, 땀이 허리 위와 겨드랑이 밑으로 흘러내려서 셔츠가 등에 찰싹 들러붙었으며, 시커먼 비구름이 수평선 위에서 오락가락하고 있었다. 어린 소년 샹슬라드는 점심식사를 마치자마자 집을 나서서, 바다로 가기 위해 마을길을 따라 걸었다. 그는 흰색 줄무늬가 있는 붉은색 스웨터를 입고 있었고, 목에는 아주 새것인, 멋진 초록색 수건을 감고 있었다. 그는 부모들이 그가 학교로 가는 것이 아니라는 사실을 눈치채지 못하도록 집을 나서기 전에 수건을 책가방 속에 넣어두었다. 이후 책가방은 버려진 하수구 속에 감추었고, 그래서 지금 그는 목에 감고 있는, 멋진 초록색 수건만 꺼내 가지고 있었다. 그는 햇살을 받으며 계속 걸어 인적이 없는 네거리와 황량한 거리들, 정적이 감도는 거리들을 지나쳤다. 그는 뜨거운 지열이 느껴지는 정원을 따라 걸었는데, 정원에서는 푸른색 바지를 입고 밀짚모자를 쓴 한 늙은 남자가 쇠스랑으로 잡초들을 긁어내고 있었다. 샹슬라드는 발을 질질 끌어 먼지를 일으키며 걸음을 옮겼고, 벽의 가장자리에 붙어 걷기도 했다. 건널목을 가로질렀다. 구멍 뚫린 조약돌 하나를 집어들어 자동차 타이어 사이에 웅크리고 있는 고양이를 향해 던졌다. 바다에 닿기 전까지 그는 그런 식으로 별장들과 집들과 채소밭과 공터가 있는 많은 지역을 통과했다. 때로는 빨리 때로는 천천히, 휘파람을 불거나 콧노래를 흥얼거리기도 하고, 혼자 중얼거리다가 아예 입을 다물어버리기도 하면서 계속 걸었다. 간혹 멋진 초록색 수건을 머리 위로 들어올려 칼 휘두르듯이 빙글빙글 돌리곤 했다. 그는, 학교로 가느라고 삼삼오오 무리를 지어 맞은편에서 걸어오던 몇 명의 남자아이들과 여자아이들하고 마주쳤다. 샹슬라드는 그 아이들을 깔보는 듯한 눈길로 바라보았다. 그들 중의 대여섯 명, 이를테면 델피르, 빌랑, 루셀, 조프레, 뒤낭, 마리즈, 팔셰토, 샹탈, 칼메 등을 알고 있었던 데다가, 자신은 더이상 학교에 가지 않겠다고 결심했는데, 그들은 여전히 학교로 가고 있었기 때문이었다.

그가 그들을 지나치자 그들은 그를 보기 위하여 몸을 돌렸다. 그러고는 아마도 다음과 같은 말들을 했을 것이다.

"너도 봤지? 저 녀석 수영하러 가고 있잖아."

"선생님께 일러줘야지. 혼쭐이 날 거야."

"맞아, 학교에서 쫓겨나고 말 거야. 틀림없어."

그러고 나서 그들은 다른 것에 대해서, 아마도 델피르의 아버지가 산 새 차에 대해서 이야기했을 것이다.

바닷가로 뻗어 있는 큰길에 도착하자 어린 소년은 아이스콘을 하나 샀다. 오래전부터 해보고 싶었던 일이었다. 금요일, 학교에서는 산수 수업이 진행될 동안 바닷가로 수영하러 와서 커다란 아이스콘을 사 먹기. 아이스크림 장수가 그를 바라보며 말했다.

"어떤 맛 줄까?"

"뭐뭐 있는데요?" 상슬라드가 물었다.

"바닐라, 레몬, 모카, 딸기, 초콜릿이 있지." 아이스크림 장수가 대답했다.

"바닐라 딸기요." 상슬라드가 말했다.

"바닐라 딸기라." 아이스크림 장수가 말을 되받았다.

그러고 나서 상슬라드는 아이스크림을 핥으며 큰길을 따라 계속 걸었다. 아이스크림을 다 먹고 그는 손에 남은 콘을 던져버리고, 아주 새것인 자신의 멋진 초록색 수건에 손을 닦았다.

조금 더 걸어서 그는 해변에 도착했다. 그곳은 납작한 자갈들이 깔린 언덕 모양을 하고 있었는데, 관광객들을 위해 트럭들이 물가를 따라 쏟아부어놓은 흰모래가 약간 눈에 띌 뿐이었다. 큰길은 해변을 따라 쭉 이어지고 있었고, 어린 소년은 가장 좋은 자리를 잡기 위해 한동안 더 걸었다. 해변에는 많은 사람이 있었다. 뚱뚱한 남자들, 뚱뚱한 여자들, 뚱뚱한 아이들이 자갈 위에 누워 있었으며, 그들의 분홍빛 살갗은 해를 받아 황갈색으로 빛났다. 그들 곁에는 음식이 든 바구니들과 튜브, 트랜지스터라디오 등이 놓여 있었고, 개들도 뛰어놀고 있었다. 한적한 곳을 찾기가 쉬운 일이 아니었다. 코를 찌르는 어떤 냄새, 아마도 땀냄새이거나 아니면 물과 오줌이 섞인 알칼리성의 냄새인 듯한 것이, 햇살이 내리쬐는 언덕 위쪽의 편평한 곳에서부터 은근하게 풍겨오고 있었다. 또한 여기저기에서 고함소리, 깜짝 놀라 내지르는 비명, 여자아이들이 깔깔거리는 소리와 함께 콧노래도 들려왔다. 상슬라드는 도로와 해변을 가르는 낮은 담 위에 앉아서, 목에 두른 초록색 수건 양끝을 두 손으로 잡고서 주위를 돌아보았다.

그는 털이 많이 난 한 남자가 종려나무 가지 같은 것을 넘느라 발을 높이 쳐들면서 바다 쪽으로 걸어가는 모습을 눈으로 좇았다. 그 남자는 넓적다리 중간 정도까지 물에 잠기자 몸을 물속으로 던졌고, 그러고는 사라져버렸다. 다른 쪽, 해초들과 쓰레기들이 널려 있는 곳 왼쪽에서는, 캡을 쓴 세 살쯤 되어 보이는 어린아이가 말벌에 쏘여 갑자기 울음을 터뜨렸다. 샹슬라드는 어머니가 달려가서 그 아이를 팔로 껴안는 것을 지켜보았다. 알록달록하고 커다란 파라솔 그늘에서는, 이리 비슷하게 생긴 개가 눈을 껌벅거리며 헐떡이고 있었다. 그리고 저쪽에서는, 금발의 젊은 여자가 크림을 듬뿍 찍은 손으로 검은 모발인 여자의 등을 한참 동안 문질러주고 있었다.

샹슬라드는 한적한 곳을 찾으려면 가능한 한 물 가까이로 가는 편이 좋겠다고 생각을 굳혔다. 그는 발을 끌며 물가로 나아갔고, 자갈 위에 누워 있는 여러 사람의 몸을 피하여 걸었다. 그는 물가에서 불과 몇 센티미터밖에 떨어지지 않은 곳에 가서 앉았는데 거기에는 자갈들 사이로 모래가 조금씩 보였다. 그는 앉은 채로 몇 분 동안 주위를 살펴보았다. 바다는 육중하고 두툼한 회색 콘크리트 판처럼 펼쳐져 있었고, 간혹 해변 위로 들이칠 것 같은 물결이 밀려올 뿐이었다. 이따금 자극적이고 역겨운 냄새를 실은 바람이 불어왔다. 하늘은 푸르렀고, 태양은 하늘의 거의 정중앙에 떠서 활활 타오르고 있었다. 땀이 흐르기 시작한다는 것을 느낀 샹슬라드는 초록색 수건을 해변에 던져놓고서 옷을 벗었다. 그러고는 바닥에 몸을 길게 누였다. 수영복 바지의 붉은색과 검은색의 바둑판무늬가 그의 희디흰 피부와 기묘한 대조를 이루었다.

상슬라드는 자신을 감싸고서 힘껏 죄어들어오는 태양의 열기에 몸을 맡겼다. 그는 한순간 한순간, 살갗의 각 제곱센티미터 위에 타는 듯한 뜨거움이 느껴지기를 기다렸다. 그것은 매우 낯선 느낌이었다. 마치 표피의 얇은 막 위에 움직이는 눈이 하나 생겨나서, 그것이 세상과 접촉하기 위해, 운명의 장난이나 의지의 변덕에 따라 이리저리 옮겨다니는 듯했다. 두 눈을 감고, 해변과 바다로부터 들려오는 소리에 귀를 닫은 채 어린 소년은 태양빛에 드러난 자신의 피부 속에 온전히 살아 있었다. 그에게는 더이상 손도, 다리도, 배도, 얼굴도 없었고, 붉은색과 검은색의 바둑판무늬 수영복도 없었다. 그는 온통 주름투성이인 늙은 통나무였고 이파리 하나 달리지 않은 잔가지였으며, 혹은 해면 덩어리이거나 아니면 아주 똑같은 모양의 비늘들로 뒤덮인 어떤 덩어리였고, 그 위로 뜨거운 대기가 균등한 힘으로 짓누르고 있었다. 그것도 아니면 그는 해안으로 밀려나온 해파리, 더러운 물이 고인 웅덩이, 또는 지구의 땅 한 조각이었다. 부글거리며 타오르는 태양이 소름 끼칠 정도로 느릿느릿하게 움직이면서 위아래로 넘실거리고 있었고, 그것은 흡사 하늘에 떠 있는 구름이나 바다를 떠다니는 표류물들의 움직임과 똑같았다. 그런데 참으로 이상한 일이었다. 그는 이곳에서 등을 땅에 바싹 붙이고 배와 가슴은 하늘을 향한 채 온몸을 드러내놓고서 꼼짝도 하지 않고 있는데, 그와 동시에 그는 저쪽, 어디 다른 곳에서 세상으로부터 완전히 고립되어 수평선 너머의 어느 곳을 표류하고 있는 것이었다. 아무런 생각도 않고 전혀 미동도 하지 않으면서, 그는 자신의 초상으로부터 벗어나 몽환의 절벽 꼭대기에 우뚝 서서 자신을 내려다볼 수도 있었다. 매우 멀리 떨어진, 그러나 선명하게 보이는 텅 빈 공간의 깊숙한 곳에서 그는 노란색 둥근 태양이 빛을 비추고 있는 어떤 공터 같은 곳을 언뜻 보게 되었는데, 그 공터의 한가운데에는 붉은색과 검은색 바둑판무늬 수영복을 걸친 그의 하얀 몸이 꼼짝도 않고 등을 바닥에 대고서 팔짱을 낀 자세로 누워 있었다. 그리고 그는, 자신이 로켓에 실리기라도 한 듯이 위로 떠올라 몸이 눕어 있던 자리가 초속 수백만 킬로미터로 심연 속으로 빨려들어가며 아찔한 속도로 사라지는 광경을 지켜보았다. 그러나 그가 해변의 높고 편평한 바닥으로부터 분리되면 분리될수록, 주위의 세세한 것들은 점점 돋보기로 확대된 듯 일일이 뚜렷하게 드러났다. 문득 상슬라드는 깨달았다. 자신이 그곳, 협소한 해변 위, 수많은 남자들과 여자들과 아이들과 개들 틈에 끼어 홀로, 살아 있는 시체로서 그곳에 누워 있다는 사실을 깨달은 것이다.

그는 그러한 깨달음에 너무도 얼떨떨해져서 마음속에 어떤 번민이 섬광처럼 스쳐지나가는 것을 느꼈다. 이마와 허리는 온통 땀으로 덮여 있었고, 배가 따끔거렸다. 그는 바닥에서 몸을 일으켜 뚫어질 듯 앞을 바라보았다. 바다는 항상 그곳에 편평하고 반들거리는 모습으로 펼쳐져 있었고, 그의 뒤로는 미지근한 해변이 내내 같은 외침들, 같은 소리들을 울리고 있었다. 창백한 하늘이 허공을 덮고 있었고, 태양은 여전히 같은 장소에서 타오르고 있었다. 만을 가로지르던 작은 모터보트 한 대가 힘이 달린 듯 이따금 그 숨가쁜 우르릉 소리를 바닷가까지 보내왔다. 샹슬라드는 수건 한쪽 귀퉁이로 손과 얼굴을 닦아냈다. 그러고는 일어서서 바다로 들어갔다.

그는 때때로 머리를 물속에 잠그면서 오랫동안 헤엄을 쳤다. 만이 끝나는 곳에 깎아지른 곶 모양의 것이 우뚝 서 있었고, 그래서 샹슬라드는 그곳까지 헤엄쳐 가기로 마음먹었다. 잠시 후 그는 곶이 시작되는 곳에 이르러, 해초들이 엉겨붙어 끈적거리는 바위 위에 발을 디뎠다. 그는 성게들을 피해가며 조심스럽게 물 밖으로 나왔다. 지난번에 그가 루셀과 함께 바위가 많은 해변으로 멱을 감으러 갔을 때, 루셀의 오른쪽 발에 성게 가시 하나가 박히는 바람에 그를 병원으로 데려가야 했는데, 의사는 메스로 그의 발을 째고 가시를 뽑아냈던 것이다.

상슬라드는 바위들을 밟고 뛰어서 곶을 따라 뻗어 있는 오솔길로 나와서는 해변 반대 방향으로 걸었다. 그의 위쪽으로는 저택들과 많은 나무들, 기름진 풀들이 자리잡고 있었으나, 사람이라곤 전혀 보이지 않았다. 그곳은 특히 더위가 극심했는데, 태양빛이 언제나 바다에 반사되기 때문이었다. 상슬라드는 땀을 흘리며 길을 따라 앞으로 나아갔다. 여기저기에 알로에나 칸나의 커다란 이파리들이 길 위로 늘어져 있어서 그 사이를 헤치며 걸어야 했다. 그곳에서는 역시 그 냄새, 계피, 맥주, 오줌, 요오드가 섞인 냄새가 풍겨와 가슴을 짓눌러서 숨을 헐떡이게 만들었다. 허물어진 담장 주변의 구석진 여러 곳에서는 커다란 회색 도마뱀들이 겁도 없이 빤히 바라보고 있었다. 말벌들이 붕붕대고, 몸통이 납작한 파리들이 다리에 들러붙어 바닷물과 땀을 빨아댔다.

잠깐, 상슬라드는 뒤로 돌아가서 다시 해변에 몸을 누이는 편이 낫겠다고 생각했다. 그러나 그는 한 번도 그 부근에 와본 적이 없었기 때문에 그곳이 궁금했다.

갑자기, 전혀 눈치채지 못한 사이에 어느새, 오솔길은 숨이 콱콱 막히는 덤불숲을 벗어나 앞이 탁 트인 포구 쪽으로 뻗어 있었다. 그곳에서는 바람이 살랑살랑 불어왔고, 그 바람을 맞으며 계속 길을 따라 걷기 전에 상슬라드는 그곳에서 몸을 식혀야겠다고 생각했다.

포구에는 사람의 그림자가 전혀 없었으며, 주위를 둘러싼 커다란 나무들에 가려져 햇볕이 반쯤만 들었다. 두 개의 희끄무레한 바위 사이로는 하얀 자갈들이 깔린 해변이 펼쳐져 있었다. 그러나 그곳은 여느 다른 곳과는 사뭇 달랐다. 그곳에는 온갖 쓰레기들이 산더미처럼 쌓여 있었다. 마치 몇 달이고 계속해서 트럭들이 그곳에 도시의 오물들을 쏟아부어버리기라도 한 듯이, 수많은 고철과 철사, 양철통이 널려 있었다. 하지만 주변을 돌아보아도 샹슬라드가 걸어온 오솔길 외에는 다른 길이 없었고, 그 잡동사니들은 풍랑이 칠 때 바닷가로 밀려들어와 쌓인 것임이 분명했다.

샹슬라드는 한동안 그 지독한 카오스를 잠시 내려다보다가 이윽고 해변 자갈밭으로 내려갔다. 그는 소금이 하얗게 말라붙은 커다란 통나무가 해변을 가로질러 놓인 곳으로 가서 그 위에 걸터앉았다. 바람 덕에 몸의 열기가 가라앉은 느낌이 들자 그는 해변을 거닐며 잡동사니들을 하나씩 살펴보기 시작했다. 그는 녹이 슨 검은색 양철통을 향해 돌을 던졌다. 그리고 마른 나뭇가지들을, 마치 그곳에 어떤 동물이나 사람이 앉아 있기라도 한 듯이, 바위에 대고 있는 힘껏 내리쳐서 꺾어버렸다. 또 빈병들을 가능한 한 멀리 집어던졌는데, 그때마다 유리병이 깨지는 소리가 싫지 않게 들려왔다. 자갈들 밑에 파묻혀 있는 녹이 슨 긴 쇠막대를 파내보기도 했다. 아주 큼지막한 돌을 들어올렸다가, 그것을 함석판 위에 떨어뜨리기도 했다. 그는 반쯤 지워진 단어들이 새겨진 녹슬어터진 상자들을 부수어버렸다. 그는 조약돌들을 두들겨 깨서, 불꽃이 반짝 일었다가 사라질 때 풍겨오는 유황 냄새를 맡았다. 그는 낚시찌들과 부표들, 작은 병, 찢어진 타이어들을 바다에 내던졌다. 통조림통을 잔뜩 쌓아놓고는 자갈을 던져 넘어뜨렸다. 그는 손에 잡히는 모든 것들, 벌레 먹은 구두, 볼트, 냄비, 양철통, 썩은 나무판자, 바닷물에 불은 나뭇가지, 조약돌, 부서진 의자, 금속판, 플라스틱병, 대걸레 조각, 작은 자갈로 가득찬 휘발유통을 탄환 삼아 온갖 방향으로 날려보냈다. 그는 그렇게, 완전히 몰두하여, 쉬지도 않고 그런 행동을 계속하면서, 바위 위로 뛰어다니고, 연료 오일이 고인 웅덩이와 병이 깨어져 사금파리들이 널려 있는 곳 위를 넘어다녔다. 그는 홀로 군대 전체에 대항하여 싸움을 벌이는 모험가였으며, 열, 백, 만 명을 상대로 전투를 치르는 용사였다. 그는 포격을 가했고, 포탄을 퍼부어 배들을 침몰시켰다. 그는 군도로 마구 베어 넘겼으며, 도처에 눈을 가지고 있어서 누구도, 아무것도 그를 덮칠 수 없었다. 때때로 그는 잔뜩 쉰 목소리와 알아들을 수 없는 야만적인 언어로 목구멍 깊숙한 곳으로부터 명령을 내리기도 하였다. 이를테면 그는 다음과 같이 소리질렀다.

"브록스 바냐우 반도르!"

"프라조!"

"아파당스타르 드보이!"

"이아르—토 이아르—토!"

그는 쇠막대기로 수많은 쇠로 된 물건들을 내리쳐서 짓부수며 전투를 종결지었다. 갈라진 금속 통들에서는 기름이 조금씩 흘러나왔다. 이제 죽은 나무들을 쌓아놓고 불을 붙여, 큰 바위 위에서 타오르는 불꽃을 내려다보아야 할 순간이었다. 그러나 샹슬라드에겐 성냥이 없었고, 그렇다고 나뭇가지 두 개를 서로 비벼대어 불을 일으킬 시도를 하기에는 너무도 피곤했다. 그래서 그는 자갈 위에 앉아 아무런 행동도 하지 않고 물끄러미 바다를 바라보았다.

하지만 다시 길을 걷기 시작했을 때, 그는 그날 일을 추억으로 간직하기 위하여 작은 나뭇조각 하나를 집어들었다. 그것은 작은 전나무 판이었는데, 그 위에는 다음과 같이 쓰여 있었다—오르소바.

샹슬라드는 오솔길을 따라 걸었다. 담에 가로막힌 편평한 언덕에 이르기 직전에 그는 끝이 뾰족한 바위 위에 으깨어져 있는 갈매기 한 마리의 시체를 보았다.

그 담은 매우 높았고, 약 3~4미터나 되었다. 그러나 그 옆쪽에 구멍이 뚫려 있어서 샹슬라드는 네다리로 기어 그 구멍으로 들어갔다.

담의 반대쪽 경치는 전혀 달랐다. 그곳에는 넓은 정원이라고 부를 만한 곳이 바다까지 펼쳐져 있었고, 온통 많은 꽃과 잎사귀, 풀줄기, 나무가 우거져 있었다. 샹슬라드는 덤불숲을 헤치며 걸어서 곶 끝으로 나아갔다. 그곳에서는 바다가 덜 희끄무레하게 보였고, 해안 아주 가까이로는 무언지 알 수 없는 초록색 기운이 바닷물에 어려 있었다. 그곳은 매우 쾌적했고 게다가 사람들이 아무도 보이지 않았기 때문에, 샹슬라드는 그곳에서 멱을 감으면 괜찮겠다고 생각했다. 그는 적당한 자리를 찾으면서 바위들 사이를 지나 아래로 내려갔다. 그러고는 약간 비스듬하게 물속으로 조금 잠겨 있는 넓적하고 편평한 바위 위에 자리를 잡기로 결정했다. 그러나 그 바위 위로 내려섰을 때, 그는 조금 더 떨어진 곳에 그것과 비슷한 또다른 바위를 발견했고, 그 위에 누군가가 앉아 있는 것을 보았다. 붉은색 수영복을 입은 한 어린 소녀가 물속에 발을 담그고 앉아 있었다. 샹슬라드는 해안을 따라 그녀에게 다가갔다. 그가 옆으로 다가와 서자 소녀는 고개를 완전히 돌려서 그를 보았다. 샹슬라드는 그녀가 검은색 색안경을 끼고 있는 것을 보았다. 그는 그녀가 앉아 있는 바위 위로 내려서서 잠시 주변을 살피다가 말했다.

"너 여기에 사니?"

어린 소녀는 놀란 기색을 보였다.

"아니, 너는?" 소녀가 말했다.

"나도 아니야." 샹슬라드가 대답했다.

그는 그녀 옆에 앉아서 그녀처럼 두 발을 물에 담갔다.

"너 벽에 뚫린 구멍으로 들어왔지?" 어린 소녀가 물었다.

"응." 샹슬라드가 말했다.

그는 계속 소녀를 지켜보는 동안 그녀의 머리카락이 길고 검다는 것과 왼쪽으로 가르마가 난 것을 알 수 있었다.

"나는 샹슬라드라고 해. 나이는 열두 살하고 반년 됐어."

어린 소녀가 물속에서 발을 흔들어 거품을 일으켰다.

"내 이름은 소니아야"라고 말하고 나서, 소녀는 만족스럽다는 듯이 덧붙였다. "나는 열세 살인데."

"여기에 오는 것은 금지인데." 샹슬라드가 말했다.

"나는 여기에 아빠하고 왔어. 아빠는 저쪽 조금 떨어진 곳에서 낚시를 하고 계셔." 소니아가 말했다.

"난 말이야, 여기에 혼자 헤엄쳐서 왔어." 샹슬라드는 거짓말을 했다.

"그래? 헤엄을 쳐서 왔어?" 소니아가 물었다.

"그럼, 헤엄을 쳐서 저기를 건너왔다고." 샹슬라드가 손가락으로 바다를 가리키며 말했다.

"난 그렇게 할 수 없는데." 소니아가 말했다.

"그렇고말고, 아주 힘든 일이거든. 나는 지쳤어."

샹슬라드는 몸을 뒤로 젖혀 바위 위에 누웠다.

"하지만 여하튼 여기에 들어오는 것은 금지야. 조금 전에 정원에서 경고판을 보았지. 여기에 들어와서는 안 된다고 쓰여 있었어." 그가 말했다.

"여기가 누구 소윤데 그래?"

"나도 몰라. 그렇지만 사람들이 경비를 보내거나 개를 풀어놓으면, 나는 헤엄을 쳐서 도망칠 거야."

"나도."

"그래, 하지만 헤엄을 잘 칠 줄 알아야 해. 해류가 있단 말이야. 그래서 수영을 잘할 줄 모르면 해류에 휩쓸려서 익사하게 돼."

"그렇겠구나, 물속에 가라앉게 된단 말이지, 저런."

샹슬라드와 소녀는 웃음을 터뜨렸다.

"너 크롤 영법 할 줄 알아?" 샹슬라드가 물었다.

"아니, 그건 너무 어려워서, 나로서는……"

"내가 조금 후에 어떻게 하는 건지 가르쳐줄게." 샹슬라드가 말했다.

그가 소녀의 검은색 색안경을 가리키며 말했다.

"나 그 안경 써봐도 돼?"

소녀는 색안경을 벗어서 샹슬라드에게 건네주었다.

"좋다. 얼굴에 너무 끼지도 않는데." 샹슬라드가 말했다.

"그럼. 게다가 아주 비싼 거야, 빛 여과 렌즈로 되어 있거든."

"아 그렇구나, 정말 훌륭해."

그는 색안경의 렌즈를 통해 바다와 하늘과 어린 소녀를 보았고, 또한 자신의 손을 앞으로 뻗어서 바라보았다.

"모든 게 초록빛으로 보이는걸."

"내겐 장밋빛 색안경도 있어. 하지만 아빠 말씀으로는 그런 색은 눈에 좋지 않대."

"그걸 쓰면 장밋빛으로 보이니?"

"그럼, 모든 게 장밋빛으로 보여. 신기하지, 응?"

"그래, 정말 재미있겠다." 샹슬라드가 말했다.

그는 색안경을 벗어서 바위 위에 올려놓았으나 어린 소녀는 색안경을 다시 쓰지 않았다.

"네 이름은 소니아 무어니?" 샹슬라드가 물었다.

"소니아 이바스키에비치."

"소니아 무어라구?"

"이, 바, 스, 키, 에, 비, 치. 폴란드 이름이야. 아빠가 폴란드인이시거든."

"아 그래? 러시아인이 아니시고?" 샹슬라드가 말했다.

"아니야, 아빠는 폴란드인이셔." 소녀가 대답했다.

"왜 그러냐 하면, 내게는 러시아인 친구가 하나 있는데, 그 친구 이름이 드미트리 필라티예프거든."

"우리 아빠는 러시아인들을 안 좋아하셔. 아빠 말씀으로는 그들이 아빠의 조국을 파멸시켰대." 소녀가 말했다.

"그렇지만 드미트리는 용감한 녀석이라고." 샹슬라드가 말했다.

"내게는 아무래도 상관없어. 하지만 아빠는 달라. 조국에 대해 말씀하실 때 아빠는 언제나 슬퍼지셔. 러시아인들이 아빠를 폴란드에서 떠나게 만든 거라고 말씀하시곤 해."

"그건 전쟁이 일어났기 때문이야." 샹슬라드가 말했다.

"맞아, 전쟁이 일어났기 때문이야." 소니아 이바스키에비치가 대꾸했다.

"나는 전쟁에 대한 기억이 있어. 아프리카 전선에서 돌아오는 독일군들을 본 적이 있는데, 그들은 우리집 창문 아래로 지나가고 있었어. 엄마가 내게 그들을 손가락질하면서 보여주었지. 어쩌다가 그들은 우리집 창문에다 총을 겨누기도 했는데, 그건 그들이 겁을 집어먹고 있었던 탓이야."

"나는 아빠 엄마랑 스위스에 있었어. 하지만 나는 아무것도 기억나는 것이 없어."

"나는 차라리 전쟁터에 나갈 수 있으면 좋겠어. 나는 총을 잘 쏘거든. 장터의 오락장에서이긴 하지만." 샹슬라드가 말했다.

"아빠는 항상 책상 서랍에 리볼버를 넣어두셔." 소니아가 말했다. "한번은 내게 그걸 보여주셨는데, 그 사실을 아무에게도 말해서는 안 된다고 하셨어. 안 그러면 아빠가 감옥에 가게 된다고 말이야."

"리볼버를 가지고 있으면 신날 거야."

"그래, 하지만 그건 금지야."

"내게 리볼버가 있다면 아무도 두렵지 않을 텐데."

그는 물에서 두 다리를 빼서 바위 위에 얹어놓고 구부렸다.

"어느 날 장터에서 공연히 허세를 한번 부려보려던 친구 녀석이 있었어. 녀석은 카우보이 영화에서처럼 권총을 쏘아보고 싶었던 거야. 그애는 권총을 자기 주머니에 꽂았는데, 그때 총이 발사되는 바람에 총알이 허벅지 바로 여기에 박혔어." 그는 말을 하면서 자기 넓적다리의 한 부위를 가리켰다.

"많이 아팠겠네."

"물론이지. 피를 많이 흘려서 사람들이 그 녀석을 병원으로 데려갔어."

"그런데 말이야, 나는 열 살 때 병원에서 맹장염 수술을 받았어. 흉터가 아직 이렇게 남아 있어."

소녀가 배의 상처를 그에게 보여주었다. 샹슬라드는 몸을 굽혀서 손으로 그 흉터를 만져보았다.

"딱딱한걸." 그가 말했다.

"그래, 하지만 이제는 아프지 않아." 소니아가 말했다. "스리즈라는 이름의 친구가 있었는데, 그애는 제시간에 수술을 받지 못해서 죽고 말았어."

"그애 이름이 스리즈*라고 했어?" 샹슬라드가 물었다.

소녀가 웃음을 터뜨렸다.

"그렇다니까, 스리즈, 그애 이름이 그랬다고." 그녀는 검은색 색안경의 테를 가지고 손장난을 치면서 계속 말했다. "처음엔 우리도 그애 이름을 가지고 놀려댔지. 하지만 우리는 곧 그 이름에 익숙해졌어. 그애는 작년에 죽었어. 제때에 수술을 받지 못해서 말이야."

"나는 클로비스라는 이름을 가진 녀석을 하나 알고 있어." 샹슬라드가 말했다. "그것도 우스꽝스러운 이름이지, 안 그래?"

"그래, 그렇지만 스리즈만큼은 아니야."

"응, 그건 그래."

그들은 그렇게, 때로 다리를 물속에 담그기도 하고 때로 바위

* '체리'라는 뜻.

위에 올려놓기도 하면서 반시간 이상 계속해서 대화를 나누었다. 이제 태양은 나무들이 이루는 선 아주 가까이까지 내려와 있었고, 바다는 검푸른색으로 변해 있었다. 어느 만치 시간이 흘렀을 때, 샹슬라드와 소녀는 수영을 하러 바다로 나갔다. 그들은 잠시 바위를 따라 헤엄을 쳤고, 샹슬라드는 소녀에게 팔꿈치를 뒤쪽으로 아주 멀리 내뻗게 하여 크롤 영법을 가르쳐주었다. 그러고 나서 그들은 넓적하고 편평한 바위 위로 다시 올라왔다. 물이 차가웠기 때문에 그들은 덜덜 떨었다. 그때 소녀가 샹슬라드에게 손을 내밀었고, 그들은 가시덤불 사이를 걸었다. 가시덤불을 헤치고 나왔을 때, 소녀가 샹슬라드에게 숨바꼭질을 하자고 말했고, 그는 손으로 눈을 가리고서 큰 소리로 숫자를 헤아리기 시작했다. "하나, 둘, 셋, 넷, 다섯, 여섯, 일곱, 여덟, 아홉, 열, 열하나, 열둘, 열셋, 열넷, 열다섯, 열여섯, 열일곱, 열여덟, 열아홉, 마지막 스물!" 그는 한눈에 그녀가 소나무숲으로 뻗어 있는 숲길을 따라 그쪽으로 숨어들었다는 것을 알아차렸다. 그는 소리 내지 않고 소나무들에 접근하여 그녀를 뒤에서 붙잡기 위해 우회를 하였다. 예상대로 그는 소나무의 큰 줄기 뒤에 몸을 웅크리고 숨어 있는 소녀를 발견했다. 그녀는 그가 다가오는 것을 보지 못했다. 샹슬라드는 발끝으로 몇 걸음 더 접근하여, 그녀로부터 2미터 정도밖에 떨어져 있지 않게 되었을 때 앞으로 달려들어 그녀의 몸을 휘감았다. 소녀는 놀라서 비명을 질렀고, 두 사람은 땅바닥에 넘어졌다. 살갗과 머리카락과 젖은 수영복이 그에게 묘한 감촉을 전해왔다. 그들은 그 외에도 다른 많은 놀이를 하였다. 술래잡기, 상대방 붙잡기, 까막잡기, 수건돌리기, 순경과 도둑 놀이, 자동차 운전 놀이, 결투 놀이까지. 게다가 샹슬라드는 팔씨름을 하기 원했고 곧 간단하게 그녀를 이겨버렸다. 그러고 나서 그들은 숨을 돌리기 위하여 땅바닥에 누워서 서로를 간질이며 장난을 쳤다. 그러다가 얼마 지나지 않아서 소년은 소녀의 살갗, 처음에는 팔 위, 그리고 목 주위와 어깨 위, 그러고 나서 붉은색 수영복의 젖은 천 아래를 차례로 애무하기 시작했다. 소녀는 아무 말도 하지 않았으나, 샹슬라드의 몸에 찰싹 달라붙어서 팔로 그의 몸을 감고 있었다. 샹슬라드는 바로 눈앞에 있는 소녀의 얼굴, 초록색 두 눈과 살갗에 붙은 속눈썹, 검은 머리칼을 들여다보았다. 그는 벌어진 입술 사이로 흘러나오는 그녀의 숨결에서 머리를 어지럽게 하는 후끈한 향기를 맡았다. 한편, 그녀는 한데 모이고 있는 짙은 푸른색의 두 눈과 주근깨, 그리고 입술 사이로 빛나는 두 개의 흰색 앞니를 바라보았다. 그러고는 얼굴을 앞으로 내밀어, 영화에서 본 것처럼 눈꺼풀을 닫고서 그에게 입을 맞추었다. 그러면서 그녀는 저녁에 자기 방에 틀어박혀서 이 모든 것을 일기장에 적어놓겠다는 생각을, 그리고 앞으로는 모니크, 입술에 루주를 칠하고 브래지어 속에 솜뭉치를 넣는 그 멍청한 키다리 모니크가 더이상 자신을 놀려대지 못할 것이라는 생각을 했다. 그녀는 소년의 손을 이끌어 젖은 수영복 밑에 숨어 있는 자신의 가슴 위에 얹었다. 그러나 그 손은 그곳에, 꼼짝 않는 도마뱀처럼 차갑게 머물러 있을 뿐이었다. 그녀가 다섯번째 입맞춤을 그에게 하려 했을 때, 소년은 머리를 뒤로 약간 움츠렸다. 천천히 몸을 일으키며 그는 소녀의 하얀 배 위, 수영복 바로 위에서 갈고리 같은 다리가 달린 시커멓고 커다란 벌레 한 마리가 촉수를 움직이고 있는 것을 보았다. 그는 그 벌레에게서 눈길을 거두지 못하고 뒤로 화들짝 물러났다. 소녀는 짧은 순간 아무 말 없이 자신의 배를 내려다보다가 이윽고 비명을 내지르며 신경질적으로 몸을 흔들어대면서 튀어오르듯이 몸을 일으켜세웠다. 그러고는 공포에 사로잡혀 숨을 격하게 몰아쉬면서 그 자리에서 발을 동동 굴렀다. 그러다가 마침내 빛 여과 렌즈가 달린 그 멋진 검은색 색안경을 챙기는 것조차 잊어버리고서 덤불숲 사이를 헤치며 내달려 사라져버렸다. 샹슬라드는 그녀가 달아나는 것을 보았다. 그는 그녀를 불러 세우고 싶었으나 목소리가 나오지 않았다. 그래서 그는 몸을 일으켜 다리와 팔의 살갗에 붙어 있는 잔 풀잎들을 꼼꼼하게 뜯어냈다. 그러고는 색안경을 집어 들고서 그곳을 떠났다. 그는 머리가 약간 어지러웠고 심한 갈증을 느끼고 있었다. 태양은 나무들 너머로 사라지고 있었고, 바람은 차가웠다. 해변에 도착했을 때, 그는 사람들이 아무도 없다는 것과 누군가가 자신의 아주 새것인 멋진 초록색 수건을 가져가 버렸음을 알았다.

그림에 빠져들기도 하는 중에

모든 일이 다음 페이지에 실려 있는 그림처럼 이루어졌다. 어느 날, 편지지 한 묶음에서 종이 한 장이 찢겨나갔고, 이름 모를 한 아이의 손이 푸른색 볼펜과 색연필들을 가지고 그 위에 저 형체들을 그려놓았다. 그 형체들은 너무도 자연스럽게 자리를 잡고 있어서, 마치 항상 그곳에 있어왔고 그래서 그저 이렇게 복제만 하면 충분할 것 같을 정도였다. 그 그림은 곧 하나의 세계관, 요컨대 수많은 다른 것들 중에 어느 하나의 세계관일 뿐이었다. 하지만 그 그림에서는 모든 것이 완전하고 완벽하고 완결되어 있는데다가, 세부적인 사항들이 어느 하나도 빠져 있지 않았다. 운명이 저기 어딘가에 태양의 모양으로, 혹은 두 눈의 깊은 곳에서 빛나는 검은 점 속에 분명하게 그려져 있었다. 또한 죽음

도 왼편에 있는 사람의 치아 속에, 혹은 엉망으로 대충 그려진 머리카락 속에 나타나고 있었다. 전쟁도, 사랑도, 무지함도 있었다. 너무도 일찍 찾아온 노년과 마모되는 시간, 그리고 조금씩 오그라들고 있는 영혼도 있었다. 그 그림은 괴상하고, 기괴하고, 감동적이며, 비극적이고, 마술적이었다. 그것은 삶에 대한 하나의 상징이었다. 그렇다, 바로 그러하다. 그리고 동시에 그 이상의 것, 즉 누군가가 이 땅에 살았다는 증거, 인간적이고 소박하면서 신비로운 서명이기도 하였다. 또한 그것은 서사시, 말하자면 가장 순수한 형태로만 남아서 우연히 이렇게 여기에, 무수한 페이지들 중에서 찢겨나온 이 단 한 장의 종이 위에 그려진 유별난 서사시였다.

그 그림이 의미하려 했던 바를 사람들이 진정으로 이해할 수 있었을까? 진정으로 이해할 수 있는 것이 있기나 한 것인가? 내가 말하고 싶은 것은 단지, 그 스케치가 여기에, 이 시대의 바로 이 순간에, 한 어린아이의 서투른 손길을 빌려, 별 뚜렷한 필연성 없이 그렇게 존재하고 있었다는 것이다. 그러니 무언가를 찾아보려 해도 허사였고, 아무도 그 수수께끼의 열쇠를 발견할 수 없으며, 전반적인 흐름을 밝혀볼 수도 내밀한 의미를 깨달을 수도 없었다. 괴발개발 그림이 그려진 그 페이지 위에 의미 있는 무언가가 있었다면, 그것은 세상 속에 있는 것과 마찬가지의 것이었다. 그것은 삶의 현존, 혹은 그 자체로 존재하는 삶의 명증이었다. 끔찍스러운 허무 앞에서, 얇은 종잇장은 마치 대리석이나 텅스텐으로 된 것처럼 버티고 있었다. 그 어느 것도 그 종잇장을 찢어버릴 수 없었고 망가뜨릴 수도 없었다. 그것은 부드러운 성벽, 무르고 휘어질 듯한 방패였으며, 삶의 유일하고 진정한 이유였다. 그것은 하나의 단어라거나 하나의 기호가 아니라, 스크린, 수백만 가지 양태의 삶과 행동들을 수긍하고 포용하는 섬세한 스크린이었다. 모든 문화가 그 사각형의 종이 속에서 진동하고 있었고, 모든 불가해하고 고약한 문화도 몇 줄로 요약되었다. 하지만 거짓말하는 것이 무슨 소용인가? 까마득한 옛날부터 항상 변화하지 않는 것, 그것은 사람들이 아무것도 이해할 수 없었다는 사실이었다. 사람들은 수많은 논란을 벌이고 이론들을 쌓아올렸으나 아무 소용이 없었고, 전능하고 불가사의한 늘 동일한 광경만이 나타날 뿐이었다. 모든 아름다움, 모든 치욕, 모든 열정과 모든 쾌락과 모든 죽음의 애통으로.

결국 명백해 보이는 것은, 이해할 수 있는 것이 아무것도 없다는 사실이었다. 그리하여 해야 할 아무런 일도 남아 있지 않았고, 그저 이 종잇장을 손에 쥐고서 푸른색 볼펜 한 자루와 색연필을 가지고 그림을 그려나가는 수밖에 없었다. 불과 몇 초 동안 역사를 포착하기 위해서 말이다.

지금 종잇장 위에는 인간을 닮은 두 형상이 서로 손을 마주잡고서 무無와 직면하고 있었다. 그들의 얼굴 중앙에서는, 크게 벌어진 두 눈이 두려움을 담고 당신의 두 눈을 뚫어지게 응시하고 있었다. 왼쪽에 있는 소년은 시체처럼 이를 내보이고 있었다. 그 소녀의 블라우스 위에 수놓인 토끼 한 마리도 역시 앞을 빤히 바라보고 있었다. 두 사람 위로는, 두 마리의 뱀을 닮은 두 갈래의 길이 뻗어 있었는데, 하나는 푸른색으로, 그리고 다른 하나는 초록색으로 그려진 그 길들은 각기 이쪽 집과 저쪽 집을 연결해주고 있었다. 두 집 사이에는 커다란 체리 두 개가 달린 나무 모양의 것이, 아니면 가로등같이 생긴 것이 우뚝 서 있었다. 맨 위쪽으로는 청록색 태양이 마치 벌레처럼 자리잡았고, 그 위로 종이 이쪽 끝에서 저쪽 끝까지 치열같이 보이는 산들과 구름들의 선이 이어지고 있었다.

이로써, 그 불변의 이야기를 그림으로 그리고 났을 때, 더이상 덧붙일 것은 아무것도 없었다.

부득이한 경우에는, 상슬라드처럼 엄지와 검지 사이에 볼펜을 쥐고서 다음과 같이 쓸 수도 있었다. 그것 역시 인간들의 전설 중 하나였다.

'바다는 푸른색이고 파도가 치고 있다. ~~사아자~~사자는 우리에 들어 있다. 흑표범이 노하여 성을 내고 있다. ~~포~~표범이 발톱으로 할퀸다. 코끼리는 코가 길다. 연원숭이는 땅콩을 먹는다. 늑대는 아주 고약하다. 곰이 물속에서 헤엄을 친다.'

그리고 그 밑에 또 그림 하나가 그려질 것인데, 그 스케치 속에는 선남선녀들, 새들, 나비들, 꽃들, 고양이들, 개들, 악어들, 여기저기 공중에 떠다니는 집 두세 채, 태양과 달과 별 각기 하나, 하나는 종려나무이고 다른 하나는 플라타너스인 나무 두 그루가 모습을 나타내게 될 것이다.

또한 한 인간이 주인공이 될 이야기를 해보는 것 역시 재미있을 것이다. 어느 날 그는 창문을 통해 집을 빠져나와서 길과 정원을 무수히 가로질렀을 것이다. 그는 늑대와 뱀이 우글거리고 나무들이 울창한 넓은 숲속을 걸었을 것이다. 그리고 늑대와 뱀들에게 겁을 주려고 신발을 벗어 들고 두 짝을 서로 부딪쳐서 소리를 냈을 것이다. 한참 걷고 나자 그는 피로해졌을 것이다. 그러면 그는 개울가의 빈터를 찾아서 통나무로 오두막을 한 채 지었을 것이다. 지붕 위에는 이파리가 무성한 나뭇가지들을 얹었을 것이다. 그러고 나서 활과 화살을 만들어 사냥을 떠났을 것이다. 꿩이나 뿔닭을 잡았을 것이고, 그것을 불에 구워 먹었을 것이다. 그러고는 뱀이나 악어를 조심하면서 강에서 멱을 감았을 것이다. 그 일이 끝나고 나면 올빼미 한 마리를 길들였을 것이고, 곧 그 올빼미는 그의 머리 위에 내려앉았을 것이다. 또한 그는 오두막집 주위에 큰 울타리를 쳤을 것이고 거기엔 드나들 수 있는 사다리도 설치되었을 것이다. 그러면 밤마다 늑대들이 당신을 잡아먹으려고 울타리로 몰려들었을 것이다. 그때 그는 그것들에게 불붙은 나뭇가지나 돌을 던졌을 것이다. 그는 모든 기구들을 혼자의 힘으로 만들었을 것이고, 모래에 열을 가하여 창유리를 만들고 물을 끌어들이기 위해 대나무를 이용하여 수도관을 만들었을 것이다. 또한 그는 감자와 밀과 사탕무, 그리고 강낭콩도 심었을 것이다. 그는 그곳에서 아무에게도 눈에 띄지 않고 오랫동안 살았을 것이다. 그는 늑대 가죽으로 옷을 해 입었을 것이며, 더이상 샹슬라드라고 불리지 않게 되었을 것이다. 그는 어떤 새로운 이름, 이를테면 토르라거나 티무르, 혹은 네드 멀로니와 같은 거창하고 아름다운 이름을 가지게 되었을 것이다.

여러 낮이 지나갔고

언젠가 아버지의 장례식을 치를 때의 일이었다. 샹슬라드는 처음에 촛불들이 밝혀진 넓고 어두컴컴한 방으로 들어갔다. 그는 연기와 라벤더의 은근하면서도 자극적인 냄새를 맡았다. 그때 누군가가 그의 어깨에 손을 얹고서 그를 앞으로 밀었다. 그의 어머니가 아니면 고모였을 것이다. 그래서 그는 한 남자가 잠자는 듯한 자세로 누워 있는 흰색 침대로 다가갔다. 그러나 첫눈에 보아도 그가 잠들어 있는 것이 아님을 알 수 있었다. 단지 사람들이 그렇게 보이도록 만들어놓았을 뿐이었다. 시신은 희디흰 시트 위에 뉘어 있었으며, 두 손은 가슴 위에 모여 양손의 손가락이 각기 서로 마주 향하여 있었다. 머리 아래에는 새 베개가 괴여 있었고, 검은 머리카락은 왼쪽으로 난 가르마를 따라 정성스럽게 빗겨 있었다. 침대 발치에는 짧은 보랏빛 꽃묶음이 꽃병에 담겨 있었으며, 침대 테이블 위에는 커다란 금빛 십자가가 새겨진 붉은색 가죽 장정의 성경이 한 권 놓여 있었다.

상슬라드는 어깨를 누르고 있는 손에서 벗어나기 위하여 앞으로 몇 걸음 더 떼어놓고는 침대와 아버지의 시신을 바라보았다. 그는 결코 그러한 육신을 본 적이 없었다. 시신은 창백하고 가벼워 보였는데, 너무도 가벼워서 침대 위로 몇 센티미터쯤 떠오른 것처럼 보였다. 두 손이 하얬고, 얼굴도 하얬는데 거의 투명하고 바스러질 듯할 정도여서 당장이라도 실내의 어슴푸레한 대기 속에서 해체되어버릴 것만 같았다. 그 육신은 마치 아이들이 가지고 노는 풍선이나 거품과 같은 것이어서, 미미한 한 조각의 바람에도 실내의 다른 쪽 끝으로 날려갈 수 있을 듯했다. 살갗으로부터는 창백하고 어스레한 빛이 스며나오는 듯하였는데, 그 빛은 육신과 수의와 심지어 사자가 누워 있는 침대까지도 감싸고 있었다. 그가 아무리 눈을 감고 입을 다물고 콧구멍과 귀를 닫고 누워 있어도 그는 항상 그곳에, 살갗의 엷은 막 속에 갇혀 있었고, 바깥에서 무슨 일이 일어나고 있는지 잘 알고 있었다. 그는 단지 숨어 있는 것일 뿐이었고, 그것이 전부였다. 그는 두개골의 한구석, 아마도 왼쪽 눈 밑에 잠복해 있거나, 아니면 오른손 집게손가락 속으로 완전히 모습을 감추고 있었다. 그래서 그는 사람들이 하는 이야기를 모두 들을 수 있었고, 주변에서 그들이 벌이는 행동을 모두 지켜볼 수 있었다. 어쩌면 그는 참아내지 못하고서 이제라도 당장 웃음을 터뜨리거나 입을 잔뜩 실룩거려 보일지도 몰랐다. 그러면 모든 사람은 공포감에 사로잡히게 될 터였지만, 상슬라드만은 전혀 동요하지 않을 것이고 오히려 자신을 억제하는 법을 아는 사람처럼 약간 미소를 지어 보일 것이었다.

어린 소년이 침대 앞에 서 있은 지가 십오 분은 족히 되었을 때에, 조금 전에 그의 어깨를 눌렀던 바로 그 손이 이번에는 그의 팔을 잡고서 그를 구석으로 데려갔다. 그곳에 이르러 그는 의자에 앉아 방안에서 일어나는 일을 바라보았다. 미광 속에서 남자들과 여자들의 흐릿한 윤곽이 움직이고 있었다. 사람들이 문으로 들어와서, 마치 전염병에라도 걸릴까봐 겁을 내는 듯이 때때로 손수건을 코밑에 갖다대면서 침대 위로 몸을 굽히고는, 소곤거리면서 사라져버렸다. 어떤 사람들은 소년이 앉아 있는 곳에까지 와서 그의 뺨을 가볍게 토닥이며 묘한 눈으로 그를 들여다보기도 하였다. 상슬라드는 아무 말 없이 그들을 지켜보고 그들의 말에 귀를 기울였다. 그러나 그는 자신만이 유일하게 진실을 알고 있다고 생각하며 터져나오려는 웃음을 가까스로 참고 있었다. 사람들이 다가와 그의 귀에 무어라고 속삭여댈 때마다 그는 침대 쪽으로 머리를 돌려서 혹시 침대 위의 남자가 눈꺼풀을 조금 들어올려서 그에게 공모자의 눈길을 보내오지나 않는지를 보고자 했다. 그러나 그 남자는 너무 강했다. 그는 계속 눈을 감고 있었고, 그래서 아무도 그가 일부러 눈을 감고 있음을 눈치채지 못했다.

상슬라드는 자신은 그만큼 코미디를 훌륭하게 해낼 수 없을 것이라고 생각했다. 그는 한 번인가 두 번 친구들, 혹은 사촌 오딜과 함께 죽은 시늉하기 놀이를 해보았다. 그러나 번번이 그는 몇 초 지나지 않아 더이상 놀이에 열중하지 못하고 눈꺼풀을 깜박거리다가 급기야 킥 웃음을 내뱉곤 했다. 그리고 만약 누군가가 그를 간질이기라도 하면 그것으로 끝이었다. 그는 웃음을 터뜨려버리고 말았다.

하기야 그런 생각은 하나의 상상일 뿐이었다. 떠날 시간이 되어 조금 전의 그 손이 다시 그의 어깨를 잡아 그를 방밖으로 데리고 나가려 했을 때, 소년은 손을 뿌리치고 홀로 침대 쪽으로 걸어갔다. 그러고는 몸을 굽혀서 아버지의 팔을 만졌다. 다른 사람들이 눈치채지 못하도록 그는 슬퍼하는 듯한, 그리고 잠시 생각에 잠기는 듯한 표정을 지었다. 그러나 실제로는 있는 힘껏 아버지의 팔을 꼬집었다. 딱딱하고 싸늘한 팔의 감촉이 재킷 천을 통해 그에게 느껴졌고, 그의 손톱은 살 속에 깊이 박혔다. 하지만 그의 행동이 매우 갑작스러운 것이었음에도 불구하고 침대 위 남자는 아무런 신음소리도 내지 않았다. 그의 희고 창백한 얼굴은 여전히 무표정했고, 갈색으로 변한 눈꺼풀은 움직이지 않았다. 샹슬라드는 놀라서 얼마 동안 더 계속하여 아버지의 팔을 꼬집었고, 그러다가 결국 어머니가 다가와서 그를 뒤로 떼어놓았다. 샹슬라드는 부끄러웠다. 그는 자신을 잡고 있는 어머니의 손에서 벗어나서 재빨리 방을 뛰쳐나왔다. 그러고는 부엌으로 도망쳐서, 사람들이 그가 울었다고 믿게 하기 위하여 수도꼭지에서 물을 받아 두 눈을 적셨다. 그렇게 함으로써 최소한 그를 찾으러 온 모든 사람에게 감동을 줄 수 있었고, 그를 본 많은 부인네들은 그에게 몸을 굽혀 소곤거리는 말을 늘어놓으며 그의 뺨에 입을 맞추었다.

며칠 후에 장례식이 있었다.

샹슬라드는 그렇듯 때때로 사람이 죽는 날이 온다는 것을 모르고 있었다. 당신도 아시다시피, 사람들은 집안을 손보고, 곳곳을 검은색으로 칠하고, 여기저기에 검은 장막과 조그만 원탁들, 난초와 제비꽃이 담긴 꽃병들, 양초들을 배치하고, 아울러 테이블 위에 명함들로 가득한 찻잔 받침 접시들을 늘어놓는다. 며칠 동안에 사람들은 모든 것을 바꾸어놓는다. 어떤 것들은 감추고 또 어떤 것들은 드러낸다. 우선 의복들이 그렇다. 베일, 검은색 드레스, 검은색 스타킹, 검은색 앞치마, 검은색 모자, 검은색 목

도리, 보랏빛 양말, 검은색 구두, 검은색 바지와 재킷, 그리고 머리핀과 넥타이와 허리띠 등. 그 외에도 검은색 띠를 두른 사각형 마분지들을 그와 비슷한 봉투들 속에 집어넣게 되는데, 그 위에는 다음과 같이 쓰여 있다.

부고

장 앙투안 샹슬라드 씨께서
별세하셨음을 비통한 마음으로 알려드립니다.

장례식은 1962년 8월 3일이며,
출관은 당일 16시에 있을 예정입니다.

구렁에서!*

클로드 샹슬라드
아드리앵 샹슬라드
필리프 망데스 부부

* 원문은 라틴어 시편에 나오는 De profundis로, 망자를 위한 기도문의 첫머리다.

세바스티앵 마냥

배상

또한 갑자기 이 방 저 방으로 들이닥쳐서 악수를 하고 입을 맞추고 손수건으로 눈물을 찍어내며 끊임없이 수군거리는 낯모를 사람들도 많다. 입을 열 때마다 그들은, 이를테면 이런 이상하고 마음 산란하게 하는 말들을 주고받는다.

"세상에, 이 무슨 날벼락이에요? 충격이 얼마나 컸을까……"

"그러게 말이에요. 가슴 아픈 일이에요."

"게다가 아시겠지만, 옷을 입힐 때 살이 터졌지 뭐예요."

"아이고, 맙소사."

"고인께 검은색 정장을 입혔었는데 그때 등의 살이 터졌어요. 그래서 온몸을 깨끗이 씻어내고 처음부터 다시 시작해서 다른 옷으로 갈아입혔어요."

"하지만 그분의 표정은 너무도 평온하고 행복해 보……"

"맞아요, 그건 그래요. 그렇지만 거기다가 턱을 붕대로 감기까지 해야 됐다고요."

"당신이 고인 얼굴에 분칠하는 일도 했나요?"

"그렇다니까요. 내가 말했잖아요, 고인이……"

"아, 끔찍해라. 부인이 얼마나 힘드셨을까."

"가엾게도 부인으로서도 어쩔 수 없었어요. 고생만 한껏 하셨지요."

"당신이라도 있었으니 다행이에요."

"그래요. 하지만 여하튼 딱한 일이에요. 그분이 그렇게 되고 이틀 후에 또다시 시트를 더럽혔다는 걸 생각해보세요."

"너무하죠!"

"한마디로 슬프고 유감스러운 일이에요."

"정말 끔찍해요."

"하지만 악취가 나거나 하지는 않던데요."

"의사가 곧장 약품 처리를 했거든요."

"그렇군요. 이런 더위에는 그렇게 하는 편이 나을 거예요."

혹은 이와는 다른 다음과 같은 대화도 들려온다.

"오래 고통스러워 하시지는 않았나요?"

"아니요, 그렇게 오래가지는 않았어요. 며칠 그렇게 끌어오시다가 가셨어요."

"오랫동안 시달리지 않았다니 다행이군요."

"임종 무렵에는 차마 지켜볼 수가 없었어요. 하지만 그나마, 그래요, 오래 끌지는 않았어요."

"밤에 숨을 거두셨나요?"

"네, 새벽 네시경이었어요. 그 밤 내내 헛소리를 하고 계속 토

하셨어요. 난리였죠. 그러다가 새벽 네시경에 비명을 지르기에 달려가보았는데, 이미 숨을 거둔 뒤였어요."

"이런 일이 그분에게 일어날 줄은 몰랐어요. 아직 너무도 젊고, 너무……"

"그래요, 의사가 전부터 정기적으로 진찰하러 오곤 했죠. 그래도 주의를 했어야 하는 건데."

"어쨌든 고통을 오래 겪지 않았다니 다행이에요. 그런 식으로 몇 년씩 끄는 사람도 있거든요."

"맞아요, 바로 제 시어머니가 그랬지요. 아주 지긋지긋했어요. 그런데 더더욱 곤란한 점은 당신이 곧 세상을 떠나게 되리라는 사실을 예감하고 있었다는 것이었어요. 그래서 허구한 날, 날 혼자 내버려두지 마, 날 혼자 내버려두지 마, 하고 소리쳤죠. 그러다가 당신 침대 주변에 사람들이 있는 것을 보면 이번엔 말이죠, 헛소리를 하는 거예요. 이 사람들이 내게서 뭘 바라는 거야, 이 사람들에게 가라고 해, 꺼지라고 하란 말이야, 하고 소리를 질렀어요. 말도 마세요. 시어머니와 지내는 동안에 집안 사람들 모두 고생했어요."

"그랬을 거예요. 때로는 그럴 바엔 차라리 길에서 죽는 편이 낫지 않나 생각이 들기도 해요……"

"게다가 제 시어머니는 너무도 심하게 고통을 겪고 계셨기 때문에 누가 당신을 죽여주기를 오히려 바라셨어요. 제게 이렇게 말씀하시곤 하셨죠. 얘야, 내 부탁 좀 들어주련, 내게 권총을 다오, 모든 걸 끝낼 수 있게 말이다."

"어머, 저런. 어떻게 그럴 수가."

"그런데 이런 이야기는 이제 그만둬야겠어요. 저 꼬마가 모두 듣고 있어요."

"불쌍한 녀석, 아무것도 이해할 수 없을 테니."

기타 등등.

또한, 어슴푸레한 실내의 어딘가에 검은 상복을 입고 베일로 얼굴을 가린 여인이 있다. 그녀는 두 손을 무릎 위에 모으고 등을 구부려 의자 등받이에 비스듬하게 기대 앉아 있다. 그녀는 아무 말도 하지 않는다. 그녀는 그곳에 조용히 앉아 몸을 약간 웅크리고 있는데, 마치 잠을 자는 듯이 보인다. 베일의 작은 그물눈들 사이로 그녀의 매우 흰 얼굴을 엿볼 수 있다. 그러나 그녀의 입술과 코와 눈을 볼 수는 없다. 단지 그 양쪽으로 그녀의 갈색 머리카락 다발이 늘어뜨려진 모습만을 볼 수 있을 뿐이다. 콧구멍과 입술 사이로 흘러나오는 더운 숨결에 베일의 가운데 부분이 규칙적으로 오르내린다. 다른 사람들의 희미한 형체가 그녀 주위를 지나다닌다. 때때로 어떤 여인이 그녀에게 몸을 굽혀 팔로 그녀의 어깨를 감싸안고서 베일로 가려진 얼굴을 그녀에게 가까이 가져가서 무어라고 속삭인다. 하지만 그녀는 대답을 하지 않고 미동조차 않는다. 베일 너머로 보이는 그녀 얼굴의 흰 점은 마룻바닥 위의 어느 한 곳, 관이 놓인 큰 탁자 발치에서 왼쪽으로 몇 센티미터 떨어진 곳을 향해 고정되어 있다. 아무도 그녀를 위해, 그리고 다른 사람을 위해 그 어떤 일도 할 수가 없다. 어린 소년 샹슬라드처럼, 사람들은 오직 그녀를 바라보기만 할 뿐이다. 지금 샹슬라드는, 자신이 매우 극적인 삶을 살고 있다는 생각에 자랑스러움을 느끼면서, 한편으로는 연민도 가슴에 품고서, 그리고 그 모든 일이 어떻게 끝날 것인가에 대해 궁금해하며 그녀를 바라보고 있는 것이다.

얼마 후에 사람들은 시신이 실린 검은 차 뒤를 따라 걷기 시작했다. 샹슬라드는 매우 보기 흉한 보라색 드레스를 입은, 나이가 상당히 든 어느 여인에게 손을 맡기고 앞쪽에서 걷고 있었다. 장례 행렬은 광장으로 접어들어 아주 천천히 광장 주위를 돌기 시작했다. 태양은 하늘 높이 떠 있었고, 눈부신 흰색 빛 같은 것이 보도와 집들의 벽 위로 매우 강하게 반사되어서 두 눈이 온통 축축하게 젖어 있었다.

영구차 바로 뒤에서 상복을 입은 여인이 미끄러지듯이 자연스럽게 걸음을 옮기고 있었다. 다리를 움직이지 않고 걷는 듯해서 그녀는 마치 유령처럼 보였다. 그녀의 오른쪽에서는 검은색 양복을 입은 나이든 남자가, 그리고 왼쪽에서는 머리에 스카프를 두르고 검은색 원피스를 입은 젊은 여자가 걷고 있었다.

행렬의 맨 앞에서는 검은색 영구차가 햇빛을 받아 번쩍거리고 있었다. 멋지고 새것인 그 차의 뒤쪽에는 금도금을 한 쇠기둥들과 검은색 벨벳 장막으로 꾸며진 영구대가 설치되었고, 그 장막 위에는 은빛 눈물방울 모양이 수놓여 있었다. 자동차는 소리도 내지 않고 천천히 굴러가고 있었고, 태양은 차바퀴의 휠캡과 범퍼의 크롬 위로 눈을 뜰 수 없게 만드는 강한 빛을 던지고 있었다. 영구대 안쪽으로는, 구리 손잡이가 달린 관의 검은색 목재 부분과 자줏빛 깔개, 그리고 꽃묶음이나 다발 같은 것이 눈에 띄었다. 그 꽃다발에는 다음과 같은 말이 쓰여 있었다.

'끝없는 애도'

혹은 이렇게 쓰여 있기도 했다.

'사랑하는 나의 남편 영전에'

출발하기 전에 사람들은 샹슬라드에게도 꽃묶음을 하나 주었고, 그래서 그는 진지한 표정을 지으며 그것을 관 위에 올려놓아야 했다. 그 꽃묶음은 플라스틱 조화로 된 제비꽃 화환이었는데, 그 위에는 다음과 같은 글귀가 적힌 작은 띠가 비스듬하게 가로지르고 있었다.

'아버지 영전에'

샹슬라드는 걸으면서 화환이 여전히 그곳에 놓여 있는지 살펴보았다. 하지만 사라지고 없는 걸 보니 오던 중에 옆으로 미끄러져 떨어진 모양이었다.

더위가 몹시 심했다. 샹슬라드는 차츰 온몸에서 힘이 빠져나가는 듯한 감각에 사로잡혔다. 그는 저 멋진 검은색 차에 타서 붉은 쿠션 위에 누운 자세로 그렇게 편하게 실려서 광장 주위를 돌았으면 좋겠다는 생각을 했다. 그는 행렬을 이룬 사람들이 자신들의 발걸음을 세며 뒤를 따라오는 모습을 바라볼 것이며, 길가에 늘어선 구경꾼들에게 손짓을 해 보일 것이다. 어떤 사람들은 경의의 표시로 모자를 벗을 것이고, 부인네들은 눈을 내리깔며 눈에 띌 듯 말 듯하게 성호를 그을 것이다.

광장 주위를 처음 한 바퀴 도는 데에 꽤 오랜 시간이 걸렸다. 벌써 행렬 속의 어떤 사람들은 탈진하기 시작했다. 샹슬라드 뒤의 한 뚱뚱한 대머리 사내는 숨을 헐떡이며 수건으로 연신 목덜미를 훔치며 계속 같은 말을 중얼거렸다.

"지독한 더위구먼……"

단 한 사람, 앞장서서 차의 뒤를 따르고 있는 검은 옷의 여인만은 왼쪽이나 오른쪽을 보는 일 없이 유령처럼 조금씩 미끄러지듯 꾸준히 나아가고 있었다. 사람들은 그녀의 가벼운 그림자를 따라 광장 주위를 돌고 있었는데, 위에서 내려다본다면 그 모습은 기묘하게 생긴 달팽이나 혹은 지네와 흡사했을 것이다. 지금 광장 한가운데에는 어떤 강렬한 진공의 공간이 이루어져 하늘로 뻗어올라 태양에 닿고 있었다. 그것은 눈에 보이지 않는 대리석 기둥이었으며, 회전목마의 중심축과 유사했는데, 그 자체로써 천천히 회전하면서 그것이 그리는 원주를 따라 검은 옷차림의 긴 행렬을 움직이고 있었다. 그리고 그것은 또한 인간들을 심판하고 판결을 내리는 시선이었다. 하나의 눈, 그렇다, 냉혹하고 엄격한 하나의 눈이 그 광장을 주시하며 광장 전체를 최면 상태에 빠뜨려놓았다. 육신들이 땀을 흘리고 있었고, 건물들이 넘을 수 없는 성벽들처럼 솟아올랐으며, 땅바닥이 발아래에서 녹아버리고 있었다. 어떤 열린 출구도, 빠져나갈 수 있는 어떤 틈도 없었다. 도처에, 당신을 짓누르고 당신을 노예로 만드는 비인간적인 시선이 있을 뿐이었다. 지금 바로 이 순간, 사람들이 모두 그곳에 모여들어서 그 야만적인 의식에 참여하고 있는 것이었다. 검은색 자동차의 지칠 줄 모르는 엔진이 강철 피스톤의 저주받은 힘을 발휘하여 소리도 내지 않고, 아주 능숙하게 무리를 끌어당기고 있었다. 오래전 길을 잃은 모든 시선들이 요란스러운 화환들로 덮인 검은색 목제 관 위로 몰려들어서 자기들이 겪은 고통에 대한 앙갚음을 하고 있었다. 상슬라드가 그 지옥의 한 복판에 떨어져 있고 도망칠 수 없다는 것을 깨달았을 때, 그는 낯선 현기증을 느끼고서 몸을 떨었다. 결코 그는 그토록 비좁은 공간 속에서 그렇게 극심한 공허와 치명적인 폭력, 그리고 그토록 심한 공포와 피로를 경험해본 적이 없었다. 그것은 끝이 없는 층계를 따라 탑을 올라가는 것이나, 혹은 앞이 보이지 않는 방을 가로질러 걷는 것보다 더욱 견디기 힘든 일이었다. 인간의 지성은 갑작스럽게 무너져버렸고, 전적으로 비극적인 분위기가 당신을 움직이게 하여, 아무도 더이상 이해하지 못하는 것, 아무도 결코 이해할 수 없을 것, 이를테면 영원히 무지일 수밖에 없는 것으로 뒤덮인 얼어붙은 지역을 가로지르게 하고 있었다.

당장이라도 싸움을 벌이고 소리를 지르고 줄달음을 치기 시작하거나, 아니면 웃음을 터뜨리기라도 해야 할 터였다. 갑자기 어떤 우스꽝스러운 일, 누군가가 바나나 껍질을 밟고 미끄러져 넘어진다거나 딸꾹질을 해대는 등의 일이 일어나야 할 터였다. 하지만 검은색과 흰색의 사람들 무리는 진저리나는 궤도를 따라 한 발 한 발 진지하게 기계적으로 나아가고 있었다. 아무라도 힘껏 휘파람을 불어대거나 아니면 하다못해 아이스콘이라도 먹을 수 있어야 할 것이었다. 그러나 그것은 불가능했다.

샹슬라드는 나름대로 저항하기 위하여 증오심이 어린 눈길로 구리 손잡이가 달린 검은색 목제 관을 바라보았고, 관이 텅 비어 있다고 상상해보고자 애썼다. 그러나 그다지 재미가 없었다. 심지어 무척 두렵기까지 한 일이었다. 요컨대 그건 아마도 상상이 아닌 진실이었기 때문이었다. 옻칠한 목제 뚜껑 위에서, 화환과 플라스틱 꽃들이 그 우스꽝스러운 이파리들과 꽃잎들을 조금씩 흔들어대고 있었다.

그때, 광장을 두 바퀴 돌고 났을 때, 샹슬라드는 자신이 관 속에 들어 있다고 생각했다. 그는 두 눈을 감고 콧구멍과 귀를 닫고 입을 다물고서 두 손을 모아 배 위에 얹어놓았다. 관 뚜껑 위에는 많은 꽃다발들이 놓여 있었는데, 그중의 하나에는 금박으로 다음과 같이 새겨져 있었다.

'나 자신을 애도하며'

롤러스케이트를 탄 듯이 미끄러져 나아가고 있는 검은 옷차림의 여인 뒤에서는, 검은 머리의 한 남자가 심각한 표정으로 새로 산 구두의 밑창을 딸깍거리면서 걷고 있었다.

그리고 그 몇 미터 뒤에서 걷고 있던 어린 소년은 다른 생각에 잠겨 있었다. 그는 더이상 관 속에 누워 있는 한 인간이 아닌, 초록색과 푸른색을 띤 한 마리의 커다란 도마뱀이었다. 부엌문 뒤에서 암고양이 한 마리가 그의 목을 비틀었고, 지금 사람들은 그를 매장하러 가는 길이었다. 사람들은 그를 상자 속의 새빨간 새틴 깔개 위에 반듯이 눕혔고, 그의 작은 두 다리를 모아 배 위에 얹어놓고서 장밋빛 리본으로 묶어놓았다. 그는 어두컴컴한 상자 속에 실려 자동차의 진동에 조금씩 흔들리고 있었고, 사람들은 모두 눈에서 눈물을 찍어내며 천천히 그의 뒤를 따르고 있었다. 관 위에는 파리를 철사로 꿰어 만든 다발이 놓여 있었는데, 띠 위에서는 다음과 같은 문구를 읽을 수 있었다.

'사랑하는 나의 도마뱀 영전에'
'애도'
'나의 파충류 영전에'
기타 등등.

장례 행렬은 언덕들을 넘어서 축소판 묘지로 올라갈 것이다.

그곳에서 사람들은 상자를 땅에 묻고서 이런 글귀가 새겨진 대리석 판을 둘 것이다.

도마뱀
1951년 5월 1일 출생
1952년 8월 21일 사망
평안히 잠들기를

여기저기에 사망하거나 혹은 동물이 되어버린 이들을 위한 무덤들이 있을 것이다. 암고양이가 되어버린 여인도 있고 그녀에게는 '내 사랑하는 나비에게'라고 쓰여 있을 것이며, 불도그가 되어버린 남자에게는 '파디'라는 이름이 바쳐져 있을 것이다. 말-남자, 코끼리-남자, 기린-여자, 그리고 사자-여자를 위한 커다란 무덤도 있을 것이었다. 풍뎅이-남자, 흰쥐-여자를 위한 작은 석관들도 있을 것이다. 또한 사람들은 도처에 꽃이 담긴 꽃병들과 뼈다귀, 깃털, 메달 들을 늘어놓고 검은 대리석 판들을 둘 것이며, 그 판들 위에는 이런 이름들이 새겨져 있을 것이다. '죄인 왕다' '미트수' '코팽' '통 티' '피에로' '미라벨' '불의 눈 베트사베'. 그리하여 이제 더이상 인간들을 위한 묘지는 없을 것이며, 단지 썩은 말들과 배가 터진 고양이들과 으깨어진 감자벌레들과 개들과 앵무새들과 그리고 도마뱀들을 위한 묘지만이 있을 것이다.

광장을 세 바퀴째 거의 다 도는 동안 샹슬라드는 구리 손잡이가 달린 검은색 목제 관 속에 드러누워 있는 초록색과 푸른색의 도마뱀을 위하여 발라드 한 편을 지었다. 그 시는 다음과 같았다.

나의 도마뱀을 애도하며

너의 두 눈은 매우 크구나, 도마뱀아
네 코는 아주 납작하구나, 도마뱀아
네 이는 썩었구나, 도마뱀아
네 꼬리는 잘렸구나, 도마뱀아
암고양이가 너를 죽였어, 도마뱀아
너는 날고 싶었지, 도마뱀아
너는 벌을 받은 거야, 도마뱀아
이제 작별이야, 도마뱀아
너를 땅해 묻을 거야, 도마뱀아
검은 관 속에 넣어서 말이야, 도마뱀아
너를 위해 만들어진 관이지, 도마뱀아
사람들이 네게 말하곤 했지, 도마뱀아

결코 그래선 안 된다고, 도마뱀아
결코 결코 도마뱀처럼 굴어서는 안 된다고 말이야, 도마뱀아.

그리고 거의 바로 이 순간부터 샹슬라드는 자신이 앞으로 결코 혼자가 아니리라는 사실을 깨닫기 시작하였다.

여러 밤이 지나갔고

겉창들이 닫혀 있는 방안에서 샹슬라드는 침대에 누워 잠을 청했다. 그는 오른쪽으로 몸을 돌려서 머리를 베개 맨 가장자리에 올려놓았다. 그는 무릎이 배에 닿을 정도로 오른쪽 다리를 잔뜩 오그렸고, 왼쪽 다리는 침대 끝까지 내뻗었다. 방안을 내리누르는 후덥지근한 열기에도 불구하고 그는 턱밑까지 시트를 바짝 끌어당겨서 벌어진 틈이 하나도 없게 시트 자락으로 목 주변을 꼭꼭 틀어막았다. 그는 오른팔을 이불 위로 뻗었고, 왼팔은 구부려서 코 앞으로 가져갔다. 그러고는 눈을 감고서, 매일 저녁 그러하듯이 그가 잠들게 될 것임을 예고하는 그 환상이 찾아와주기를 어둠 속에서 기다렸다.

그 환상은 항상 이런 식이다. 우선 어떤 집의 벽을 따라 끝없이 추락하고, 벽 위의 창문들이 차례차례 전속력으로 눈앞을 스쳐지나간다. 집은 매번 같은 건물이었는데, 앞면이 흰색으로 칠해진 그 거대한 건물에는 겉창이나 발 같은 것도 없는 사각형의 작은 창문들이 나 있고 그 창문을 통해서는 암흑만이 보일 뿐이다. 그런 창문들이 백 개쯤 있다. 아니, 천 개쯤, 백만 개쯤 있다. 창문들이 빠른 속도로 잇달아 지나가고, 그동안에 계속하여 추락하고, 추락하고, 추락한다.

그러고 나서 가구도 바닥도 천장도 없고 단지 두 개의 창문만, 하나는 뒤에 있고 다른 하나는 정면의 벽 위에 나 있는 그 이상한 방이 나타난다. 그곳에서는 정신을 바싹 차려야 한다. 그곳에서의 모든 놀이는 안쪽 벽에 등을 붙인 동시에 맞은편 벽을 마주한 상태에서 이루어진다. 놀이는 쉽지 않지만 익숙해져야 한다. 즉 모든 의지력을 발휘하여, 마치 아주 굵은 고무줄을 잡아당기듯이 조금씩 조금씩 끈기 있게 벽들을 접근시켜야 한다. 그러는 동시에 차츰 자신의 몸을 느슨하게 늘어뜨려서 그 벽을 맞아들여야 한다. 방안의 모든 공간을 점유해야 하고, 공기의 각 입방체들을 포착해야 하며, 대기를 호흡하고 들이마시고 깊이 삼킴으로써 자신을 잔뜩 부풀려야 한다. 좋은 결과를 얻기 위해서는 모든 수단이 유효하다. 목재의 갈색과 회벽의 미지근함을 몸으로 받아들일 수도 있고, 떠다니는 먼지들을 혀로 맛볼 수 있으며, 공기의 흐름을 감촉할 수도 있다. 하지만 가장 어려운 일은 이러하다. 말하자면, 창문이 나 있는 벽면을 자신 쪽으로 끌어당겨서 그 벽면이 두 다리와 배에 닿게 되었을 때에는, 텅 빈 거대한 방에서 길을 잃은 한 마리의 개미처럼 조그맣게 몸을 웅크리고 있어야 하는 것이다. 그러면서 저쪽, 아주 멀리에, 맑은 창문이 뚫린, 먼 회색 벽을 마치 여남은 개의 거울들 속을 보듯 볼 수 있어야 한다. 짐작하겠지만, 그것은 흡사 관처럼 좁은가 하면 동시에 대성당처럼 넓고 냉랭한 방안에 머물러 있는 것과 같다고 할 수 있다. 그리하여 몇 초, 몇 분, 몇 시간, 집중의 순간이 흘러 그 모든 일을 이루고 났을 때, 돌연 안개가 피어올라 퍼지면서 몸을 지워버린다. 우선 사지가, 그러고 나서 배와 가슴이, 그 후에 등과 목과 머리가 의식을 잃는다. 안개는 빽빽하고 짙게 계속하여 피어올라서 넓고 냉랭한 소용돌이를 이룬다. 머리가 흔들거리다가 곧 증발해버린다. 이제 침대 위에는 보이지 않게 되어버린 그의 흔적이 시트가 구겨진 채로 남아 있을 뿐이다. 잠이 든 것이다.

매우 넓고 캄캄한 들판 / 칼날처럼 곤두선 풀잎들 / 물소리 / 풀숲을 걷는 발소리 / 심장이 매우 빨리 뛰고 있다 / "두려워하지 않아도 돼"라고 목소리가 말한다 / "두려워하지 않아도 돼 두려워하지 말라니까" / "늑대들이 들판을 헤매고 있는 거야" / "아니면 바람소리일 거야" / "어쩌면 비가 오는 건지도 몰라" / "비는 오지 않아" / "그렇다면 저건 아마도 네 발소리일 게야" / "나는 걷고 있지 않아 나는 걷고 있지 않아"/ "너도 알잖아"/ 하늘에서는 구름이 구르듯 흘러가고 있다 / 밤이 왔지만 그러나 또한 여전히 낮이기도 하다 / "그쪽을 조심해" / 빛이 보인다 / "숲에 화재가 났다" / "어느 숲이야 어느 숲이냐고" / "난 달아나고 싶어" / "난 달아나고 싶어" / "난 떠나겠어 내가 떠나도록 내버려둬" / "왜 내 다리가 움직이지 않는 걸까" / "난 여기에서 벗어나고 싶다고" / "난 달아나고 싶어" / 밤은 검 / 연기는 검다 / 풀들은 검다 / 화재는 검다 / 숲은 검다 / 늑대들은 검다 / "지금 몇 시지 어서 빨리" / 밤은 검다 / 연기는 검다 / 풀들은 검다 / 화재는 검다 / 숲은 검다 / 늑대들은 거 / "조심해 나 넘어지겠어" / 밤은 / "그만 그걸 멈춰 멈추라고" / "지금 비가 내리고 있는 걸 모르는구나" / "비가 불을 꺼줄 거야" / "바람이 더이상 불지 않아 비가 올 것 같아" / "들어봐" / "저쪽에 번개가 치고 있어" / "어머니가 곧 오시겠다고 하셨어" / 밤은 검다 / 검다 / 검다 / "그녀는 길을 걷고 있다" / "그래 엄마가 오신다 저기 보인다" / 밤은 / "그래 그래 밤은 검고 연기는 검고 풀들은 검고 화재는 검고" / 넌 무언가를 잊고 있어 / "달은 검다" / 그리고 또한 / "거미들은 검다" / 그건 사실이다 그리고 / "잉크는 검다" / 잉크는 군청색이다 그리고 / "안경은 검다" / 안경은 검다 그리고 또한 / "물은 검다" / 그리고 당신은 그걸 말하려고 한다 / "나는 그럴 수 없다" / 할 수 있다 / "아니다" / 그렇다 / "아니다" / 그렇다 / "아니다" / 그렇다 / "아니다" / 그 / "그 감자들" / 그건 아니다 / "올리브 열매" / 그것도 아니야 / "자동차" / 아니야 그 / "그럼" / 빨리 말해봐 / "난 말할 수 없어 너무 위험한 일이야" / 빨리 / "난 두려워" / 빨리빨리 / "그러니까" / 그러니까 / "늑대들은 검다" /

늑대들은 검다

지금 빨리빨리 달린다 / 달린다 / 번개가 친다 / 비가 쏟아진다 / 쾅 쾅 우르르 쾅 / 쿠르르릉 / 달린다 / 달린다 / 두 다리가 땅에 부딪는다 / 무릎이 튀어오른다 / 풀이 물에 젖어 있다 / 풀숲에는 사금파리들이 널려 있다 / 저쪽에 나무 한 그루 / 달린다 / 하 하 하 하 / 내리닫는다 / 오른다 / 내려간다 / 올라간다 / 번개가 친다 / 또 한번 / "나 미끄러진다" / 진흙 구렁이 있다 / "빠진다 빠진다" / 진흙탕 / "살려줘" / 늑대들이 다가온다 / 놈들은 둥글게 원을 이룬다 / 하지만 이제 늑대 한 마리밖에 없다 / 그놈은 산처럼 크다 / 놈은 원을 그리며 접근한다 / 놈의 잔뜩 쉰 숨소리가 울려온다 / 크아아아 / 크아아아 / 크아아아 / 크아아아 / 놈의 아가리가 동굴처럼 벌어져 있다 / 이빨들 / 시뻘건 목구멍 / 잔뜩 쉰 목소리 / "나는 그 목구멍 쪽으로 미끄러진다" / "이러다간 목구멍 속으로 떨어지겠다" / 두 눈이 온 밤을 환하게 밝힌다 / 두 시뻘건 화재가 하늘에서 너울거린다 / "저 두 눈의 불을 끄기 위해서는 숨을 몰아 내뿜어야 한다" / "숨을 내뿜어라 숨을 내뿜어라" / 불가능하다 두 눈은 여전히 활활 타오르고 있다 / 여기에서는 모든 것이 늑대가 되어 있다 / 아가리 / 목구멍 / 이빨들 / 숲과 등허리 / 풀들과 털 / 다리들 / 나무들 / 산 / 동굴 / 목구멍 / 두 눈 / 화재 / 바람 / 거친 숨소리 / "크아아아" "크아아아" / 앞발이 다가온다 / 발톱들이 빛난다 / 하얀 이빨들 / 두 눈이 불꽃처럼 너울거린다 / 밤은 검다 / 검다 / 숲은 검다 / 검다 / 풀들은 검다 / 검다 / 두 눈은 검다 / 검다 / 화재는 검다 / 검다 / 늑대들은 검다 / 은 검다 / "엄마" / 등 위를 스쳐지나간다 / 헤엄친다 / 진흙 수렁 / 물이 닫혀버린다 / 하늘은 검은 물웅덩이다 / "숨이 막혀" / "더이상 숨을 쉴 수 없어" / "살려줘" / 화재가 번진다 / 늑대는 물속에 있다 / 자루 속에 / 익사하여 / "숨이 막혀" / 더러운 진흙탕 속에 빠져 / 검은 물속에서 질식하여 / "나는 죽었다" / 아무도 / 결코 아무도 없이 / 홀로 / "나는 더이상 보지 못해" / 우물 깊은 곳 썩은 물속에서 / 물이 코와 귀로 들어온다 / 아무 곳도 / 끝났다 / 졌다 / 물이 눈으로 들어온다 / 홀로 끔찍하게 홀로 / 칼날이 갈비뼈 속으로 파고든다 / 섬뜩하게 차가운 금속이 살갗과 폐를 꿰뚫는다 / 숨이 꺼진다 / 피가 물속으로 흘러 구름처럼 번져나간다 / 빛이 꾸물거린다 / 빛의 거품 / 피의 거품 / "나는 죽었다" / 밤은 검고 숲은 검고 화재는 / 검고 풀들은 검고 불은 검고 두 눈은 검고 비는 검다 / 연기는 검고 나무들은 검고 하늘은 검고 진흙은 / 검고 손들은 검고 안경은 검고 그리고 / 뱀들은 검고 감자들은 검고 늑대들 / 은 검고 늑대들 / 은 검다 /

이제 숲은 사라지고 들판도 화재도, 아무것도 없다.

그 대신 벽에 창문이 하나도 없는 커다란 방이 있다.

아무도 없는 커다란 방이 있다.

창이 없는 벽을 따라서 조각상들이 서 있다.

다른 똑같은 조각상들 중에 어느 조각상 하나가 자리하고 있다.

회색 돌로 된 그것은 시멘트 단 위에 세워져 있다.

그것은 움직이지도, 말을 하지도 않고, 눈동자를 굴리지도 않고 있다.

그것은 단단한 회색 돌로 만들어졌으며, 벽들과 천장은 그것

주위에서 연기처럼 떠다니고 있다.

그것은 적어도 높이가 2미터는 된다.

아무런 소음도, 전혀 아무런 소음도 없다.

그때 그 조각상이 돌로 된 가면을 벗는다.

그것은 전혀 움직이지 않고, 단지 가면이 조용히 스스로 벗겨진다.

그런데 첫번째 가면 뒤에는 두번째 가면이 있다.

두번째 가면이 벗겨지고 그러자 세번째 가면이 나타난다.

네번째 가면.

다섯번째 가면.

여섯번째, 일곱번째 가면.

여덟번째 가면, 아홉번째 가면, 열번째 가면.

가면들이 빠른 속도로 떨어져내리고, 이제는 그 속도가 너무 빨라 수를 헤아릴 수 없다.

그래도 여전히 미동도 하지 않는 또다른 돌 가면이 나타나는데, 두 눈은 같은 방향으로 고정되어 있다.

텅 빈 입 주위에 두 줄의 주름살이 있고 눈썹은 활처럼 휘었다.

단단한 코와 돌로 된 귀와 뺨도 가지고 있다.

꼼짝도 하지 않는 그 조각상은 계속하여 미친듯이 가면들을 떨군다.

코와 입과 눈들이 나타났다가 곧 사라지고, 다시 나타났다가 또다시 사라진다.

가면들은 매초 열 개, 백 개, 천 개씩 출몰한다.

그리고, 매번 가면은 상이한 모습을 보여준다.

돌처럼 부동이며 심각하고 단단하다.

조각상은 움직이지 않고, 조금도 움직이지 않고, 전혀 말을 하지 않는다.

조각상은 흐르는 물처럼 정신없이 가면들을 떨어뜨리고 있다.

그러나 그것의 얼굴은 결코 나타나지 않는다.

그것은 녹아내리지도 않고 그럴 기미도 보이지 않는다.

그것은 머리가 없고, 떨어져내리는 수백만 개의 가면들을 가지고 있을 뿐이다.

수백만 개의 고정된 눈들.

수백만 개의 귀들.

수백만 개의 이마와 뺨들.

양쪽에 두 줄의 주름살이 잡힌 수백만 개의 검은 입들.

조각상은 결코 자신의 진짜 얼굴을 보여주지 않을 것이다.

그런데 그 크고 황량한 방안에서는, 창문이 없는 벽을 쭉 따라서 마찬가지로 다른 수백만의 조각상들이 가면을 벗어던지고, 여기에 그들의 고정된 눈들이, 저기에 그들의 단단한 코들이, 그리고 저기에서 양쪽에 두 줄의 주름살이 잡힌 텅 빈 입들이 나타났다가 사라진다.

가면들이 황량한 방의 한쪽 끝에서 다른 쪽 끝으로 분주하게 왔다갔다 내달리고 있다.

그러면서도 단 한 마디도 흘러나오지 않는다.

상슬라드는 공중변소로 들어갔다. 그는 천장이 낮은 실내로 몇 걸음 걸어들어가면서 빈 칸을 찾았다. 화장실의 맨 안쪽에서 문이 열려 있는 한 곳을 발견했고, 그곳에서 볼일을 보았다. 흰색으로 칠해진 그곳은 모든 것이 아주 새것이었는데, 나일론 칸막이와 크롬 도금을 한 철제 수세기가 설치되어 있었다. 그는 그곳에 오래 머물지 않았다. 그런데 칸 밖으로 나왔을 때, 두 사내가 그를 기다리고 서 있었다. 바싹 마른 한 사내는 안경을 끼고 있었고, 키가 꽤 크고 몹시 뚱뚱한 다른 한 사내는 주먹을 쥔 양손으로 허리를 받치고 있었다. 마른 사내가 천천히 다가와서 무어라고 예의를 차려 말했다. 상슬라드는 그 사내가 말하는 바를 이해할 수 없으나 방금 자신이 함부로 사용한 새 변기가 문제되고 있음을 짐작할 수 있다. 그것은 아주 새것이고 분해도 가능한 것이었는데, 다른 곳으로 보내기 전에 잠시 그곳에 놓아둔 것이었다. 따라서 값을 치러야 할 것이다. 샹슬라드는 지갑 쪽으로 손을 가져가면서 얼마를 내야 하느냐고 묻는다. 마른 사내가 설명하기를, 그 장치는 완전히 새것이나 다름없고 값비싼 고급 제품이고 크롬 수세기가 부착되어 있는 만큼 영국 돈 약 백삼십 파운드를 지불해야 한다는 것이다. 샹슬라드는 지갑을 꺼내려고 하다가 곧 그 금액이 화장실을 사용한 값으로는 너무 비싸다는 것을 깨닫는다. 그가 말한다. "이 변기는 아직 더 사용할 수 있는 것이니 새 변기 값을 다 낼 수가 없소." 안경을 쓴 사내가 반박을 하지만, 샹슬라드는 그 말을 무시하고 그 자리를 뜨려고 한다. 그러자 키가 크고 건장한 사내가 동료를 제치고 나서서 샹슬라드 앞에 우뚝 선다.

"긴 말이 필요 없다. 모크를 내놓으란 말야."

상슬라드는 깜짝 놀라면서도 얼핏 깨닫는다. 그는 모크라는 단어가 있다는 것을 몰랐다. 그러나 그 말이 돈을 가리킨다는 사실을 알아차렸다. 그러고 나서 어떻게 된 것인지 알 수 없지만, 여하튼 그는 바깥으로 나와 손에 칼을 들고 보도 위에 서 있다. 그는 두 사내와 싸움을 벌인다. 안경 낀 마른 사내를 손쉽게 죽인다. 그러나 다른 사내는 너무 강하다. 상슬라드는 자신이 죽게 되리라는 사실을 알고 있지만, 그럼에도 불구하고 날카로운 단검을 쥐고 있는 그 사내를 향하여 다가간다. 상슬라드는 오른손으로 자신의 단검 손잡이를 힘껏 틀어쥐고서 그 거인 쪽으로 조금씩 걸음을 뗀다. 그러다가 차가운 칼날이 자신의 심장을 찌르고 들어오는 것을 느꼈을 때, 그는 그다지 놀라지 않는다.

또한 전쟁도 벌어지고 있어서, 탄환들이 쉭쉭 소리를 내며 날고 포탄이 난무하며 지뢰가 그 사내의 몸 아래에서 폭발하여 그를 순식간에 사라져버리게 한다. 지뢰가 터져 파인 진흙탕 속에는 피가 엉겨붙고 불에 그슬린 머리카락밖에는 남아 있지 않다.

전쟁이 한창이어서, 상어 대가리 모양을 한 잠수함이 바닷속을 누비고, 비행기가 하늘로부터 나선을 그리며 추락하고, 터진 연료 탱크는 시커먼 연기를 내뿜는다. 벽돌담 앞에서는 제복을 입은 열두 명 남짓의 사내들이 다른 한 남자를 총살에 처하고 있다. 총탄이 발사되어 그 남자의 몸을 꿰뚫어 갈가리 찢어놓는다. 나무들이 와지끈 소리를 내며 쓰러지고, 철조망의 가시철사가 목의 살갗을 파고들며, 까마귀가 깍깍거리면서 길을 따라 날아간다. 메마른 땅으로부터는 쥐들이 손가락들을 갉아먹은 시퍼런 손들이 삐져나온다. 그리고 머릿속에 갇혀버린 바다의 요정 세이렌은 계속 제자리에서 맴돌며 그 불길한 애소로 절규한다.

어떤 몸 하나가 순백의 시트가 깔린 침대 위에 배를 깔고 엎드려 있다. 보이지 않는 어떤 사람이 천천히 주사기를 가져다대고서 바늘을 찌른다. 오른손이 긴 주사기를 뽑아들고, 왼손은 알코올에 적신 작은 솜뭉치로 문지른다. 그러고 나서 멈추지 않고 계속하여 그 몸에 주사가 놓이고, 살 속을 찌르고 들어가는 그 끔찍한 주삿바늘은 순간순간 살에 경련을 일으킨다. 등, 견갑골, 엉덩이, 넓적다리, 그리고 다시

등, 바늘이 흰 살점 속으로 박히고 시커먼 주사
액이 방울방울 흘러들어간다. 그런데 주사를
맞는 쪽은 바로 그 몸이기는 하지만 그 통증은
당신에게까지 전해져서 당신이 신음하고 소리
치고 절규하고 울부짖게 한다! 이제 그 끔찍한
허리천자의 차례여서, 강철 바늘이 허리 한가
운데의 척추 속을 비집고 들어가 혈청을 흘려
넣는다. 그 통증은 눈앞에서 번개가 치듯이 온
몸을 자지러지게 할 정도로 강한 것이고, 그래
서 결국 그는 기절하고 만다.

이 외에도 기억이 거의 남아 있지 않은 어린 시절부터 샹슬라드가 매일 밤 꾸어온 꿈이 마지막으로 하나 더 있다. 그것은 모든 꿈 중에서 가장 특별하고 또한 가장 절망적이기도 한 것인데, 그 꿈속에서는 아무 일도 일어나지 않기 때문이다. 그것은 아마도 무어라 형언할 수 없는, 이해 불가능한, 진실의 유일한 얼굴이며, 모든 다른 꿈보다 더욱 실제적이라고도 할 수 있을 것이다. 그 꿈속, 그 전도된 세계 속에서는 해도 날도 분도 없다. 잠에서 깨어났을 때 아홉시 삼십분이거나 정오, 아니면 새벽 한시일 수도 있다. 그는 샹슬라드라거나 토니발디, 혹은 브로거라고 불릴 수도 있다. 그는 열두 살이나 서른다섯 살, 혹은 아흔일곱 살일 수도 있다. 연대는 1966년이나 혹은 2640년, 아니면 기원전 722년일 수도 있다. 모든 것이 가능하다. 그리고 매일 밤 그러하듯이 태어날 때부터 지니고 있었던 그 무시무시한 꿈, 그 공허한 꿈을 꾸게 될 것이다. 상슬라드는 얼굴을 베개 쪽으로 돌리고 다리를 구부려 아랫배에 닿게 한 자세로 침대 위에 누워 있다. 그는 꿈을 꾸면서도 의식을 갖고 있다. 형체도 없이, 색깔도, 소리도, 말도 없이 그는 의식 속을 유영한다. 그는 마치 삼면경으로 이루어진 감옥 속에 불쑥 머리를 집어넣기라도 한 듯이, 오롯이 그리고 한없이 자신을 바라보는 자기 자신을 바라본다. 그가 아무리 멀리까지 바라본다 하더라도 허공에서 반사되어 되돌아오는 시선만이 있을 뿐이다. 육체와 정신, 그 모두가 의식의 현기증에 사로잡혀서 가능성의 극한까지 내맡겨져 있다. 마비되고 비워지고 무화되어 있다. 그런데 상슬라드가 중심인 그 황량한 왕국의 구석구석에서 그 시선은 살아 움직이며 그 스스로 자라난다. 잊기 위하여, 혹은 자유로워지기 위하여 할 수 있는 것은 아무것도 없다. '불'이라거나 '대양'과 같은, 이를테면 붙들고 늘어질 만한 말도 한마디 없다. 구원을 얻기 위한 그림 한 장도, 잠시 정신을 딴 데 팔 수 있는 상념 한 토막도 없다. 단지 냉혹하게 펼쳐진 그 비인간적인 세계, 그 보이지 않는 눈만이 존재할 뿐인

데, 그 눈은 끊임없이 자신의 삶을 촬영하고, 무언가를 만들어낸 그 순간에 그것을 말소해버린다. 마치 그 눈이 보여주고자 하는 그 어떤 것이 너무도 청결하고 순수하여 어둠이 아닌 어떤 다른 모습을 취할 수 없기라도 한 듯이. 그리하여 무한과 격정의 세월이 지난 후, 의식이 침묵을 지키며 제자리에서 선회하는 오랜 시간과 끝없는 순간들이 지난 후, 상슬라드는 잠에서 깨어나 침대 매트리스 위에서 몸을 움직여 돌아누우며 시트를 약간 끌어내린다. 몸이 땀에 흠뻑 젖어 있는 것이다.

나는 또한 모든 놀이를 즐기고

인간은 놀이란 놀이는 모두 해보는 데에 결코 싫증을 느끼지 않았다. 지상의 고원 위에서 옴짝달싹 못하고 두 다리로 버티고 서서, 머리 위로 쨍쨍 내리쬐는 햇빛을 받거나 아니면 방울방울 떨어지는 비를 맞으면서, 그리고 어디로 가는지조차 제대로 알지 못하면서 인간은 그 모든 특별하고 놀라운 모험들을 겪으며 매일매일 살아갔다. 한낱 졸, 인간은 거대한 장기판 위에 놓인 한낱 졸, 보이지 않는 노련한 손이 인간으로서는 이해가 불가능한 게임에서 이기기 위하여 이리저리 옮겨놓는 일개 단추 같은 것에 불과했다.

마을의 길 위에서는, 매듭처럼 뒤엉킨 개미들의 행렬이 밤낮으로 바글거리고 반짝거리고 있었다. 그 곤충들 각각은 다른 개미들이 길 위에 만들어놓은 자국을 따라 아무런 생각도 없이 목적지를 향해 서둘러 움직이고 있었다. 저마다 자기들 안으로 닫히고 단단히 밀봉된 삶을 살아가고 있었고 새로운 것은 그 어떤 것도 바라지 않았다. 저마다 자기들만의 보금자리와 식량과 알과 익숙한 관습을 가지고 있었다. 그리고 스스로 깨닫지 못한 채 자기들만의 왕국을 설계하고 있었고, 그 왕국들은 하나같이 똑같은 모습이었다. 조가비 안에서도, 그 안을 조금만 살펴보면 인간들에게 주어진 것과 똑같은 것들을 발견할 수 있을 것이다. 이를테면, 지구를 닮은 행성, 포도주병, 맥주잔, 금발이나 흑발의 여인, 자동차, 냉장고, 철사로 울타리를 친 정원, 길, 영화관, 신문 두세 부, 필터가 있거나 없는 담배들이 든 담뱃갑이 그러했다. 결국 살아 있다는 것은 단순한 것이었다. 그저 그곳에 존재하여, 숨을 쉬고 두 눈의 시선을 어떤 것인가에 막연하게 고정시키고서 지상에 서 있는 것으로 충분했다. 그 외의 모든 것은 그 후의 일이었다.

그 무렵, 샹슬라드에게 살아 있다는 것은 그 모든 놀이를 계속해보는 것으로 충분했다. 도미노, 로토, 브리지, 카지노, 참 거짓 게임, 다른 그림 찾기, 배틀십, 행맨, 제비뽑기, 체커, 룰렛, 까막잡기, 숨바꼭질, 러시안룰렛 등등. 더이상 아무것도 중요하지 않았다. 슬픈 일은 더이상 아무것도 없었다. 볼 수 있는 모든 것, 만질 수 있는 모든 것과 더불어, 그리고 자기 자신과 더불어 끊임없이 놀이를 하고 또 해야 했다. 비둘기 날아 놀이, 십자말풀이, 바둑, 백개먼 게임, 돌차기 놀이, 제기 족구, 스트립 포커, 오목, 점과 상자 놀이, 거짓말쟁이 카드 게임, 수건돌리기, 동전 던지기, 농구, 축구, 배구. 또한 살아 있기 위해서는 다음의 모든 것도 유용했다.

성냥개비들을 늘어놓고는 묻는다. "이게 무언지 알아맞혀봐."

나사송곳으로 벽에 구멍을 뚫고 저쪽에서 일어나는 일을 엿본다.

종이를 이마에 붙이고서 자신의 이름을 거꾸로 써나간다.

담배 스무 개비를 연이어 피운다.

살구 백스물아홉 개를 먹는다.

길에서 여인의 뒤를 따라간다.

파리채로 파리를 잡는다.

종이로 접은 가짜 바퀴벌레들을 벽에 붙인다.

바그다드행 비행기를 탄다.

왼쪽 차로에서 (영국에서는 오른쪽 차로에서) 차를 몬다.

우체국에 가서 전보를 보낸다.

엿새 동안 자지 않고 깨어 있는다.

닷새 동안 먹지 않는다.

이틀 동안 물을 마시지 않는다.

스물네 시간 동안 오줌을 누지 않는다.

삼 분 동안 숨쉬지 않는다.

이십 초 동안 아무것도 생각하지 않는다.

여행자수표로 담뱃불을 붙인다.

병든 고양이를 간호한다.

소설을 쓴다.

40킬로미터를 걷는다.

군중에 권총을 쏘아댄다.

동전을 실 끝에 매어 딸랑거리는 소리를 내서 사람들이 땅바닥을 두리번거리는 모습을 본다.

제비가 날아갈 때 화장지 조각들을 날린다.

색소폰을 연주한다.

침팬지를 그린다.

녹음기를 앞에 놓고 즉흥적으로 선거 연설을 한다.

개기 일식을 바라본다.

도처에서 사람들은 수집을 한다. 돌 애호가들은 조약돌을 수집하고, 담배 애호가들은 담뱃갑을 수집하고, 엽궐련 애호가들은 시가에 두른 종이 띠를 수집하며, 치즈 애호가들은 치즈 상표를 수집한다. 그리고 우표와 동전, 죽방울, 다리미, 화장실의 변기, 트럼프 카드, 구형 차, 맥주잔 받침, 음악상자, 갑옷, 우편엽서, 크리스 단도, 열쇠, 타자기, 장총, 영화 티켓, 병마개, 문고리, 신문 연재만화, 목각 인형 호피hopi, 단속 딱지, 성냥갑을 수집하는 사람들도 있다. 중앙난방식 방열기, 전자계산기, 큰 책자와 작은 책자, 외국어 단어, 달력, 장거리 항해 여객선, 흰 코끼리, 선외 모터로 개조된 미국 자동차 엔진을 수집하는 사람들도 있다. 수집품 자체를 수집하는 사람들도 있다. 또한 필통, 주전자, 트랜지스터, 볼펜, 망원경 조준 소총, 위조지폐, 올림픽 기념 목욕 수건, 워싱턴의 자필 편지, 금 18케이 에펠탑 모형, 마술 램프, 승강기, 틀니, 지퍼, IBM 컴퓨터, 크메르 사원, 로마로 가는 길, 외설적인 그라피티, 슈피리어 2호 빈대, 백선인장을 수집하는 사람들도 있다.

놀이는 결코 끝이 나지 않는다. 매 순간 바람은 풀잎들을 여기저기로 옮겨놓고, 바다는 닳고 닳은 바위 위에서 부서지며, 지구상의 무언가가 계속 변해온 것이다. 발밑, 머리 위, 왼쪽, 오른쪽, 앞, 뒤 도처에서 세상은 쉬지 않고 꿈틀거리며 움직이고 있다. 분자들이 이동하고, 미립자들이 신경질적으로 튀어오르며, 파동이 왕복으로 이루어지면서 서로 부딪치고 꺾이고 어긋난다. 어느 곳에도 평화는 없다. 어느 곳에도 부동이나 침묵은 없다. 열기, 이를테면 분명하고 기계적인 광기가 도처에 가득하다. 그러한 세상에서 벗어날 길은 없고, 그렇다고 다른 것을 생각할 수도 없다. 나는 지금 당신에게 개미들, 정원에 갇혀서 맴을 돌고 있는 진짜 개미들에 대해 말하고자 한다. 그들은 자기들의 축소판 세계에 살며 놀이의 대상이 되기도 하고 스스로 놀이를 즐기기도 하지만, 그곳에서 결코 벗어날 수 없으며 아무것도 선택할 수 없다. 그들은 그곳, 그들 주위에 존재하는 각각의 사물들에 대한 말과 신호 들을 가지고 있으며, 일종의 생각을 가지고 있어서 그 생각을 통해 자기들이 자유롭다는 환상을 유지해나가고 있다. 그 모습을 지켜보는 것은 정말로 재미있다. 게다가 단 한 마리도 불과 몇 미터쯤 떨어진 곳에 전혀 다른 세상, 놀라운 것, 부드러운 것, 끔찍한 것이 존재한다는 사실을 상상조차 하지 못할 것이다. 그들 중의 단 한 마리도, 예를 들어 해파리라거나 아니면 잎사귀가 가볍게 떨리는 올리브나무가 된다는 건 어떤 것인지 알지 못할 것이다. 또한 단 한 마리도, 단지 몇 십억 광년 떨어진 저 회색 행성에서는 어떤 삶이 이루어지고 있는가에 대해 추호의 관심도 가지고 있지 않을 것이다. 저편에, 무한을 넘어선 다른 쪽에는, 아마도 거대한 거울에 반사된 이곳과 흡사한 세계가 있을 것이다. 그 세계에서는 빛이 검고 거미들이 흰색이며 땅이 물렁물렁하고 바다가 대리석 판처럼 단단하다. 그 세계에서는 태양은 석탄가루로 하늘에 찍힌 검은 점이고, 화산은 진흙투성이의 얼음을 계속 뿜어댄다. 그 세계에서는 사람들은 죽음으로써 시작하고 태어남으로써 끝나며 괘종시계의 바늘은 미친듯이 거꾸로 돌아간다. 그리고 건물들이 땅속에 파묻혀 있는 거대한 도시의 중심부 어딘가에서는, 한 남자가 두 눈으로 자신의 머릿속 한가운데를 바라보며 살아갈 것이고, 아마도 그 남자는 발음하기를 단념함으로써만 말해지는 이런 이상한 이름을 가지고 있을 것이다—에달레크나크.

그러나 그 모든 것은 상상 불가능한 것들이다. 도처에 그저 침묵뿐, 가혹하고 잔인한 침묵이 존재할 뿐인 듯했고, 그 침묵 속에는 소리와 생의 거품이 천천히 유영하고 있을 터였다. 그 장소, 그 시간, 그 운명을 벗어나서 바랄 수 있는 것은 진실로 아무것도 없었다. 미지의 성벽을 뚫지 못할 것이고, 그 오래된 땅을 결코 떠나지 못할 것이었다. 모든 것이 그대로 그곳에 있었다. 그리하여 착란적이고 자기모순적인 모든 힘을 발휘하여 끊임없이 놀이를 하고 움직이고 생각해야 했다. 어느 날 시작된 모험을, 원하지도 않으면서, 가슴이 찢어지는 고통 속에서 계속해나가야 했다. 자신이 품을 수 있는 모든 증오와 사랑을 간직하고서 각각의 사물들에 이름을 부여하고 각각의 사건들과 길목들에 표시를 해두어야 했다.

짐승들의 자취를 쫓으며 황혼이 깔리는 사바나 초원을 나아가야 했다. 몇 시간이고 키 큰 풀들을 헤치고 늪지대를 가로질러 걸어야 했다. 그러다가 코끼리떼와 마주치면, 땅바닥에 무릎을 꿇고서 목청을 다하여 싸움을 알리는 목쉰 외침, 기원의 소리, 곧 죽게 될 짐승을 위한 속죄의 노래를 이렇게 울부짖었다.

"코끼리 라피아쿠여, 밀림의 정령, 우리의 보화, 눈 사이에 긴 팔을 가진 정령, 나무를 뿌리째 뽑아버리고 수풀을 황폐하게 하는 힘의 소유자, 밀림 파괴자들의 아들, 야자열매를 단번에 부술 수 있는 너 코끼리여, 그토록 거대한 몸체와 불멸의 상아를 가진 너, 입으로 무시무시한 웃음을 흘리는 코끼리여!

발로는 덤불숲에 길을 내며, 가시덤불에 휑한 공터를 만들어 놓는 너, 내키는 대로 길을 뚫는 코끼리여! 북 모양의 등을 가진 오고쿠여, 인사를 할 때면 오오우 하며 대장장이의 망치질 소리와 흡사한 괴성을 토하는 코끼리여!

위대한 코끼리여, 에페의 후손, 목이 뒤틀리는 병을 앓는 사람처럼 뒤를 돌아보기가 여간 힘들지 않은 코끼리여! 머리 위에 쿠션만 덩그러니 얹고 있는 너, 크나큰 머리가 너무 무거워 이리저리 흔들리는 코끼리여! 사냥꾼이 너를 보고는 말한다. '나는 이제 더이상 사냥을 하지 않을 테야. 이카루 신에게 기도하러 가야겠어!'

코끼리여, 사냥꾼이 너를 보고는 화살을 늪 속으로 던져버리며 말한다. '만일 실 장수가 죽지 않았다면, 그에게로 가서 다른 화살을 구해야겠어.' 코끼리여, 우리는 너를 바라보면서 경외의 표시로 열 손가락을 펼쳐서 너를 가리키며 외친다. '야바 은 야바!'

쿠두여, 이백 개의 언덕들만큼이나 거대한 너는 뱃사공과 같다. 코끼리가 살아 있을 때에는, 여인네들은 달아나면서 그네들의 질을 숨긴다. 코끼리가 죽게 되면, 나는 지난해의 내 애인과 지지난해의 애인도 볼 수 있을 것이다. 우리가 함정을 파놓는다 해도 너무 현명하여 그 위로 지나쳐버리는 코끼리여! 죽고 나면 너는 몸 색깔이 사르코프리늄*처럼 변해버린다.

코끼리 로조몬이 죽으면, 도축업자들이 몰려와서 고기를 팔기 위하여 살점을 난도질하고, 배고픈 자들은 그 자리에서 먹어댄다.

코끼리 한 마리가 단 한 번이라도 어떤 곳을 지나면 그 자리는 길이 되고, 같은 자리를 그 어미가 뒤따라 지나면 그 자리는 들판이 된다. 코끼리는 머리는 있지만 목이 없다.

코끼리 라예는 거대한 동물! 코끼리 란-데데여, 네 이름은 '죽음아, 부탁하노니, 저리 비켜나라!'이다. 코끼리를 죽이겠다고 말하는 사람, '코끼리를 해치우겠어'라고 말하는 사냥꾼은 코끼리로부터 이런 대답을 듣게 된다. '만일 네가 염소들의 운명이

---

* 아프리카 토착 식물 중 하나.

어떤 것인지 알고 있다면 나를 조용히 내버려둬라. 하지만 만약 모르고 있다면, 와라, 내가 가르쳐주마.'

그의 눈구멍은 라두그보와 같고, 그의 목 언저리는 오루 화병과 흡사하다. 만약 아무도 네게 고통을 주지 않는다면, 너 역시 아무에게도 고통을 주지 않을 것이다. 코끼리는 팔이 하나밖에 없지만, 그 팔로 종려나무를 뽑을 수 있다. 만일 그가 팔이 두 개였다면, 아마도 하늘을 너덜너덜하게 찢어놓았을 것이다. 어둠처럼 네 아이를 덮어주는 어머니시여!

코끼리가 분기탱천하여 걷는다. 그 몸이 집채 같다. 일 년 정도 마법을 쌓은 사람은 코끼리 추적을 포기하는 편이 나을 것이다. 코끼리는 웬만한 마법을 두려워하지 않기 때문이다. 긴 상아를 가진 짐승, 그의 머리를 향해 무릎 꿇는 이들의 수호자! 모든 것을 먼지로 화하게 하는 코끼리여!

코끼리떼가 한자리에 모이면 그들은 거대한 벽과 같다. 꼬리가 긴 짐승이여! 너는 호리병박들을 하나하나 짓부순다! 사람들은 네가 강에서 냄비와 이사순을 씻고 있는 모습을 본다!"

그리고 세월은 그런 식으로 꼬리에 꼬리를 물고 흘러갔다. 사람들은 여전히 살아 있었고, 여전히 숨을 쉬고 있었다. 때때로 연필을 깎거나 오렌지 껍질을 벗기던 중에 손안에서 칼이 미끄러져 상처를 내기도 하였다. 그러나 세포는 그칠 줄 모르고 곧 다시금 아물었다. 몸이 아직 죽고 싶어하지 않았기 때문이었다.

샹슬라드는 옷을 모두 입고 침대에 누워 머리맡의 탁자 위에 놓여 있던 푸른색 담뱃갑에서 담배를 한 대 꺼내들고서, 초록색 성냥갑 속에서 꺼낸 꺾인 성냥개비로 불을 붙이는 중이었다. 우선 그는 성냥 머리를 성냥갑의 마찰 면에 그은 후, 오렌지색의 작은 불꽃을 담배 끝으로 가져갔다. 그는 담뱃잎과 종이에 불이 붙는 것을 바라보면서 숨을 한두 모금 들이마시고는, 성냥불을 끄고서 성냥개비를 침대 머리맡 탁자 위의 재떨이 안에 넣었다. 그것은 푸른색 철제 재떨이였는데, 그 위에 '알리탈리아'라고 쓰여 있었다. 재떨이의 각 모서리에는 담배를 놓을 수 있도록 홈이 파여 있었다. 샹슬라드는 천장을 바라보며 담배를 피웠다. 그는 입으로 연기를 빨아들여 잠시 동안 입안에 머금고 있다가, 입술을 둥글게 오므려서 푸르스름한 고리 모양의 담배 연기를 몇 모금 입 밖으로 내보냈다. 그러고는 허파를 부풀려 남은 연기를 깊이 들이마셨다. 그리고 끝으로 때로는 입으로, 때로는 콧구멍을 통해 회색 연기를 가늘게 내뿜었고, 그 연기는 곧 주위로 흩어져버렸다. 그것 역시 흥미진진한 놀이였다. 그런 식으로, 천장을 바라보며 회색 연기를 들이마셨다가 내뿜는 것 외에는 아무 일도 하지 않는 상태에서 몇 시간은 족히 흘러갔다. 실로 그것은 꿈처럼 완벽하고 아름다운 몸짓, 비극적인 몸짓이었다. 우선 발

단은, 타오르는 불꽃이 담배와 접촉했다. 곧이어 시간과 장소와 행동의 일치가 지켜지는 전개가 이루어졌다. 그리고 담배가 다 타자 불을 붙였던 바로 그 손이 담배를 재떨이의 벽에 대고 눌러 간단히 끝장을 내버리고 말았다. 진정 그것은 마치 바로 그 자신의 죽음, 불 꺼지고 자신의 재에 파묻혀 질식하고 종이 살갗이 터져 내부 기관이 밖으로 흘러나온 담배 같은, 죽음인 듯했다.

사랑하고

상슬라드는 자지도 먹지도 않으면서 미나와 함께 사흘 낮과 사흘 밤을 호텔방에 틀어박혀 지냈다. 그가 그러한 시간을 보낸 것은, 아무런 생각도 하지 않고서, 단지 자유로움과 상단에 호텔명이 인쇄된 사무용지에 이렇게 쓸 수 있는 즐거움을 누리고자 한 것이었다.

애틀랜틱 팰리스 호텔

객실 600개 · 냉난방 완비

전용 해변

나는 살아 있다 나는 살아 있다

샹슬라드가 그 호텔을 선택한 것은 호화롭다는 점, 그리고 엘리베이터와 정원, 해변, 테라스, 상점들과 미장원이 딸린 넓은 로비 때문이었다. 그것은 '오리엔탈'이라거나 '비스타마레 팰리스' '샤토 플뢰리' 혹은 '머제스틱 팰리스 호텔' 등 상투적이고 화려한 이름을 가진 으리으리한 호텔들 중 하나였다. 감미로운 음악과 불빛이 은은한 바, 붉은 벨벳, 종업원들, 인조 크리스털 샹들리에, 거울, 모자이크화, 검은 가죽 안락의자, 온갖 종류의 언어를 말하고 호사스러운 옷을 입은 미국인, 일본인, 독일인, 브라질인 관광객들 등등이 호텔을 가득 채우고 있었다.

샹슬라드는 미나와 함께 호텔 로비로 들어서서 프런트의 사내에게 말했다.

"방 하나 주십시오."

그 사내는 객실 일람표를 들여다보고 나서, 노란색 마분지 한 장을 건네주며 짤막하게 말했다.

"312호실입니다. 숙박계를 기재해주십시오."

샹슬라드는 숙박계의 빈칸을 채웠다.

성: 번스

이름: 샤를

직업: 학생

국적: 과테말라

출생일 및 출생지: 1939년 8월 6일, 과테말라 참페리코

방은 매우 아름답고 아주 깨끗했으며, 벽은 약간 어두운 붉은색이었고, 검은 가죽 안락의자와 철제 탁자, 철제 옷장, 그리고 짙은 푸른색 천으로 덮인 대형 침대가 놓여 있었다. 또한 난방기와 에어컨이 설치되어 있었고, 바닥에는 푸른색 양탄자가 깔려 있었으며, 커다란 창문에는 푸른색과 검은색의 얇은 명주 망사 커튼이 늘어져 있었다. 창문 반대쪽에는 바다가 바라보이는 발코니가 있었고, 그곳에는 제라늄이 심긴 화분이 여러 개 놓여 있었다. 방안 여기저기에는 흰색이나 붉은색 천으로 전등갓을 씌운 스탠드들이 서 있었다. 그리고 침대 머리맡의 벽 위에는 오래된 판화의 모조품 같은 것이 걸려 있었는데, 말을 탄 한 사내가 사냥개떼에 둘러싸인 모습을 담고 있었다. 침대 오른쪽의 작은 탁자 위에는 다이얼이 없는 흰색 전화기와 질그릇 재떨이가 놓여 있었다.

방 한쪽으로는 욕실로 통하는 크림색 문이 나 있었다. 욕실은 좁고 흰색 타일이 깔려 있었으며 다음과 같은 것들이 설치되어 있었다. 욕조(흰색), 세면대(흰색), 유리장(흰색), 수건걸이(흰

색), 수건 몇 장(흰색), 전기면도기를 꽂는 콘센트(220볼트), 좌변기(흰색), 두루마리 화장지(분홍색), 스툴(흰색), 환기구(더럽다), 그리고 작은 플라스틱 통이 벽에 걸려 있었으며 그 안에 든 반짝거리는 둥근 알 모양의 것으로부터 향기(테레빈유)가 흘러나오고 있었다.

샹슬라드는 한동안 방안의 이곳저곳을 살펴보았다. 미나가 구두도 벗지 않고서 침대 위에 누워 신문을 읽는 동안에, 샹슬라드는 탁자 위의 재떨이에 담배를 눌러 끄고서 방안을 돌아보며 서랍들을 열어보고, 거울을 들여다보고, 발코니로 나가보고, 전등을 켰다 껐다 해보고, 에어컨의 손잡이를 돌려보고, 커튼과 이중커튼을 걷어보고, 라디오 세트를 열어보고, 욕실에 들어가보고, 소변을 보고, 물을 내리고, 세면대에서 손과 얼굴을 씻고, 깨끗한 수건으로 닦아내고, 머리를 빗고, 방문 위에 핀으로 꽂아놓은 주의사항을 읽어보는 등등의 행동을 하였다.

밖에서는 오후가 끝나가고 저녁이 시작되고 있었다. 그래도 태양은 여전히 수평선 위로 제법 높이 솟아 있었고 더위도 기승을 부리고 있었다. 커튼이 걷힌 방에는 아직 빛이 많이 남아 있었고, 눈부시게 흰 빛이 방안으로 밀고 들어오려 기를 쓰고 있었다. 그리고 차도가 호텔 바로 뒤로 지나가는 탓에, 자동차 엔진소리도 들려왔다. 그때 샹슬라드는 침대 쪽으로 걸어가서 미나 곁에 앉았다. 그는 그녀의 손을 잡고서 말을 시작했다. 미나는 신문을 읽다가 때때로 고개를 들어 그를 바라보았다. 그녀는 대답을 하기도 하고 때로는 질문을 던지기도 하였다. 그것은 그야말로 무의미한 대화, 책 같은 데에서는 찾아볼 수 없는 그런 대화였다. 두서도 논리도 없이, 그런 식으로 말들이 왔다갔다했고, 생각의 단편들과 감탄의 소리들, 더듬거리는 단어들, 투덜거리는 소리들이 섞여들었다. 그들의 대화는 침대 위에서, 혹은 방 한가운데에 서서, 아니면 발코니 바닥에 주저앉아서, 그것도 아니면 욕조 안에 앉아 목까지 물에 잠그고서, 그 어느 곳에서든, 그 어느 때든 불쑥불쑥 이루어졌다. 또한 몸짓들도 있었는데 손놀림, 어깨 으쓱하기, 몸을 가볍게 떨기, 쓰다듬기, 긁기, 눈 깜빡거리기, 하품하기, 기침하기, 웃기, 침 삼키기 등이 계속 이어졌다. 만약 누군가가 그 어느 한순간을 기억하고자 했다면, 예를 들어 언제 샹슬라드가 침대 가장자리에 앉아 자기 어머니에 대해서 말했는가, 아니면 언제 미나가 자신이 예전에 숲속에서 발견했던 올빼미에 관해서 이야기했는가를 떠올려보고자 했다면, 그때의 시간과 장소를 다음과 같이 밝혀놓고서 대화 형식으로 그 이야기들을 쓸 수 있었을 것이다.

22시 10분

미나는 샹슬라드의 가슴에 머리를 얹고서 침대 위에 누워 있다.

샹슬라드는 왼손을 미나의 어깨에 올려놓고 오른손으로는 불붙인 담배를 쥐고서 역시 침대 위에 누워 있다.

침대 위에 재떨이 하나.

방안에는 세 개의 전등이 켜져 있다.

모기 한 마리가 날아다닌다.

"멋진 곳이지, 응?"

"그래, 여긴 정말 멋지다."

"소음도 없어."

"그렇기는 하지만 아주 없지는 않지."

"보통 호텔들이란 시끄럽거든."

"그래, 하지만 여기는 비싼 호텔이라고."

"그래도 방안에서 싸우는 사람들이 있기 마련이고, 술 취한 사람들에다가, 자동차들, 그리고……"

"그건 그래, 여기선 그런 소리는 안 들려."

"우리가 좀 소란스러운가?"

"방음장치 덕분에 들리지는 않을 거야."

"맞아, 아니면 누군가가 벽을 치는 소리가 들렸겠지."

"음."

"있지, 묵는 호텔이 마음에 든 건 이번이 처음이야."

"내가 호텔에 올 때마다 항상 기분이 나쁜 것은 말이야, 누군가가 몰래 도청 장치를 설치해놓았을 수도 있다는 생각 때문이야."

"아 그래, 액자 뒤라거나 전등 속 같은 곳에 말이지."

"응, 누군가가 계속 내가 하는 말을 듣고 있다는 기분이 들어."

"그다지 재미는 없을 텐데."

"뭐가, 남들이 하는 말 듣는 거?"

"응."

"그럴 거야, 하지만 그래도 마음이 불편한 건 어쩔 수 없어."

"난 말이야, 그런……"

"게다가 그 사람이 살인자라거나 스파이일 수도 있다고, 안 그래?"

"그럴 리야, 나는 오히려 저기 저런 게 무서워."

"뭔데?"

"바로 저기, 저런 것들 말이야, 벽에 난 작은 구멍들."

"아 그래, 훔쳐보는 구멍 같다."

"응, 아니면 램프 속에 숨겨놓은 몰래카메라도."

"맞아, 그건……"

"그런 것 말고도 뒷면에선 이쪽이 들여다보이는 거울이 있지. 사람들이 그 거울 너머에 서서 너를 바라보는 거야."

"그런 얘기 그만해. 무서워."

"만약 호텔을 갖게 된다면 내가 뭘 할 생각인지 알아? 난 방 두세 개를 그런 식으로 만들어놓고 벽 구멍이나 거울을 통해 사람들을 바라볼 거야."

"금방 싫증이 나고 말걸."

"그렇지 않아. 무척 재미있을 거야."

"뭐가, 발가벗은 여자 보는 것이?"

"그럼. 그리고 사람들이 움직이고 잠자고 살아가는 모습을 보는 것 역시 아주 재미있을 거야."

"이 호텔 주인이 너 같은 사람이 아니기를 바라."

"저기 좀 봐. 구멍이 침대 위에 하나 있고, 창문 가까이에도 하나 있어."

"그리고 욕실에도 하나 있어."

"그럼, 그럼. 거기야 물론이지."

"여하튼, 저런 걸 설치해놓고 돈을 받으면 넌 큰돈을 벌겠다."

"넌 그런 게 재미없어?"

"꼭 그런 건 아니지만, 결국 염증을 느끼게 될 것 같아."

"왜지?"

“모르겠어, 그러니까 왜냐하면, 음 왜냐하면 사람들은 아무도 보지 않는다고 믿을 때에는 아주 추해지거든.”

“맞아, 하지만 그게 흥미로운 점이지.”

“난 그렇지 않아, 내게 정말로 흥미로운 것은 사람들이 하는 말을 듣는 거야.”

“그래, 도청 마이크로 말이지.”

“응, 아니면 시라쿠사에 감옥을 지은 그 작자처럼 하거나.”

“귀 모양 감옥 말이구나?”

“그래, 호텔을 귀 모양으로 지을 수도 있을 거야. 나 같으면 그 호텔의 중심부에 자리를 잡겠어.”

“하지만 소리가 모두 한꺼번에 들릴걸?”

“꼭 그렇지는 않지. 이를테면 어떤 시스템을 활용해서, 그러니까……”

“그런데 그게 재미있을 거라고 생각해?”

“글쎄, 재미있을 것 같아.”

“부부싸움 하는 소리도 듣게 될 거야.”

“그래, 게다가 범죄 기도나 기밀 사항, 그런 것도 전부. 사람들은 원래 입도 벙긋 안 하잖아, 그런데 그곳에서는…….”

“그렇지, 나중에 식당에서 그 사람들을 만나면 재미있겠어.”

“그런 식으로 나는 수많은 일을 알게 될 거야.”

"그렇지만 뭐니뭐니해도 가장 신나는 것은 사람들 눈에 보이지 않게 되는 거지."

"그건 곤란해. 위험해질 수도 있거든. 아무도 너를 못 보면 사람들이 너를 밟고 지나갈 수도 있고, 아니면 네 눈에 담배를 찔러넣을 수도 있잖아."

"하! 하! 하!"

"언젠가, 보이지 않게 해주는 기계를 발명한 사람에 관한 이야기를 읽은 적이 있어. 광선 방향 조정에 관한 이야기였어."

"광선을 어디 다른 곳으로 보냈대?"

"아니, 그런 게 아니고, 이를테면 음파 같은 거였어. 음파를 가속하면 소리가 너무 날카로워져서 아무것도 들을 수 없게 되잖아, 마찬가지로 빛을 가속하거나, 아니다, 감속하는 건가, 아무튼, 더이상 난 잘 모르겠다."

"하지만 빛의 속도는 변하지 않잖아, 안 그래?"

"그렇지, 아니 그렇지 않아, 그러니까 그게…… 그 사람 말로는 그게 회전하는 나선 같은 것이어서, 속도가 빨라지면 보이지 않게 된다는 거야."

"그럼 회전을 시켜야 되는 거야?"

"아, 아니야, 그렇지 않아…… 모르겠어, 잘 기억이 나지 않아."

"내가 가장 멋지다고 생각했던 건 말이야, 시간을 거슬러올라가는 거였어."

"응, 그래, 나 역시 그랬어. 자주 그런 공상을 하며 즐기곤 했었지."

"예를 들면 로마인들 집에서 살아보거나, 부처를 만나러 가거나 말이야."

"그래, 그럼 멋질 거야."

"너 같으면 어느 시기를 택하겠어?"

"잘 모르겠어, 나 같으면 1863년에 살아보고 싶어."

"그래, 왜지?"

"글쎄, 난 미국으로 갈 거야. 남북전쟁이 한창일 테고, 사람들은 서부로 몰려가고……"

"그래, 그 시절도 근사했겠다."

"1863년에는 서부 전역에 수족이나 아파치족, 나바호족 같은 인디언들이 살고 있었고, 그들이 바로 그 땅의 주인이었지."

"그래, 흥미로운 시절이었어."

"그렇지 않으면 오억 년 전에 살아보았으면 좋겠어. 브론토사우루스, 케라토사우루스, 프테로닥틸루스 같은 공룡들이랑 함께 말야."

"그리고 매머드라거나……"

"아니야, 내가 알기로 매머드는 훨씬 나중에, 마스토돈 이후에 나타났어. 그러니까 그 무렵에는 양서류와 파충류밖에 없었을 테고, 온통 바다와 호수와 늪지대로 덮여 있었을 거야."

"그리고, 오천만 년 후에 살아보는 것도 꽤나 재미있을 것 같아."

"맞아, 그건 정말 굉장할 거야."

"그때에도 사람이 존재할 거라고 생각하니?"

"모르겠어."

"아마도 그 무렵에는 사람들이 더이상 아무도 죽지 않을지도 몰라."

"지구는 하나의 도시에 지나지 않겠지."

"우주 여기저기에 화성이나 금성 같은 도시들이 많이 생겨나겠지."

"그래, 하지만 상상하기가 벅차."

"두렵기도 해."

"어떤 책에서 읽었는데, 생물계의 모든 종은 거의 비슷한 기간, 대략 삼십만 년 정도 존속한다더라고. 사라져버린 모든 동물들에 바로 그런 일이 일어난 것이지. 그러니까 삼십만 년 후에는 인류도 당연히 노쇠하여 각 개체들이 그러하듯이 사멸하게 될 거야."

"흠."

"그런데 사람들은 인류가 이미 약 십오만 년을 살아왔다고 추정하더라고. 그 이론이 맞다면 인간에게는 아직 그만큼의 시간이 더 남아 있는 셈이지. 그러다가 결국 조금씩 조금씩 마지막 한 사람이 남을 때까지 사라져버리는 거야."

"그 마지막 사람의 이름이 뭘까? 그 이름을 알고 싶어."

"어쩌면 여자일지도……"

"아무도 없는 지구에 혼자만 남게 된다니…… 그 여자에게는 너무 끔찍한 일일 거야."

"그 여자는 그런 사실조차 깨닫지 못할걸. 여하튼 그런 모든 것이 다 진실이라면 인류는 현재 절정에 도달해 있다는 말이 되지. 이제부터 조금씩 조금씩 내리막인 거야. 인간은 자신들이 발명한 것을 모두 잊을 테고, 글자를 쓰지도 못하게 될 테고, 불과 도구와 언어를 잃어버리고 말 거야. 다리로 걷지도 못할 테고, 그러다가 어느 날 끝나버리는 거지."

"생각만 해도 끔찍해."

"별로 끔찍할 것도 없어. 아마도 곧 다른 종이 나타나고 다른 문명이 이루어질 테니까."

"그런다 하더라도 그런 말을 들으면 몸서리가 쳐져. 아무것도 아닌 걸 가지고 너무 요란하게 떠들어대는 것 같아."

"그렇기는 하지, 하지만 그건 당연한 사실이라고."

"그래, 맞아, 하지만 아무리 그래도 소름 끼치고 끔찍해."

"생각해봐. 사람들은 아무도 이천 년 전 혹은 그 전부터 사람들이 살았다는 것을 생각하지 않는다고……"

"생각하지는 않는다 하더라도 그들이 여기에 존재했었다는 사실을 알고 있기는 하잖아."

"아니, 알고 있지 않아. 사람들은 모든 것을 현재 자신들이 처해 있는 처지에 입각하여 판단을 하기 마련이야."

"그렇지만 그……"

"게다가 사람들은 과거의 사람들이 생각했던 것처럼 생각하지 않아."

"정말 그렇게 생각해?"

"아니, 말하자면, 과거의 사람들은 바로 자기 자신들이 진리를 지니고 세상을 좌지우지하고 모든 것을 안다고 믿었어. 그런데 지금 그들이 우리 눈에 어떻게 비치는지를 생각해봐."

"그래, 그것 역시 생각만 해도 오싹해."

"정말 그래. 기원전 722년에 한 남자, 혹은 여자가 살았다고 하자. 어쨌든 그는 자신이 많은 것을 알고 있고 진리를 깨달았다고 믿었어. 이런 생각을 해보는 것은 참 재미있어. 그는 말하고 신을 믿고 먹고 마시고, 한마디로 살아 있었던 거지. 그런데 지금 그는 사라지고 없고, 이제는 작은 뼛조각 하나, 이빨 하나조차 남아 있지 않아."

"그래, 그리고 지금 우리는 그의 자손이지."

"넌 그 남자가 뭘 했다고 생각하니?"

"그는 돌도끼로 곰을 사냥했고, 끔찍한 소리를 질러댔지, 르으아아오오 르으아아오오!"

"그가 우리를 생각해본 적이 있을까?"

"그렇지는 않겠지."

"맞아. 어떻게 보면 이런 생각을 계속하는 건 맥빠지는 일이야."

"내 말 들어봐. 어느 날 우리 할머니가 어떤 끔찍한 이야기를 해주셨는데, 그 말은 정말 내게 고통스러웠어. 할머니는 여든이셨고, 나는 열두 살이던가 열세 살이던가 그랬는데, 할머니는 이렇게 말씀하셨어. '사람들은 깨닫지 못하지만, 삶이란 너무도 빨리 지나가버린단다.' 그 말이 나를 너무 고통스럽게 했어. 뭐랄까, 너무 끔찍하게 느껴졌다고 할까?"

"그래, 나도 가슴이 저려와."

"늙는다는 것은 끔찍한 일일 거야."

"그래, 모든 게 끝난 것이나 다름없지. 얼마나 시간이 더 남았는지, 하루일지, 일 년일지도 모르잖아."

"다행히도 대부분의 사람들은 그런 생각을 하지 않고 살아가지."

"특히, 언젠가는 자신의 삶이 끝난다는 생각은 더욱 하지 않지."

"팔십 년이라는 건 끔찍이도 길게 느껴지는데, 그렇지만 할머니에게는 아무것도 아니었어."

"요컨대, 영생에 대해서 생각하는 건 그저 젊을 때뿐이야."

"그래, 여든 살이 되면 영생 같은 걸 바라지 않지."

"그때에는 오직 현재의 순간만을 붙잡아두고 싶어하지. 요통을 느끼거나 몸이 불수가 되어 영생을 바라볼 수는 없는 것이거든."

"정말 재미있어."

"넌 믿니?"

"뭘, 영생을?"

"응."

"모르겠어, 아니, 믿지 않아. 너는?"

"나도 안 믿어."

"그런데 그건 생각하기 나름인 것 같아. 무슨 말이냐 하면, 나는 사람이 오 분 안에 죽을 수 있다는 사실을 믿을 수가 없어."

"뭐라고, 오 분 안에?"

"그렇다니까. 어떤 사람이 있었다, 그런데 오 분 후에 보니 아무것도 없다. 그걸 나는 믿을 수 없다는 말이야."

"왜지, 어딘가 모욕적이라는 생각이 들어서 그런가?"

"그런 건 아니고, 하지만 여하튼 나는 그걸 믿을 수 없어, 결코."

"사람이 오 분 안에 죽을 수 있다는 걸 말이야?"

"응. 단순히 그냥 죽는 것이 아니라, 단번에 완전히 사라져버리는 것 말야. 내 말 알겠어? 한 사람의 온 인생이 단 오 분 안에……"

"그건 죽음이 삶 전체를 빼앗기 때문이지."

"내 말 좀 들어봐. 예전에 학교에서 어떤 여자애와 친하게 지냈었어. 절친한 사이는 아니었지만, 어쨌든 꽤 가까웠어. 그 아이 이름은 엘렌이었는데, 나이는 나보다 한 살 적었지. 그애는 우리집에서 가까운 곳에서 살았고, 그래서 이따금 함께 해변으로 나가기도 했었어. 그때 나는 열여섯 살이었고 그애는 막 열다섯 살이 되었을 거야. 우린 말을 별로 많이 하지는 않았지만, 말하지 않아도 서로를 잘 알았어. 게다가 그애는 나를 많이 닮았었지. 나처럼 금발에 키가 컸고 푸른 눈이었거든. 그 점이 내게는 매우 중요했어. 왜냐하면 다른 여자애들은 대개 검은 눈에 갈색 머리였으니까. 그런데 어느 날 그애가 물에 빠져 죽었다는 소식이 들려왔고, 나는 충격을 받았어. 그애는 배를 타고 바다로 나갔는데 풍랑이 일어 배가 전복되었고 그래서 사흘 후에야 발견되었던 거야. 그런데 난 말이야 그애가 그렇게 쉽게 사라져버렸다는 사실을 도저히 믿을 수가 없었어. 너도 알겠지만 익사한다는 것은 아주 끔찍한 죽음이라고. 나는 그애가 교실 안에서 내 곁에 앉아 있는 모습을 눈으로 보고 있는 듯했어. 그애의 목소리, 얼굴, 두 손 그리고 그 외의 모든 것이 떠올랐어. 내게는 그 아이가 살아 있는 것처럼 너무도 생생했고, 그래서 사람들이 하는 얘기를 듣거나 그 기사를 신문에서 읽었을 때, 죽은 사람이 바로 그 아이라는 사실을 도저히 믿을 수 없었어……"

"흠……"

"그러다가 결국 나는 얼이 빠져서 바보짓을 하고 말았어. 내가 무슨 짓을 했는지 알아? 그 소식을 듣고는 곧장 그애 집에 전화를 걸었어. 그러고는 말했지. '여보세요, 엘렌 마르셰즈 좀 바꿔주시겠어요?' 그게 내가 처음으로 그애에게 전화를 한 거였어. 그러자 그애 어머니가 묘한 목소리로 말했어. '이런 짓을 하는 것은 옳지 못해요.' 마치 장난전화를 받듯이 말이야. 그래서 나는 이름을 밝히지도 않고 얼른 전화를 끊었지. 하지만 그 일은 내게 정말 고통스러웠고, 나는……"

"흠……"

"정말로 믿기 어려운 일이야. 어떻게 누군가가 저기 있다가 어느 순간 갑자기 모든 게 끝나버릴 수 있느냐는 말이야."

"나는 제2차세계대전중에 알제리에서 죽은 사람을 알고 있어. 그는 반군국주의자였는데, 처음에 나는 그 사실을 받아들이기가 힘들었어. 그건 그에게 전혀 어울리지 않았거든. 기관총 사격을 받아서 목에 총알 열한 발이 박혀 죽은 모양이었어."

"그래, 그건……"

"특히 그런 사람은 소총을 다루지도 못하는데 말이야."

"그게 그렇게 쉬울 수 있다는 사실을 믿지 못하겠어, 도저히."

"하지만 결국 그럴 수밖에 없다는 생각이 들어서 두려워."

"오 분 안에 완전히 끝난다는 것 말이야?"

"그래, 오 분 안에. 그리고 영생이나 부활, 카르마 등의 많은 이야기가 단지 아름다운 환상이라거나 꿈, 뭐 그런 것에 지나지 않는 것이 아닌가 해서 두렵기도 해."

"맞아, 내 생각도 그래. 좀 유치한 것도 같지만……"

"수백만 수십억의 사람들이 죽고 소멸되고 삼켜지고, 이제 아무도 그들이 존재했었다는 사실을 추호도 염두에 두지 않는다는 생각을 해본 적이 있니?"

"음, 그래, 그건 사실이야, 그러니까……"

"그러나 그들은 분명히 존재했고, 아이들과 아내가 있었고, 이념과 사상도 있었지. 그런데 그 모든 것이 조금도 남아 있지 않은 거야."

"그래 맞아…… 그런데 나는 믿을 수가, 나는 여전히 믿을 수 없어. 난 말이야, 그애 엘렌이 물에 빠져 죽어가면서 숨이 막혀 허우적거리고, 그애의 온 삶이, 영혼이, 그 아이의 자아가 소멸되어버렸다는 것을 믿기가 어려워……"

"그래도 그게 그럴 수밖에 없다는 생각이 들어 두려워."

"너 말이야, 넌 신을 믿지 않지, 그렇지?"

"모르겠어. 그건 경우에 따라 달라."

"어떻게?"

"그러니까, 어떤 순간에 믿는데, 그 외에는 믿지 않아."

"그럼 넌……"

"나는 또 때로는 신이라는 것이, 인간들을 돕고 인간들로 하여금 희망을 가지도록 해주는 아름다운 환상이 아닐까 해서 두려워져."

"그래, 나 역시 때때로 그런 생각을 하곤 해."

"뿐만 아니라 간혹 그 존재를 느끼기도 해. 그건 마치 어떤 심연처럼 느껴져. 그럴 때면 뭔가 아주 크고 놀라운 것을 깨달아가고 있다는 기분이 들어. 하지만 결국 지금은 그게 그토록 중요한 것인가 하는 의문이 생겨."

"뭐가, 신이 존재한다는 것 말야?"

"응. 말하자면 요즘 나는 그 문제에 골몰해 있어. 그렇지만 점점 더 아무것도 알아낼 수 없으리라는 느낌만 짙어져. 그건, 음, 뭐라고 해야 할까? 이를테면 봉해진 저주라고 할까?"

"그렇다고 잊어버릴 수는 없잖아."

"그래, 잊어버릴 수는 없지."

"지금 몇시지?"

"열시 반이 지났어."

"배고파?"

"아니. 넌?"

"나도 안 고파."

"배고프면 우리 나갈까?"

"아니, 난 괜찮아."

"물 한 잔 줄까?"

"그래, 하지만 조금 이따가."

"재밌어."

"뭐가?"

"이렇게 너와 함께 있다는 게."

"이 방안에서 말이지?"

"응, 아니, 그러니까 예전에 너를 해변에서 보았을 때가 떠올랐는데, 나는 그때 내가 너와 신이라거나 그런 많은 것에 대해 이야기를 나누게 되리라고는 생각하지 못했어."

"나도 마찬가지였어."

"그때 넌 무슨 생각을 했었어?"

"모르겠어, 음…… 나는 너를 잘 알고 싶었어. 그런데 넌, 음, 왠지 멀게 느껴졌어."

"내가?"

"흠흠."

"아마도 리베르 때문이었을 거야."

"그가 성가시게 했니?"

"응, 그 녀석은 항상 꿍꿍이속이 있어 보였는데, 난 그 점을 견딜 수 없었어."

"그가 알게 되면 펄펄 뛰겠구나."

"그래, 그리고 질투도 할 거야."

"하지만 그런 건 아무 상관 없어. 지금 나는 매우 행복해."

"나도 그래."

"모두 재미있는 일들이야."

"나는 널 몇 년 전부터 알고 지낸 것 같은 느낌이 들어."

"그래, 나도 마찬가지야."

"그리고 이렇게 호텔에 있는 것도 기분이 괜찮은데."

"우리 둘만이 자유로울 수 있어서 좋아."

"그래, 게다가 여긴 아주 그럴듯하면서도 조금 야단스럽지? 저 붉은색 벽에다가 양탄자, 저 검은 가죽 의자들 좀 봐."

"영화 속의 한 장면 같아."

"그러고 보니 그렇구나. 그럼 지금 우리 둘이서 영화를 한 편 찍는 거네."

"흠."

"거짓과 진실. 어때?"

"흠."

"현실주의자."

"흠."

"그럴듯하지? 나쁘진 않잖아."

"응."

"그리고 지금 우리는 시간에 대항하여 싸움을 벌이는 중이야."

"그런 생각은 안 해봤어."

"나는 해봤어. 하지만 마찬가지야. 지금 마치 수백 년의 시간이 지나고 있는 것 같아."

"수백 년이면서 동시에 불과 몇 초에 지나지 않는 시간 말이지?"

"단 한 시간이 삼십육만 년 같은 거."

"그래, 그렇게 긴 시간이……"

"물 한 잔 줄까?"

"아니, 지금 당장은 말고."

"담배는?"

"흠."

이런 식으로 몇 시간이고 계속하여 그들의 대화를 옮겨놓을 수도 있을 것이다. 때때로 샹슬라드는 아무 말 없이 미나의 몸 위에 길게 누워 그녀를 애무했다. 혹은 침대 가장자리에 앉아 침대 머리맡의 탁자 위에 놓인 푸른색 담뱃갑에서 담배를 한 개비 꺼내들었다. 미나는 두 눈을 감고 있었다. 혹은 신문의 한 면을 펴들고서 그곳에 시선을 고정하고 있기도 했다. 샹슬라드가 손목에 차고 있던 손목시계는 들릴 듯 말 듯한 소리로 째깍거렸고, 가는 초침은 결코 멈추는 법이 없이 제자리에서 회전하고 있었다. 방은 문이 모두 닫혀서 밀폐되어 있었으며, 전등들은 갓에 가려진 채로 잊히지 않을 강렬한 빛을 발했다. 창밖으로는 어둠이 짙게 깔리고, 모기들이 피를 찾아 유리창 주위를 맴돌았다. 그들이 호텔방에 누워 있는 것은 마치 배를 타고 그 속에서 자유로우면서도 구속된 채로 어떤 미지의 나라로 나아가는 것과 같았다. 몇 달 후, 혹은 몇 시간 후에 그들이 탄 배는 카야오라거나 싱가포르, 혹은 텔아비브에 도착하게 될 것이다. 그러면 그들은 어두컴컴한 은신처를 벗어나서, 먼지에 뒤섞인 운모 입자들 위로 반사되는 눈부신 태양빛을 목도해야 할 것이었다.

얼마 후, 조금씩 조금씩, 방안을 휘감았던 소용돌이가 가라앉았다. 아무것도 변하지 않았고, 철제 가구들과 검은 가죽 의자들은 여전히 제자리에 놓여 있었으며, 붉은색 벽도 역시 단단하고 차갑고, 균열 하나 없이 그대로 서 있었다. 침대 위로는 사냥개떼에 둘러싸인 말 탄 남자의 모습이 담긴 그 판화도 여전했으며, 꺼졌다가 다시 켜지고 또다시 꺼진 전등은 조금도 움직이지 않았다. 하지만 시간이 지남에 따라, 이를테면 열광이라거나 광란이라고 할 수 있는 것이 구석진 곳에 자리를 잡고, 물체들의 선을 일그러뜨리고, 옷감과 금속들 속으로 파고들고, 회벽과 종이와 유리잔과 플라스틱 물체들을 가득 채우고 있었다. 증오랄까, 아니면 단순히 어떤 극심한 피로감이 방안으로 스며들고 있었다. 그리고 그것은 곧 물속의 기포 같은 것이 되어서, 당장이라도 터져버리려 하고 있었다. 방을 둘러싼 바깥 세계는 방안으로 소리와 더위의 물결을 흘려넣을 틈을 찾아 온 중량을 실어 내리누르고 있었다.

침대 위에 누운 샹슬라드는 마치 제자리에서 표류하는 뗏목에 올라타 있는 듯한 기분이었다. 바닥이 녹아 없어지고, 이미 뻘건 진흙의 물결이 벽을 따라 천천히 흘러들어와서 침대 주위에 잔뜩 고여 악취를 풍겼다. 미나는 머리를 베개에 파묻고서 얼굴이 머리카락으로 덮인 채 잠들었다. 숨을 쉴 때마다 그녀의 가슴이 규칙적으로 오르내렸고, 샹슬라드는 그녀의 숨소리에서 자신을 고독 속으로 밀어넣는 불길한 소리를 듣고 있었다.

저항하기 위하여 그는 죽은듯이 누워 있는 육체 위로 열정적으로 몸을 굽혔다. 그는 더운 귀에 숨을 불어넣고, 낯설게 느껴지는 살갗을 깨물어보고, 속삭이기도 하였다. 그러나 그 육체는 잔뜩 웅크린 채로 꼼짝도 않았고, 정신을 되찾지 못했다. 샹슬라드는 피로감으로 타는 듯한 통증이 느껴지는 눈을 들어 주위를 돌아보았다. 공중을 날아다니는 까만 곤충들과, 눈 깜박할 사이에 이쪽 벽에서 저쪽 벽까지 방을 가로지르는 흰색 섬광 같은 것이 보였다. 지금은 시끄럽고 위험스러운 공허가 방안에 들어차 있었다. 그 공허로부터 달아날 수도, 그렇다고 그것을 쫓아낼 수도 없었다. 그저 그것이 벽을 따라 앞으로 나아가면서 구름처럼 부풀어오르고, 천장으로 모여들고, 탁자의 다리들 사이로 투명한 촉수를 내뻗고, 안락의자에 주저앉고, 발코니로 나가 제라늄 화분들 사이로 걸어다니는 것을 지켜보는 수밖에 없었다.

이윽고 그들이 방안으로 들어왔다. 모든 뚫린 구멍으로 그들, 보이지 않는 많은 사람이 들어와서, 이제 방안은 그들로 붐비고 있었다. 그들은 푸른 양탄자 위를 소리도 내지 않고 왔다갔다했고, 꿀벌떼처럼 벽에서 솟아나 모습을 나타냈으며, 느릿느릿 움직이는 대상隊商 행렬을 이루어 천장을 걸어다녔다.

그때 샹슬라드는 침대 위에서 일어나 벽에 등을 기대고 앉았다. 그는 시계를 보았고 시간이 세시 오 분 전이라는 것을 알았으나, 그것은 아무래도 상관없는 일이었다. 어렵게 날을 헤아려서 오늘이 사흘째 되는 날이라는 것을 알 수 있었으나, 그것 역시 아무 상관 없는 일이었다. 그는 미나의 몸 위로 팔을 뻗어서 담뱃갑을 집어들었다. 그리고 담배 한 개비를 입에 물고서 호텔 광고용 성냥으로 불을 붙였다. 성냥갑에는 다음과 같은 문구가 적혀 있었다.

애틀랜틱 팰리스 호텔

객실 600개 · 냉난방 완비

전용 해변

그러고 나서 창문 쪽으로 몸을 돌린 그는 현기증 나게 하는 어떤 것이 방안으로 침범해 들어오는 것을 주의깊게 바라보았다. 회색 담배 연기와 한데 섞인 인광燐光을 발하는 희끄무레한 안개가 엑스선을 비춘 심장처럼 괴상한 모습을 하고서 방안의 공기 속에서 꿈틀거리기 시작했다. 공기는 허파만큼 빽빽하고 더워져서, 미세하게 떨리는 수십억 개의 우툴두툴한 작은 허파꽈리들을 천천히 뒤덮었다. 냄새 또한 변하고 있었는데, 때로는 코를 찌를 듯이 강하다가 또 때로는 은근하고 부드러워져서 거의 달콤한 향기가 느껴지기도 했다. 그리고 방안의 벽 위 여기저기에는 가는 신경선들이 나무줄기처럼 뻗어나가고, 이곳저곳에서 정체 모를 통증의 감각이 발생하여 전파처럼 신경선 위를 내달렸다. 샹슬라드는 철제 옷장에서, 그리고 창문 옆의 전등에서, 또한 천장의 왼쪽 모서리로부터 아픔을 느꼈다. 불똥처럼 욕실의 밑바닥으로부터 튀어오르는 아득하고도 비밀스러운 고통이 느껴졌다. 바닥도 보이지 않는 발들의 무게에 짓눌려 끙끙거리고 삐걱거리며 고통스러워하기 시작했다. 공기는 스스로 숨을 틀어막고, 빛은 벼락을 일으키며, 벽의 널을 따라서 턱이 날카로운 괴상한 모습의 곤충들이 목재의 연한 부분을 악착같이 갉아대고 있었다. 그의 손끝에서는 담배가 여섯번째 손가락처럼 타들어가며 숯처럼 새카맣게 타버린 살갗과 손톱에서 나는 듯한 고약한 악취를 풍겼다. 아마도 바로 그것, 고통스러워하는 물질 쪽으로 피할 수 없는 전이, 막강한 생명력을 동원하여 세계를 침식해 들어가는 강렬한 열병, 흘러나오는 고름, 가차없는 삼투현상, 그것이 바로 죽음일 것이었다. 샹슬라드는 사유도 사랑도 지니지 않은 괴물에 의해 산 채로 삼켜져버렸으며, 그리하여 그는 곧 단지 하나의 방, 피 흘리는 벽과 냉혹한 가구들과 차가운 유리창을 가진 단 하나의 방에 지나지 않게 될 것이었다.

현기증을 가라앉히기 위해 샹슬라드는 침대 위에 길게 누워서 눈을 감았다. 그는 오른손을 더듬거리면서 미나 쪽으로 다가가 그녀의 몸을 움켜쥐었다. 그러나 눈앞의 소용돌이는 사라지지 않았다. 천천히, 고통스럽게 그는 방과 침대와 그 위에 누워 있는 두 육체를 돌아보았다. 그는 더이상 중심이 아니었다. 그는 고작 소용돌이에 빠져 맴을 돌면서 그 힘에 끌려다니고 곤두박질쳐지고 저항력을 빼앗긴 미립자에 불과했다. 그의 이름은 말소되어버렸다. 그의 의식은 지워졌다. 그리고 곧 그는 허공 속으로 사라져버리고, 혼돈 와중의 한곳에 처박혀서, 나뭇조각이나 타다 만 담배, 혹은 둥글게 말린 낡은 휴지 뭉치 같은 것이 되어 하수구 입구 쪽으로 점점 더 빨리 흘러내려가는 신세와 다를 바가 없게 되었다. 결국 확실한 것이라곤, 각각의 것들을 담아내는 끝없는 상자들의 연속뿐이었다. 즉, 침대는 방 속에, 방은 호텔 속에, 호텔은 마을 속에, 마을은 산천경개 속에, 산천경개는 지구 속에, 지구는 태양계 속에, 태양계는 은하성운 속에, 은하성운은 은하계 속에, 은하계는 우주 속에, 우주는 우주 속에, 우주는 우주 속에, 그리고 다시 우주는 우주 속에 담겨 있는 것이었다. 이제 더이상 그 어느 곳이라 하더라도 남자도, 여자도, 아무것도 남아 있지 않았다. 오로지, 광막하고 완전무결한 황야, 그 자체로 무無인 황야만이 펼쳐져 있을 뿐이었고, 한마디 말도 없고 생각도 없고 무언가 헤아려보거나 깨닫거나 하다못해 미루어 짐작할 수 있도록 해주는 아무런 움직임도 존재하지 않았다.

행복해하고

그 무렵, 지구상의 한곳에서, 그 여인과 자기 자신과 그 외의 다른 모든 것과 함께 그가 행복해했음을 말하려면 어떻게 해야 할까? 이야기를 하기는 쉽지 않지만, 반드시 해야 할 것이다. 무엇보다도 죽음과 고통과 몰락, 그리고 사소하면서도 무시 못할 시간의 엄습을 망각해야 할 것이다. 그리고 공허와 자포자기와 고독 또한 망각하고서, 기쁨으로 자기 자신의 모험을 살아가야 할 것이다. 그러한 삶의 분출, 유일하고 아름다운 분출 외에는 아무것도 중요하지 않았다. 지금, 백만 개의 태양보다 더 밝게 빛나는, 인간의 육체 속에 들어 있던 불덩어리가 불투명하고 냉랭한 긴 밤으로부터 벗어나 번쩍거리고 있었다. 삶의 분출인 그 불의 눈부신 흰빛은 가혹할 정도로 강렬하고 고통을 주고 피부를 벗겨내지만, 그러한 고통은 인간이 누릴 수 있는 즐거움들 중에 가장 큰 것이기도 하다. 그것은 살아 있음을 밝혀주는 활동이기 때문이다. 그리하여 여기에는 믿을 만한 많은 것, 그리고 사랑하고 증오하고 부대끼고 마시고 바라보고 느끼고 깨닫고 듣고 판단하고 고통받고 희망할 만한 많은 것이 존재했다. 이루 말할 수 없는 공포, 불행, 평안함, 소음, 혹은 추위가 있었다. 지극히 멀리 떨어진 시간과 공간으로부터 그러한 풍요로움이 샹슬라드에게까지, 수많은 사람 중 그에게까지 도달하여, 그를 당장이라도 폭발할 듯한 인간으로 바꾸어놓았다. 그러한 모든 것이 여기에 손에 닿을 듯이 현존하고 있었다. 말 이상의 것, 보도 위에 버티고 서서 다른 사람들을 마주 바라보며 목청껏 소리치고 울부짖어야 했다. 그 소리들은 아마 아무에게도 이해되지 않을 터였지만, 그럼에도 불구하고 그렇게 해야 했다. 오후 세시에, 목의 정맥이 튀어나오고 관자놀이가 터질 듯이 부풀어오를 정도로 입을 한껏 벌려서 있는 힘을 다해 외쳐야 했다.

아아아아아아아아아아아아아아아아아아아아아아아아악!

그러고 나서 미친 사람처럼 돌길을 내달리고, 자동차들 위를 뛰어넘고, 지붕 위로 기어올라 이 집 저 집을 타넘고, 주먹질로 상점들의 유리창을 깨뜨리고, 이를테면 그런 식으로 결코 쉬지 말아야 했다. 찌는 듯한 벌판을 가로질러 달리고, 옥수수밭이나 사탕수수밭을 헤치며 질주하고, 풀을 쥐어뜯고, 얼음물처럼 차가운 개울들을 헤엄쳐 건너야 했다. 그러한 모든 행동을 분노와 기쁨을 느끼며, 근육의 모든 힘을 짜내어, 그리고 침묵의 벽을 부술 수 있는 무기로서 단련된 의지력을 발휘하여 해나가야 했다. 예를 들면 망치를 있는 힘껏 내리쳐서 바윗덩어리들을 부수어야 했다. 그러면 날카로운 섬광이 날아오르고 불똥들이 튀어오르며, 은근하면서도 코를 자극하는 연기 한 자락이 땀냄새를 풍기는 공기 속으로 퍼져나간다. 좋은 냄새가 난다.

그 외에도 말로 할 수 없는 많은 것이 있다. 그것들은 너무도 아름답고 순수하며, 지극히 확연하여 항상 그곳에 현존해왔던 것으로 여겨지기 때문이다. 그러한 것들에는 공기의 투명함과 물의 유동성, 정오에 떠 있는 태양의 열기, 한밤중의 캄캄한 시야가 있다. 우주의 가장 깊은 곳에 파묻혀서 반짝거리는 별들이 있다. 구름들 뒤로 흘러가는 창백한 달이 있다. 땅에 닿을 듯이 낮게 날다가 갑자기 도약하여 어둠 속으로 처박히듯 사라져버리는 박쥐들. 아침에 숲속에서 들려오는 새들의 울음소리가 있다. 붉은빛 물고기 지느러미의 움직임. 앵무새들의 외침. 가슴 벅찬 바닷소리, 빗방울소리, 산 깊은 곳 동굴 속에서 울리는 천둥

소리. 태양열에 말라붙는 대지, 진흙탕 속에 찍힌 타이어 자국이 있다. 희고 평화롭고 혹은 열정과 욕망으로 타오르는 여인의 육체가 있다. 눈썹과 속눈썹과 손톱 들이 있다. 피부의 땀구멍들. 꽃무늬 드레스의 윤곽, 루주, 때 낀 머리빗. 크롬 도금 안테나가 달린, 번쩍거리는 흰빛과 금빛의 트랜지스터라디오가 있다. 검은색 색안경이 있다. 그것들은 끝도 없이 무한하고 그리하여 모두를 살펴볼 수도 없을 것이다.

그렇다면 상슬라드처럼 현란한 혼돈 속으로 빠져들어서, 소리와 색과 냄새, 그리고 동시적이며 완벽한 수많은 감각에 몸을 맡겨야 한다. 완벽한 대지, 사랑스러운 대지, 혐오스러운 대지, 아무것도 없는 것이 없는, 아무것도 바랄 것이 없는 대지가 바로 그것이다. 익숙해질 수 없는 깊은 수렁, 순식간에 무엇이든 삼켜버리는 개미집이 바로 그것이다. 그러나 그러한 형벌은 또한 얼마나 큰 행복인가! 편안히 잠을 자거나, 혹은 어린아이들이 부르는 짧고 구슬프고 아무 뜻도 없는 노래를 흥얼거릴 수도 있다. 기묘한 콧소리를 내어 다음과 같이 끝없이 되풀이하여 노래 부를 수도 있는 것이다.

안녕 기욤
아침 맛있게 먹었니?

아 네, 부인
파이를 먹었어요
종달새 파이를요
기욤 기요메트야,
서로 입맞추거라
그리고 기욤은 남거라.

아름다운 알드가 죽어가고 있네 알레드

아 아 코트키 드바
샤레 부레 오비드바
프시슐리 도 나스 노초바츠
말리 샹슬라디 피아스토바츠

아야카 힐리야 실랄라

천 년 후, 혹은 만 년 후에, 그가 지구상에 존재했음을 기억해 줄 사람이 단 한 사람이라도 있을 것인가? 아마도 박물관의 한 곳, 시멘트와 유리로 지어진 기이한 모습의 건물 속에 눈구멍이 뚫리고 이빨은 다 썩은 턱이 달린 두개골 하나가 시간의 흐름에 부식되고 닳고 깨어진 채로 놓여 있을 것이다. 유리 진열창 속의 두개골 옆에는, 고고학자들이 발굴한 신기한 물건들이 놓여 있을 것이다. 녹슨 라이터, 면이 닳은 동전 두세 개, 공중전화용 코인, 흙속에서 검게 변색된 볼펜, 그리고 유리알 하나가 깨어진 채로 신비로운 장식물처럼 자리잡고 있는 금테의 검은색 색안경 등이다. 안내책자 속에는 진열창의 번호와 함께, 이를테면 B10078번이라고 하자, 다음과 같이 쓰여 있을 것이다.

말덱인의 두개골과 턱뼈. 19666년 6월 사탁에서 발견.
(탄소-14 측정 연대: 15000~18000년 전)

말덱인은 북유럽과 아메리카에서 발달한 문명의 후기 빙하기 마지막 시대를 살았던 코카서스인종이다. 콩브 카펠, 믈라덱, 즐라티 쿤, 로테코프 등등에서 발견된 두개골과 관련 지을 수 있을 듯하다. 그러나 말덱인은 고등 신석기 인종의 직접적인 후손으로 짐작된다. 큰 키(185센티미터)의 말덱인은 두개골이 길쭉하고 두개골 용적이 1800세제곱센티미터에 달하는 것으로 판단되는데, 이는 현대 정상인의 평균에 조금 못 미치는 수치이다. 실제로 말덱인은 매우 발달된 문명의 시기에 살고 있었으며, 당시에 이미 기계가 중요한 위치를 차지하고 있었다. 혹자들은 말덱인이 원자력 시대의 사람이었다고 추정하지만, 그러한 사실을 뒷받침해줄 만한 증거는 전혀 없다. 말덱인은 수많은 유적을 남겼고 매우 높은 예술적 수준에 도달했다. 두개골 주위에서 발견된 여러 가지 물건들은 아마도 종교 의례를 위한 것으로 여겨지는데, 말덱인은 성사聖事에 대한 매우 고양된 감각을 지니고 있었기 때문이다.

말덱인은 여러 개의 방으로 나뉜 커다란 시멘트 가옥 속에 살면서 공동생활을 했을 것으로 보인다. 그들의 문명은 본질적으로 노동과 물신숭배로 특징지어진다. 전쟁은 자주 발생했으며 대량학살의 양상을 띠었는데, 최근에 발견된 몇몇 학살 현장이 이 점을 입증하고 있다. 이러한 잦은 전쟁은 민족과 종교상의 차이에서 비롯된 듯하다. 말덱인의 문명은 또한 가족적이고 관습적이며 민족적이었다. 그러한 사실로 인하여 이들의 문명은 약 오천 년 동안 지속된 전기 사막기의 동질다형 시대에 속한다. 그리고 아마도 말덱인은 그 무렵 지구를 덮쳐서 그들 문명의 멸망을 초래한 대가뭄의 초기에 살고 있었을 것이다.

말덱인이 사용한 언어에 대해서는 믿을 만한 정보를 거의 가지고 있지 않으며, 그들의 문자는 지금까지 해독되지 못하고 있다. 일반적으로 분절적이고 서술적인 언어가 쓰였다고 추측할 뿐이다. 그 언어는 유럽 전역에 걸쳐 하나의 공통어로서 통용되었던 듯하고, 지구의 다른 쪽에서도 사용된 것으로 추정되기도 하는 바, 흔히 그 언어를 일컬어 고유럽어라 한다. 어떤 견해에 따르면 또한 전기 사막기의 문명에서 이미 우주여행의 초기 시대가 시작되었다고 하지만, 우주여행이 가능하려면 후기 사막기까지 기다려야 한다고 생각하는 편이 더욱 타당할 듯하다.

말덱인의 두개골이 발굴된 지역은 특징적이다(그곳은 전기 사막기의 마지막 시기에 속하는 넓은 지역으로, 마을과 수로와 피라미드, 수도시설, 콘크리트 건축물 들을 갖추고 있었다). 이 지역들은 대부분 후에 가뭄과 핵전쟁에 의해 황폐화되었음을 잊어서는 안 될 것이다. 우리는 일반적으로 말덱인이 이루었던 문화의 산물로서 가라자의 기계장치와 종의 회화작품, 그리고 한 프링크의 철탑을 꼽고 있다.

참고문헌
—— Z. 아캄, 「말덱인 두개골의 발굴」
—— 오스트라, 「전기 사막기의 문명인」
—— 파르생돔 G., 「말덱인, 대재앙의 증인?」
—— 세스테마스, 「고유럽기의 운명—예술, 풍속, 전쟁」
—— 라마호트, 「사막기 전후사」

만 년이나 이만 년 후, 그 박물관의 안내책자에 쓰일 내용은 대강 그러할 것이다. 그것이 샹슬라드에 관하여, 그의 삶과 사유와 사랑과 증오에 관하여 남게 될 모든 것이다. 그의 뇌, 영혼, 육체, 그의 열정은 결국 탕진되어버리고 마모되고 먼지가 되고, 바람에 날리고 빗물에 녹아 산산이 흩어지고, 진흙탕 속에 가라앉게 될 것이다. 그리고 흙과 바위 가루, 관목 뿌리 들과 한데 뒤섞일 것이다. 또한 시멘트와 철근으로 지어진 그 모든 건물과 가옥, 그리고 그가 손에 들고 있는 그 모든 친숙한 물건, 가스라이터, 색안경, 붉은색과 푸른색 볼펜들, 담배, 손수건, 동전, 공중전화 전용 동전, 손목시계, 열쇠, 손톱줄, 소매 단추, 인조 악어가죽 지갑, 그 모든 것이 어두침침한 구덩이 속으로 천천히 가라앉아 잊히고, 버려지고, 잡동사니들 속으로 내던져질 것이다. 결코 시작된 적도 없고, 결코 끝나지도 않을 소멸의 오랜 수난이 계속 이어질 것이고, 하나의 끝없는 심연으로부터 또다른 끝없는 심연으로 그저 무한히 옮겨다닐 것이다.

그러한 사실을 상슬라드는, 그가 아무것도 아니었던 때에도, 그리고 그가 삶 속에서 현기증을 느끼며 자신의 행동들 하나하나를 즐기고 있었던 때에도, 항상 잊지 않았다. 그가 지금 조급해하고 온 힘을 다하여 발버둥치는 것도 바로 그래서였다. 그것이 그의 터무니없는 행동들의 진정한 본질이었고, 그의 광기의 가장 큰 이유였다. 그가 밤에 미나의 손을 잡고서 해변을 걸을 때에도 그의 의식 깊은 곳 어디에선가는 섬뜩한 기계적인 목소리가 천천히 수를 헤아리고 있었다.

521, 522, 523, 524, 525, 526, 527, 528, 529

좀더 멀리까지 걸어나가 바다를 마주하고 앉아 그가 파도 속으로 조약돌을 던질 때에도, 그 목소리는 계속 수를 헤아리고 있었다.

586, 587, 588, 589, 590, 591, 592, 593, 594

그는 미나의 머리카락에서 풍기는 풀냄새를 맡았고, 보랏빛 블라우스 속 배의 살갗을 쓰다듬었고, 입술과 귀와 이마, 코, 목 아래쪽 그리고 옷 밖으로 드러난 팔에 입을 맞추었다.

599, 600, 601, 602, 603, 604, 605, 606, 607

그는 담배에 불을 붙였고 740, 이륙하는 비행기의 깜빡이는 불빛을 바라보았고 777, 눈을 감았고 781, 다시 눈을 떴고 782, 숨을 깊이 들이마셨고 783, 한숨을 내쉬었고 785, 미나에게 몇 마디 말을 했다. "날씨가 쾌적하지?" 797, "그래, 나는 전혀 피곤하지 않아" 801. 모든 삶의 조각은 자신의 숫자를 지니고 있었고, 또한 각 숫자들은 무한히 나뉠 수 있었다. 853(1, 2, 3, 4, 5,

6, 7, 8, 9, 10, 11, 12, 13, 14, 15, 16, 17, 18, 19 등등). 그러한 일은 어디에서도 그치는 법이 없었다. 시간 속에서, 아무리 멀리 물러서고, 열렬하고 조급한 마음으로 아무리 깊이 파고든다 하더라도 오직 시간만을, 또다시 시간만을 발견할 뿐이었다. 결코 평화라거나, 아무런 일도 일어나지 않는 냉랭하고 환한, 냉랭하고 캄캄한 그러한 지대에까지는 도달할 수 없었다.

그러나 그것은 절망이 아니었다. 오히려 이를테면 도취, 지속적인 환각, 악몽의 축제였으며, 그 속에서 모든 것이 한꺼번에 분출했고, 모든 것이 번쩍거리며 타올랐고, 어디에선가 신비로운 커다란 바퀴가 확성기에서 울려나오는 찢어지는 듯한 소리를 내며 쉬지 않고 돌아가고 있었다.

상슬라드는 왼손으로 미나의 손을 잡고서 사람들과 부딪히며 시장 한복판을 헤쳐나갔다. 너무도 소란한 소음과 많은 움직임 때문에 그는 더이상 말을 할 수가 없었다. 네온 불빛이 도처에서 번쩍거리고 있었고 여기저기 높이 내걸린 확성기의 아가리에서는 알아들을 수 없는 외침이 쏟아져나왔다. 상점들은 모두 제멋대로 상호가 새겨진 네온사인을 깜박이며 어둠 속에 현란한 빛을 발하고 있었다.

카시디 카시디 카시디

도처에서 튀김과 캐러멜 냄새가 피어올랐고, 바닥에서 몇 미터쯤 높이에 떠다니는 불그스름하고 희뿌연 연기 같은 것에서도 진한 냄새가 풍겼다. 사람들은 기계적으로 뛰어오르는 한 마리의 기다란 촌충처럼 앞으로 나아가다가 뒤로 물러서고 다시 앞으로 나아가고 있었다. 그들의 얼굴은 계속 변화하고 있었고, 그 얼굴 위로 가면들이 쏟아져내리는 창백한 빛을 받으며 나타났다가는 사라져갔다. 눈들은 잔인하게 번득였으며 벌어진 입들은 거친 소리로 비명을 뱉어내고 있었다. 어두침침한 구석에서는 여자들과 남자들이 짐승 같은 자세로 엉겨붙어 있었다. 털투성이의 남자들이 단 위에 서서 메가폰을 입에 대고 고래고래 소리를 질러댔고, 누런색 피부의 한 살찐 여자가 초록색과 붉은색 불빛의 소용돌이 한가운데에서 춤을 추었다. 총소리가 가까운 곳에서 울리고, 코를 찌르는 화약 연기가 느껴졌다. 샹슬라드는 그다지 눈여겨보거나 귀기울이지 않으면서 혼돈 속을 비틀거리며 헤쳐나갔다. 그는 이미 인간들의, 미지의, 익명의 바다 한가운데에 파묻혀 길을 잃고 있었다. 땀이 등을 타고 흘러내렸고, 손안에서 미나의 땀과 뒤섞였다. 그가 그 혼란 속을 걸어다닌 지 벌써 몇 시간, 몇 달, 혹은 몇 년은 된 듯했다. 결코 다시는 낮이나 선선하고 환한 아침이 오지 않을 것만 같았다. 오직 불빛들이 번쩍이는 그 밤, 그 혼란, 그 추잡한 냄새, 헐떡거리면서 서로 부둥켜안은 저 몸뚱이들만이 전부인 것 같았다. 마을 한가운데의 그 장소에 우주의 모든 혼돈이 내려와 있었다. 은하수의 소용돌이, 태양폭풍, 초신성의 폭발, 불투명한 성운, 허공을 향하는 별들의 재빠른 움직임, 그러한 모든 것이 그곳의 어둠 속으로 내려와 뚜렷이 모습을 드러냈다. 더이상 깨닫거나 욕구해야 할 어떤 대단한 것도 없었다. 무한궤도 장치가 경적을 내지르며 전속력으로 축 주위를 선회하고 있었다. 하늘 아주 높은 곳에서는 열차 차량들이 스스로 선로 위를 굴러다니다가 천둥소리를 내며 텅 빈 공간 속으로 떨어져내렸다. 비행기들이 불빛이 어른거리는 강철 막대 끝에 매달려 올라갔다 내려갔다, 올라갔다 내려갔다 했다. 망치가 공을 울리고, 복권 추첨 바퀴가 덜거덕거리면서 돌아가며, 소총이 탄환을 발사하고 있었다. 모든 것은 죽이고 부동의 상태를 극복하고 짓부수기 위한 움직임, 무의미한 움직임이었다. 네온 태양들이 도처에서 떠올랐다가 붉은 핏빛 황혼 속에서 저물었으며, 혜성들이 하늘에 눈부신 타원들을 그려놓고 있었다. 마치 물소떼가 질주하기라도 하듯이 땅바닥은 끊임없이 진동했다. 마분지와 플라스틱으로 만들어진 유령의 얼굴들이 인광을 발하는 눈알을 굴리고 있었다. 그리고 곳곳에 깨어진 거울들이 움직이는 상을 다른 거울들로 보냈고, 그 거울들은 그 상을 또다른 거울들로 보내고 있었으며, 그런 식으로 끝없이 이어졌다. 그는 사로잡혀 있었다. 그는 격노한 미로 속에 갇혀 있었다. 그는 다른 사람들과 함께 걷고, 다른 사람들과 함께 비틀거리고, 다른 사람들과 함께 웃고, 소리치고 있었다. 그는 땀과 기름의 냄새를 맡았으며, 튀김요리와 붉은색 캐러멜을 먹었고, 시럽을 마셨으며, 여자의 살갗을 어루만졌으며, 머리를 빡빡 깎은 운동선수와 싸움을 벌였다. 수천 가지 가락을 띤 목소리들이 한데 모여서 매우 길고 항상 동일한 한줄기의 외침을 당신 안에 불어넣고 있었다. 그 소리는 당신의 가슴과 내장과 목 안에서 울리다가 당신의 입을 통해 빠져나가는 비인간적이고 야성적인 울부짖음이었다. 빛 또한 붉고 희고 검은 한줄기뿐, 하늘과 땅 위에서 원을 그리며 돌면서 그 미친 듯한 흐름 속에 당신을 끌어들이고 있었다. 하지만 그러한 것들보다 더 나쁘고 동시에 더 터무니없는 것은, 이제 더이상 샹슬라드가 존재하지 않고, 미나라는 이름의 금발 여자도 존재하지 않게 되었다는 점이었다. 오직 고동치며 살아 있는 거대한 덩어리, 즉 땅 위에 주저앉아서 서로 단단히 들러붙은 수천 가지의 삶을 살아가는 단 하나의 거대한 육체와 같은 어떤 것만이 존재하고 있었다. 머리도 배도 성性도 없는 그 육체, 바닥에서 뒹굴고 있는 불투명하고 벌거벗은 그 육체는 그 자리에서 조금씩 네온의 불꽃이 촘촘히 깔린 곳 한가운데로 기어갔다. 그것은 수천 개의 다리를 움직여 걷고, 열린 모든 구멍으로 숨을 쉬고, 땀을 흘리고, 닥치는 대로 먹어치우고, 동시에 모든 쪽으로 토해내고 있었다. 그것은 아무런 생각도 가지고 있지 않았다. 그것은 아무 말도 없었다. 각각의 세포들 속에서 타오르는 기이하고 엄청난 욕망만을 가지고 있었다. 그 욕망은 번식하고, 지면을 뒤덮고, 더 크게 불어나고, 지구를 장악하고, 하늘의 불을 뽑아버리고, 모든 것, 공간과 시간과 지구와 자기 자신까지도 삼켜버리려 했다. 육체는 게걸스러울 정도로 자신의 욕망에 철저했고, 수천 개의 촉수와 턱과 다리와 흡반으로 자신 앞에 놓인 온 세상을 더듬거렸다.

오랜 시간이 지난 후에야 샹슬라드와 미나는 그것으로부터 토해내졌다. 배도 없고 머리도 없는 그 짐승이 광란을 벌이고 있는 그 끔찍한 지대를 떠나기 전에, 두 사람은 차들이 마구 부딪치는 범퍼카장을 바라보았다. 작은 차들이 불똥을 튀기며 검은색 바닥 위를 미끄러지고 온 방향으로 내달리는 모습을 지켜보았다. 차들은 각각의 안테나 끝에 이끌리어 멋대로 나아가고, 부딪치고, 멈춰 서고, 아무 이유 없이 다시 출발했다. 소음과 광기의 극단이었다. 범퍼카장 너머로는 검은색 구름과 침묵과 고독이 깔려 있었다. 샹슬라드는 이번에는 미나의 왼손을 잡았고, 그들은 그쪽으로 사라졌다.

모든 언어로 말하였으니

말을 하지 않고도 무언가를 표현하는 수많은 방법이 있었다. 그림, 이를테면 불안해하는 듯한 두 눈에는 그늘이 짙게 깔리고 금발 머리카락이 어깨 위로 흘러내리고 코는 갸름하며 입술이 살짝 벌어져서 희디흰 두 개의 치아가 드러나 보이는 여인의 초상화를 그릴 수도 있었다. 그리고 편지 한 장을, 형용사와 부사로 가득한 장문의 편지를 쓸 수도 있었다. 그 편지 속에 자신이 생각한 바를 조금은 거짓말을 섞어가며 말하고자 할 것이며, 그 편지 하단에는 이렇게 쓰게 될 것이다.

당신께 나의 사랑을 보내며

C.

그후 편지를 봉투에 넣고 그 봉투를 우편함의 벌어진 틈새에 집어넣으면서, 편지가 분실될 수도 있다는, 혹은 구겨져서 쓰레기통 속으로 들어가버릴지도 모른다는 생각을 하지 않으려 애쓸 것이다.

또한 빈병을 들고 바닷가로 나가, 메시지가 적힌 종잇조각을 병 속에 집어넣을 수도 있었다. 그러고 나서 그 병을 바닷속에 던져넣고서 해안을 따라 흘러가는 모습을 지켜볼 것이다. 요컨대 그러한 모든 것은 매우 간단한 일이었다. 자신의 메시지를 여기저기 내키는 대로 뿌려놓는 것으로 충분했다. 돌 밑에 감추어 놓을 수도 있었고, 나뭇가지에 걸어놓을 수도 있었고, 전화번호부나 단테의 『신곡』 책갈피 속에 끼워넣을 수도 있었다. 그러면 어느 날 미나가 와서 그것들을 하나하나 찾아내고는 그가 말하고자 한 바를 이해해줄 것이었다.

그리고 작은 칼을 가지고 알로에 잎사귀나 플라타너스 줄기 위에 글자들을 새겨넣을 수도 있었다. 그런 식으로 도처에 메시지들을 남겨놓을 수 있었다. 그것들을 읽어낼 줄 알면 되었다. 개 목에 달린 방울 속이나 기름에 절인 통조림 속에, 코카콜라병 속이나 극장표 뒷면에. 여기저기 온통 편지들이었다. '텔레비전'에서 ㅂ을 '꽃과 야채'에서 ㅗ를, 그리고 '친차노'에서 ㅊ을 때 스스로 자신만의 메시지를 만들 수도 있었다. 메시지가 난해하다거나 해독 불능인 것은 아니었다. 그것을 읽고자 하는 마음만 있으면 충분했고, 그러한 메시지는 길 위에, 하늘에 비스듬히, 풀로 뒤덮인 땅 위에, 어느 곳이든 가리지 않고 나타났다. 그 수없이 많은 메시지는 모두 저마다 달랐지만, 결국 항상 같은 뜻을 전하고자 했다.

다음과 같은 전보를 보낼 수도 있었다.

슬픔 예쁜 나무딸기 바둑판 정지
슬픔 격분한 마하라자 정지
샹슬라드

마찬가지로 중요한 단어 몇 개에 밑줄을 그어 책 한 권을 소포로 부칠 수도 있었다. 또한 ㅣ를 ㅗ로, ㅌ을 ㅂ으로, ㅋ을 ㅈ으로, ㅟ를 ㅣ로, ㅗ를 ㅏ로 바꾸어서 암호문을 보낼 수도 있었다. 그리고 길 위에 눈에 띄는 흔적들, 예를 들어 매듭이 지어진 손수건, 부러진 성냥개비, 닭의 뼈, 십자가 형태로 놓인 담배 두 개비, 보도 위에 백묵으로 그린 화살표를 남겨놓을 수도 있었다. 그 길 끝에는 아마도 보물이나 음료수, 혹은 행복이 있을 것이다.

결국, 멀리서도 서로 생각을 주고받는 것은 간단한 일이었다.

게다가 수많은 놀이와 언어가 있었다. 나뭇가지 위의 표식, 자갈더미, 수기신호, 그림자놀이, 숫자 암호, 연기 신호, 도로교통 규칙, 지문, 씨앗들, 조개껍데기들, 전서구, 매듭글자, 동전, 달력, 신문광고, 그림 수수께끼, 그리고 다음과 같은 문자 수수께끼도 있었다.

첫번째 음절은 머리를 아프게 하는 것.
두번째 음절은 머리를 아프게 하는 것.
전체 단어는 가슴을 찢어놓는 것.

그러나 그것이 전부가 아니었다. 당신은 누트카 인디언처럼 몸짓을 써서, 꿀벌들처럼 날갯짓으로, 돌고래처럼 일종의 휘파람소리로, 긴팔원숭이처럼 얼굴을 찡그려서 의사를 전달할 수 있다. 당신은 눈먼 사람처럼 손가락으로 더듬어 만져볼 수 있고, 음악가처럼 오르간을 연주할 수도 있다. 그렇듯 세상은 완벽하게 해독될 수 있는 모습으로 있다. 바람이 나뭇가지를 흔들어 소리를 내고 구름이 수평선 위로 뭉게뭉게 피어오르고 있다면, 그것은 비가 오리라는 징조이다. 달이 노랗게 빛나고 어슴푸레한 달무리에 둘러싸여 있다면, 그것은 겨울이 다가오고 있음을 알리는 것이다. 벌레들이 미친듯이 울어대고 두꺼비가 밤늦도록 울음소리를 낸다면, 그것은 때가 여름임을 말해주는 것이다. 지극히 잔잔한 바다 위에서 약간의 물결이 홀로 일어난다면, 그것은 배가 지나가고 있거나 바다 밑바닥 어디에선가 지진이 일어나고 있음을 말해주는 것이다. 그러한 모든 것은 분명하고 명백하다. 세상은 이해되고 해독될 수 있으며, 투명하고 순수한 것이므로, 그저 거기에 몸을 맡기고 그 속으로 스며들어가서 사라져버리면 되는 것이다.

어둠이 내리자 상슬라드는 마을이 굽어보이는 언덕 위로 올라갔다. 그곳에서 그는 서쪽 방향으로 몸을 돌려 회중전등을 깜박이며 침묵 속에서 말을 하기 시작했다. 그는 이렇게 말했다.

-- .. -. .- -- .- ---- ..-.. .-. . -- .. -. .-

. ...- -.-. . --.- ..- . - ..- . ... .-.. .- ..--..

.--- . ...- . ..- -.- -. .--. .- .--. . - --- ..- -

-.-. . --.- ..- . .--- . -. . - .----. .- ..

.--- .- -- .- .. ... -.. ..- .-.-.- - ..-

... .- .. ... --.-.- .--. .- .-. .-..- . -- .--. .-.. .

--.- ..- . - ..- . ... -... . .-.. .-.. . .-.-.- --.- ..- -

- ..- . ... -... . .-.. .-.. . --.- ..- .

.--- . -. . .--. . ..- -...- .--. .- ... -.

.-. . --. .- .-. -.. . .-. ... .- -. ... .- ...- --- .. .-.

-- .- .-.. .- ..- ..-. --- -. -.. -.. . -- --- .. ..

.--- . ...- --- ..- -.. .-. .- .. ... .-. . ... - . .-. .- ...- .

-. -. - --- .. - --- ..- --- . -- .- ...- .. . --.-.-

-- .. -. .- .-..-. .--- . ...- --- -.. .-. .- .. ..-.. - .-. .

.- ...- . -.-. - --- .. .--. . -. -.. .- -

.---- ----- -.... ..--- ----. .- -. ... .-..-. .- ..-

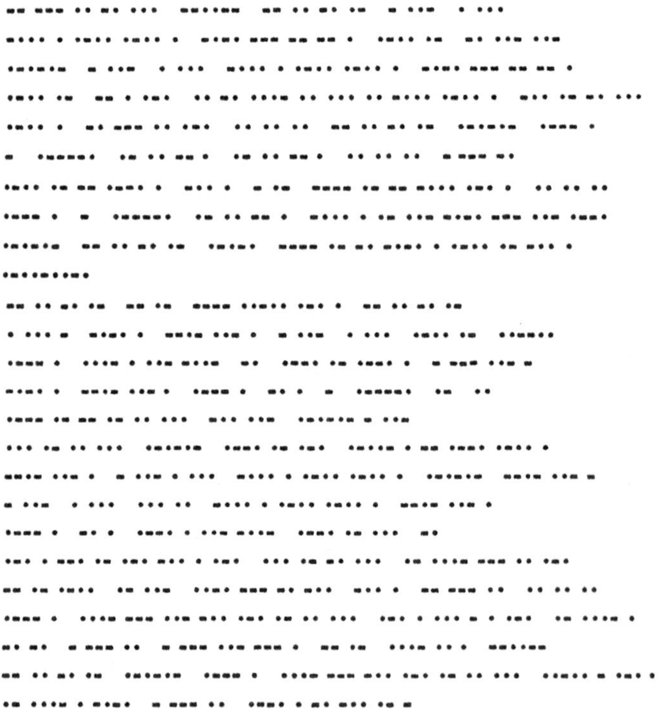

샹슬라드는 두 눈에 잔뜩 힘을 주면서 어둠 속을 노려보았다. 그런데 마을 다른 쪽 끝, 저멀리 창으로부터 계속하여 노란 불빛이 흘러나오고 있었다. 그리하여 샹슬라드는 전등을 주머니에 넣고서, 마을 쪽으로 향하는 미끄러운 계단을 내려갔다.

수화도

언젠가 샹슬라드와 미나는 수화로 이야기를 나눈 적이 있었다. 그들은 시내 중심에 있는 카페로 들어가서 아무 말도 하지 않고 자리를 잡았다. 종업원이 오자 샹슬라드는 그저 '페닉스 맥주'라고 쓰인 광고용 재떨이를 가리키며 손가락 두 개를 펴 보였다. 종업원은 멍하니 샹슬라드를 바라보고 있다가 곧 맥주를 가지러 자리를 떠났다. 말을 하지 않고도 뜻을 전하는 것은 쉬운 일이었다. 그때 샹슬라드는 담배를 피워 물면서 미나를 바라보았다. 그러고는 입술을 약간 움직거리며 오른손으로 신호를 보내기 시작했다.

샹: 손을 둥글게 오므린다. 손을 아래쪽으로 향하고 두 손가락을 편다—손날을 보인다. 손을 오므린다. 손을 아래쪽으로 하고

세 손가락을 편다. 다시 손을 아래로 하고 세 손가락을 편다. 주먹을 쥐고 엄지손가락을 접는다.

미: 손을 오므린다. 주먹을 쥐어 옆쪽을 보이고, 두 손가락을 벌린다.

샹: 손을 펴고 집게손가락을 엄지손가락 밑으로 접는다. 손등을 보이고 두 손가락을 모은다—주먹을 쥔다. 손을 위로 향하고 집게손가락과 엄지손가락을 마주 붙인다—다시 손을 위로 하고 엄지손가락과 집게손가락을 마주 붙인다. 손을 오므린다. 손을 위로 하고 약손가락을 편다. 손을 펴고 집게손가락을 엄지손가락 밑으로 접는다.

미: 손을 아래로 하고 두 손가락을 편다. 손을 오므린다. 손을 아래로 하고 두 손가락을 편다.

샹: 손을 펴고 집게손가락을 엄지손가락 밑으로 접는다. 손등을 보이고, 두 손가락을 펴서 위쪽에서 마주 붙인다—주먹을 쥔다. 손을 위로 하여 옆쪽을 보이고 집게손가락을 엄지손가락에 마주 붙인다—손바닥을 앞으로 보이면서 엄지손가락을 접는다. 손을 위로 하고 약손가락을 편다—주먹을 쥔다. 손을 아래로 하고 두 손가락을 편다.

미: 손을 오므린다. 손등을 보이고 두 손가락을 펴서 위로 마주 붙인다. 손을 위로 하고 약손가락을 편다—주먹을 쥔다. 손을

펴서 집게손가락을 오른쪽 손가락 위로 접는다—다시 손을 펴고 집게손가락을 엄지손가락 위로 접는다. 손을 오므린다. 손을 위로 하고 약손가락을 편다.

샹: 손을 아래로 하고 세 손가락을 편다. 손을 오므린다. 손을 위로 하고 약손가락을 편다—주먹을 쥐어 옆을 보인다. 손등을 보이고 두 손가락을 펴서 위로 마주 붙인다. 손을 위로 하여 옆을 보이고 집게손가락을 엄지손가락에 마주 붙인다. 손을 위로 하고 약손가락을 편다.

미: 주먹을 쥐어 손목을 구부리고, 약손가락을 펴서 반원을 그린다. 주먹을 쥔다—손을 위로 하여 옆을 보이고, 집게손가락과 엄지손가락을 붙인다. 손등을 보이고, 두 손가락을 펴서 위로 마주 붙인다. 손을 위로 하고 약손가락을 편다. 손을 위로 하여 옆을 보이고 집게손가락과 엄지손가락을 붙인다—손을 위로 하고 약손가락을 편다. 손을 위로 하여 옆을 보이고 집게손가락과 엄지손가락을 붙인다. 손을 위로 하고, 세 손가락을 펴서 아래로 흔든다. 주먹을 쥔다. 손등을 보이고 위쪽으로 두 손가락을 펴서 붙인다. 손등을 보이고 위쪽으로 두 손가락을 펴서 교차시킨다. 주먹을 쥔다. 손등을 보이고 위쪽으로 두 손가락을 펴서 붙인다. 손을 위로 하여 옆을 보이고 집게손가락과 엄지손가락을 붙인다. 주먹을 쥔다.

상: 손을 아래로 하고 세 손가락을 편다. 손을 오므린다. 손을 위로 하고 약손가락을 편다—주먹을 쥐어 옆을 보인다. 손등을 보이고 두 손가락을 펴서 위로 붙인다. 손을 위로 하여 옆을 보이고 집게손가락과 엄지손가락을 붙인다. 손을 위로 하여 옆을 보이고 집게손가락과 엄지손가락을 붙인다. 손을 위로 하고 약손가락을 편다.

미: 손을 펴서 위로 하고 집게손가락을 엄지손가락 위로 접는다. 손등을 보이고 위쪽으로 두 손가락을 펴서 붙인다—주먹을 쥐어 옆으로 민다. 손을 위로 하여 옆을 보이고, 집게손가락과 엄지손가락을 붙인다—손을 위로 하고 두 손가락을 펴서 벌린다. 손등을 보이고 위쪽으로 두 손가락을 펴서 붙인다. 손날을 보인다. 주먹을 쥔다. 손바닥을 위로 하고 집게손가락을 엄지손가락 위로 접는다. 주먹을 쥔다—손을 위로 하고 집게손가락과 엄지손가락을 편다. 손등을 보이고 두 손가락을 펴서 위를 향해 교차시킨다. 손을 오므린다. 손을 위로 하여 옆을 보이고 집게손가락과 엄지손가락을 붙인다. 주먹을 쥔다—손바닥을 위로 하고 집게손가락을 엄지손가락 밑으로 접는다. 주먹을 쥔다. 손을 아래로 하고 세 손가락을 편다. 주먹을 쥔다.

상: 손을 오므린다. 손등을 보이고 위쪽으로 두 손가락을 펴서 붙인다.

미: 주먹을 쥐어서 옆을 보인다—손을 오므리고 집게손가락을 편다. 손등을 보이고 위쪽으로 두 손가락을 펴서 교차시킨다. 손을 오므린다. 손을 위로 하고 약손가락을 편다. 손바닥을 위로 하고 집게손가락을 엄지손가락 위로 접는다. 주먹을 쥔다.

종업원이 맥주 두 잔을 가져와서 테이블 위에 놓았다. 샹슬라드는 셈을 치르고 싶다는 몸짓을 하고서 지폐를 꺼냈다. 종업원은 돈을 받고서도 한동안 못마땅하다는 듯한 표정을 지으며 안경 너머로 그를 바라보았다. 그러고는 거스름돈을 건네주고서 아무 말 없이 돌아섰다.

샹슬라드는 잠시 몸짓으로 말하기를 멈추고 카페 안을 돌아보고 유리창 너머를 바라보았다. 아무런 일도 일어나지 않았다. 바깥에서는 햇볕이 강하게 보도를 내리쬐고 있었으며, 사람들은 왔다갔다하거나 상점을 드나들었다. 바에서는 사람들이 음료수와 술을 마시면서 떠들어대고 있었으나, 그들이 하는 말들은 별 흥미가 없는 것들이었다. 미나가 맥주를 한 모금 마시고 나서 말했다.

미: 손을 아래로 하고 집게손가락과 엄지손가락을 벌린다. 손등을 보이고 위쪽으로 두 손가락을 펴서 붙인다. 주먹을 쥔다. 손을 위로 하고 엄지손가락과 집게손가락을 직각으로 편다. 손을 위로 하고 엄지손가락과 집게손가락을 직각으로 편다. 주먹

을 쥔다—손을 위로 하고 세 손가락을 펴서 아래쪽으로 흔든다. 주먹을 쥔다. 손등을 보이고 위쪽으로 두 손가락을 펴서 붙인다. 손등을 보이고 위쪽으로 두 손가락을 펴서 교차시킨다. 주먹을 쥔다—손을 위로 하고 약손가락을 편다. 손을 위로 하고 엄지손가락과 집게손가락을 직각으로 편다—주먹을 쥔다. 손을 위로 해서 옆면을 보이고, 집게손가락과 엄지손가락을 붙인다. 손바닥을 위로 하고, 집게손가락을 엄지손가락 위로 접는다.

상슬라드는 손목시계를 보고 나서 손가락 네 개를 펴 보이고는 두 손을 서로 교차시켰다. 그가 말했다.

상: 손을 위로 해서 옆면을 보이고, 집게손가락과 엄지손가락을 붙인다. 손을 위로 하고 약손가락을 편다—손을 오므린다. 손을 아래로 하고 두 손가락을 편다—주먹을 쥐고 옆을 보인다. 손을 위로 하고 엄지손가락과 집게손가락을 직각으로 편다. 손을 위로 하고 엄지손가락과 집게손가락을 직각으로 편다. 주먹을 쥐고 옆면을 보인다. 손을 펴서 위로 하고 집게손가락을 엄지손가락 위로 접는다—주먹을 쥐고 옆면을 보인다. 손등을 보이고 위쪽으로 두 손가락을 펴서 붙인다. 손날을 보인다. 손을 위로 하고 약손가락을 편다. 손을 아래로 하고 두 손가락을 편다. 주먹을 쥔다. 손을 아래로 하고 두 손가락을 편다. 주먹을 쥐고 옆면을 보인다.

미: 손을 위로 하고 두 손가락을 펴서 벌린다. 손을 오므린다. 손을 위로 하고 약손가락을 편다. 손등을 보이고 위쪽으로 두 손가락을 펴서 교차시킨다—손을 아래로 하고 집게손가락과 엄지손가락을 벌린다. 손등을 보이고 위쪽으로 두 손가락을 펴서 붙인다. 손을 오므린다. 손을 위로 하고 약손가락을 편다.

샹: 손을 위로 하고 세 손가락을 벌린다. 주먹을 쥔다. 손을 위로 해서 옆면을 보이고 집게손가락과 엄지손가락을 붙인다. 손바닥을 위로 하고 집게손가락을 엄지손가락 위로 접는다. 주먹을 쥔다. 손등을 보이고 위쪽으로 두 손가락을 펴서 교차시킨다. 손을 아래로 하고 두 손가락을 편다.

미: 손을 오므린다. 손등을 보이고 위쪽으로 두 손가락을 펴서 붙인다. 손을 위로 하고 약손가락을 편다.

카페 안에서는 사람들의 요란한 말소리 사이사이로, 파리 한 마리가 날아다니는 소리, 혹은 더운 공기를 휘저어대는 선풍기의 단조로운 소리가 들려오고 있었다. 샹슬라드는 시내 중심에 그런 카페를 하나 가지게 되면 괜찮겠다는 생각을 하였다. 그러면 아연판 계산대 뒤에 앉아서 오후를 보낼 수 있을 것이고, 그곳에서 그는 사람들이 살아가는 모습을 지켜볼 수 있을 것이다. 사람들은 편안한 마음으로 그의 카페에 들어와서 그가 준비해놓은 테이블에 자리할 것이고, 그는 맥주잔을 기울이면서 그들과 이야기를 나눌 것이다. 출입문 위에 '바'라고 써붙이기만 하면, 사람들은 아주 당연하다는 듯이, 그곳이 미용실이라거나 장의사라고 생각하지 않고 안으로 들어올 것이다. 그리고 그들은 또한 그가 그들의 커피잔이나 맥주잔 속에 청산가리 같은 독극물을 넣을 거라고 생각하지 않을 것이다. 그들은 다 같이 공유하는 공간에 자리를 잡고, 화장실에 다녀오고, 재떨이에 담뱃재를 떨 것이다. 서로 질문 한마디 던지지 않을 것이다. 그들을 바라보고 그들이 하는 말을 듣는 것은 정말 흥미로울 것이다. 그들은 똑같은 단어와 똑같은 몸짓을 써가며 정치와 경마와 여자와 자동차에 대한 이야기들과 불평불만을 털어놓을 것이다. 그러면 그 소리는 단 한 마디도 알아들을 수 없는 누그러질 줄 모르는 소음이 되어, 주크박스에서 흘러나오는 요란한 음악소리와 한데 뒤섞여 실내를 울릴 것이다. 그 장면은 영화나 소설보다 훨씬 흥미진진할 것이고, 그 공간 속에서 물 흐르듯 시간이 지나고 날과 해가 흘러갈 것이었다.

샹슬라드는 힘차게 손을 움직이면서 다시 말했다.

상: 손을 아래로 하고 세 손가락을 편다. 손을 위로 하고 약손가락을 편다. 손을 아래로 하고 두 손가락을 편다. 주먹을 쥐고 옆면을 보인다.

미: 손날을 보인다. 손을 위로 하고 세 손가락을 펴서 아래로

흔든다. 주먹을 쥐고 옆면을 보인다. 손을 아래로 하고 두 손가락을 편다. 손날을 보인다. 주먹을 쥔다. 손을 위로 하고 엄지와 집게손가락을 직각으로 한다. 주먹을 쥐고 옆면을 보인다. 손을 오므리고 집게손가락을 편다. 주먹을 쥔다.

상: 주먹을 쥐어 손목을 구부리고 약손가락을 펴서 반원을 그린다. 주먹을 쥔다—손바닥을 위로 하고 집게손가락을 엄지 위로 접는다—주먹을 쥐고 옆면을 보인다. 손을 위로 하고 약손가락을 편다. 손을 아래로 하고 세 손가락을 편다. 주먹을 쥔다.

미: 손을 아래로 하고 세 손가락을 편다. 손을 오므린다. 손을 위로 하고 약손가락을 편다—주먹을 쥐고 옆면을 보인다. 손등을 보이고 위쪽으로 두 손가락을 펴서 붙인다. 손을 위로 해서 옆면을 보이고 엄지와 집게손가락을 붙인다. 손을 위로 해서 옆면을 보이고 엄지와 집게손가락을 붙인다. 손을 위로 하고 약손가락을 편다.

상: 손을 오므리고 집게손가락을 편다. 손을 위로 하고 약손가락을 편다. 손을 위로 해서 옆면을 보이고 엄지와 집게손가락을 붙인다. 손을 위로 하고 엄지와 집게손가락을 직각으로 한다—손을 위로 하고 엄지와 집게손가락을 직각으로 한다. 주먹을 쥔다.

미: 손을 아래로 하고 두 손가락을 편다. 손을 오므린다. 손을 아래로 하고 두 손가락을 편다.

샹: 손을 수평으로 하고 세 손가락을 편다. 손을 오므린다. 손등을 보이고 위쪽으로 두 손가락을 펴서 붙인다. 손등을 보이고 위쪽으로 두 손가락을 펴서 교차시킨다. 손을 아래로 하고 엄지와 집게손가락을 벌린다. 손등을 보이고 위쪽으로 두 손가락을 펴서 붙인다. 손을 오므린다. 손을 위로 하고 약손가락을 편다.

하지만 젊은 여인은 대답하지 않았다. 그녀는 마치 누군가가 자신의 말을 알아들을까봐 두렵다는 듯이 고개를 조금씩 돌리며 주위를 돌아볼 뿐이었다. 샹슬라드가 말했다.

샹: 주먹을 쥔다. 손바닥을 위로 하고 집게손가락을 엄지손가락 위로 접는다—손을 위로 하여 옆으로 하고 집게손가락과 엄지손가락을 붙인다. 손을 위로 하고 약손가락을 편다—손을 오므린다. 손을 아래로 하고 두 손가락을 편다—손을 위로 해서 옆면을 보이고 집게손가락과 엄지손가락을 붙인다. 주먹을 쥔다—손을 아래로 하고 세 손가락을 편다. 주먹을 쥐고 옆면을 보인다. 손등을 보이고 위쪽으로 두 손가락을 펴서 교차시킨다. 손을 위로 하고 약손가락을 편다. 주먹을 쥐고 옆면을 보인다. 손을 위로 하고 약손가락을 편다. 손바닥을 위로 하고 집게손가락을 엄지손가락 위로 접는다.

젊은 여인은 이번에도 다른 곳을 바라보았고, 담배를 피우고 싶다는 몸짓을 했다. 샹슬라드가 그녀에게 담뱃갑을 건네주자 그녀는 오른손으로 담배를 꺼냈다. 그러고는 그녀 이름의 머리 글자가 새겨진 금속 라이터로 담배에 불을 붙였다. M. M. 상슬라드는 한동안 그녀가 담배 피우는 모습을 바라보았다. 그녀의 오른쪽에는 술에 취한 뚱뚱한 여자가 자신의 테이블에 앉아서 흰 두 다리를 바닥에 늘어뜨리고 있었는데, 아무에게나 되는대로 말을 걸어보려 했다. 그녀는 이를테면 다음과 같은 식으로 쉬지 않고 단편적인 말들을 늘어놓았다.

"난 말이에요, 어린 여자애들이 나를 몹시 따라요. 그 여자애들은 항상 나를 원해요."

"내 참, 그 여자애들은 나한테 와서 자기들 레이스 치마하고 짧은 속바지를 보여줘요. 심지어는 그 안의 것도 보여준다고요!"

그녀는 계산대 쪽으로 몸을 돌렸다.

"당신에게는 내가 앵무새처럼 보이지?"

"우리 할머니께서 내게 항상 말씀하시길, 살다보면 모든 게 잘 풀려나가는 법이라고 하셨지!"

(리카르 파스티스가 담긴 잔을 쳐들면서)

"내가 사랑을 불태우던 시절, 나의 가장 아름답던 시절을 위하여 건배!"

"사랑은 공기 속을 떠다닌다네!"

(오렌지색으로 칠을 한 바에서)

"젊은이들이여, 사랑을 하시게. 이제 내게는 그런 시절이 다시 오지 않을 테니."

미나는 검은색 색안경을 코 위에 걸쳤고, 샹슬라드는 담뱃갑을 주머니에 집어넣었고, 두 사람은 자리에서 일어나서 진정한 침묵의 영화를 볼 수 있는 극장을 찾아 그곳을 떠났다.

알아들을 수 없는 말도

울리카노크 마나 보리 오클라코코크. 자네 프레스틸 자니 왕돈 방. 제오드 데 몰라다 아푸닥스 프레동시, 에테, 라라루스 툴링크 퓌란펠레크 제네, 에티 살리 아카 문디우, 치엔 록수달 움비 와 노츨리 마바라 사타 클로 클루오크. 팜 레존, 팜 루프 그리세트카 사마 수페르.

"보준 벤데리? 반제 자카."

"카즈."

"아벨레 므 푸스투! 트릭스 슬라모크 지오크동 데닐, 파라 무노크 플라 몬크스 벨루 레존 마나 젤 실루르곤게, 스타르스 호크."

"카즈."

"스툼보 아룬 츨라존디."

"호. 벤드리 라부다 코크 트레케이?"

"트레케이."

"호."

"카즈니에볼스크, 포이눈 한드레이 트레케이 도울로보 얀데 아사마불로크."

프르제나 데군 파라마누크 미즈카눌루느레 델보 아누크 델코, 데 뷔.

"뷔-토-쿠춘-푼쿠-뤼가니-유귀-반-느튀-음(위)."

"투멘가오-아크."

베체우데파우 둥스크 셀로-우보-우티, 마나 보리 오클라코오크, 펜데바, 음, 아스타로 플렘디위스; 그레본크 플뤼스티에 메르세드, 오지에르 엘고크 바리스타, 준제 사피르 트레비크 고노크토고아크 두이즈 반제 사모뷜크 분투 아르부 도클라와트즈니에. 오브 다보크-카-파오크 투르프 이니사크, 스쿠프 체바르 아챙브(위) 유그 숑 파샹 셀코즈위 카파가리스 네마오운음 위 둘리이.

"스테바크 오나일지스?"

"시글리아노 오클르크(위)크."

"카즈."

브라트케 이메나 아체데 우즈-메레-파튀. 레온제 스덴템 와

하 베니통볼로-메누라스티보크 빌리 판단구에르제브(위), 에티, 에네, 아크 세닥 샤메낙, 폴로-우비, 에티, 파르스트 예뎀 플렘미크스 크니멘, 바 즈워 트라분. 델보 스테로도크-카오 에가 간즐레 고아자르 레드위온 다부스트라미니펠로크 플라스, 앙크테-테-라부아움.

소비에시봄 울레스-퐁크

쿠크-아베드: 뎀부, 이메나, 바나라크 샤테-뎀부, 왈레투도 사니-아 메 오키-호 안테오로크. 요스틀뢰 사부르 델레스푸카 뉘제 음젠 이뤼, 마나 샤메나 얀데르치. 하제노르 카즈파알리둠 보크 아네크 츨라워 자니 데-음(위)-파투르 크리스보나라 데아치데 사다; 오브 프르제사, 오브 아스타우르 호니불스카노보크-노크, 아우 디드우미 스팔라투라오-아크, 아테 테-첸봉 풜롤라. 베니젬 덴 데아치둘로 트릭스 스툼보크 푸두룸. 방제 엘바라크 사코코크.

"벨레다이 아차라크 누즈?"

"호?"

"호-쿠크."

"알레 인토크 쿠스타 나라바 벨라 코크테노-쿠."

"바질리쿠르 누우즈 브레즈……"

"통크."

"하르음두. 니우. 델루즈 슈피크 하마크."

"헤르티나발 클라스파크 구두르 칭-포 호. 카즈 데브리비스지니이 헹 에테, 살라방-드라보르!"

"카즈. 스트레포무체니지크 호 보크 아누크."

"엔데 데 아치데."

"마-워 토-퀴 위 순툰 카차크."

"젤."

"젤로 부카스토르 아르타-누마-파와크."

"유텐세 가를 엔제모운드(위)."

"카즈."

"아보레 마나 페리 트리조코클로크 호."

"위뉘-시."

"카라밍크스 젤 아치데 음 푸 굴라즈."

"갈라 타파사리우스 도코 호크. 아마 아나 아티 스테제 체카즈 카오크, 카즈 모크, 혼티!"

"혼티 호바르!"

"통카오."

제뉘스 델리-흐-안타 파타라크 바항-항, 트렉시뒤 아볼로미노 아하-라-스, 위 아토-음(위) 카자카다코크, 몽 프라마하 푸춘 디스타칼라 우나 우모크. 엘레베로-베쥐, 무카치 셀리스, 오이노이아튀, 레노벨로 이베일라하 아카스트라크 치데모 은, 온토셀로미스쿠 눌로와데크, 헤치아룬, 팜 에티 살라 아파크, 가레워제 샤문 펠라단 롱-베토크 고니크. 윌라 혼, 엔니, 호타위 루스.

살루시-놈, 갈라 파랑 마타티타네크 아라주-호 통아크 탕샤시메노크 도귀.

혹은 당돌한 질문도 일삼으며

당신은 행복합니까?
당신은 왜 이 책을 읽습니까?
당신에게 가장 큰 근심거리는 무엇입니까?
당신은 어디에서 살고 싶습니까?
당신은 사전을 읽어본 적이 있습니까?
당신은 울고 있나요?
당신은 거울 속 당신의 모습을 보는 걸 좋아하나요?
당신은 감상적입니까?
당신이 제일 좋아하는 담배의 상표는 무엇입니까?
당신은 당신 어머니의 생년월일을 알고 있습니까?
만일 당신이 당신이 아니라면, 당신이 되고 싶은 사람은 누구입니까?

지상에서 얻을 수 있는 행복 중에서 당신에게 가장 이상적인 것은 무엇입니까?

당신이 제일 좋아하는 시인은 누구입니까? 가장 마음에 드는 화가는?

가장 마음에 드는 음악가는?

당신이 동물이 된다면 어떤 동물이 되고 싶습니까?

당신은 여자의 어떤 점을 제일 좋아합니까?

당신은 남자의 어떤 점을 제일 좋아합니까?

당신은 인종차별주의자입니까?

당신은 나무가 되기를 바란 적이 있나요?

당신은 볼펜으로 글을 쓰나요?

당신은 편지 받기를 좋아하나요?

당신은 검은색 색안경을 씁니까?

당신은 텔레비전을 볼 때 무엇이 재미있나요?

당신은 말을 할 때 신중한가요?

당신은 술을 좋아하나요?

당신은 약물중독자입니까?

남자 이름들 중에서 당신은 어떤 것을 가장 좋아합니까?

여자 이름들 중에서는 어떤 것을?

당신이 가장 좋아하는 성은 무엇입니까?

당신의 키는?

당신의 몸무게는?

당신의 심장박동 수는?

당신은 당신이 정상이라고 생각하나요?

병을 앓게 된다면 당신은 어떤 병을 택하겠습니까?

당신은 성적인 강박이 있습니까?

당신은 아침형 인간입니까, 저녁형 인간입니까?

당신은 밤에 무얼 하기를 좋아합니까?

낮에는?

당신은 왜 내가 아닐까요?

당신은 무슨 꿈을 꾸나요?

당신은 돈을 좋아하나요?

당신은 사람을 죽일 수 있습니까?

당신은 마음이 너그럽나요?

당신은 달에 가보고 싶습니까?

정의란 무엇일까요?

당신은 노예를 가지고 싶습니까?

왜 망각이라는 것이 있을까요?

왜 태양은 폭발하지 않을까요?

왜 볼펜 뚜껑에는 작은 구멍이 있을까요?

왜 성냥 끝은 붉은색일까요?

추함이란 무엇일까요?

백만 년 후에는 무엇이 있을까요?

당신은 밤에 두려움을 느끼나요?

당신은 살아 있다고 느끼나요?

어떻게 무한이 있을 수 있을까요?

신은 어디에 있습니까?

어떻게 아무것도 생각하지 않을 수 있나요?

당신은 당신이 누군지 압니까?

당신은 굶어죽는 사람들이 있다는 사실을 알고 있습니까?

당신이 왕이라면 무슨 일을 하겠습니까?

진리란 무엇일까요?

열정이란 무엇일까요?

자유란 무엇일까요?

누군가가 당신 차를 망가뜨린다면 당신은 그를 미워할 수 있습니까?

당신은 자연에 감동받나요?

당신 생각에, 가장 위대한 영화는 무엇인가요?

가장 위대한 소설은?

가장 아름다운 그림은?

가장 아름다운 소나타는?

가장 아름다운 여인은?

당신은 네스호에 괴물이 있다고 생각하십니까?

왜 사유란 닫힌 체계일까요?

천재성이나 재능이란 무엇일까요?

빛이란 무엇일까요?

인류 공동체란 존재하나요?

당신이 가장 좋아하는 단어는 무엇인가요?

당신은 잡지에 실린 광고들을 읽습니까?

당신은 숨을 쉬지 않고 얼마나 오래 견딜 수 있습니까?

당신은 당신 고유의 서명을 금방 만들어낼 수 있었나요?

왜 나는 이런 질문들을 늘어놓고 있을까요?

당신은 온두라스의 수도가 어딘지 알고 있습니까?

모든 것이 아름답나요?

상상할 수 없는 것 하나를 예를 든다면?

당신은 스스로 쓸모 있는 사람이라고 느끼십니까?

당신 생각에, 지난 오천 년 동안 가장 중요한 것이 무엇이었을까요?

당신은 미신을 믿습니까?

당신은 예술을 신뢰하나요?

당신은 사디스트입니까?

당신은 세상이 인간의 사유 속에 존재한다고 생각합니까?

당신은 절대 존재를 마음으로 받아들입니까?

당신은 불면증이 있습니까?

불안증은?

당신은 아이들을 좋아합니까?

당신이 가장 좋아하는 물건은 무엇입니까?

그리스도의 이야기들에 당신은 감동을 받나요?

당신은 자유롭나요?

당신은 당신이 죽을 것이라는 사실을 알고 있습니까?

당신은 왜 늙게 될까요?

왜 종말이라는 것이 있을까요?

왜 노쇠라는 것이 있을까요?

왜 사람들은 죽는 걸까요?

왜 인간들은 잊히고 말까요?

지금까지 당신의 삶에서 가장 중요한 행동은 무엇이었나요?

당신 정신의 현재 상태는?

당신에게 영혼이 있습니까?

당신은 어떻게 죽고 싶나요?

당신은 전도서를 읽었습니까?
당신은 아우로빈도 고시의 책을 읽었나요?
당신은 마오쩌둥의 책을 읽었나요?
당신은 프루스트의 책을 읽었나요?
악이란 존재할까요?
당신은 더이상 전쟁이 일어나지 않을 것이라고 생각하나요?
당신은 핵폭탄을 두려워합니까?
행복하기 위해서는 어떻게 해야 할까요?
명석해지기 위해서는?
질문을 하는 것은 바보스러운 일일까요?
인간이 고통을 겪지 않고 살 수는 없을까요?
당신은 사랑을 믿습니까?
말을 한다는 것이 그 어떤 것에든 도움이 될 수 있을까요?
모든 것은 어떻게 끝이 날까요?

지옥과 다름없는 곳에서

샹슬라드는 어느 날 지옥과 다름없는 곳을 지나게 되었다. 그는 아내가 운전하는 푸른색 차 안에 앉아 있었다. 날이 매우 더워서 차창들이 열려 있었고, 라디오에서는 전기기타로 연주하는 괴상한 음악이 흘러나오고 있었다. 이따금 음악이 바뀔 때마다 어떤 남자 목소리가 새로운 음반들, 이를테면 '마누엘라' '탤러해시 베이비 블루스' '와우' '오늘밤 죽고 싶어'라거나 그 비슷한 취향의 다른 음반들을 소개했다. 그러나 모두 하나같이 같은 음악들이었다. 기타가 울려대는 금속성은, 때로 회오리치듯이 고음에서 저음으로, 다시 저음에서 고음으로 날랜 속도로 미끄러지고, 때로 갑자기 화음이 가해지고 건조하고 급박하게 이어지며, 또한 한 음이 길게 이어지며 은은함을 유지하기도 하고, 여러 소리가 불협화음을 이루며 터져나왔다가는 무언가 긁히는 듯한 새된 음조 속으로 합쳐졌다. 배경 리듬이 두 박자로 둔중하게 울리고, 콘트라베이스의 '둠, 둠, 둠, 트둠, 둠' 소리도 들려왔다. 은근하면서도 애조를 띤 그 묘한 음악은 자동차 안에서 마치 신체 기관의 일부가 내는 소리처럼 공명을 일으켰다. 실로 그러했다. 흡사 금속과 플라스틱 갑각 속에 심장 하나와 허파들이 들어 있고 온 세상이 강철 로봇들로 들끓는 듯 여겨질 정도였다.

푸른색 자동차는 홀로 길을 따라 앞으로 달려갔고, 샹슬라드는 전기기타의 묘하고 강렬한 음악에 귀를 기울이며 바다를 바라보았다. 그는 아무 말 없이 담배를 한 대 더 피워 물었다. 그는 길 위를 구르는 금속 기계와 음악 속에, 그리고 바다와 가옥들 전면에서 반사되는 눈을 찌를 듯한 햇빛 속에 갇힌 존재였다.

문득 미나가 그에게로 몸을 돌리고 말했다.

"무슨 생각을 그렇게 해?"

혹은 이런 말들을.

"지독히도 덥네, 안 그래?"

"당신은 덥지 않아?"

"왜 이렇게 길이 막힌담? 이러다간 두시까지 시내에 도착하지 못하겠어."

그러나 샹슬라드는 듣고 있지 않았다. 그는 자동차의 쿠션에 몸을 기대고 앉아 눈앞을 스쳐지나가는 바깥 풍경을 열심히 바라보았다. 길가와 바닷가까지 사람이 많았다. 눈이 부시게 흰 빛의 물결 속에서 사람들이 요란스러운 셔츠를 걸치거나 수영복 차림으로, 땀이 번질거리는 불그스름한 피부를 드러내고서 왔다 갔다하고 있었다. 그는 살 속에 움푹 들어간 그들의 눈, 조금은 매정해 보이는 작고 검은 그들의 눈에서 순간적으로 번득이는 빛을 보았다. 어떤 여인들은 나비 모양의 흰색 테가 달린 이상한 검은색 색안경을 쓰고 있었는데, 얼빠진 듯한 미소를 흘리면서 자동차 쪽을 바라보았다. 또 어떤 여인들의 붉게 염색된 머리카락은 햇빛을 받아 활활 타오르는 듯이 보였다. 마치 자동차 탑승구의 움직이지 않는 문 앞으로 두루마리 양탄자가 풀려나가고 있기라도 한 듯이, 모든 것이 자동차 앞쪽으로 천천히 이동하면서 움직이고 있었다.

자동차의 금속 차체 속에서, 지금 음악이 훨씬 크게 울리고 있었다. 아마도 운전중인 젊은 여인이 손가락 끝으로 라디오의 스위치를 약간 돌렸을 것이다. 아니면 송신안테나가 아주 가까워져서, 철탑에서 기타 소리를 담은 동심원들이 쏟아져내리는 것일 터이다. 음악의 리듬이 불똥이라도 일으킬 듯이 주철 판 위를 힘차게 두드렸고, 그 하나하나의 울림은 쇠 칸막이 너머로, 크롬 철들을 타고서, 플라스틱 섬유로 만든 쿠션 속으로 피를 뿜어대는 심장박동이었다. 소리가 빛과 어우러지면서 규칙적으로 차체 속에서 폭발을 일으켰으며, 각각의 폭발은 샹슬라드의 살갗 속으로 파고들어 고통을 일깨웠다.

그곳, 길을 달리는 그 철제 상자 속에 갇혀 살아 있다는 것은 착잡한 생각을 불러일으켰다. 그곳은 이를테면 열기와 소리로 번쩍거리고 맹목적인 어떤 힘에 은밀하게 이끌리는 감옥이었으며, 알 수 없는 운명을 향해 선로 위를 무력하게 미끄러지고 있었다. 샹슬라드는 차 문 위에 팔꿈치를 괴고서 인조가죽 좌석에 푹 파묻혀 있었다. 그러다가 그는 차츰 마비 상태에 빠져들었다. 어느 순간 그는 담배를 입술로 가져가서 연기를 들이마시려 하였다. 그러나 그럴 수 없었다. 자신도 모르게 손가락이 벌어졌고, 담배가 창밖으로 빠져나가서 바람에 날리면서 사라져버렸다. 샹슬라드는 담배를 한 대 더 피워야겠다고 생각했다. 그러나 그는 곧 잊어버렸다. 전기기타의 환상적인 운율이 온몸을 뒤덮고 그를 좌석에 붙들어매어놓고 있었다.

갑자기 차가 멈춰 섰다. 도로 어딘가에서 사고가 난 모양인지 교통이 정체되었다. 차들은 세 줄로 늘어서 있었고, 수백 혹은 수천 개의 차 지붕들이 햇빛을 받아 번쩍였다. 온갖 종류의 색들, 푸른색, 붉은색, 검은색, 회색, 흰색, 초록색, 베이지색, 노란색, 그리고 심지어 풍뎅이 등처럼 빛나는 금빛 자동차도 있었다.

햇빛이 차량의 둥근 지붕 위로 쏟아져내렸다가 커다란 수정 화살이 되어 하늘로 다시 튀어올랐다. 꼼짝도 않는 자동차 행렬 주위에서는 열기가 아물거리면서 공중으로 오르고, 뜨겁게 달아오른 엔진 냄새가 코를 자극하면서 지면 가까이에 퍼지고 있었다. 때때로 바람이 불어오기는 했지만 오히려 역효과였다. 바람은 바다로부터 오줌과 땀과 썩은 물 냄새가 뒤섞인 고약하고 역겨운 악취를 실어왔다.

꿈결 같은 공간을 가로지르며 샹슬라드는 이렇게 말하는 미나의 목소리를 들었다.

"왜 이렇게 길이 막힌담. 덥기는 또 왜 이렇게 더운지. 아무리 그래도 여기서 이렇게 내일까지 죽치고 있어야 하는 건 아니겠지, 안 그래?" 같은 말들.

그러나 지하에서 들려오는 듯한 음악의 리듬이 미나의 말을 이내 점차 삼켜버렸다.

그리고 조금씩 풍경이 바뀌었다. 사실, 풍경이 실제로 바뀐 것은 아니었다. 하지만 마치 대기 속의 촉촉한 부드러움이 제거되어버린 양, 모든 것이 훨씬 강렬하게, 훨씬 자극적으로 번쩍거리기 시작했다. 흡사 끔찍한 바람이 며칠 동안이나 불어와 사막의 모래가 실린 불구덩이 같은 통로를 이루고, 각각의 모래알들이 세상을 뼛속까지 쓸어내버려서 선명한 각과 뾰족한 끝과 날카로운 모서리와 예리한 돌출부 들의 풍경만을 남겨놓은 듯하였다. 지금 지면은 햇빛을 받아 달아오르고 말라붙어 자갈 더미 사이로 창처럼 길고 뾰족한 잎을 가진 두툼한 식물들만이 돋아나고 있었다.

보도 위로는 사람들이 둔중한 리듬에 몸을 맡기고서 앞으로 나아가고 있었다. 공중에서 보이지 않는 채찍이 휙휙 소리를 내며 바람을 갈랐고, 사람들의 살이 그 가죽끈의 가격에 소스라치고 신경질적으로 펄쩍펄쩍 튀어오르는 것처럼 보였다. 하지만 과연 그들은 인간들이었을까? 그 얼굴들은 모두 똑같았고 그 몸들도 하나같이 다를 바가 없었다. 그들은 어쩌면 모두 같은 남자들, 같은 여자들로 샹슬라드를 비웃기 위해 끊임없이 같은 자리에서 발을 구르며 앞으로 나아가는 체하다가 항상 제자리로 되돌아와 차 유리창 쪽으로 날카롭게 벼려지고 번쩍이는 시선을 쏘아 보내고 있는지도 몰랐다. 샹슬라드는 다른 곳을 보고자 애를 썼다. 그러나 소용없는 일이었다. 도처에서 햇빛이 창백한 칼자국으로 번득이고, 자동차 지붕 위로 광채를 던지고, 유리창에 반사되어 튀어오르고, 검은색 색안경의 렌즈 한가운데에서 비수의 모양으로 굳어져 스쳐지나가고, 콘크리트 지붕 위와 발코니에 잡동사니가 널린 벽면 쪽으로 기둥처럼 버티고 있었다. 그 빛과 아울러, 바깥으로부터 몰려든 소음이 자동차 안으로 스며들어 곧 전기 음향과 한데 어우러졌다. 도처에 화가 난 듯한 얼굴들과 악을 쓰는 목소리, 뜨거운 기름과 가스의 악취, 그리고 악착스러운 움직임들의 광란뿐이었다. 왼쪽으로는 건물들이 거대한 흰 벽들을 우뚝 세워놓고 있었다. 중앙으로는 열기로 어슴푸레한 시야 속에서 자동차들의 행렬이 부르릉거렸다. 오른쪽으로는 꺼칠꺼칠한 자갈들이 깔린 해변이 소리를 질러대는 남자들과 여자들로 붐볐고, 또한 바다는 푸르고 견고하고, 잔물결들이 뚜렷이 나타났다가 사라지곤 하는 또하나의 벽을 세워놓고 있었다.

진공 속에서 인광을 발하듯이 모든 색깔이 음악소리와 함께 소스라치듯 튀어올랐다. 이제 더이상 평온한 것들이라거나 무의미한 것은 없었다. 구름 한 점 없는 하늘은 눈을 찌를 듯한 흰빛을 펼쳐놓았고, 바다는 가혹할 정도로 푸르렀다. 오직 얼굴로 쏟아지는 주먹질들뿐, 붉은색 드레스와 현란한 셔츠, 빨간색이나 노란색 머리카락, 거무스레한 얼굴, 금니, 반짝거리는 손목시계, 구두, 검은색과 흰색 수영복, 빨갛게 달아오른 어깨, 초록색이나 보라색 안경, 꽃, 자동차, 아이, 개, 모터사이클, 자갈, 축축한 역청 조각, 그 모든 것들이 가해오는 주먹질들뿐이었다. 당장이라도 끓어오를 듯한 색깔들이 서로 부딪치고 달라붙고, 느슨한 층을 이루며 미끄러지고 있었다. 타오르는 색깔들이 탄환들처럼 당신을 향해 달려들었다. 그것들은 생생하게 현존하고 있었고,

거품들처럼 교착되었으며, 혹은 곤두서 있었고, 당신의 배를 가르려 들 듯한 진짜 칼날처럼 위협적이었다.

그는 또한 나열된 저 이름들로부터도 벗어날 수가 없었다. 공중에 매달려 바람에 흔들리는 표지판 위에 불 같은 필체로 쓰이고 붓으로 굵직굵직하게 그어진, 뜻이 통하지 않는 단어들은 유탄처럼 폭발했고, 그때의 그 섬광이 당신의 뇌 속으로 파고들었다. 그 단어들 역시 칼이었으며, 당신의 살갗을 가르고 당신의 피를 흐르게 하려고 호시탐탐 노리는 면도날이었다. 사람들의 절규보다 더욱 끔찍한 그것들의 무언의 절규는 모든 곳에서 한꺼번에 터져나오고 있었다. 시선을 어디에 둔다 하더라도 그 단어들을 읽지 않을 수 없었다. 그것들은 낯설고 아름답고 열렬한 모습으로 함정처럼 그곳에 놓여 있다가, 당신의 시선이 닿는 바로 그 순간 사라져버리곤 하였다. 왼쪽에도 오른쪽에도, 앞에도 뒤에도, 위에도 아래에도. 그리고 주유소의 벽 위에, 바 위쪽에, 정원 한가운데에, 해변에, 심지어는 하늘 높이 비행기에 매달린 길쭉한 깃발 위에도 그 단어들이 쓰여 떠다니고 있었다.

캐스트롤

캐스트롤

캐스트롤

핫도그 핫도그 핫도그

솔렉스

공기 입구 출구 캠핑 에빈루드

킹사이즈 비치 솔 오랑지나

내장 요리점

푸른 점

금

사탐

샹슬라드는 멈추지 못하고 목 깊숙이 소리를 내며 그 단어들을 모두 읽어나갔다. 그는 그것들을 노래했고, 쉬지 않고 외쳐댔다. 켈비네이터, 각각의 단어들 속으로 사라지며, 레밍턴, 음절들에 파묻히고, 혼다, 거의 스러져버렸으나 잊을 수는 없고, 살렘, 눈을 감을 수도 목소리를 죽일 수도 없이.

그것들은 바로 그 장소에 대한 저주이자 그의 육체와 정신을 사로잡아 노예로 만들어버리는 지옥 같은 위력이었다. 땅이 갑자기 뒤집혀 어둠 속에 가려진 부분이 드러나고, 이제 더이상 아무것도 이해할 수 없게 되었다. 단어들의 폭발과 함께 풍경도 조금씩 파열되면서 움직이지 않는 자동차 위로 인체와 문명 이기의 잔해를 내던져놓고 있었다. 그러나 그러한 파괴는 주변 경관을 부드럽게 풀어주기는커녕 더욱 냉혹하고 접근 불가능한 것으로 만들어놓았다. 보도 근처에서 한데 엉겨붙은 남자들과 여자들은 텅 빈 동공을 검은색 색안경으로 가리고 있었고 반쯤 벌어진 그들의 입에서는 횡설수설하는 소리들이 흘러나왔다.

비만한 한 여인이 자동차 문 쪽으로 다가와 손가락으로 샹슬라드를 가리켰다. 그러고는 말을 하기 시작하였고, 샹슬라드는 그녀의 입에서 나오는 음산한 소리들과 더듬거리는 말들, 꼬르륵거리는 소리들을 두려움에 사로잡힌 채 귀기울여 들었다. 그 여인의 말소리는 이렇게 들려왔다.

"아르글, 고르 호르글, 바르 회-회고글 뫼그 에트 아트-퇴 아르글……"

그녀는 웃음을 터뜨렸고, 샹슬라드는 그녀 주위에 있는 아이들과 남자들과 다른 여인들을 바라보았다. 그들은 모두 금니를 드러내고서 미친듯이 웃어대고 있었다. 그는 고개를 돌리지도 못하고 홀린 듯 뚫어지게 그들을 바라보았다. 몹시 뚱뚱한 그 여인이 자리를 떠나자 절뚝거리는 남자, 다리에 여러 갈래의 정맥이 솟아 있는 임신부, 청년들 몇 명, 넓적다리가 굵고 맨발로 걸음을 옮길 때마다 가슴이 출렁거리는 젊은 여자, 온통 회색 털로 덮인 늙은이, 비키니를 입은 여자, 머리가 헝클어진 두 여인, 검은색 수영복을 입은 젊은 여자, 어깨와 허벅지 안쪽에 여드름 같은 것이 난 여자, 군인 세 명, 트랜지스터라디오를 든 남자가 다가왔다가 사라졌다. 그는 매우 선명한 악몽 속에 빠져든 듯이 아무것도 이해하거나 깨닫지 못한 채 그들을 쳐다보았다. 그는 물렁물렁한 살 속에 움푹 들어간 그들의 눈과 보기 흉한 코, 뺨, 거칠거나 비단결 같은 머리카락, 팔 끝에 붙은 채 흔들거리고 정맥이 파랗게 드러난 손, 어깨, 살찐 등, 살가죽이 접힌 아랫배, 가슴, 땀을 흘리는 궁둥이, 여위고 비틀리고 혹은 부풀어오른 듯한 다리들을 하나도 놓치지 않고 보았다. 그는 비슷비슷한 냄새들을 맡았고, 귀에 익은 목소리가 툴툴거리고 가르릉거리는 소리를 들었다. 온갖 색들이 햇빛을 받아 타올랐고, 하늘과 바다는 리놀륨 판처럼 단단하게 굳어 있었다.

그곳은 그야말로 불구덩이 속, 분화구, 개미굴의 심장부인 셈이었다. 샹슬라드는 얼굴과 겨드랑이와 등허리에 조금씩 땀을 흘리기 시작했다. 그는 자신이 음악의 리듬을 따라 광기로 얼룩진 풍경 속으로 천천히 미끄러져들어가고 있음을 느꼈다. 곧 그는 그들 중의 하나, 벌레들 중의 한 마리 벌레가 되고, 군중은 커다란 입처럼 그를 집어삼키고 게걸스럽게 소화시켜버릴 것이다. 그는 요동치는 통로 속 한가운데로 음식물 조각처럼 미끄러져들어가서 조금씩 그의 살과 근육과 생각을 잃어버리게 될 것이다. 그리고 변화무쌍한 모습의 하찮은 것들이 그를 덮어씌우고 그의 온몸을 눌러대면서, 그의 실체의 자양을 빨아먹고 그의 인격의 체액을 한 방울씩 말려버릴 것이다. 그러다가 갑자기 그는 인간의 바닷속으로 빠져들어 자취도 없이 쓸려 사라질 것이며 그리하여 그가 그곳에 있었다는 사실을 그 누구도 알지 못하게 될 것이었다.

차문 너머로, 샹슬라드는 움직이는 사람들을 욕망어린 마음으로 응시하였다. 그의 몸속 어딘가, 뱃속, 성기 안, 신경조직 안에서, 그는 자신이 주위 경관과 한데 뒤섞여버리기를 바라는 무상함의 유혹을 느꼈다. 그것은 이를테면, 바깥쪽으로, 잔뜩 긴장한 모습의 풍경 쪽으로, 기름진 살덩어리 같은 두툼하고 뜨끈뜨끈한 세상 쪽으로 입을 벌리는 포탄 구덩이 같았다. 태양에서 쏟아져내리는 빛은 그를 은근하게, 그러나 가차없이 잡아당기는 촉수들이었다. 여기저기에서 들려오는 소리들은 그 끈적거리는 고무질 섬유를 길게 늘이며 살갗에 들러붙었다. 모든 움직임은 그 자리에서 맴을 돌면서, 그 무한 나사의 나선 운동을 바깥쪽으로 밀어내고 있었고, 그리하여 그로서는 그 뒤를 따라야만 했다. 인조가죽 쿠션에서 몸을 떼고서 차문을 열고 단번에 밖으로 뛰쳐나가 부글부글 끓고 있는 푸른색 자동차의 감옥을 벗어나야 했다. 그때 멀리로부터 무어라고 외치는 여자 목소리가 어렴풋이 울리는 듯하였으나 그는 그 소리를 듣지도 않았다.

"아니, 대체 무슨 짓을 하는 거야? 무슨 짓을 하는 거냐고……?"

심장이 급하게 뛰는 것을 느끼며 샹슬라드는 사람들 틈을 파고들어 바닷가를 따라 걷기 시작했다. 그는 움직이지 않는 자동차 행렬을 거슬러올라가면서 휘발유와 기름 냄새를 게걸스럽게 들이마셨고, 눈에 눈물이 가득 고일 때까지 차체 위에 반사되는 햇빛의 불꽃을 응시하였다. 태양이 정면에서 그를 강타했고, 그는 자신이 어디로 가고 있는지 제대로 알지 못한 채 흐릿한 빛 속을 헤치며 앞으로 나아갔다. 그는 계속 이동하고 있었다. 그의 발이 둔탁하게 바닥에 닿았다가 두꺼운 양탄자를 밟은 듯이 다시 튀어올랐다. 그의 두 팔은 몸의 움직임에 따라 앞뒤로 흔들리고, 두 손은 펼쳐졌다 오므려지고, 허파는 숨을 깊이 들이마시고, 땀이 등과 뺨 위로 가는 줄기를 이루며 흘러내리고 있었다.

그의 앞과 주위로 사람들이 길을 터주며 갈라졌다가 곧 다시 모여들었다. 사람들의 몸, 남자들의 둔중한 몸, 수영복을 입은 여자들의 미지근한 몸, 아이들과 젊은 여자들의 가벼운 몸이 그에게 부딪혔다. 그들의 일상의 기분좋은 냄새, 튀김과 용연향과 향수와 땀의 냄새가 질펀하게 그에게 다가왔다. 그토록 수많은 신기한 것들과 삶의 풍요로움이 존재한 적이 없었을 것이다. 추함, 광휘를 번득이고 호화롭고, 끊임없이 그 빛을 발하는 추함이 도처에 그득했다. 왼쪽으로는 더없이 잔잔한 바다가 더할 나위 없는 푸른색으로 빛나고 있었다. 결코 그 어느 곳에도 그 같은 푸른색이 존재한 적은 없었다. 하늘 또한 수천 개의 반짝거리는 점들을 머금고서 수은과 같은 무색으로 빛나고 있었다. 발밑에서는 땅이 울리고 바스락거리고 요동쳤으며, 시트가 덮이듯이 열기가 옷과 살갗을 휘감았다. 이제 상슬라드의 머릿속에는, 더이상 울림이나 반향은 없었다. 다만 깊이를 헤아릴 수 없는 구멍, 마치 그것이 처음이자 마지막인 양, 가능한 모든 것을 삼켜버리고 모든 것을 마셔버리는, 결코 채울 수 없는 빈 공간만이 있을 뿐이었다.

아마도 마지막이라고 해야 할 것이다. 그는 아주 먼 곳에서, 밤의 밑바닥에서, 어두컴컴한 미지의 어느 곳에서 이 광경을 보기 위하여, 그 뒤틀린 땅 위를 걷기 위하여, 그 냄새들을 들이마시기 위하여, 그 몸들을 만지고 그 이해할 수 없는 목소리들을 듣기 위하여 온 것이다. 그는 평생 동안 여기, 바로 지옥에 도달하기 위해서, 그리하여 다른 이들과 함께 그 무시무시하면서도 기분좋은 불길 속에서 타버리기 위해서 여행을 해왔다. 그렇다, 분명 지옥이었다. 그러나 모든 희망을 초월한다는 것은 흥미로운 일이었다. 그것은 밀도 높은 삶이었으며, 시럽처럼 농밀한, 신랄하고 감미롭고 메스껍고 마취적인 삶의 덩어리였고, 앞으로 나아가면서 더불어 모든 것을 휩쓸어가는 기이한 소용돌이였다.

그것에 저항할 길은 없었다. 군중의 물결이 동요를 일으켰고, 사람들은 열에 들떠 춤 속으로 끌려들어가고 있었다. 이제 사람들은 노란 별들 한가운데에 쓰인 말들을 외치고 있었다. "죽여라! 죽여라!"라거나, "디디티! 디디티!" 또는 "살인자! 살인자! 살인자!"라고 외쳐대기도 했다. 갈색 눈꺼풀 한쪽 옆으로 눈 흰자위가 번득였으며, 호흡들이 모두 신음하며 공기 속에 약간 목쉰 듯한 꽉 잠긴 소음을 흩뜨리고 있었다. 자동차의 경적이 쉬지 않고 요란하게 울렸고, 괴상한 웃음소리가 터져나왔고, 비명이 이어졌으며, 전기기타의 음악소리가 트랜지스터 통 속에서 공명을 일으켰다. 당신의 내장을 동요시키고 당신을 전율케 하는 조화롭고도 고요한 협주였다.

그 모든 것이 당신을 짓뭉개고 당신을 때려눕히기 위해 준비되어 있었다. 그 어느 곳에도 상냥함이라거나 은은한 그늘이 깔린 은신처는 전혀 마련되어 있지 않았다. 소음과 열기와 빛의 불꽃은 도처에서, 나무들 속, 회색 자갈들 속, 얼굴들 속, 차체와 드레스의 숨겨진 부분들 속, 하늘이나 바다의 한가운데에서 타오르고 있었다. 도처에서 그 날카로운 침들이 치명적인 독을 머금고서 당장이라도 살갗을 찌르려는 기세로 노리고 있었다. 샹슬라드는 자신을 제물로 내던지고서 스스로를 방어할 엄두도 내지 못하며 그것들 속으로 나아갔다. 그는 군중 깊숙이 스며들었고, 햇빛을 받아 조금씩 풍화되어가다가, 위에서 아래로 흘러내리는 그 더러운 물결 속으로 차츰 녹아들었다. 아마도 그는 곧 교차점, 제로의 차원에 도달할 것이고, 내력도 없이 사라져버릴 것이다. 그는 모래가 무엇인가를 흡수하고 남긴 자국처럼 지워져버릴 것이며, 이 땅 위에서, 이 익명의 네모꼴 고장에서 사람들과 사물들의 거대한 대양 속으로 용해되고 영원한 충만함 속으로 빠져들 것이다. 그러면 사람들은 그를 잊어버릴 것이다. 그는 죽지는 않을 터이지만, 더이상 지상에 살아 있는 유일한 존재가 되지는 못할 것이다. 그는 곡물 창고에 들어 있는 낟알에 지나지 않으며 희망이라거나 자유, 혹은 불행 따위와 유사한 그 무엇도 가지지 못하고 옴짝달싹 못한 채 다른 낟알들과 함께 이따금 움찔거릴 뿐일 것이다. 아무도 더이상 그에 대해 이야기하지 않을 것이다. 아무도 그에게 그리 탐탁할 것도 없는 영혼을 불어넣어주지 않을 것이고, 그에 대해 아무것도 기대하지 않을 것이다. 그는 그곳에, 노란색 플라스틱 조각과 흰색에 푸른색이 섞인 수영복을 입은 여인 사이에 놓여 있을 것이고, 그 주변 어딘가에는 맹목적이고 무분별한 태양이 떠 있고 구름 한 점 없는 하늘의 한 모퉁이가 보이고 똑같은 창문 백 개가 나 있는 건물 하나가 서 있고 또한 눈에 띌 듯 말 듯한 잔물결이 이는 편평한 바다 역시 펼쳐져 있을 것이다. 여러 다른 이름들 중 하나의 이름, 이름들의 숲속에 어느 하나가 있을 것이고, 울림이 없는 어떤 건조한 목소리가 기계적으로 이렇게 읽어나갈 것이다.

지스망
칼란 앙리
아페댕
카도피
크뤼 마리조제
베네지
바바스트로
르쉬외르
가리발디
카무스
고니그르
말리부아르필롤 드 카마
방담
월 조제트
엘리아우 엘리자베트
마리 앙스트
피에 미레유

알마레 클로드코랭

아미고 마르틴

샹슬라드

미셸 찬

돌

고메즈

포레즈

콜레트 프로

앙소르그

블뤼아 미셸

카라사스

요컨대, 그런 식으로, 자기 나름의 일련번호와 혈액형, 지문, 저작咀嚼 능률, 한쪽 눈은 0.8이고 다른 쪽 눈은 0.5인 시력을 가지고서 살아가야 하는 것이었다. 사람들의 모든 것은 각각 서류에 기입되고, 그 각각의 서류들은 제자리에, 즉 특별 서류함 속의 비슷비슷한 다른 서류들 사이에 끼워넣어졌다. 그리하여 그 누구도 자기 자신일 필요가 없었으며, 도처에 단지 잘 정돈된 무질서의 크나큰 평화가 넘쳐흐르게 되었다.

수없이 많은 남자, 여자, 아이, 자동차, 개, 집, 도로, 가로등,

자갈, 나무 들이 있었다. 수없이 많은 먼지와 색깔과 움직임 들도 있었다. 그토록 충만한 경관 앞에서 도취의 희열을 느끼지 않을 수 없었다. 각자가 그 모든 것 중의 하나였다! 각자가 그 모든 것 속에 존재했다! 각자가 그 모든 것이었다! 샹슬라드는 과열된 지면과 흰색 하늘, 축축한 대기, 공기 속에 가득찬 냄새들과 일체가 되었다. 그는 소용돌이를 이루는 그 수천 개의 몸들과 한 몸을 이루었으며, 그 모든 눈과 얼굴과 배와 허리와 다리를 가졌다. 그는 그 모든 발을 움직여 걸었고, 빛줄기처럼 천 개의 팔을 앞으로 내뻗었다. 그는 호시탐탐 남들을 엿보는 그 모든 눈, 온갖 방향으로 움직이는 불투명하거나 혹은 맑은 그 수많은 거울을 통하여 남들을 바라보고, 남들로부터 주시당하고, 또한 자기 자신을 응시하였다. 그러한 행위는 그를 기진하게 만들었으나 경이로운 일인 것만은 틀림없었다. 그는 그 모든 가슴으로 호흡하고, 그 모든 피부로 감각하고, 그 모든 귀로 온갖 소리들을 하나도 빼놓지 않고 듣기를 끝없이 계속했다. 그는 무한히 다양한, 그러나 비슷비슷한, 결국 자기 자신의 것인 그 모든 삶을 통해 고통받고 즐거움을 누리기를 끝없이 계속했다. 그는 그 수천 개의 뇌로 생각하는 데에, 그리고 동시에 목젖을 울리고 대기 속으로 튀어나와 한데 뒤섞여 분간되지 않고 알아들을 수 없는, 그러나 감격스러울 정도로 오묘한 화음을 이루는 그 수백만 개의 단어를 가지고 말하는 데에 이루 표현할 수 없는 행복과 절망을 느꼈다.

어떤 독특한 소리가 지상으로부터 솟아올랐는데, 모든 집과 거리로부터 흘러나오는 그 음험한 울림은 높이 떠오르면서 먹구름처럼 텅 빈 공간의 영사막 위에 인간의 모습을 한 괴물의 거대한 그림자를 투사하고 있었다. 사람들은 무엇을 말하는가? 그들은 무엇을 원하는가? 그들은 무엇을 보는가? 그들은 무엇을 찾는가? 그들은 아무것도 말하지 않고, 아무것도 원하지 않았다. 아무것도 보지도 찾지도 않았다. 하지만 귀를 먹먹하게 할 만큼 요란하고 열정적인 그 소음은 마을과 들과 해변과 계곡, 뿐만 아니라 사막 위로도 솟구쳐올랐고, 어느 곳에서든 거의 흡사하고 똑같았으며, 너무도 광막하고 급작스러워서 아무도 그 소리를 알아차리지 못했다. 한데 얽힌 그 모든 언어는 박자를 맞추어 꾸르륵거리는 묘한 소리를 발하였고, 트랜지스터가 기타와 바이올린과 오르간 소리로 이루어진 전자음악을 울려댔다.

그리고 상슬라드는 그러한 소리의 공간에 사로잡혀 있었다. 이를테면 그는 보도의 가장자리를 걸으면서 이렇게 말했다.

"어이, 저쪽이야!"

또는 이런 소리를 내기도 했다.

"차크크크!"

그 소리는 곧장 떠올라 지면 위의 불투명한 구름과 한데 섞였다. 그는 기둥에 부착된 휴지통에 담뱃재를 떨기 위하여 손을 뻗었고, 그의 그러한 행동 하나하나는 수없이 많은 비슷한 행동 속으로 스며들어 사라져버렸다. 그는 한동안 수영복 차림으로 해변을 걸어가는 붉은 머리의 젊은 여인을 바라보았고, 젊은 여인들로 가득찬 회색빛 영겁 속 어딘가에 그녀와 똑같은 흰색 육체의 여인이 장밋빛 비키니 차림으로, 붉은 머리칼 사이로 불어오는 바람을 맞으면서 긴 다리로 걷고 있었다.

그렇다, 어디엔가 완전한 의식과 같은 것이 존재하며, 그것은 누군가를 위하여 작용하는 것도 아니고 사물들을 반영하는 것도 아닌, 단지 사물들 그 자체일 뿐이었다. 이를테면 충돌이나 마찰 없이, 죽음도 없이, 영구적으로, 해를 거듭하며, 세기를 거듭하며, 시작되는 일도 끝나는 일도 없이, 삶을 살아가는 이 세계와 같은 것이었다. 어디엔가 혹은 도처에 사유하는 뇌가 있었다. 진동하는 신경이 있었다. 맛을 보는 혀, 바라보는 눈, 듣는 귀, 냄새 맡는 코가 있었다. 그리고 결코 끝나지 않을 이야기를 늘어놓는 언어가 있었으며, 놀랍게도 그 언어가 이야기하는 일들은 바로 그 순간에 지구 위와 우주 속에서 실제로 벌어졌다.

세계는 큰 생명력을 가지고 있어서 아무도 그것을 꺾을 수 없었다. 세계의 공간은 매우 광활했고, 시간의 초와 날과 주와 세기는 매우 길었다. 그리하여 무엇인가를 깨닫기 위하여 그 어떤 일도 할 수 없었다. 절대 불변 앞에서 겁을 집어먹은 시선을 어디에도 고정할 수 없었다. 결국 다시 벌레가 되어 수많은 벌레가 우글대는 모래언덕 위에서 꿈틀거리고 앞다리를 움직이고 뒷다리를 버둥거려야 했다. 온 힘을 다해 소용돌이 속으로 달려들어서, 일하고 사랑하고 미워하고 고통받고 행복해하고 사람을 죽이고 아이를 낳고, 그렇게 쉬지도 않고 즐거움도 느끼지 못하면서 살아가야 했다. 또한 벌레들 세계의 잔인하고도 끊이지 않는 놀이를 즐겨야 했다. 사실상 달리 할일이 없기 때문이었다. 어느 날 누군가가 그곳에 있었다. 그리고 어느 날 그는 죽었다. 하지만 그것은 이 움직이는 광막한 벌판 위에서는 전혀 중요한 것이 아니었고, 심지어 비극적인 것도 아니었다. 그것은 입술 끝의 찡그림이나 눈썹에 맺혔다가 순식간에 말라버리는 눈물방울처럼 조금은 우습고 조금은 가슴 뭉클한 것이었다. 그리고 세계의 거대한 힘은 끊임없이 몸을 기대오고 잡아당기고 바퀴를 구르게 했다. 맹목적이고, 간단명료하며, 욕망을 지니지 않은 힘이었다. 선腺과 불과 미립자들의 경련 속에 분산된 고요하고도 무시무시한 힘이었다.

풍경 속에서 거의 보이지 않는 하나의 점이 되었을 때, 샹슬라드는 혼잡을 이룬 사람들 속에서 걸음을 멈추었다. 그는 햇빛을 받으며 앉아서 쉬기 위해 해변 쪽으로 걸어갔다. 그는 물 아주 가까이, 자갈 위에 배를 깔고 신문을 읽고 있는 갈색 머리의 젊은 여자와 붉은색 파라솔 주변에 모인 남자들, 부인네들, 아이들 그리고 개들 사이에 자리를 잡았다.

상슬라드는 팔꿈치를 괴고서 햇빛에 반짝이는 바다의 수면을 바라보았다. 그의 몸속으로 바다의 푸른빛과, 규칙적으로 자갈 위를 훑고 지나가는 파도 소리와, 더운 바람이 훅훅 불어올 때마다 실려오는 불쾌한 냄새가 스며들었다. 때때로 사람들이 몸을 일으켜서 발목을 비끗대며 해변을 가로질러 바다로 들어가 수영을 하곤 했다. 그리고 신문을 읽고 있는 젊은 여자의 황갈색 피부 위에서는 둥근 물방울 몇 방울이 햇빛에 말라가고 있었다.

잠시 후 육중한 4발 제트기 한 대가 해변 앞쪽의 하늘을 가로질러 날아갔다. 천둥처럼 요란한 소리가 소나기처럼 풍경을 뒤덮었고, 괴상한 기계 덩어리는 햇빛의 섬광을 번득이며 대기 속을 나아가고 있었다. 상슬라드는 비행기를 바라보면서, 그것이 앞으로 수년은 더 하늘을 누비고 다니리라 생각했다. 그 고성능의 금속 장치는 요란한 소음의 공간 속을 하나의 별처럼 유유히 가로질렀다. 여러 공기층 속을 어렵게 미끄러지는 그것은 비현실적인 모습이었고, 지상으로부터 멀리 떨어져, 방금 지나온 몇 밀리미터의 여정을 매 순간 무력화하며, 은빛의 기다란 엔진 기통들과 유리처럼 눈부신 빛이 어른거리는 넓은 날개를 가진 그 모습이 한편으로는 나름의 상像 속에 고정된 채 다른 한편으로는 끊임없이 새로운 인상을 불러일으켰다. 제트엔진의 소음은 그 요란한 부르릉거리는 소리를 바다의 수면 위로 밀어붙여서 눈에 보이지 않는 물결을 이루어놓았는데, 그것은 이를테면 전설 속의 불길한 징조, 혜성, 별똥별, 혹은 심상치 않은 구름 같은 것이어서 곧 닥쳐올 대재난을 경고하기 위하여 인간들의 눈앞에 나타나는 듯했다.

활주로가 있을 포구 저쪽으로 비행기가 사라지자 샹슬라드는 하늘을 바라보았고, 그곳에서 달팽이 점액과 흡사한 비행기의 항적이 몇 초 동안 더 인광을 발하며 주행로를 뚜렷하게 그어놓은 모습을 보았다. 곧 하늘에 떠 있던 흰색 연기 두 줄기가 한데 합쳐졌고, 하늘은 다시 닫히며 꽤 오랫동안 그곳을 뒤흔들어놓았던 비행기 폭음의 마지막 반향을 그 공허한 공백 속으로 삼켜버렸다.

샹슬라드 자신도 그곳을 떠났다. 그는 먼지 낀 자갈 위에 누워 있는 사람들의 몸을 타넘으면서 잠시 해변을 가로질러 걸었다. 그는 온갖 색깔의 피부들과 검은색, 붉은색, 푸른색, 연보라색, 초록색, 흰색의 수영복들을 바라보았다. 그리고 아랫배 한가운데에 자리잡고 있는 배꼽에 시선을 고정했다. 또한 그는 선탠크림과 뒤섞인 코를 쏘는 메스꺼운 땀냄새를 조금 들이마셨다. 그는 마치 시체처럼 태양의 혹독한 빛을 받으며 누워 있는 그 모든 몸 사이로 돌아다녔다. 그러나 그들이 실제로 시체는 아니었다. 샹슬라드 주위에서는 기괴하고 희화적인 삶이, 앵무새 울음소리가 들려오는 삶이 작열하고 있었다. 그 달아오른 지면으로부터 하수와 땀의 냄새와 아울러, 막연하면서도 소름 끼치는 묘한 떨림과 소음, 흥분된 전율, 경련과도 같은 진동, 야단스러운 소동, 미친듯한 동요, 강직성경련을 유발하는 수축이 솟아올랐다. 모든 심장이 둔중하게 뛰었고, 그 박동소리가 땅바닥에 낮게 깔려 울렸다. 빠르게 순환하고 뜨겁고 농도 짙은 피는 감추어져 있었다. 그곳, 해변 위에 널려 있는 살갗 포대 속에는 많은 양의 피가 들어 있었다. 만약 그 포대들을 하나씩 터뜨린다면, 그것들은 경사진 자갈밭 위에서 속이 텅 비게 될 것이고, 그러면 곧 붉은 액체가 냇물을 이루어 바다까지 흘러갈 것이다. 그리고 며칠이나 몇 주 후면 태양 아래에 넓은 주홍빛 흔적이 남고 하늘 자체도 장밋빛으로 변할 것이었다.

샹슬라드는 사람들이 들끓는 길을 가로지르며 오랫동안 그곳을 맴돌았다. 그는 진열창이 무지갯빛으로 채색된 상점들을 따라 걸었고, 그곳에 진열된 물건들은 속되면서도 쉽사리 물리칠 수 없는 냄새를 은근히 풍기고 있었다. 그는 번쩍거리는 테이블

들이 놓인 카페테라스를 지나쳤고, 그곳에서는 부인네들이 시럽 탄 음료를 마시거나 아이스크림을 먹고 있었다. 그는 그야말로 소음의 안개 속을 통과하여 지나갔으며, 주크박스에서 흘러나오는, 나직하게 속삭이는 듯한 음악소리가 그의 맨살 위로 퍼졌다. 그는 사람들의 열린 입에서 발음되는 단편적인 말들을 듣기도 하였다. 이를테면 이런 말들을.

"……어이, 야, 갈래?"

"내 말은……"

"덥기도 해라!"

"안녕!"

"안녕!"

그는 주차된 자동차들의 보닛 사이로 길을 가로지르며 후끈후끈한 냄새를 들이마셨다. 그는 빨간불이 파란불로 바뀌는 신호등과 깜박이는 방향 지시등을 바라보았다. 그는 눈을 들어 흰색 가옥의 위쪽을 올려다보았고, 볼품없는 꽃들로 덮인 발코니에서는 사람들이 주위를 내려다보고 있었다. 그는 아이스크림을 파는 가두 매점 앞에서 걸음을 멈추고는 코카콜라 한 병에 빨대를 꽂아 마시고 있는 어떤 소녀와 말을 나누면서 레몬수를 한 잔 마셨다. 소녀는 열세 살이나 열네 살쯤 되어 보였고 뚱뚱한 편이었으며 갈색 피부에 청록색 투피스 수영복을 입고 있었다.

“맛있니?” 샹슬라드가 물었다.

“뭐가요, 이거요?”

“응.”

“나쁘지는 않아요.”

“난 레몬수를 더 좋아해.”

“난 그걸 마시면 갈증이 더 나요.”

“그렇지, 그래도 나는 콜라는 싫어.”

“왜요?”

“뭐랄까, 거기서는 감초 냄새가 나서.”

그 소녀는 웃었고, 짧은 다리 위의 상체를 좌우로 흔들었다. 샹슬라드는 담뱃갑을 꺼냈다.

“담배 피우니?”

“네.”

샹슬라드는 담배를 피웠다. 소녀는 연기를 깊이 들이마시지 않으면서 급하게 담배를 빼끔거렸다.

“이곳에서 휴가를 보내는 중인가요?” 소녀가 물었다.

“응.” 샹슬라드가 대답했다.

“나도요. 여긴 멋진 곳이죠, 안 그래요?”

“흠, 그래.”

“나는 저쪽에서 캠핑을 하고 있어요. 찻길 너머에서요. 아쥐르

캠프장이라는 곳이죠."

"독창적인 이름이군." 샹슬라드가 말했다.

그녀는 다시 한번 웃었고 콜라를 마시고 담배를 피웠다.

"아, 이런."

"괜찮아?"

"음, 괜찮아요."

그녀는 코카콜라 병을 내려놓고 손으로 입을 훔쳤다.

"당신은 어디에 머물고 있죠?"

"저쪽에……"

"어디 사람이에요? 독일 사람?"

"어떻게 알았지?"

"그렇게 보여요."

"아, 그래?"

"게다가 여기엔 독일 사람들이 많거든요."

"이름이 뭐지?"

"자닌이에요. 당신은요?"

"카를이야."

"당신도 캠핑을 하고 있나요?"

"아니, 나는 저기 호텔에 있어."

그런 후에 샹슬라드는 해변을 따라 계속 걸었다. 그는 다른 여자들, 남자들, 아이들 수천 명과 엇갈려 지나쳤다. 이제 어느덧 저녁이었고, 네온 불빛이 여기저기서, 술집들의 위쪽과 상점들 진열장과 작은 시멘트 탑들 꼭대기에서 빛나기 시작했다.

점차 밤이 풍경 위에 자리를 잡아갔다. 밤은 집들의 지붕과 자동차와 나무와 해변의 자갈 들을 뒤덮었다. 후텁지근하고, 농밀하고, 온통 소음들로 진동하고, 흰색 혹은 붉은색의 섬광들이 대기를 가르는 밤이었다. 자동차에 불이 들어왔고, 뒤쪽에 진홍빛 불빛 두 개와 앞쪽에 흰색의 원형 불빛 두 개가 더 켜졌다. 반사된 빛이 유리창 위를 떠돌았고, 빛과 그림자가 이곳저곳에 쉴새 없이 깜박거리기 시작했다.

샹슬라드는 바닷가를 따라 그 어둠 속을 계속하여 걸었다. 지금 그는 북새통 속을 빠져나왔으나 취한 듯한 얼얼한 기분은 아직 그를 떠나지 않은 채였다. 어딘가, 지구상의 그 한곳에, 작열하는 마그마를 토해내는 화산의 분화구처럼 지옥의 불길이 타오르는 도가니 같은 곳이 있었다. 아무도 그 사실을 잊을 수 없었다. 홀로 자동차를 타고 도로를 따라 시속 100킬로미터로 어둠 속을 질주할 때에도 세상을 부풀리는, 이를테면 화상으로 인한 그 수포 같은 것으로부터 아무도 벗어날 수 없었다. 캄캄한 어둠 속의, 혹은 모텔과 식당과 주유소의 입구에서 갑자기 솟아난 희끄무레한 형체가 당신이 지나가는 모습을 바라보고 있었다. 땅

바닥으로부터는 신음소리와 기타 음악의 운율이 솟아올랐으며, 그리하여 마치 피가 흐를 때마다 전율하고 애달파하는 살아 있는 살갗 위를 걷고 있는 듯하였다. 나무들이 터럭처럼 수직으로 서 있었고, 여기저기 경사진 곳의 움푹 팬 골에는 물과 땀이 고인 작은 웅덩이들이 있었다. 그곳의 대지는 누운 거인의 몸이었으며, 사람들은 그 거인 위에서 무한정 맴을 돌고 있었다. 거인은 잠들어 있지 않았다. 그는 결코 잠들어 있는 것이 아니었다. 세포 하나하나가 무한히 넓은 살갗 전체를 통하여 그는 자신의 몸 위에서 뛰어다니는 이들을 감시하고 있었고, 하고 싶은 대로 하도록 내버려두었다.

삼십 분쯤 지나자 샹슬라드는 피곤해지기 시작했다. 그는 차도 쪽을 벗어나서 바다로 뻗은 자갈길을 따라 걸었다. 그러고는 이따금 음악소리가 들려오는 댄스홀에서 그리 멀리 떨어지지 않은 시커먼 해변에 누웠다. 한동안 그는 탁탁, 탁탁, 탁탁 그칠 줄 모르고 들려오는 메트로놈의 리듬에 귀를 기울였고, 또한 바다와 자동차와 자신의 심장박동 소리를 들었다. 그는 마지막 남은 담배를 피웠으며, 꽁초를 납작한 자갈 위에 눌러 껐다. 그런 후에 눈을 감고 잠이 들었다.

아이를 낳고

그 역시 아들을 얻을 수 있었다. 몇 달 동안 미나는 거리를 돌아다니고, 그러는 동안에 그녀의 부풀어오른 뱃속 주름들 사이에는 새 생명이 숨겨진 균류처럼 들었을 것이다. 그러다 어느 화창한 날 새벽 네시경에 그녀는 진통을 느끼기 시작했을 것이다. 곧 아이가 태어나고, 그는 그 아이에게 이름을 지어주었을 것이다. 만약 남자아이였다면 에마뉘엘이라고 불렀을 것이고, 여자아이였다면 쿼네공드였을 것이다.

그후 아이가 성장하는 모습을 바라보는 것만으로도 세월은 매우 빨리 흘러갔으리라. 어떤 면에서는 마치 어두운 방안에 앉아 꽃이 개화하는 과정을 지켜보는 것과 흡사할 것이다. 두개골이 조금씩 형성되고 콧날과 입술의 윤곽, 턱, 광대뼈, 속눈썹과 눈썹이 자리잡힐 것이다. 갈색 머리카락이 조금 섞인 금발의 머리카락이 돋아날 것이다. 그리고 눈꺼풀 사이의 두 청록색 눈동자가 차츰 푸른색으로 변하고 점점 더 생기를 띠어갈 것이다. 몸 또한 조금씩 자라날 것이다. 사지가 눈에 띄지 않을 만큼 조금씩 가늘어지면서 길어질 것이며, 어깨에 근육이 붙고 뼈가 더욱 묵직해질 것이다. 그런 식으로 매 순간 삶이 훨씬 깊숙이 자리를 틀어가는 모습을 바라보는 것은 매우 흥미로울 것이다. 때로는 감동적이기까지 할 것이다. 그리고 아이와 말을 나누고 있는 그 여인은 그 아이가 자기 분신이라거나 자신에게서 떨어져나간 한 부분이라는 사실을 믿지 못할 것이다. 머리를 약간 옆으로 기울이고 입으로 미소를 지으며 머리카락을 오른쪽 어깨 위로 늘어뜨리고서 그녀는 그 어린 인간이 내는 소리에 귀를 기울일 것이고, 마치 길모퉁이의 바자회에서 산 물건이기라도 한 듯이 그 아이를 소유하고 그에 대한 권리를 행사하려 할 것이다.

또한 요람 속에서 울면서 내지르는 소리가 있을 것이고, 처음 얼마 동안 그 소리는 심술궂고 알아들을 수 없는 자기 나름의 말일 것이다.

"아아아…… 아아아…… 에, 에, 에…… 아아아…… 아아아……"

공중으로 내뻗은 두 손은 빛과 소리와 영상 들을 잡으려고 애쓴다. 입술은 빨고 싶어하고 아이의 배는 부풀어오르고 폐는 공기를 잔뜩 들이마시고, 마치 이제는 더이상 단 한 순간도 낭비할 수 없다는 듯이 몸 전체가 벌써 게걸스럽게 살려고 버둥거린다. 태어난 지 이십사 개월이면 아이는 이미 이 년을 산 것이니 벌써 늙은 셈이다. 심지어 죽음이 이미 그곳에, 불안해하는 시선 속, 이부자리를 더럽힌 오줌 자국 위, 혹은 손톱에 가는 홈이 그어진 손의 불그스름한 주름 속에 들어 있는 것이다.

하지만 그전에 우선은 삶 속에 던져지고, 내버려지고, 세상 속에 갇힌 그 어리고 작은 인간이 있었다. 이미 그는 하나의 이름, 성性, 종교, 그리고 자기 나름의 생각과 관념을 가지고 있었다. 그는 먹고 자고 때때로 꿈을 꾸었다. 세상에는 어머니와 아버지에게서 태어나서 차근차근 성장하는, 그와 비슷한 아이들이 수백만이나 있었다. 검은 머리카락에 눈이 초롱초롱한 아이들, 금색과 붉은색과 갈색 머리의 아이들. 배가 풍선처럼 부풀어오르고 비탄에 빠져 눈빛이 일그러진 채, 굶주림에 지쳐 바닥에 주저앉는 아이들. 영양 과잉으로 다리와 손이 굵고 허리에 주름이 잡힌 아이들. 죽어가는 아이들과 영화관에 가는 다른 아이들, 그리고 플라스틱 리볼버를 가지고 노는 또다른 아이들. 소인족들은 도처에 있었다. 그들은 자기들의 언어로 말하고, 자기들의 의식을 치르고, 배우고 증오하고 두려워했다. 독일과 스웨덴과 미국과 폴란드의 아이들이 있었다. 핀란드의 아이들도 있었다. 인도, 집시, 중국의 아이들도 있었다. 나우아, 코아우일테칸, 호카, 마리비치코아, 나바호, 파야, 히카케, 렌카, 신카, 라칸돈, 맘, 추흐, 하칼텍, 모토진틀렉, 익실, 아과카텍, 칵치켈, 우스판텍, 포콘치, 모스키토의 아이들도 있었다. 온통 마른 진흙뿐인 마을, 햇빛이 강하게 내리쬐는 그 불모지에서 그들은 트럭의 타이어를 가지고 개들과 함께 뛰놀고 있었다. 그들, 눈치 빠른 어린 남자들과 엉덩이가 작고 가슴이 납작한 키 작은 여자들은 도처에 있었다. 그들은 유순하지도 평화적이지도 않았다. 그들은 인간들 속에서 자기들의 자리를 차지하기 위하여 호시탐탐 죽음의 순간을 노렸다. 그들은 자기들의 행동을 깨닫지 못한 채 늙은이라는 부조리한 다른 무리들을 천천히 살해하고, 그들의 말라비틀어지고 불구가 된 몸들을 어둠 속으로 밀어넣었다.

도망치거나 망각하려 해도 소용없었다. 그 전쟁은 전면전이었고 무자비한 것이었기 때문이다. 매 순간 새로운 몸이 지구 어딘가에서 태어나 늙은 몸을 심연 속으로 던져넣고 있었다. 그들은 도처에 있었다. 남자 혹은 여자의 얼굴을 한 그 소인족들은 정원 속에서, 자동차 유리창 너머로, 나무 뒤에 숨어서, 그늘에 몸을 숨긴 채, 끊임없이 당신을 염탐했다. 그들은 귀를 기울여 듣고 있었다. 그들은 끊임없이 당신에게서 당신의 생각과 말과 행동과 열정을 훔쳐갔다. 그들은 당신의 양식을 먹고, 당신의 공기를 들이마시고, 당신의 아내와 함께 달아나버렸다.

하지만 그것이 부당한 것은 아니었다. 아주 단순하게 말해서 그것은 진실이었다. 당신 자신도 그들처럼 훔쳤고, 태어나기 위하여 그들처럼 누군가를 죽였기 때문이다.

어느 날, 중년의 나이에 이른 샹슬라드는 자신의 아들인 어린 소년과 함께 해변에 있었다. 그들은 정오가 조금 안 된 시간에 햇빛을 받으며 앉아 있었고, 잠시 후 바다로 들어가 수영을 했다. 샹슬라드는 먼저 물에서 나와 몸을 말리기 위해 자갈 위에 누웠다. 어린 소년은 몇 분 후 샹슬라드 옆으로 와 그의 오른쪽에 누웠다. 소년은 나이에 비해 키가 큰 편이었고, 열두세 살쯤의 나이에 마르고 미남이었으며, 금발머리가 바닷물에 젖어 착 달라붙어 있었다. 그는 왼쪽 허리춤에 물고기가 그려진 감색 수영복을 입고, 옷가지는 둥글게 말아 베개 대신 머리 밑에 베고 있었다. 그는 오랫동안 움직이지 않은 채, 몸을 길게 뻗고 누운 자세로 눈을 감고서, 소금물 방울이 온몸의 살갗 위에서 졸아들면서 말라붙는 감각을 느꼈다. 그러다가 그는 등을 말리기 위하여 몸을 뒤집어 엎드렸고, 턱을 팔뚝 위에 괴고서 해변에서 벌어지는 일들을 바라보기 시작하였다. 그는 모든 것을 하나하나 유심히 바라보았다.

엷은 갈색 머리카락의 젊은 여인이 옷을 벗고 있었다. 초록색 드레스의 지퍼를 내리자 붉은색 비키니의 두 부분만을 제외한 아주 흰 몸이 햇빛에 드러났다.

한 가족이 해변을 떠나고 있었다. 털투성이의 남자, 몹시 뚱뚱한 부인, 열 살쯤 되어 보이는 뚱뚱한 여자아이, 여덟 살짜리 뚱뚱한 남자아이, 포대 속에 든 갓난아이, 트랜지스터 하나, 오렌지색 줄무늬 파라솔 하나.

남자 두 명이 자동차에서 짐을 꺼내고 있었다.

멀리, 언덕 위로부터 반사되고 있는 빛.

자갈 틈에 박혀 있는 빈 머릿기름병 하나.

날아가는 헬리콥터 한 대.

해변에 누워서 서로 껴안고 있는 남녀.

물에서 나와 뜨겁게 달아오른 자갈 위를 뒤뚱거리며 걷고 있는 구릿빛 피부의 여인. 그녀가 걸음을 옮길 때마다 물방울이 떨어져 흔적이 남았다.

소리를 질러대며 공놀이를 하는 두 아이.

갈매기 한 마리.

나이든 부인 한 사람이 연보랏빛 파라솔 그늘 아래에서 푸른색 플라스틱 부채를 얼굴 가까이 부치며 연애소설을 읽고 있었다. 그 부채에는 호텔 리스토란테 '라 토나라', 아만테아, 스타탈레 18, 혹은 그와 비슷한 글귀들이 적혀 있었다.

어린 소년의 양쪽으로는 해변이 약간 안쪽으로 굽어지며 펼쳐져 있었다. 100미터쯤 떨어진 곳, 혹은 그보다는 조금 못 미친 곳부터는 자갈이 보이지 않았고, 흰색과 회색의 바윗덩어리들이 뜨거운 열기와 엉겨붙고 있었다. 공기가 아른거리고, 지면이 부드럽게 뒤틀리는 듯 보였으며, 푸른 바다는 끊임없이 일렁이면서 여기저기 따가운 햇살을 튕겨내듯 반사했다. 중천에 떠오른 태양은 궁륭 하늘에 붙박인 전구처럼 타올랐다. 바닥에 엎드려서 그 모든 것을 바라보는 일에 싫증이 났을 때, 어린 소년은 다시 몸을 뒤집어서 바다를 향해 일어나 앉았다. 그는 여전히 바닥에 등을 대고 누워 있는 샹슬라드를 한동안 관찰하였다. 그는 호기심어린 눈초리로 근육이 불거진 기다란 몸과 비대칭한 두 발, 햇빛이 비추는 얼굴과 그 아래쪽으로 두 개의 시커먼 콧구멍을 바라보았다. 또한 그는 붉은색과 검은색이 섞인 나일론 수영 바지를 바라보았다. 그는 허리띠 아래 오른쪽에 굵은 글자로 '다이브'라고 쓰인 상표가 붙어 있는 것도 보았다.

어린 소년은 해변에서 자갈 하나를 주워들고서 무심히 그것을 살펴보았다. 그러면서 그는 아버지를 죽이는 일은 매우 간단할 것이라거나 혹은 아메바들에겐 그 돌이 에베레스트산처럼 느껴질 거라는 생각을 했다. 그러고 나서 그는 해안 가까이에 떠 있는 통조림 깡통을 겨냥하지 않고 그 돌을 바다로 던졌다. 돌은 소리 없이 공기를 가르면서 미리 결정되어 있는 포물선을 따라 눈에 보이지 않을 정도의 빠른 속도로 날아갔다. 돌이 두 물결 사이의 수면에 닿았을 때 '퐁당' 소리가 짧게 났고, 그것으로 끝이었다. 소년은 다시 하나, 둘, 셋, 계속 돌을 던졌고, 그때마다 매번 같은 식으로 끝이 났다.

상슬라드는 몸을 일으켜서 잠시 그를 바라보다가 담배를 피워 물고서 말했다.

"열두시 반이다."

소년이 돌을 던지면서 대답했다.

"네."

"꽤 덥구나." 상슬라드가 다시 말했다.

소년이 다시 돌을 던지면서 대답했다.

"네."

"소나기가 내릴 것 같다." 상슬라드가 말했다.

소년은 자갈들을 왼손에 모아쥐고서 오른손으로 하나씩 던졌다. 그는 매번 자신이 던진 돌이 정확한 포물선을 그리며 날아가, 수면이 열렸다가 순식간에 다시 닫혀버리는 동안 짧은 소용돌이 속으로 사라져버리는 모습을 바라보았다.

"알 수 없네요……" 그가 말했다.

샹슬라드는 그의 말에 그다지 귀를 기울이지 않고 담배를 피우고 있었다. 땀 한 줄기가 양쪽 어깨 사이로 흘러내렸다.

"뭐가?" 그가 말했다.

"저것 말이에요." 소년이 말했다. "왜 여기에 있던 조약돌이 잠시 후에는 저기에 있는지를 모르겠어요."

샹슬라드는 담뱃재를 떨었다.

"아마도 네가 그 조약돌을 던졌기 때문이겠지."

"아니요, 제 말은……" 소년이 말했다. 그는 돌을 던질 때마다 말을 멈췄다. "전 이 사실을 어떻게 받아들여야 하나 생각하고 있어요…… 조금 전 제가 조약돌을 보았을 때…… 그 조약돌은 아무것에도 닿아 있지 않았어요…… 땅도, 제 손도, 아무것도 닿지 않았는데, 그런데…… 그런데 돌이 저절로 공기를 가르고 계속 날아가잖아요…… 만약 누군가가 그 순간에 저 돌을 본다면…… 그 순간 그는 저 돌이 무언가를…… 무언가 새로운 것, 에너지라거나 그런 것을 지니고 있다는 것을 알게 될 거예요…… 그러니까 저 돌을 멈추지 않고서 손에 넣을 수 있다면, 그러니까 말하자면…… 그렇지 않으면 더이상 같지 않은 상태니까, 돌은……"

"그래, 하지만 그래도 네가 손으로 그 돌을 던진 건 사실이잖아."

"네, 저도 알아요, 하지만 그건 최초의 상황이었어요…… 하지만 만약…… 만약 어떤 사람이 바로 지금 눈을 뜨고 본다면…… 그는 의아해하면서 왜 그 조약돌이…… 날아가고 있는가 하는 생각을 할 수도 있을 거예요…… 공중을 가르고 저쪽으로, 아무 이유도 없이……"

"그래, 하지만 만약 그가 일 초 뒤에 눈을 떴다고 생각해봐. 그러면 그는 전혀 아무것도 보지 못했을 거야."

소년은 물속으로 조약돌 하나를 더 던졌다. 불그스름하고 아주 납작한 것이어서 수면에서 한 번 튀어올랐다가 물속으로 사라졌다. 소년이 반박할 말을 생각해내고서 말했다.

"그 말로는 아무것도 설명할 수 없어요. 만약 그 사람이 물속에 들어가 조약돌들을 헤아려본다면, 그곳에 조약돌이 하나 더 있다는 것을 쉽게 알 수 있을 것이고, 그러면 그 사람은, 음, 그 사람은 그 돌들이 어디에서 온 것인지 한번쯤 생각해보게 될 테니까요."

어린 소년이 고개를 옆으로 돌렸을 때, 그는 아버지가 자신의 말을 듣지 않고 있는 것을 보았다. 검은색과 붉은색의 수영복을 입은 그 남자는 팔꿈치에 기대어 앉아 있었다. 그는 망연히 바다 쪽을 바라보며 담배를 피우고 있었다. 어린 소년은 샹슬라드가 무엇을 그렇게 뚫어지게 바라보는지를 알고자 애썼다. 그러나 아무것도 없었고, 단지 가운데 부분이 불룩한, 광활하게 펼쳐진 푸른 바다와 깨어진 거울 조각처럼 반짝이는 물결만이 눈에 들어올 뿐이었다.

어린 소년은 조약돌을 손에 쥐고서 한동안 더 생각에 잠겼다. 그러고는 중얼거리듯이 혼잣말을 했다.

"그래요, 여하튼…… 여하튼 제가 말하고자 했던 건 그게 아니었어요. 제 말은, 처음에는 여기에 있다가 잠시 후에는 저기, 바닷속에 있게 된 그 조약돌들의 경우에는 시간 개념이라는 것이 기준점의 문제에 지나지 않는다는 거죠. 말하자면, 조약돌이 해변에서 바다로 이동했다고 말하기 위해서는 제가 그 돌을 던지는 것을 보았어야 해요. 그러지 않으면 마치 아무 일도 일어나지 않은 것과 다를 바가 없죠. 하지만 이런 생각을 하고 있다는 게 우습게 느껴져요. 왜냐하면……" 그는 잠시 적당한 말을 찾았다.

"왜냐하면 그건 사람이 잠이 들고, 그러면 그동안에는 시간이 흐르지 않는다고 생각하는 것과 비슷하기 때문이죠. 어떤 사람이 일 년 혹은 그 이상, 이를테면 십 년 동안 잠을 잤다고 생각해 보세요. 그는 깨어나서 하룻밤이 지났다는 느낌이 들 거예요. 그는 늘 하룻밤만 잤을 테니까요."

"그래, 하지만 그럼에도 불구하고 십 년이 지난 거지."

"그렇지 않아요. 제 말은, 그건 그저 개인적인 문제라는 거죠. 시간이라는 것이 모든 사람에게 항상 같은 것은 아니에요. 물론 시계와 달력, 뭐 그런 것들이 있기는 하죠. 그러나 그것들은 인위적인 수단들이고, 우리 각자가 해석하여 받아들여야 하는 시간상의 기준점일 뿐이죠. 만약 그것들을 아예 없애버리거나 그 모든 해석 체계를 무시해버린다면, 그걸로 끝나는 거예요. 어떤 사람들에게는 십 년일 수 있는 시간이 다른 사람들에게는 일 년, 또다른 사람들에게는 사나흘, 혹은 심지어 단 몇 시간에 지나지 않을 수도 있을 거예요."

"그럴 수도 있겠구나. 하지만 너는 그런 기준점들을 어떻게 없애버릴 수 있다고 생각하니?"

"시계를 고장낸다거나……"

"그럼 태양이나 밤이나 계절 같은 것은 다 어떻게 하고?"

"어둠 속으로 들어가 살면 되잖아요."

"그러면 식사 시간은 따로 있는 거니?"

"그래요, 물론 모두 불가능한 일이에요. 그래도 그런 상상은 할 수 있는 것이고, 상상을 할 때 이미 그것은 실현된 것이나 다름없어요. 그리고 소위 이성이라는 것에 근거를 둔 시간이라거나 뭐 그런 모든 것에 대한 개념은 어떤 사회, 어떤 조직 속에서만 유효할 뿐이에요. 다른 상황에서는 아무것도 아니죠. 이성에 입각하여 필연적이라고 할 수 있는 것, 시간도 없고, 원인과 결과도, 한마디로 그런 건 전혀 없는 거예요."

어린 소년은 말을 멈추었다가 잠시 후 다시 입을 열었다.

"돌이켜보면, 예전에 저는 어떤 곤충, 이를테면 풍뎅이 같은 것이 시계를 돌린다고 믿었어요. 저는 그걸 풍뎅이 시계라고 불렀었죠. 그런데 말이에요, 물론 분별력 있게 판단해서 시계 속에서는 태엽이 풀리면서 추를 움직이고 톱니바퀴가 돌아가고 많은 잡다한 부속품들이 움직인다는 말은 틀린 게 아니에요. 하지만 풍뎅이 시계가 다리로 시곗바늘을 돌린다고 믿는 것 역시 틀리지 않아요. 말하자면, 그런 의미에서 원인과 결과 사이에는 그만큼 여러 가지의 관계가 가능하다는 거죠."

어린 소년은 무엇인가를 찾는 듯이 재빨리 주위를 돌아보았다.

"그건 우리 눈에 보이는 모든 것도 마찬가지예요…… 하늘, 바다, 구름, 자동차, 이런 것 모두 말이에요. 무엇이 그것들을 서로서로 연결지어주는가 하는 것은 우리로서는 파악할 수 없는 일이죠. 그러한 관계들은 그야말로 불가사의예요. 바다가 있기에 하늘이 없고, 혹은 도로들이 있기에 자동차들이 없어요. 어떤 이유들이 있을 거예요. 아마도 그렇겠죠. 우리가 알 수 없는 깊은 이유가 말이에요. 그렇다면 도처의 모든 것이 또한 풍뎅이일 수도 있을 거예요. 풍뎅이하늘, 풍뎅이자동차, 풍뎅이해변 기타 등등.”

“그래, 하지만 말이야……”

“저는요, 그다지 놀라지 않을 거예요…… 그래요, 사실이에요. 어느 날 저 대단한 기계들 중 하나가 실제로는 사기나 기만에 지나지 않는다는 것을 깨닫는다고 하더라도 그다지 놀라지 않을 거라고요. 이를테면 전자계산기를 뜯어 안을 들여다보면 쇠사슬에 묶인 가련한 녀석 열두 명이 종잇조각과 연필 동강이를 들고 계산하고 있는 모습을 볼 수도 있는 거예요!”

상슬라드는 웃으면서 담배를 바다로 던졌다. 담배는 한동안 물결에 밀려 떠다니다가 곧 어디로 갔는지 사라져버렸다. 어린 소년은 자갈을 만지작거리던 동작을 멈추고서 바다 위 멀리에서 수상스키 위의 한 남자를 끌고 달려가는 모터보트를 바라보았다. 그는 그 남자에 대해서도 무언가 이야기할 수도 있겠다고, 그리고 그 남자가 하나의 고정된 점처럼 보인다는, 단지 하나의 점일 뿐이라는 말을 할 수도 있겠다고 생각했다. 혹은 그 남자가 주행하는 길을 예견할 수 있겠고, 그가 그 예상된 길로 지나지 않는다 하더라도 그는 어쨌든 그리로 지난 셈이라는 생각을 하기도 하였다. 그러나 어린 소년은 다시 입을 열고 싶지가 않았다. 그는 아마도 언젠가 그 모든 것을 학교 작문 시간에 글로 쓰거나 시로 표현하게 되리라 생각했다. 그는 시의 첫 구절을 머릿속으로 꾸며보았고, 눈을 감자 흰 종잇장 위에 적힌 시구들이 보였다. 이런 내용이었다.

바다는 푸르다
배는 푸르다
하늘은 푸르다
수상스키 위에 서 있는 남자
는 푸르다
는 푸르다
소름 끼치는 것

그다음에는 아무것도 쓰여 있지 않았고, 어린 소년은 무엇이 소름 끼치는 것일까 하는 생각에 잠겼다. 배의 속도일까? 방향일까? 칼로 자른 듯한 수평선일까? 혹은 수상스키를 타고서 푸른 옷을 입고 푸른 바다 위를 미끄러져가는 저 남자일까? 하지만 이미 모터보트는 포구 저쪽으로 사라진 뒤였고, 바다 위에는 아무런 흔적도 남아 있지 않았다.

잠시 후 어린 소년과 상슬라드는 길 건너편의 목조 가두 매점에서 아이스크림을 사기 위해 자리를 떴다. 어린 소년은 더블 딸기와 레몬맛 아이스크림을 샀고, 샹슬라드는 싱글 바닐라 아이스크림을 샀다. 그들은 플라타너스 그늘이 드리워진 벤치에 가 앉아 각자 아이스크림을 먹었다. 그들은 말수가 훨씬 줄어들었고, 때때로 이런 말들을 나누었다.

"맛있죠?"

"음, 괜찮구나."

"아주 차요."

"그래."

"이가 시릴 정도예요."

"이 나라에서 가장 맛있는 아이스크림이구나."

"네, 정말 맛있어요."

"바닐라맛이 특히 맛있네."

"딸기맛도 괜찮아요."

"난 바닐라맛이 더 좋아."

"어쨌든 '카피' 아이스크림보다 더 맛있네요."

"음."

"비싸지도 않고요."

"'랑' 아이스크림보다도 더 낫구나. 먹어본 기억 나니?"

"네."

"그럼 '아로자' 아이스크림은?"

"흐음."

"단 한 가지 마음에 안 드는 건 콘이 자꾸 빠진다는 거야."

"그건 드실 줄 모르기 때문이에요."

"어떻게 해야 하는데?"

"이렇게요. 돌려가면서 핥아야 해요."

"이렇게?"

"네, 그리고 삐져나온 부분은 베어물고요."

"이렇게 먹으니까 이가 시리지."

"그라니타 슬러시도 맛있어요."

"음."

"이탈리아식 아이스크림 좋아하세요?"

"글쎄……"

"저는 별로예요."

"나도 그렇단다."

"또 직접 유리잔에 담겨 나오는 것도 맛있어요."

"그런 걸 어디서 먹었지?"

"'노엘'에서요."

"아, 그래. 그라타 케카 말이구나."

"맞아요."

"나도 전엔 꽤 좋아했었지. 하지만 너무 많이 먹어서 질려버렸어."

"박하 시럽을 넣어서 먹으면 아주 맛있어요."

"그래, 하지만 그리 좋아할 것이 못 된단다."

"좀 불결하긴 하죠."

"얼음을 갈기 전에 바닥에 질질 끌고 다니더라."

"그래요, 그건……"

"입에 얼음조각 같은 것들이 느껴지지 않던?"

"네, 때때로 입안에서 아작아작 씹혀요."

"그 사람이 직접 만드는 거야."

"그런 것 같아요."

"참 묘한 직업이지 않니?"

"맞아요. 평생 동안 매일 그 일만 하니까요."

"게다가 겨울에는 김새는 거야."

"별난 인생이에요."

"그래."

"비가 올 것 같아요."

"그렇구나, 하늘이 어두워지고 있어."

"저 산에서부터 구름이 몰려와요. 저쪽은 어두컴컴하네요."

"그래, 곧 비바람이 몰아치려나보다."

"한바탕 쏟아지는 것도 괜찮겠어요."

"음."

"아이스크림 다 드셨어요?"

"아니, 이걸 봐라."

"제 것을 보세요. 이것밖에 남지 않았어요."

"아주 빨리 먹는구나."

"그럼요, 안 그러면 콘이 물컹물컹해지거든요."

"나는 남김없이 끝까지 다 먹을 생각이다."

"빨리 드세요. 이러다간 비 맞겠어요."

"여하튼 해수욕 한번 잘했다."

"네, 좋았어요."

"사람도 별로 많지 않았고."

"그래요."

빗방울이 떨어지기 시작했을 무렵 어린 소년과 샹슬라드는 공원 한가운데에 서 있는, 잎이 무성한 나무 밑으로 들어가 비를 피했다. 비가 모랫길과 나뭇잎 위에 떨어지면서 타자기를 탁탁 두드리는 것 같은 묘한 소리를 냈다. 다급하게 두드리는 일련의 소리들, 고요, 간격을 두고 두드려대는 소리 몇 번, 고요, 다시 다급하게 두드리는 연속적인 소리들, 그런 식으로 끝없이 이어졌다. 하늘은 온통 검은색과 회색으로 덮이고, 구름들이 소용돌이를 이루며 서로 반대 방향으로 치닫고 있었다. 폭풍우 속에서 선

선한 바람이 이따금 불어닥쳤고, 젖어드는 대지의 냄새가 천천히 퍼졌다. 어린 소년은 나무줄기에 등을 기대고서 떨어지는 비를 물끄러미 바라보며 이런 말들을 했다.

"시원하게 쏟아지죠?"

혹은……

"이렇게 나무 밑에 몸을 피하고 서서 내리는 비를 보는 건 참 재미있는 일이네요."

샹슬라드는 그의 목소리를 들었으나 아무런 대꾸도 하지 않았다. 그는 세찬 바람과 기계적인 빗방울 소리에 갑작스럽게 그곳으로부터 멀리 동떨어졌다. 그래도 그는 여전히 그곳에, 잎이 튼실한 나무 아래에서 아마도 담배 한 대쯤 피우며 서 있었다. 그러나 그는 마치 그곳에 언제까지고 머물러 있어야 하는 모습으로 그 자리에 서 있었다. 그는 자신을 닮은, 자신에게서 태어난 어린 소년의 얼굴을 멍하니 바라보았다. 그는 둥근 턱과 입과 갸름한 코와, 안쪽에 뇌가 들어 있는 약간 튀어나온 이마를 내려다보았다. 이제 이해하기에는 너무 늦었다. 너무 늦어버렸다. 지금 그의 옆에 서 있는 그 아이는 이미 그가 아니었고, 불과 몇 센티미터 되는 곳에서 살아 움직이고 있었으나 서로 완전히 떨어진 것이나 다를 바가 없었다. 그 아이도 언젠가 어른이 될 것이고, 사회 속에서 살아가고, 직업과 아내와 자신의 집을 가지게 될 것이다. 그는 늙어 손을 떠는 노약자가 될 것이다. 그러나 그것은 그 누구에게도 마찬가지일 것이다. 아무도 진실을 피할 수 없었다. 끊임없이 자기 자신 위에서 흩어져버리는 삶을 붙들고 살아가야 했고, 미래의 기나긴 지층을 헤치며 기어가야 했다. 아무런 의미도 없는 그 모든 행동을 해야 했고, 사소한 일들 하나하나에 편집광적인 노력을 경주해야 했다. 부족을 이루고 살던 시절이 인간에게는 좋았다. 인간은 맹수들과 싸움을 벌였고, 한입 가득 붉은 생살을 물어뜯었으며, 얼어붙은 샘물을 게걸스럽게 마셔대곤 했다. 인간은 또한 다른 인간들과도 싸웠고, 그들로부터 자신의 아내와 아이들을 보호했다. 인간은 열망했고, 소유했다. 그렇게 인간은 치열하게 살아 있었고, 그리하여 그 삶이 죽음의 장막을 하나씩 하나씩 계속하여 뚫어나갔다. 어떤 확고한 질서가 존재했으며, 그 질서는 어디도 아닌 곳에서 와서, 그곳, 자기 자신의 살과 뼈와 근육 속에 자리를 잡았고, 샹슬라드라는 이름이 결코 소멸되지 않을 것을 요구하고 있었다. 그 글자들이 불로 새겨져 광채가 번득이는 이름, 수 세기에 걸친 삶을 이야기하고자 하는 순수하고 신비스러운 이름 하나가 이곳, 그의 몸속에 숨어 있었다.

샹슬라드

그리고 지금, 어린 소년의 몸에도 그 이름이 문신으로 새겨져 있었고, 그는 결코 그 이름을 잃지 않을 것이었다. 훨씬 후에 그는 그것을 또다른 아이에게 물려줄 것이고, 그 아이는 또다시 다른 아이에게 그것을 물려줄 것이다. 세월이 흐르고, 물이 하늘에서 흘러내리고, 태양이 대지를 달구고, 가지를 내뻗은 쭈글쭈글한 줄기를 가진 고목 같은 것도 한 그루 서 있을 것이다. 저녁에 부엌에서 샹슬라드는 미나가 식사하는 모습을 지켜보았다. 그녀의 맞은편에는 어린 소년도 함께 앉아서 때때로 말을 하거나 컵에 든 물을 마시면서 음식을 먹었다. 그런데 그 어린 소년은 작은 아이의 몸을 하고서 식사를 하는 샹슬라드였다. 혹은 그는 의자에 앉아서 얼굴에 푸른 빛을 던지는 텔레비전 화면을 보고 있었다. 그는 라틴어 단어들을 암기하고, 지리에 대한 책을 읽고, 플라스틱 자동차들을 가지고 놀고, 숙제 공책의 마지막 장에 벌거벗은 여인을 그렸다. 저녁의 찌는 듯한 더위 속에서 머리 위에 전구를 밝혀놓고 종이 위에 몸을 굽히고서 시를 썼다. 샹슬라드가 단어들을 차례로 하나씩 써나가고 있었다.

쓰레기

오렌지에 대한 추억

그리고 정어리.
동그라미가 커진다
이 집안 아래층
에서.
질레트가
앞 머리카락을 가른다.
첫 담배가
피어오른다.
간결해야 하고
소리쳐야 한다
쓰디쓴 커피의
시간, 오, 시간
그리고 굳은 빵
몇 킬로, 오, 몇 킬로.
다리가 무력해지고
안경이
병들고
공포가
일상이 될 때.

침묵을 깨고자 하고

그리하여, 오랫동안 수도 없이 그 모든 놀이를 해보고, 마을의 모든 길을 머릿속으로 훤히 기억할 수 있을 정도로 돌아다녀보고, 모든 요리를 먹어보고 모든 음료를 마셔보고 모든 담배를 피워보고 모든 여자와 사귀어보았으며, 종이 위에 그와 같은 시기를 살았던 모든 사람의 이름과 직업과 생각을 적어넣어보고 그들의 증명사진을 붙여보았다.

잔 디폴드: 정찰제 매점 판매원. 갈색 눈.

스토제바: 자동차 수리공.

게르니치: 변호사(파이프 담배를 피운다).

미셸 강골프: 아쥐르 맥줏집 주인. 뾰루지가 났음.

이브 오르탈: 친구.

리즈 게바라: 학생. 어느 날 길에서 그녀는 이렇게 말했다. "내가 하고 싶은 단 한 가지는 우리 엄마를 죽이는 일이야. 다른 건 관심 없어."

마뉘엘 카라벨: 예쁜 소녀.

필리프 베르몽: 전형적으로 따분한 사람.

클레레트 뷔그: 좌파 지식인, 욕구불만, 안경 착용.

벤시벤고: 기타를 친다.

조제프 베시: 철학 교수.

뒤푀블: 어릴 적 친구, 비호감.

시몽: 어릴 적 친구, 호감.

엘렌 오토: 금발머리, 운동을 좋아함, 〈보그〉에 사진이 실렸다.

앙리폴 술로드르: 치과 의사.

라마스: 보험회사 직원.

카디스: 우스꽝스러운 이름이다.

마리클로드 뷔크: 역시 우스꽝스러운 이름이다.

알랭 상타마리나: 빚진 돈이 500프랑.

오귀스트 베롤라: 이웃 사람. 여든 살. 항상 이런 말을 한다. "인류 역사상 두 명의 위대한 인물이 있었는데, 바로 예수그리스도와 나폴레옹이다."

모리스 발로드: 친구(때때로 자동차를 빌려준다).

앙델팽제: 할말 없음.

가브리엘 아자르: 아름다운 시를 썼다.

상탈 라브라두르: 조만간 그녀에게서 빌려온 음반을 돌려줘야 한다.

미리암 베다얍: 항상 웃는다.

안 M. 당젤리: 신경병 환자(실패 노이로제, 유기 노이로제).

프랑스: 여자 친구.

파젤: 적.

그러자 더이상 할일이 별달리 남아 있지 않았다. 방안에 틀어박혀 침대 위에서 여인의 몸, 이를테면 미나 곁에 누워 지낼 수는 있었다. 몇 마디 말을 하거나 신문을 읽거나 혹은 자몽주스를 한 컵 마시고 나서, 그는 그 여인의 육체 위로 몸을 굽히고 흘러가버린 수백만 년과 앞으로 다가올 수백만 년의 시간을 생각하며 그녀의 몸을 천천히 애무하였다.

여인의 육체는 실로 놀라웠다. 하얀 시트 위에서 피부는 훨씬 더 희게 보였으며, 마치 몸속에서 어떤 빛을 품고 있는 듯이 거의 투명하기까지 하였다. 베개 위에 흐트러진 머리카락은 어두운색과 밝은색이 골고루 섞여 있었다. 머리는 죽은듯이 꼼짝도 않고서 베개의 움푹한 곳에 놓여 있었고, 그 머릿속에서는 살아 있는 영혼이 눈에 보이지 않는 왕관을 쓰고 수월하게 암흑을 쫓아내고 있었다. 살짝 벌어진 입술을 통해, 숨결이 은은하고 규칙적으로 소리도 없이 흘러나왔다. 콧날이 조금씩 움직였다. 목과 목 아래쪽 부분에서는 핏줄기가 심장박동에 따라 미세하게 뛰고 있었다.

상슬라드는 아무것도 보이지 않을 때까지 자신의 얼굴을 미나의 얼굴에 바싹 가져다댔다. 그러고는 자신의 몸을, 움직이지 않는 그녀의 몸 위로 살며시 포갰다. 피부 한 조각 한 조각마다 그 낯선 피부와 닿는 감촉이 느껴졌다. 마치 욕조 속으로 들어가는 느낌과 흡사했고, 그리하여 매우 뜨거운 물로 이루어진 농밀한 덩어리가 앞뒤로 흔들리고 있는 것이었다. 곧 방 전체와 침대가 느릿느릿하면서도 강력한 그 움직임에 사로잡혀버렸다. 밝은색 천장과 벽, 문, 창문들, 가구들이 박자에 맞추어 늘어났다가 줄어들기를 반복했고, 목을 긁어대며 숨이 점차 가빠졌다. 상슬라드에겐 더이상 아무것도 보이지 않았다. 그는 세상을 흔들어대는 내밀한 왕복운동에 빠져들어서 아무것도 듣지도 느끼지도 않았다. 그 방안으로 난데없는 폭풍우가 불어닥쳐 갑자기 불가해한 깊은 구렁들을 뚫어놓았고, 이내 눈에 보이지 않는 물결을 일으켜 순식간에 그 구렁들을 메워버렸다.

아무 생각도 없었다. 더이상 아무런 행동도 시간도 공간도 없었다. 대지마저 불현듯 사라져버리고 어두컴컴한 우주 속에 고통스러운 상처만을 남겨놓은 듯했다. 샹슬라드와 미나의 주위에는 소용돌이의 움직임만이 존재할 뿐, 정적에 휩싸인 그 구렁은 또한 두 사람을 빨아들여 오랫동안 가둬놓고서 그들의 살을 마시고 머리카락과 털을 뽑고 뼈와 손톱을 녹여버리고 있었다. 뜨겁지 않은 일종의 열기, 너무도 크고 확고한 정적이 그들을 익명의 진흙탕 속에 처박아 질식시키고 있었다. 샹슬라드는 숨이 막혀오는 것을 느끼며 머리를 들려 했다. 그러나 피로가 곧 다시 그를 사로잡았고, 그는 소란스러움 속으로 빠져들었다.

한편 그는 몇 초 동안 생각을 하려고 애를 썼다. 희뿌연 안개 속을 헤매면서 그는 머릿속의 생각을 표현해줄 어떤 긴 문장을 꾸며보고자 했다. 이를테면 이런 문장이었다.

"나는 치즈와 토마토를 넣은 샌드위치를 먹고 싶다."

그러나 그것은 소용없는 짓이었다. 그 문장 역시 욕조 속으로 미끄러져 들어갔고, 그 액체 덩어리가 문장을 집어넣고 흔들어대면서 단어들을 하나씩 하나씩 녹여 해체해버렸다.

샹슬라드는 두세 번 더 시도해보았다. 그는 이렇게 말했다.

"나는 설탕을 넣은 블랙커피를 한잔 마시고 싶다."

"찬찬 문명은 1400년 파라몽가 전투에서 잉카 문명에 의해 멸

망했다."

"담배는 섭씨 300도로 타들어간다."

그러나 역시 아무 의미 없는 짓이었다. 방안에서는 침묵이 단단히 자리를 잡고서 모든 소리들을 삼켜버리고 있었다. 말들이 희고 탁한 덩어리 속으로 스며들어 흔적도 없이 사라져버렸다.

그리하여 샹슬라드는 싸움을 그만두었다. 정신이 완전히 비워져버린 채, 그는 방과 침대 그리고 자신의 몸과 미나의 몸의 연속적인 움직임 속으로 몰입해 들어갔다. 그는 자신을 완전히 내맡겨버렸고, 스스로 몸을 흔들기도 하였다. 그는 마땅히 그래야 하는 것처럼 팔과 허리와 다리와 머리를 움직였다. 그는 거친 숨을 내쉬면서, 목과 콧구멍으로 거침없이 숨이 드나들도록 내버려두었다. 그는 땀을 흘렸다.

그는 또한 그 모든 것이 마치 마지막, 혹은 처음인 양 매달렸다. 멀리, 잊힌 시간의 어둡고 깊은 곳에는 창백한 거울 같은 것이 놓여, 얼싸안은 남녀의 음산하고 히스테릭한 모습을 비추고 있었다. 그 행위는 바로 그해, 그 장소에서, 그 여자의 몸과 그 남자의 몸으로 이루어진 것이나, 그와 동시에 그 행위는 영원하거나, 혹은 영원이나 다름없는 것이었다. 그것은 일종의 제식, 외부로부터 명령을 받은 부조리하고 끈질긴 몸짓이었으며, 그럼에도 불구하고 아무도 그 행동을 때려치울 수 없었다. 샹슬라드는 오른손에 땀에 젖은 머리카락을 쥐고 있었고, 그 행동은 그 방안, 그 침대 위, 바로 그 순간에, 그 손과 머리카락과 땀과 더불어, 그 외의 것은 아무것도 상관없이 일어났다. 그는 호흡하고 움직였으며, 전율하는 부드럽고 섬세한 피부를 입술로 맛보았다. 미래에도 과거에도 다른 무엇도 있을 수 없었고, 단지 그 순간뿐이었다. 거울이 모두 깨어지고, 책이 모두 불타버리고, 신호가 모두 사라져버려서, 마침내 사라지지 않는 흰 빛의 종이 표면이 전해진 것이었다.

그 순간 인간은 무색 대리석 판 위에 육체와 정신이 완벽하게 새겨지게 되었다. 동굴 속 기름진 벽 위에, 자기 자신의 손으로, 끌로 각인되고 그려지게 되었다. 그 고장에 한때 샹슬라드라고 불리던 남자와 미나라고 불리던 여자가 있었다. 그곳에 한때 그들의 삶, 그 방과 그 침대, 그 창문들, 그 문, 노란색 전구가 밝혀진 침대 머리맡의 그 테이블, 아스피린 통 하나, 다섯시 십 분 전을 가리키는 금도금 손목시계 하나가 있었다.

그렇게 그 모든 것은 그곳에 있었다. 난공불락의 요새에 갇혀서, 그 푸른 하늘과 그 구름들, 불그스름한 대지, 바닷가에 떠다니는 거품들의 포로가 되어 그곳에 있었다. 샹슬라드는 그 손을 만졌고, 자신을 바라보는 그 두 눈을 바라보았다. 그는 아무런 의미 없고 신성한 말들을 했고, 그 말들은 곧 휘발하여 공기 속으로 흩어져버렸다. 그는 목마름, 비스킷, 샴푸 혹은 여자라고 말했다. 숨을 헐떡거렸다. 그는 몇 초 동안 분별력을 잃었고, 그런 와중에 닫힌 방안 어디에선가, 몇 킬로미터 떨어진 곳, 혹은 불과 몇 밀리미터쯤 되는 곳에서 고통과 쾌락의 그 나직한 신음소리가 흘러나와 전율하는 벽 위로 퍼졌다. 그리고 그 신음소리는 지상에서 수백만 번이나 되풀이되어 울렸는데, 마치 도처에 열에 들뜬 피부와 크게 뜬 눈, 부푼 정맥, 터질 듯이 급하게 뛰는 심장을 가진 단 한 사람의 위대한 여인만이 있는 듯하였다.

몇 초 동안 세상의 모든 것이 여자가 되었다. 상슬라드는 자개보다 더 흰, 길쭉한 육지들이 물 위에 둥둥 떠 있는 것을 보았다. 그는 장관을 이루며 한껏 내밀어진 상반신에서 아메리카와 아프리카를 보았다. 그는 나무-여자의 이파리들과 풀-여자들, 해초-여자들 속으로 미끄러져 들어갔다. 도처에 탐욕스러운 둥근 윤곽과 근친상간의 구렁, 감싸안듯 흐르는 긴 하천들이 보였다. 빛이 공중에서 거미줄처럼 미세하게 떨리고 있었다. 불꽃 속에서 입을 굳게 다문 무언지 모를 형체가 춤을 추고 있었고, 바다 밑 가장 깊은 곳에서는 궁둥이가 큰 청록색 실루엣이 잠들어 있었다. 들려오는 소리들도 은은하고 낮게 깔렸는데, 흡사 둥글게 오므린 붉은 입술이 사방으로 그 소리들이 지나갈 수 있도록 해주는 듯하였다.

어느 순간, 샹슬라드는 자신의 몸을 천천히 풀어헤치는 희고 차가운 조수에 대항하여 싸움을 벌일 수 있었다. 그는 곧 굴복했고, 그리하여 한 사람의 여인이 되었다. 육체의 눈부신 중심으로부터 대지를 소유하며, 사유도 말도 아닌, 그보다는 전 우주에 영원히 펼쳐져 있는 삶의 단순한 기호인 무적 불굴의 똑같은 여인이 된 것이었다.

모든 진실을 전하고자 하며

도처에서 삶의 소음이 들려왔다. 지상의 모든 무수한 점들 위에서, 그리고 그 밖의 곳에서도, 작동중인 수백만 개의 엔진이 낮게 부르릉거리면서 주변에 전기진동 소리를 울려댔다. 3킬로미터쯤 높이에서는 광활하게 펼쳐진 황색 지표면과 광막한 대양이 보였다. 골짜기들의 틈이나 활짝 열린 포구의 연안에 거무스름한 매듭 같은 것들이 띄엄띄엄 자리잡고 있었다. 하늘 아래 꼼짝 않고 누워 있는 그 모든 마을은 벌떼처럼 부산하면서 알 수 없는 무엇인가를 기다리는 듯했고, 혹은 아무것도 기다리지 않는 듯도 했다. 마을과 마을 사이, 길고 좁은 띠 모양 회색 차도 위의 그 벌레들은 천천히 나아가다가는 곡선을 그리며 휘어지고, 언덕을 오르고, 교차로에 이르러 멈춰 서고, 터널 속으로 사라졌다. 그 모든 것은 재미있어 보였으나 어딘가 모르게 약간은 불안한 마음이 들게 했다. 마치 어딘가에 거짓말, 밝혀낼 수 없는 거짓말, 농담, 말장난, 혹은 수수께끼가 숨어 있는 듯했기 때문이었다. 그리하여 어느 날 누군가가 그러한 사실을 깨닫지 못하고 물음표로 끝이 나는, 조금 순진한 다음과 같은 말을 하였다.

"도대체 저기서 뭣들을 하고 있는 거지?"

그리고 그후로 그 말은 여기저기에, 책들의 글줄 사이에, 강렬한 색채의 그림들 속에, 흰색 건물들의 전면에, 화장한 여인들의 속눈썹 위에, 복도나 도로 한가운데에, 하늘에, 바다에, 눈 덮인 산들의 비탈면에 쓰였다. 어딘가에는 잘못된 무엇인가가, 거짓말을 늘어놓는 누군가가 있는 것이 틀림없었으나, 그것을 실제로 알아내기는 불가능했다.

아마도 그것이 감옥의 감방들 같은 칸칸의 아파트를 만들고 미로와 같은 도로들을 만들 터였다. 사람들은 이름과 직업과 명함 들을 가지고 있었다. 그래도 여전히 어딘가에 어떤 오류, 철자법상의 결함, 오점, 다른 모든 것을 파기해버리는 괴상하고 사악한 기호가 존재하였다. 12층짜리 건물에서 숫자 하나가 빠져 있었다. 어느 날, 누군가가 그 사실을 깨닫게 될 것이고, 그러면 모든 것은 먼지구름을 피우며 붕괴될 것이다. 제트기는 고막을 찢을 듯한 소리를 내며 까마득하게 높이 날아갔다. 그러던 어느 날 한 어린아이가 날아가는 비행기를 쳐다보며 이렇게 물을 것이다.

"저 비행기는 왜 땅에 떨어지지 않을까?"

그 순간 그 비행기는 곧 땅으로 곤두박질치고 폭발하여 산산조각이 날 것이고, 승객 서른다섯 명은 전원 사망할 것이다.

혹은 어느 날 저녁 언덕 위에 올라 붉은 해를 뚫어지게 바라보면 태양은 시야에서 사라지지 않게 될 것이다. 태양은 그곳, 수평선에서 몇 센티미터쯤 되는 곳에, 둘로 잘린 거대한 오렌지처럼 핏빛 하늘에 언제까지고 떠 있을 것이었다.

현실로부터 솟아오르는 그 모든 질문은 불가해한 것들이었다. 이를테면 그 모든 거짓말, 그 모든 전설은 짧은 안개처럼 떠다니면서 모든 것의 진실한 면을 가렸다. 그리고 각각의 말들 끝에는 우스꽝스럽게 휘어지다가 점 하나로 마무리되는 문장부호가 붙어 있었으니, 그 문장부호는 진실로 확실한 것은 아무것도 없음을 의미했다.

대지는 둥근가?
나무들은 생각을 하지 않는가?
먹어야 하는가?
하늘은 푸른가?

신은 선한가?

물질은 존재하는가?

$E=mc^2$?

$2+2=4$?

미나는 나를 사랑하는가?

나는 죽어야 하는가?

극장과 상점들의 진열대 위에, 차고와 바의 출입문 위에 푸른 색과 장밋빛 네온으로 적힌 그 말들은 휘황하게 번쩍거렸다. 그러나 그 말들 역시 거짓말을 하고 있었다. 그곳에 자리잡고서 인간들을 기만하고, 출구 없는 모험 속으로 인간들을 끌어들였다.

진실은 지상에서 사라져버렸다. 진실은 그렇듯 수세기에 걸쳐 왜곡되고 치장되어서, 이제는 언제나 거짓말을 해대는, 그 둔감하고 딱딱한 피부만이 남아 있을 뿐이었다. 새들은 기만하고 왜곡하기 위해 하늘을 날아다녔다. 배들이 물 위를 떠다니고, 파도가 밀려오고, 먼지들이 방안의 가구들을 천천히 뒤덮었지만, 그 어느 것도 진실이 아니었다. 자동차 바퀴들이 구르는 것도 거짓이었고, 시곗바늘이 시간을 가리키는 것도 거짓이었으며, 나무 씨앗들이 땅에서 발아하여 또다른 나무들을 움트게 하는 것 또한 거짓이었다. 여기 혹은 저쪽, 아니면 더 멀리에서 벌어지는 모든 일은 두 눈을 크게 뜨고서 꾸는 생생하면서도 신비로운 꿈속과 같았다.

샹슬라드는 열린 창문 앞에 앉아서 햇빛에 반짝이는 아름답고 맑은 풍경을 멍하니 바라보았다. 나무들이 바람에 가볍게 흔들렸고, 붉은색과 보라색의 꽃들이 피어났으며, 하늘은 너무도 푸르러서 더는 바라보지 못할 정도였다. 하지만 그러한 모든 것들은, 어쩌면, 존재하지 않았다.

모든 것이 너무도 생생하게 살아 있었다. 모든 것이 너무도 열심히 호흡을 하고, 너무도 진지하게 몸을 떨고, 침을 삼키고, 은은하면서도 집요한 향기를 너무도 강렬하게 발산하고 있었다. 도처에 지극한 아름다움과 감미로움이 있었다. 모든 사물들이 살고자 하는 의지를 품고서 잔뜩 수축되고 뻿뻿하게 버티며 실존의 자세로 팽팽하게 긴장되어 있었다.

샹슬라드는 열린 창을 통해 사각형 풍경을 바라보았고, 부르르 몸을 떨었다. 그는 투명한 공기층을 감촉했고, 어렴풋한 소리, 속삭이는 소리, 외치는 소리를 들었다. 죽음을 예감케 하는 그 도처의 휘황찬란함은 견디기 힘든 것이었다. 그는 그 현실의 그림에 대항하여 몸을 일으키고 화폭을 뜯어내어 손톱으로 찢어버려야 했다. 나무들을 불태워버리고, 너무도 아름다운 꽃들을 난폭하게 짓밟아버리고, 그토록 맑은 하늘을 칼로 뚫어버려야 했다. 주먹으로 쳐서 유리창을, 언제나 세상을 둘로 나누어놓는 보이지 않는 그 가증스러운 유리창을 깨뜨려버려야 했다. 그러나 이미 늦은 일이었다. 그 스스로 허위와 거짓이 되어버렸기 때문이었다. 그의 몸안에는 이미 말장난, 악의에 찬 농담, 수수께끼가 들어차서, 이렇게 그의 이름을 파괴해버리고는 그것을 아무 의미 없는 것으로 되돌려버린 것이었다.

샹 살라드

도처에서 사람들은 침묵을 메우기 위하여, 남들로부터 찬탄을 받기 위하여, 남들이 자신의 말에 귀기울이도록 주문과 다를 바 없는 이야기를 늘어놓고 있었다. 예언자들은 황량한 산상에서 예언의 말을 소리 높여 외치고, 시인들은 달과 대양과 일몰을 바라보며 시를 낭송했다. 일요일이면 사람들은 사각형 화폭 앞에 앉아서, 붓과 물감 들을 가지고 폐허가 된 옛 탑, 어항漁港, 붉은색 긴 의자에 누워 있는 벌거벗은 여인을 그들의 눈에 보이는 그대로 옮겨놓고자 애쓰곤 하였다. 소설가들은 소설을 쓰고, 연출가들은 연출을 하고, 수놓는 사람들은 수를 놓고, 어부들은 고기를 잡았다. 각자 자신의 자리를 차지하고서, 쇄도해 들어오는 엄청난 거짓말을 이해하고자 노력하기 위하여 삶과 죽음의 유희를 진지하게 계속해나가고 있었다. 리노(네바다주)에서는 인디언 추장인 '혈기 왕성한 말'이 모여앉은 사람들 앞에서 자신이 비행접시를 타고 경험한 우주여행 모험담을 이야기하고 있었다.

"나의 우주여행은 1959년 7월 12일에 오클라호마주의 새펄파 부근에서 시작되었다. 그때 나는 야영을 준비중이었다. 나는 1949년부터 비행접시를 열네 대나 목격했는데, 바로 그날 직경 75미터에 높이 85미터인 우주선 한 대가 그곳에 착륙한 것이다. 나는 그 우주선의 승무원 세 명과 말을 나누었는데, 그들은 인간과 흡사한 모습을 하고 있었다. 그리하여 나는 결국 그들과 동행하기로 결정했다. 그 여행이 내게 아주 새로운 경험을 제공하리라 믿었기 때문이다."

한국식 키스

"한번은 우주선 안에서 키가 2미터는 족히 넘을 환상적으로 아름다운 여인을 만난 적이 있었다. 검고 긴 머리카락에 두 눈은 매우 아름다운 푸른색이었다. 그녀는 내게 먹을 것을 주었고, 내게 한국식 키스를 선사해주고는 내 침대의 이부자리를 정리해주었다. 한국식 키스란 세 손가락으로 뺨을 가볍게 두드리는 것이었다. 우리는 처음에 화성에 내렸다. 착륙장은 월석으로 만들어진 건조물이었다. 그곳에서 우리는 지구에서 먹는 것과 비슷한 음식으로 식사를 하고는 달로 향했다. 달에서 우리는 사람들과 건물들과 동물들, 얼음과 구름을 보았다. 다음 기착지는 금성이었다. 그러나 우리는 구름이 잔뜩 낀 날씨에 도착했기 때문에 팔십 분밖에 머무를 수 없었다. 그래도 나는 전자기에너지로 움직이는 자동차 한 대를 보았는데, 네브래스카의 노스플랫에서 왔다는 사람이 그 차를 운전하고 있었다. 하지만 그 지구인의 신원을 확인할 수는 없었다. 다음 목적지는 클래리언이었고, 그곳에 머무른 시간은 이십팔 분밖에 되지 않았다."

낙원

"초현대적 사회가 형성된 행성 오리온에서 훌륭한 건물들과 교회들을 볼 수 있었는데, 그곳에서의 삶은 이곳과 너무도 딴판이어서 모든 것을 말로 전할 수 없을 정도이다. 그중에 아주 맛좋은 오디를 먹은 기억이 난다. 열매가 어찌나 큰지 세 알만으로도 과일 잼 단지가 꽉 찼다. 나는 오리온에 머무르고 싶었지만 그들이 허락해주지 않았다. 이유를 물었더니 그들은 내가 여행을 계속하면서 우주의 놀라운 장관을 발견할 수 있을 것이기 때문이라고 대답했다. 그리고 그들은 핵전쟁을 근본적으로 종식해야 한다는 점을 반드시 이야기하라고 충고했다. 핵폭발이라는 문제가 오리온 거주민들의 생존을 위협하고 있었기 때문이었다."

('혈기 왕성한 말'이 오리온에 머물면서 겪었던 경험들은 그가 그곳에서 가져온 녹음테이프에 자세하게 수록되어 있다. 가격: 테이프 하나당 15달러.)

그리고 매일매일 반복되고 매번 달력 위에 푸른색 볼펜으로 작은 십자가 표시를 하는 모든 일상적인 행동들, 버릇들, 습관들이 있었다. 재가 수북한 재떨이 위에는 불이 붙여졌다가 이윽고 꺼진 담배꽁초들이 있었다. 모닝커피, 정오의 고기 요리, 네시의 꿀 바른 빵, 일곱시의 수프, 열시의 추잉 껌, 열한시의 치약이 있었다. 아스피린과 비타민, 맥주, 영화, 텔레비전, 드라이브. 노동. 날씨가 화창한 날, 구름 낀 날. 겨울, 그후에 봄, 그후에 여름, 그후에 가을이 있었다. 도처에 진실과 거짓의 불가사의한 기호들이 감추어져 있었으나 그것을 정말로 간파해낸다는 것은 불가능한 일이었다.

샹슬라드는 뜨거운 물이 가득찬 욕조 속에 꼼짝 않고 앉아서 땅이 미세하게 진동하는 것처럼 그 더러운 물의 표면이 바르르 떨리게 했다. 여기, 혹은 다른 곳에서. 지금, 혹은 훨씬 후에. 이

것 혹은 저것. 닻줄이 끊어진다. 원들이 터지면서 무언지 모를 내용물들을 흘려 내보낸다. 흰빛으로 눈이 부신 욕실 안으로 세상의 온갖 것들이 밀려들어온다. 그것들은 더이상 파괴하지 않는다. 그것들은 가늠하기 어려운 속도와 공허보다 더 큰 충만함과 부재보다 더욱 차디찬 현존을 초래한다. 샹슬라드는 미궁 속에서 길잡이 실을 잃었다. 그는 더이상 확고한 사건을 믿지 않는다. 믿을 수가 없다. 그는 이미 지상의 중심부로 떨어지고, 자신의 꿈속으로 삼켜지고, 자신의 생각 속으로 빨려들어간 것이다. 그는 유영한다.

어린 에마뉘엘은 저녁 어스름 속에서 책상 앞에 앉아 이해하지도 못하는 책을 한 권 읽고 있다. 전등 불빛을 받아 반짝이는 노란색 책장 위에는 일련의 별 모양 그림들 아래쪽에 다음과 같이 쓰여 있다.

아폴로니오스의 정리

1. 두 개의 공역 반지름 위에 그어진 평행사변형의 면적은 항상 동일하다.

2. 두 개의 공역 반지름의 제곱수들 사이의 차이는 공역 쌍곡선들로 이루어진 두 개의 반축의 제곱수들 사이의 차이와 동일

한 상수이다.

그러나 또한 다음과 같이 쓰였을 수도 있을 것이다.

딱정벌레가 썩지 않는 필요충분조건은, 요란한 술자리의 매상고가 예상 파이 매상고의 합계와 동일해야 한다는 점이다.

어린 소년은 불빛이 번득이는 책장을 뚫어지게 바라보았고, 그러자 곧 인쇄된 활자들이 그의 눈앞에서 움직이기 시작했다. H들이 종이 위에서 다리와 팔을 내뻗으며 터무니없이 커졌다. O들이 물고기 입처럼 열렸다가 닫혔다. T들이 종이 속으로 깊이 파고들었고, I들이 거꾸러졌다. S들이 지렁이처럼 길게 펴졌고, U들이 흔들거렸으며, Y들은 나뭇잎으로 덮였다. 뿐만 아니라 여기저기에서 Z들이 나타났다가 금방 사라지는 크고 검은 섬광처럼 책장에 쭉쭉 줄을 그어놓기 시작했다. 심지어는 글자들이 노란 책장을 벗어나 탁자 위에 늘어서서 괄호와 마침표와 아포스트로피, 각진 선과 곡선을 무기로 하여 전열을 정비하고서 싸움을 벌이기까지 하였다. A와 K, X, W, 그리고 Z 들이 승리를 거두었고, 그들은 제각기 자기가 낼 수 있는 콧소리로 승리의 찬가를 흥얼거리면서 전쟁터 위를 오랫동안 행진하였다.

다른 곳에서는 미나가 세면대에서 머리를 감고 있었다. 뜨거운 물이 금속 수도꼭지에서 계속 흘러나와 보이지 않는 손가락처럼 머리카락 속으로 스며들어갔다. 비누 거품이 조금씩 물에 씻겨내려가면서 길쭉한 눈더미 같은 모양으로 얼굴 주변을 미끄러져 아래로 떨어졌다. 미나는 아무 생각도 하지 않았다. 그녀는 머리를 앞으로 숙이고, 두 눈을 감은 채, 입술 끝을 비집고 입안으로 들어오는 약간 시고 약간 씁쓸한 비눗물을 맛보았다. 그리고 수도꼭지는 부드러운 머릿결 위로 물을 계속 흘려보내면서, 머리카락을 헤치기도 하고, 크고 검은 물결처럼 흔들어놓기도 하고, 혹은 머리카락을 한데 뭉쳐 타래를 이루어 그 무게로 세면대의 물구멍까지 늘어뜨렸다.

그후 그녀는 침대 위에 누워 지문이 무수히 찍힌 거울을 오른손에 들고서 머리 손질을 한없이 계속하였다. 그녀는 머리카락을 철사로 된 작은 헤어롤러에 말고서 핀으로 고정시켰다. 그리고 물에 젖은 머리카락 위로 구부린 팔은 그 상태로 굳어 있었다. 말하자면 단단히 얼어붙어서 무엇으로도 녹일 수 없을 듯했다.

미나는 죽음과 내일 해야 할 쇼핑과 휴가와 어머니와 뾰루지 하나가 올라온 자기 얼굴에 대해 생각했다.

상슬라드는 벽이 높고 천장에 석회를 바르고 빗장 지른 문 위에 전구 하나가 달린 좁고 답답한 방안에 앉아 꼼짝도 않았다. 그는 벽 위의 한 점, 이를테면 화폭 위의 손톱자국처럼 나 있는 흉터 같은 것을 바라보았다. 그의 뒤에서는 수도관에서 물 빠지는 소리가 꾸르륵거리며 들려왔고, 벽 속에서는 희미한 쿵쿵 소리, 아무런 뜻도 없고 정체를 알 수 없는 삐거덕거리는 소리가 울려댔다.

여기에서도 시간은 황톳빛 색채의 입방체 속에 매몰되고, 두꺼운 벽 속에서 질식되고, 은은한 빛 속에 침수된 채 멈춰 있었다. 상슬라드는 세상의 끝, 그린란드나 시베리아 한복판의 작은 공간 속에 자리한 것이었고, 그의 주위로는 성벽들이 겹겹이 서서 그를 삶으로부터 차단하려 하고 있었다. 그는 그곳에서 움직이지 않고, 암모니아와 자벨수 냄새를 맡고, 미세한 소리들에 열심히 귀를 기울이고, 벽 위에 난 자국에 시선을 고정한 채 가만히 있었다. 빗장이 질러져 있어 아무도 들어올 수 없었다. 한기도 열기도 없었으며, 모든 욕망을 무화해버리는 은근하고 무감각한 정적만이 존재할 뿐이었다. 실제로는 빛도 없는 것이나 마찬가지였다. 문 위에 나사로 고정된 전구에서 우연히 빛이 흘러나오고 있었으나 어느 다른 곳에서 오는 것일 수도 있었다. 소란한 소리와 냄새도 그곳에 우연히 자리한 것이었고, 색깔과 선과 얼룩과 모퉁이와 먼지도 마찬가지였다. 그곳은 축소판 동굴, 대리석과 화장 벽로로 만들어진 일종의 영묘, 밀봉된 석관이었다. 여자들과 남자들로 이루어진 시끄러운 무리들에게 시간은 흘러도 세월은 제자리걸음을 할 수 있었다. 그러한 자들은 결코 이곳에 들어올 수 없고, 그들의 명령과 호소는 닿지 않을 것이었다. 그는 상자 속에 던져진 채 그곳에, 아마도 영원으로 향하는 길목에, 부동의 우주 속에 존재했다. 파리들이 언제나 똑같은 궤도를 따라 이쪽 벽에서 저쪽 벽으로 날아다녔다. 물이 물탱크 속으로 쏴 소리를 내며 흘러들었고, 녹이 점차로 퍼지면서 붉은 가루가 낡은 금속을 뒤덮었다. 태양이 무슨 소용인가? 달과 나무와 개양귀비가 무슨 소용인가? 더이상 세상도, 시끄럽고 음산한 지옥도 존재하지 않았다. 높고 두껍고 황토로 덮인 그 벽들, 그 천장, 그 전등, 맨발로는 발이 시린 그 붉은색 벽돌 바닥 외에는 아무것도 없었다. 그것은 마치 자신의 내면에 크게 고함을 질러대는 것, 자신의 몸속으로 자기 자신의 이름을 소리 높여 외치는 것과 흡사했는데, 그 소리는 일순간에 침묵으로 변해버리곤 하였다. 아마도 그는 더이상 아무 말도 하지 않을 터였다. 그는 좁은 방안에 앉아서 언제까지고 입을 다물고, 아무에게도 아무런 소리도 내지 않을 것이었다.

그러다가 그만 싫증이 나버렸을 때, 샹슬라드는 몸을 일으켜 변기의 물 내리는 장치가 요란한 소리를 내는 가운데 밖으로 나왔다.

무한한 의식의 세계를 살다

세상 도처에 거울들이 있다. 건물 전면에서 눈부신 빛을 반사하는 대형 거울, 방과 창문과 출입문과 보도 위의 거울들. 반사경들은 끊임없이 반짝거리는, 얇고 긴 수직의 조각들로 덮여 있다. 자동차의 반들반들한 차체는 광택을 발하면서, 그 끝을 알 수 없는 반사광 속으로 깊숙이 사라진다. 지면은 희끄무레하고 묘한 빛을 반사하는 대형 거울이다. 바다 역시 하나의 거울이고, 부드럽게 일어나는 물결들은 일그러진 모습을 반사하는 유리 매듭이다. 수정 나무 위에는 바람이 불어와 수천 개의 작고 둥근 거울 조각들을 빙글빙글 돌리고, 하염없이 빛이 쏟아져내리는 지붕의 거대한 수은색 금속판이 강하게 반짝인다. 그리고 그 모든 것 위쪽으로는, 눈부시게 빛나는 혹성 위로 둥글게 굽은 저 무한의 거울이 있어서, 회색빛도 푸른빛도 아닌 미지의 광경, 빛들이 끊임없이 사라졌다가 다시 나타나는 바닥 모를 허공을 반사하고, 함정에 빠진 생명의 미친듯한 깜박임과 가물거림을 난공불락의 감옥 속에 가두어놓는다.

그리하여 샹슬라드는 온통 거울로 덮인 미로 속을 걷기 시작했다. 그는 수백 개의 똑같은 상이 되비치는 주변 풍경에 슬쩍 눈길을 던지며, 온몸이 나른해지는 거울상이 늘어선 길을 따라 걸었다. 길은 완벽하게 일직선으로 뻗어 있었고, 양쪽으로 건물들의 거대한 유리판들이 줄지어 선 그 길은 끝이 보이지 않았다. 왼쪽과 오른쪽으로 그 길과 똑같은 또다른 길들이 한없이 많았으며, 말하자면 서로 연결되어서 절망적으로 한데 뒤섞이는, 바닥이 매끄러운 긴 복도들이었다. 진열창들이 날카로운 빛을 번득였고, 비슷비슷한 수백 개의 창유리들에서 반사되는 섬광이 눈을 찔러댔으나, 그 유리창들 너머로는 아무것도 보이지 않았다. 오로지 항상 같은 풍경, 수평선 쪽으로 빠져나가는 검은 선들과 파선들, 불투명한 유리 속으로 삼켜지는 선들이 그어진 풍경뿐이었다. 그리고 그 선들을 따라서 헤아려볼 수도 없을 만큼 많은 사람들, 이를테면 샹슬라드를 닮은 사람들의 무리가 서로 밀어주고, 오르고, 내려가고, 엇갈려 지나치고, 까마득히 사라져버리기도 하면서 함께 걷고 있었다.

이제 더이상 무엇에도 매달릴 수가 없었다. 어디에도 출구 같은 것은 없었다. 보잘것없는 공간 한 조각조차도, 빛이 머물러 쉬고 있는 돌과 역청으로 덮인 땅 한 뼘조차도 없었다. 밝은 빛이 끊임없이 이쪽에서 저쪽으로 판 위를 옮겨가며 튀어오르면서도 결코 속으로 스며들지 못하고, 청명한 대기 속을 격렬하게 헤집고 다니고, 수천 번이고 물러났다가 다시 출발하고, 서로 부딪쳤다가 떨어져나가고, 다시 모여들고, 스러져버릴 수 없는 모난 소용돌이처럼 제자리에서 원을 그리며 돌고 있었다. 모든 것이 표면, 단단한 판, 날카로운 금속, 차가운 유리, 뚫고 들어갈 수 없는 반영일 뿐이었다.

당신을 반사하고 몰아내고 파괴하는 그 비정한 눈들이 도처에 있었다. 샹슬라드는 길을 하나 가로질러 건너고, 또다른 길을 가로질렀다. 그는 줄지은 자동차들, 차창을 올리고 헤드라이트를 환하게 켜고서 스케이트장 같은 땅 위를 미끄러지듯 천천히 앞으로 나아가는 그 반들거리는 추악한 괴물들 사이를 빠져나갔다. 샹슬라드는 보도 건너편에서 자신의 실루엣이, 두 손을 늘어뜨리고, 하얗게 빛나는 셔츠를 입고, 다이아몬드 눈알이 박힌 유리 가면과 흡사한 창백한 얼굴을 하고서, 자기 쪽으로 걸어오는 것을 보았다. 또한 그는 발밑에서 거꾸로 뒤집힌 자신의 몸이 그 자신과 같은 속도로, 하얀 그림자처럼 미끄러져 나아가는 모습을 보았다. 뜨거운 열기가 빛과 한데 어우러지고 있었다. 열기는 유리 감옥의 사면 벽에 갇혀 끝없이 좌충우돌하면서, 그 넘실거리는 파동을 자르고 다시 자르고, 갑자기 정지하였다가, 어디에서 사그라져야 할지 찾지 못한 채 곧 다시 반대 방향으로 나아갔다. 세상에는 더이상 물도, 신선함도, 그림자도 없었다. 하천들은 기다란 수정 리본 같은 것으로 바뀌어버렸고, 물방울들은 조약돌 위에 말라붙어서 운모와 소금기로 된 단단한 외피를 남겨놓았다. 더이상 움푹 파인 구덩이나 지하실도 없었다. 구멍들은 투창처럼 끝이 날카롭게 벼려진 단단한 철필 같은 것이 되어 있었으며, 작열하는 빛이 가옥들의 유리창에서 쏟아져나왔고, 이곳저곳의 둥근 구멍들이 화산의 분화구가 되어서 백열 상태의 가스 증기와 어마어마한 양의 마그마를 토해내고 있었다.

그러던 어느 날 섬광이 번쩍하며 일어났고, 그후로 더이상 아무것도 평온한 상태에 놓일 수 없게 되었다. 빛이 마을의 거리와 바다와 대지와 하늘의 편평한 거울 위로 쏟아져나와 광란을 벌였다. 지면은 사막과 같은 광야, 염전과 백악의 풍경이 되어 투명한 대기 속으로 언제나 빛을 반사했다. 샹슬라드는 고개를 하늘로 쳐들고, 너무도 깊어서 그 끝을 알 수 없는 커다랗고 하얀 거울 한복판에서 눈부시게 타오르는 둥근 태양을 보았다. 그것은 흡사 유리로 된 둥근 판과 같았고, 확대경처럼 한곳에 고정된 채 빛의 절망적인 안간힘을 확산하며 방출하고 있었다. 곳곳에, 대지 위, 유리창 위, 유리 세공품 나무와 수정 바늘 풀잎들 사이에, 격렬하게 타오르는 똑같은 또다른 태양들이 있었다.

샹슬라드는 그토록 아름답고, 그토록 끔찍한 것을 결코 본 적이 없었다. 그가 바라볼 수 있는 범위 안에서는, 소멸되고 투명하고 냉혹하고 현실성이라고는 없는 항상 같은 그 풍경뿐이었다. 하얀 빛이 모든 지점에서 동시에 솟구쳐나와서, 스러지지도 오래 지속되지도 않으면서 떠다녔다. 가벼운 공기가 심하게 진동했고, 반사된 그림자들이 무심한 구름들의 행렬처럼 모두 함께 우아하게 줄지어 움직였다. 길 끝에서는 사람들의 실루엣들이 나타났다가 사라지고, 때로는 공중을 떠다니기도 하면서, 서로 부딪치는 법 없이 미끄러지듯 나아갔다. 별들이 진열창 위에서 빛났고, 혹은 태양 하나가 보도 모퉁이에서 떠올라 가상의 궤도를 따라 돌고 있었다. 때때로 샹슬라드의 아주 가까이, 눈에서 인광을 발하는, 낯설고 번쩍이는 인간의 얼굴이 나타나곤 했다. 그리고 그의 발밑에는 유리를 빻아 만든 기다란 양탄자처럼 보도가 펼쳐져 있었고, 그 위로 부산하게 움직이는 인간들로 가득 찬 미지의 심연이 반사되었다. 각양각색의 드레스를 걸친 여인들 한 무리가 앞으로 걸어가고 있었다. 샹슬라드는 그들을 바라보았고, 바로 그 순간 그들은 거울 면에 지워지는 한낱 희끄무레한 반영처럼 벽 모퉁이로 사라져버렸다. 또한 벽 위에 쓰여 있는 글자들은 쉽사리 흐트러져버려, 한 자 한 자 떨어져나가거나, 혹은 서로 다른 글자들 속으로 스며들어가서 결국 공허밖에는 아무것도 남지 않게 되었다.

상슬라드는 유리 미로의 통로들을 걸어다녔으나, 그는 그 어디에도 이르지 못했다. 항상 같은 그 길은 끊임없이 새로워지며 새로운 모퉁이와 새로운 진로와 새로운 전망을 드러냈다. 그리고 그의 시선은 계속해서 표면 위에 부딪혀 무질서한 빛들과 더불어 무한히 튀어올랐다. 상슬라드는 머리를 오른쪽으로 돌렸는데, 말하자면 나무 한 그루를 보기 위함이었다. 그러나 그의 시선은 나무줄기 위에서 미끄러지다가 뒤로 물러서고, 자동차 창문에 부딪히고, 다시 공중으로 방향을 잡아 하늘에 닿도록 치솟고, 그러고는 보도 위로 떨어져내려 탄환처럼 튀어오르고, 건물의 벽면에 닿고, 또다시 출발하여 지그재그로 나아가면서, 헛되이, 절망적으로 질주했다. 그 시선은 끊어지고 다시 합쳐지고 내몰리면서, 그렇듯 끊임없이, 스스로 소멸되지도 못한 채 유영하고 있었다. 그리고 모든 것이 상슬라드에게로 되돌아왔다. 그 마을은 그 자체로 하나의 번쩍거리는 함정이었고, 그 안에서 그는 아무것도 이해할 수 없는 상태로 나아갔으며, 문들은 결코 열릴 기색을 보이지 않았다. 그는 자기 자신의 시선 속에 갇힌 죄수,

자기 자신의 의식의 노예였다. 눈들이 도처에 존재했는데, 적의에 찬 타인의 눈이 아니라, 온 방향에서 그를 관찰하는, 동공이 크게 확대된 자기 자신의 눈, 오로지 자신의 행동을 필름에 담고자 하는, 끈질긴 카메라의 차가운 렌즈와 같은 눈들이었다. 온갖 곳에 걸린 커다란 거울, 작은 거울, 깨어진 거울, 잘게 부서지고 녹고 휘어진 거울들이 그 앞을 지나치는 인간, 온갖 방향으로 걷고 걷고, 또 걷는 서로서로 흡사한 수백만 명의 사람들을 비추고 있었다!

그러나 거울들이 단지 빛과 열기의 영상들만 방출하는 것은 아니었다. 마을 구석구석에서, 오래전 존재했던 소리들이 끝없이 되풀이되는 메아리가 울려나오고 있었다. 자동차 엔진의 부르릉거리는 소리, 외침, 경적, 뾰족한 구두굽 소리, 신발 바닥이 끌리는 소리, 천들의 바스락 소리, 개 짖는 소리, 제트엔진의 고막을 찢을 듯한 소리, 사이렌소리, 전화기 벨소리, 둔중하게 울리는 음악소리, 그 모든 소리가 쉬지 않고 몰려와서 한데 섞이고 어우러지고, 혹은 무한정 떨어져나갔다. 온통 메아리, 메아리, 메아리였다. 더이상 참되거나 현실적인 것은 아무것도 없었다. 그 소리들은 예전에, 아주 오래전에 울렸으나, 그후로 조금도 사라지지 않고 여전히 존재했다. 오히려 그 소리들은 온 세상의 신비한 동굴 속을 드나들면서 확대되고 있었다. 소리는 하늘 높이 아주 멀리까지 올라갔다가, 유리판에 부딪혀서 천둥소리를 내기도 했다. 그리하여 매번 이동할 때마다 점점 더 커지면서 사물들을 사로잡아버리는 음파의 물결을 투사하였다. 그렇게 나아가다보면, 아마도 어느 날, 그 소리들이 너무도 강력해져서 우주는 수정 공처럼 파열하여 산산조각이 날 것이었다.

상슬라드는 거울의 지옥을 벗어나려고 애썼으나 허사였다. 그는 벽을 따라 걷다가 네거리에서 멈춰 서고, 작은 공원 주위를 돌기도 했고, 수십 번이고 다른 길을 가보기도 하였다. 그러나 아무런 소용이 없었다. 언제나 그의 앞에, 밑에, 그리고 그의 위쪽으로 철통 같은 유리판들이 막아섰고, 거기에는 정체를 알 수 없는 반영들이 떠다녔다. 그는 주차된 트럭 뒤로 몸을 숨기려 하였으나, 그 하얀 금속은 눈을 찌를 듯한 빛을 번쩍이며 그의 우스꽝스럽게 일그러진 모습을 되비추고 있었다. 바다 쪽으로 나가보려 하였지만, 납빛의 커다란 판이 일으키는 두려움에 그는 뒤로 물러섰다. 그곳에서는 또한 활처럼 굽은 만 위로 떠오른 태양이, 칼날처럼 날카로운 물결과 편평하고 반듯반듯한 자갈들, 자동차 유리창들, 바다를 향한 가옥들의 벽 위로 별을 내리쏟으면서 수천 번이고 타오르고 있었다. 하얀 비행기 한 대가 하늘의 거울을 가로지르며 지나갔고, 번쩍거리는 불똥을 튀기며 마을 저편 끝에 착륙하였다. 그리고 상슬라드는 저 멀리 푹푹 찌는 듯한 안개 속에서 붉게 빛나는 거대한 보석의 모습을 한 구릉과 산들을 바라보았다.

진실로 희망이라곤 없었다. 아무도 자기 자신으로부터 벗어날 수 없었다. 세상 전체가 당신에게 당신의 영상을 보내기 위해 분주하였다. 그것은 마치, 스스로의 불꽃으로 타들어가는 화재처럼, 끝도 없고 이유도 없는 행동이었고, 그 행동은 아무도 멈출 수 없는 기계장치처럼 한없이 지속되었다. 이제 하찮은 것은 아무것도 없었다. 아무것도 자기 기회를 얻지 못했고, 신기할 정도로, 덧없이 스러져버리고 마는 단 하나의 행동을 불쑥 보여주었다. 지상의 바로 그곳, 그 하늘 아래, 그 바다 앞, 번쩍거리는 거울 면으로 이루어진 그 마을 안에서 일어나는 모든 일은 또한 다른 장소와 다른 하늘, 다른 바다, 다른 거울 면과 더불어 수백만 번이고 되풀이되어 일어나는 일들이었다. 마치 악마의 계략과도 같은 것이 있어, 그것이 모든 것을 위험한 덫으로 바꾸어놓아버린 듯했다. 만물의 순환은 다시, 또다시, 지치지도 않고, 잊어버리는 일도 없이 새로이 시작되고 있었다. 꽃들, 말벌들의 비행, 새들의 노랫소리, 아스팔트 위를 부드럽게 미끄러지는 자동차 타이어의 소리들은 더이상 특별하지 않았다. 그것들은 모든 다른 것이었고, 파괴를 원했으며, 세상의 시기가 지나감에 따라 더욱 강렬하게, 광기에 휩싸여 공격을 가하기 위해 달려들었다.

노란색 불빛을 밝히는 기둥 앞에 서서 한 남자가 담배를 피우고 있었다. 그리고 언제나 모든 보도 위, 같은 불빛이 깜박거리는 모든 기둥 앞에는, 그런 일정한 몸짓을 보여주는 그 투명한 실루엣이 서 있었다. 눈처럼 흰 벽 모퉁이에 한 노파가 쭈그리고 앉아서 어딘지 탐욕스러워 보이는 꽃다발을 내밀고 있었고, 그것은 마치 세상 모든 사람들이 그곳에 누더기를 걸치고 앉아, 빛을 잃은 눈에, 이가 모두 빠져버린 주름살투성이의 얼굴을 당신 쪽으로 쳐들고서, 불거진 정맥으로 뒤덮인 거무스름한 팔로 색도 향도 없는 꽃다발을 내민 것 같았다.

또는 채색된 얼굴에 자줏빛 물을 들인 드레스를 입은 한 여인이 문 앞에 서 있었고, 당신이 그 앞을 지나자 그녀는 당신에게 미소를 지어 보였다. 그녀의 미소는 갑자기 그녀의 얼굴을 활짝 열어서 빛나는 두 눈을 크게 뜨게 하고 상처 자국을 닮은 입술을 벌어지게 하였다. 그러자 마을 안의 모든 가옥의 문 앞에, 두 눈이 섬뜩한 빛을 발하는, 유리와 금속으로 된 그 가면이 나타났다. 그리고 모든 거울 위에는 불꽃 같은 머리카락에, 강철 몸을 꽉 죄는 선홍빛 비단옷을 입은 유령 같은 모습이 떠올랐으며, 그 실루엣은 당신에게 은밀한 몸짓을 보내며 자기의 거처로 따라오라고, 무한한 존재를 볼 수 있는 거꾸로 뒤집힌 세계로 함께 들어가자고 당신에게 말하고 있었다. 갈라지고 쉰 그 목소리는 당신의 귀에 대고 아무런 의미도 없는 말들, 공허한 말들, 차츰 울림이 잦아드는 말들을 끊임없이 속삭여댔다.

"나와 함께 가요."

"나와 함께 가요."

"나와 함께 가요."

"나와 함께 가요."

"나와 함께 가요."

"나와 함께 가요."

"나와 함께 가요."

"나와 함께 가요."

"나와 함께 가요."

"나와 함께 가요."

보도 위에 카페테라스가 문을 열 준비가 되어 있었다. 탁자들이 놓여 있고, 니스 칠한 탁자 나무판 위에 가만히 자리잡은 잔과 병 들이 회색과 흰색의 섬광을 던지고 있었다. 탁자 주위에는 인간의 몸들이 앉아서 창백한 얼굴을 앞으로 빼고 있었는데, 그 모습은 영락없이 편평한 거울들이었다. 코도, 턱도, 뺨도, 볼도, 입술도, 눈썹도 보이지 않았다. 오로지 두 눈, 너무도 커서 얼굴

전체를 잠식한, 불가사의하고, 크게 팽창되고, 반듯한 창문을 닮은 두 눈만이 있을 뿐이었다. 샹슬라드는 그 커다란 눈동자들 앞을 지나쳐 걸었고, 그러면서 그는 각각의 거울들을 통해 자신의 영상을, 다른 사람들이 그를 위해 마련한 유리 길을 따라 몸을 거칠게 흔들면서 불안하게 걸어가고 있는 모습을 얼핏 보았다.

한 젊은 여자가 벽에 등을 기대고서 버스, 혹은 택시, 아니면 남자를 기다리고 있었다. 그러나 그녀의 하얀 얼굴과 다리, 손, 머리카락에 빛이 비쳐서 그녀는 마치 조각상처럼 보였다. 샹슬라드는 천천히 그녀 앞을 지나가면서, 그녀에게 무슨 말인가를 하기 위하여, 또한 스스로 구제하고 무엇인가에 매달려보고자 그녀의 시선을 더듬었다. 하지만 아무것도 보이지 않았다. 그녀의 어렴풋한 얼굴이 하얀 빛에 잠겨 미약하게 드러났다. 두 눈의 눈동자에는 아무런 생각이나 표정도 담겨 있지 않았고, 코는 밋밋하고, 굳게 닫힌 입은 호흡을 하지 않았다. 그녀는 길에 서 있는 것이 아니었다. 그녀는 그곳에, 보도 위에, 샹슬라드로부터 겨우 몇 센티미터쯤 떨어진 곳에 있을 수 없었다. 그녀는 거울의 반대편, 노란 광택이 나는 주석 판 속에 숨어 있었다. 그녀와 샹슬라드 사이에는 유리의 몽롱한 두께가 가로놓여 있었고, 그녀는 아주 가까이에서, 그리고 동시에 아주 멀리에서, 다가갈 수 없는 꿈속 깊은 곳에서 그를 바라보고 있었다. 그녀는 혼탁한 물로 가득찬 어항들 뒤에 서서 빛을 잃은 눈으로 그를 바라보았고, 어항들이 돋보기처럼 그녀의 시선을 확대했다. 상슬라드는 자신이 결코 그녀에게 다다를 수 없으리라는 사실을 깨달았다. 그녀는 단지 반영, 반영에 반사된 반영일 뿐이며, 지상의 이쪽 끝에서 저쪽 끝으로 튀어오르던 어떤 찰나의 순간 우연히 그 흰색 벽면 위에 나타난, 결국 육체도, 체온도, 숨결도, 말도, 생각도 없는 비현실적인 존재였기 때문이었다.

그리하여 세상의 다른 모든 것이 그녀와 같이 되어버렸다. 현실은 손톱과 이빨을 거두어들이고 털과 비늘과 가시를 숨겼고, 부동하는 영상들이 비추어지고 거꾸로 치받는 번갯불이 죽죽 그어진 그 표면, 가장 어두운 그림자가 하얀 덩어리에 다름 아닌, 빛이 석탄가루를 닮은 음화필름만이 남아 있을 뿐이었다. 도처에서 화산재, 반짝거리는 먼지구름, 이글거리는 불꽃들이 한때는 자유로웠던 그 공간들의 빈틈을 채우고 있었다. 상슬라드는 어렵게 어렵게 연기 속을 천천히 걸었다. 그는 어린 잔가지들을 헤쳐나갔다. 그는 빛이 번득이는 가시덤불을 가로질렀고, 그를 저지하려는 침처럼 날카로운 가시들이 그의 살갗에 들러붙었다. 때로 소리와 열기의 파동이 물결이 밀려들듯 그를 엄습했고, 그때마다 그는 강력한 파도에 부딪혀 밀려나는 기분을 느꼈다. 이제 그는 어느 곳으로도 가고 있지 않았다. 수평선은 끝이 없었고, 길도 끝이 보이지 않았다. 탁 트인 장소들, 잔물결이 햇빛에 반짝이고 물이 가득찬 넓은 호수들이 까마득히 펼쳐져 있었다. 곧이어 꿈쩍도 않는 나무들이 양쪽으로 늘어선 곧바른 가로수길이 나타났다. 건물들의 전면은 물러서고 갈라지면서 그와 흡사한 또다른 전면들, 뜨거운 열기가 반사되는 거대한 수직의 벽면들이 드러났다. 통로들이 다른 통로들로, 문들이 다른 문들로, 거리들이 다른 거리들로, 골목길들이 다른 골목길들로 이어졌다. 층계의 계단들이 올라가고 내려오고, 다시 올라갔다. 망치로 두드려 편 알루미늄 쟁반 같은 바다가 때때로 나타났고, 그 위엔 바다를 지그시 내리누르는 하늘이 있었다. 정원들이 반짝이는 지하 동굴을, 쇠로 된 육중한 종유석들이 주렁주렁 매달린 동굴을 열어젖혔다. 그리고 또다시 거리들, 건물의 벽들, 유리문들, 발코니, 테라스, 어스름한 미광이 꾸역꾸역 밀려들어가는 출입문 들이 자리를 잡고 있었다. 밀집된 창문들이 위쪽으로, 아래쪽으로, 오른쪽으로, 왼쪽으로 열을 지어 죽 늘어서 있었다. 자동차들의 지붕에 하나씩 차례로 불이 켜지면서 생기 잃은 색채의 나선형 불빛을 내보냈다. 가로등들이 일렬로 서 있었고, 그 사이사이로 나무와 전신주, 그리고 갑옷 같은 것으로 몸을 감싼 남자들과 여자들의 실루엣이 보였다. 그리고 여전히 그 모든 것 위로, 하늘의 덮개가 엄청난 양의 빛을 내리쏟으면서, 그 불투명하고 어찔어찔한 몸체를 앞뒤로 흔드는 긴 춤을 그칠 줄 몰랐다.

상슬라드는 그 어느 곳에도 이르지 못한 채, 유리와 수정의 소나기 속을 걸었다. 그것은 마치 대리석 무덤이 늘어선 넓은 공동묘지를 가로지르는 것, 혹은 아무것도 쓰여 있지 않은 백지를 아주 천천히 넘기면서 두꺼운 그림책을 뒤적이는 것과 흡사했다.

그의 주변에서는 미친 시선이 끊이지 않았다. 시선은 이리저리 왔다갔다하면서, 수천 킬로미터 밖으로 자신의 영상을 보냈다가 갑자기 거두어들이고, 벽에, 보도에, 나무들에, 그리고 무자비한 거울들이 늘어선 곳이면 어디로든 밀어붙였다. 도처에 먼지 입자들만큼, 철탑과 지붕과 맨홀뚜껑, 남자, 여자, 아이, 개, 새 들만큼의 상슬라드가 있었다. 상슬라드는 바닷속 깊은 곳에도 있어서 시커먼 개흙 위를 미끄러져갔다. 멀리 떨어진 구릉 보랏빛 비탈면 위에도 상슬라드가 여럿 날카로운 칼로 새겨져 있었다. 상슬라드는 공기 속, 사람들이 숨을 쉬는 공기 속에도 존재하여 그 수많은 상슬라드의 무리들은 목구멍을 통해 허파로 들어가 살아 있는 수백만 개의 바늘처럼 몸 전체로 퍼져나갔다. 또한 그는 세균들과도 같았다. 눈에 보이지 않고 우글거리는 미세한 무리들, 똑같은 모양의 포자들과 편모들과 닥치는 대로 삼켜버리고 없애버리려 하는 점막을 가진 세균. 트리파노소마, 박테리아, 바이러스, 포도상구균, 연쇄상구균, 간균과 아메바. 세균들 모두 독소를 분비하고 끝없는 싸움을 벌이고 무한한 무리를 이루며 몰려들어 있었다. 그 안에서 샹슬라드 역시 눈부신 빛에 떠밀려 산산조각이 나고 잘게 다져지고 보이지도 않게 되었으며, 그리하여 그는 자신의 몸을 찾아 파괴하기 위해 돌아오곤 하였다.

그러한 삶에는 끝이 없었다. 그 삶은 화덕의 안쪽 벽면에 갇혀서, 열기와 빛 한가운데 그 자리에서 소진되어갔고, 각각의 조각들은 삶을 삼켜버리는 불씨를 지니고 있었다.

샹슬라드는 그렇게 마을을 돌아다녔다. 그는 여기저기를, 유리 보도 위로, 건물의 벽돌 사이로, 하늘의 납빛 칸막이 아래로, 강철 바다와 다이아몬드 구릉들을 끼고 미끄러지듯 걸었다. 피로도 휴식도 없었다. 오로지 증오만이, 그러나 동시에 사랑이나 욕망이기도 한 일종의 증오만이 있을 뿐이었다. 그가 단단한 지면 위로 내딛는 발걸음 하나하나 헤아려지고, 무게가 가늠되고, 세심하게 분류되었다. 몸짓 하나하나도 잊히지 않고 기록되었으며, 매 순간의 호흡도 곧장 세상 속으로 파고들어서 일단 자리를 잡고는 사라져버렸다. 섬광처럼 그의 정신을 가로지르는 모든 생각들은 지상의 곳곳에 넘쳐흘러 집집의 창문에 뿌리박고, 지붕과 나무와 전기를 띤 구름에 들러붙었다. 텔레비전 안테나가 그와 함께 생각을 했고, 물결과 붉은 불길과 산중의 깊은 구렁도 마찬가지였다. 도깨비불과 흡사한 말들이 땅에서 솟아올랐으나, 그 침묵의 말들은 사람들이 알아들을 수 있기도 전에 금방 사라져버렸다. 그 말들은 이제 사물들의 영상을 밀어내버리고 그 자리를 차지했으며, 그리하여 세상은 더이상 벙어리도 아니었고, 아둔하지도 않았다. 세상은 그 무수한 입과 촉수와 다리와 딱지 날개와 암술과 수술을 움직여 말했다. 세상의 목소리, 세상의 의식은 지속적으로 공중으로 솟아올랐고, 샹슬라드는 그 속의 한 가닥 소음, 너무도 미미하고 너무도 멀리에서 들려와 다른 소리들에 먹혀버리고 마는 한 가닥의 소음일 뿐이었다. 지성이 도처에서 가혹하고 냉담하게 빛을 발했다. 고등 언어의 강력한 힘이 샹슬라드 위로 지그시 무게를 더하며 50기압 이상의 압력으로 그를 짓눌렀다. 모두 절도 있게 움직이는 거리에서 자동차들의 차체가 사유의 섬광을 번뜩였으며, 부르릉거리는 엔진들이 분명한 말들을 늘어놓았다. 벽들이 난공불락으로 가로막고, 철근콘크리트 기둥들은 한덩어리가 되어 우뚝 선 채 순결하고, 언제나 변함없고, 나름의 놀라운 의지를 지녔으나 실상 아무런 희망도 없는 모습이었다. 유리창들은 싸늘하고 아름다웠으며, 그로부터 흘러나오는 말들은 살인적이었다. 사람들의 투명한 실루엣이 그 유리창들 위를 떠다녔고, 그것은 이해를 초월하는 언어였다. 눈에 보이지 않는 공기는 사유했다. 잔잔한 하늘이 사유했고, 강들도 사유했고, 이파리에 먼지가 낀 나무들도, 개들도, 바위들, 해초들, 병 조각들도 사유했다. 그리고 번쩍거리는 거대한 둥근 천장의 한가운데에, 독특한 사유, 다른 어떤 것들보다도 과격한 사유가 있어, 그 둥글고 뾰족하게 날이 선 열정을 땅 위에 걸쳐놓고 있었다. 샹슬라드는 존재도 없었다. 사라져버린 건 아니었다. 원색의 아주 커다란 장식 융단 왼쪽 모서리에 찍힌 한 점처럼 그는 그 마을 속에 파묻혀 있었다. 이를테면 장미 이파리의 들쭉날쭉한 가장자리의 짙은 초록색 음영 같은 것, 혹은 극락조의 검은 눈동자 속에 깃든 백색 광택 같은 것이었다. 씨실과 날실 위의 한 점, 세상의 모습을 담은 거대한 양탄자 위의 유일한 한 점.

그는 그 모든 사유 속에서 하염없이 배회했다. 오른쪽으로, 왼쪽으로, 다시 오른쪽으로 방향을 잡았다. 그는 몇 시간, 몇 분, 몇 초 동안 계속 걸었다.

그는 벽과 천장이 유리로 덮인 카페에 들어가서 맥주 한 잔을 마셨다. 그리고 그것은 하나의 사유였다. 그는 화장실로 소변을 보러 갔는데, 그것 또한 하나의 사유였다. 옆 테이블에서는 검은 머리의 젊은 여인이 앉아서 성냥불로 담배에 불을 붙이고 있었다. 작고 흰 성냥개비 끝에서 붉은 불꽃이 홀로 타들어갔고, 그녀의 사유는 바로 연기가 자욱한 회색 혼돈 속에서 가볍게 흔들리는 한 점이었다. 탁자 아래쪽으로는 노란색 리놀륨 마룻바닥이 펼쳐져 있었는데, 말하자면 인간들의 말이 둔탁하게 울리는 편평한 언어의 공간이었다. 지저분한 유리로 된 벽들과 투명한 천장이 쉬지 않고 말을 하고 있었다. 샹슬라드는 한동안 그 자리에 앉아, 실내에서 한없이 이어지는 그 대화에 귀를 기울였다.

"편평한……"

"일어섯, 일어섯, 일어섯."

"앞으로, 뒤로, 앞으로, 뒤로……"

"담배."

"천장."

"바닥."

"하나, 둘, 셋, 넷, 다섯, 여섯, 일곱, 여덟, 아홉, 열, 열하나."

"흐르고, 떠다니고, 미끄러지고……"

"블랙커피?"

"별!"

"푸른색 빨대가 텅 빈 유리잔 속에서 꺾인다."

"여기."

"열여덟시, 이십삼분, 사십초, 찰칵!"

"둥글고, 구부러지고, 나선 모양."

"초콜릿 얼룩, 설탕, 그리고……"

"개! 고양이! 생쥐! 뱀!"

"미셸? 아, 그래?"

"자벨."

"시럽."

"태양, 음? 달, 음?"

그리고 얼마 후 그는 자리를 떠났다. 어둠이 마을의 거울들 위로 천천히 내리는 동안 샹슬라드는 계속해서 행동을 이어갔다. 우선 그는 진열창 앞에 서서, 그의 앞에 어린 암회색 광택을 마주했다. 그리고 벤치에 앉아, 자동차들의 행렬과 수없이 엇갈리는 남자들과 여자들의 다리들이 산의 비탈면에서 흙덩어리를 훑어내는 고난의 물줄기처럼 앞으로 나아가는 모습을 바라보았다. 또한 그는 길을 걷는 젊은 여인의 옆에서 함께 걸었고, 그들은 이미 너무도 멀어져 그들이 하는 말을 알아들을 수 없었다. 그는 항구의 깊은 물을 바라보며 방파제 위에 서 있었고, 저수탱크처럼 잔잔하고 어두컴컴한 수면 위로 붉고 흰 빛들이 번쩍이기 시작했다. 불그스름한 원반이 수평선 저쪽으로 가라앉는 모습을 보기 위해 그는 바로 그 순간 구릉 쪽으로 고개를 돌렸다. 그는 영화관 안에 앉아 있기도 했는데, 어두운 실내에서는 자개빛의 거울 같은 것 위에서 환영들이 춤을 추고 소리를 질러댔다. 그러나 그럴 때면 사유는 땅속에 묻혔고, 세상은 그 주위에서, 마치 멀리 떨어진 혹성에서처럼 자리를 잡았다. 그리하여 더이상 어디에 있는지, 지하철 통로 속인지, 지옥에 있는지, 혹은 어떤 다른 곳인지 알지 못했다.

밤이 마을을 감싸안아서, 거울들은 뒤집혀 놓이고, 빛과 열기가 진동을 멈추고, 하늘과 바다의 빛이 꺼지고, 도로 위에는 모두 느릿느릿하게 움직이는 것들뿐이다. 그러나 사태는 더욱 좋지 않다.

벽이 높다란 미로 속에서, 알아들을 수도 없이 되풀이되는 호소처럼 네온 불빛이 끊임없이 터져나온다. 시커먼 어둠이 커다란 판유리 위로 미끄러지면서 끔찍한 심연을 열어젖혔다. 거의 모든 것이 사라졌고, 또한 모든 것이 아직 그 자리에 있다. 그는 바닷속, 그를 내리누르고 마비시키는 얼음처럼 찬 대양 밑 은밀한 곳에 자리잡고 있다. 그곳의 산들은 거친 심해의 물결에 삼켜지고, 갈라져 터지고, 비탈면은 검은 해초류로 덮여 있다. 물결에 따라 이리저리 천천히 흔들리는 개흙 바닥에는, 돌기와 촉수 들로 뒤덮인 동물들이 열을 지어 기어다닌다. 물에 젖은 광택은 여전히 반사되고, 아주 길게 늘어뜨려져, 불투명한 공간을 가로질러 나아갔다 다시 점액으로 번들거리는 축축한 빛을 언뜻언뜻 반사하는 수천 개의 작은 거울들의 길로 되돌아가는 모습이 여실히 보인다. 거품이 점점이 이어진 길게 끌린 자국, 핏물어린 긴 자국이 남아, 미지의 목적지를 향해 뻗어나가다가 어둠 속으로 사라진다. 그곳에서는 소리들이 달무리 같은 후광에 싸여 힘들게 나아간다. 소리들은 별처럼 빛으로 충만하고, 각각의 폭발은 십자가를 태운다. 시선은 이제 더이상 투명하지 않다. 시선은 음산한 눈꺼풀에 덮여 있고, 블라인드처럼 아래로 처진 잿빛 점막 뒤에서 상처 주위를 떠도는 가벼운 핏빛 구름이 되어 슬며시 흘러나온다. 도처에서 얼어붙은 삶, 침묵과 암흑투성이 삶의 둔중한 움직임이 울렸고, 마치 어떤 위험이 어딘가에, 노란 구멍들이 뚫린 까마득하고 시커먼 낭떠러지들 속에, 보이지 않는 땅바닥에, 대기, 바다, 구름 속에 숨겨진 듯하다. 모든 것이 불가사의다. 그러하니 두려워하는 마음으로, 이마와 목덜미를 식은땀으로 적시면서, 끊임없이 살피고 간파해내야 한다.

거울들은 이제 번쩍거리지 않는다. 거울들은 투명하게 변했고, 거울 반대편에는 복마전 같은 세상이 존재하여 부글부글 끓어오르고, 시커멓고 거대한 소용돌이를 휘젓는다. 거울은 악이 스며들어올 창문이자, 밀려드는 비열한 복수의 물결에 당장이라도 터져버릴 듯한 허약한 유리들이다. 눈알이 충혈된 붕장어와 곰치 무리가 잠든 거대한 어항들, 왕뱀과 독사 들이 꿈을 꾸듯 도사리는 유리로 된 우리가 도처에 파다하다. 밤의 악몽이 마을 전체를 사로잡고, 각각의 사물과 시멘트 구석구석과 가로등이 죽음의 위협에 은은히 진동한다. 벽들이 무너지려 한다. 보도가 갈라지려 한다. 눈에 보이지 않는 하늘이 조금씩 다가들면서, 사람들의 머리 위로 진흙과 물의 덩어리를 몇 밀리미터씩 내려뜨린다.

사람들 또한 끔찍하다. 그들은 흰색, 푸른색 혹은 장미색 빛의 웅덩이를 가로지르면서 스스로 형체를 변화한다. 그들은 과장된 몸짓을 보이고, 그들의 그림자는 그들을 떠났다가 끊임없이 되돌아온다. 어떤 사람들은 창백한 얼굴을 내밀고서 벽을 따라 나아가고, 검은색 색안경 같은 것을 썼는데, 그 두꺼운 유리알은 끝이 날카로운 금속 조각처럼 눈부신 빛을 반사한다. 여자들은 뾰족한 구두굽으로 땅바닥을 두드리며 걷고, 그 리듬은 당신을 전율케 하고 그녀들 뒤를 따르게 한다. 멈춰 서 있는 샹슬라드 앞으로 한 여인이 길 끝에서 다가온다. 그녀는 끊임없이 색을 바꾼다. 그녀는 푸르스름한 색이다가 곧이어 초록색이 되고, 회색이 되고, 붉은색이 되고, 흰색이 된다. 어느 순간 그녀는 그늘진 복도 속으로 사라지고, 다시 나타난 그녀는 핏빛이다. 그녀는 선홍빛으로 몸을 휘감고서 가까이 다가오는데, 그 선홍빛은 번쩍거리지는 않지만, 그녀의 몸과 옷과 머리카락에 온통 칠해진 것처럼 보인다. 그녀의 붉은 얼굴에서, 샹슬라드는 점점 커지는 윤곽을 본다. 다문 입, 코, 눈동자 자리에 점이 하나 찍혀 있는 두 눈, 이마, 뺨, 눈썹, 살랑거리는 머리카락. 붉은색은 그녀의 속에, 하나의 사유처럼 그녀의 살 속에 자리잡고 있다. 그것이 그녀의 사유이며, 눈에 보이는 것이 되어서, 말이나 기호가 필요 없었다. 샹슬라드는 다가오는 붉은 여인을 바라본다. 그리고 그는 두려워한다. 그러다가 그 역시 붉은색이 되어버릴 마지막 순간, 누군가가 전기 스위치를 누른 듯, 갑자기 그녀는 색을 바꾼다. 그녀는 회색으로 변하고, 사라져버린다.

그렇다, 밤이다. 이를테면, 잉크 자국 같은 것들이 물에 젖은 종이 위로 번지고, 줄달음치고, 수축되고, 유영하고, 유동적인 판지들을 일으켜세워서 아무도 빠져나올 수 없는 감옥을 만든다. 이쪽 은신처에서 또다른 은신처를 향해 지그재그로 내달리는 불똥들, 콸콸 쏟아져나오는 어둠, 분말, 끈적거리는 진흙, 그리고 바로 그곳에, 줄을 지어 나아가다가 이윽고 멀어져서 끊임없이 사라져버리고 마는 자동차의 붉은 불빛들.

샹슬라드는 어둠에 집어삼켜진 마을을 홀로 걸었으나, 그 어디에도 닿지 못했다. 그의 발길이 향한 곳은 너무 멀고, 너무 멀고도 멀었다. 그리고 너무도 추웠다. 거부되고 있었다.

그때 그는 29층짜리 고층빌딩 안으로 들어갔다. 그는 유리문을 통과하여 맑은 거울로 덮인 복도를 따라 걸었다. 천장에는 희끄무레하고 공처럼 둥근 덮개로 가려진 전구들이 빛나고 있었다. 그는 소리 내지 않고 승강기의 철제문 앞까지 걸어갔다. 그러고는 우스꽝스러운 붉은빛을 반짝거리는 유리 버튼을 바라보았다. 그가 그 버튼을 누르자, 초록색 화살표에 불이 켜지고, 벽 속에서 어떤 둔중한 소리가 들려왔다. 소리는 매 순간 점점 커졌다. 이윽고 철제문이 열렸고, 상슬라드는 강철색 공간 속으로 들어갔다. 문이 다시 닫혔다. 상슬라드는 29라고 쓰인 마지막 단추를 눌렀다. 승강기가 덜컹 움직이더니 위로 오르기 시작했다. 아무것도 보이지 않았다. 승강기는 오르고 있었다. 강철색 벽면에서 진동이 미세하게 일어나고 있었다. 흰빛이 유리 천장에서 스며나오고, 그 빛 역시 벽에 반사되어 떨리고 있었다. 승강기는 계속해서 올라갔다. 3초 간격으로 삐걱거리는 건조한 소리가 들려왔고, 문 위의 숫자에 차례로 초록색 불이 켜졌다. 9. 10. 11. 12. 13. 14. 승강기는 힘들이지 않고 수직의 통로를 따라 이동했고, 그저 벽 너머까지 계속 울리는 삐걱거리는 소리와, 곧이어 희미한 한숨소리 같은 것이 들려올 뿐이었다. 그것 역시 이해할 수 없는 일이었다. 멀리 달아나지도, 그 어느 곳으로 가는 것도 아닌 움직임이었다. 바닥이 오르고, 강철 벽이 오르고, 재떨이가 오르고, 희끄무레한 빛이 밝혀진 천장이 올라갔다. 그리고 그 뒤를 삐걱거리는 소리와 짧은 한숨소리 같은 것이 따랐다. 말하자면 그는 고래 뱃속이라거나, 무無를 향해 유영하는 거품 속에 들어 있는 것이었다. 이제 떨어져내릴 수 없게 된 것이었다. 그는 시간의 흐름을 거슬러올랐고, 마치 접이식 단안 망원경처럼 내리눌린 일 년 일 년의 시간들이 삐걱거리면서 서로서로 포개졌다. 21. 22. 23. 왜 그 움직임이 끝나버려야만 하는가? 탑에는 지붕이 없었다. 탑은 하늘로 치솟다가 대기 속으로 사라지고, 있을 수 없는 무한 속으로 연기처럼 풀어지고 있었다. 대지는 곧, 강철 벽으로 둘러싸이고 닫히고 밀폐되고, 기호와 화살표로 가득한, 빛나는 유리 천장으로 덮인 하나의 승강기였다. 대지는 케이블에 매달린 채 아무 뜻하는 바도 없이, 단지 오르는 것 그 자체를 위하여, 존재하지 않는 정상을 향한 신비로운 여정을 계속하기 위하여, 위로 오르고 있었다.

승강기가 멈췄을 때, 샹슬라드는 열린 문 앞에 서서 한동안 움직이지 않았다. 그러다가 그는 밖으로 나왔고, 곧 옥상으로 통하는 층계를 찾았다. 그는 자신의 발소리를 들으며 콘크리트 계단을 한 단씩 밟아 올라갔다. 계단이 끝나는 곳에 문이 하나 있었다. 손잡이를 돌리자 문이 열리면서 어둠이 앞을 가로막았다.

시멘트 옥상에서는 바람이 심하게 몰아치고 있었다. 샹슬라드는 셔츠 목깃을 여미고서 미끄러운 바닥 위를 조심스럽게 나아갔다. 그의 주위로, 바닥은 온통 편평했고, 어둠 속에서 희미한 빛이 어른거렸으며, 여기저기 불룩 튀어나온 환기 통로와 텔레비전 안테나가 보였다. 환기구에서 인간의 냄새를 풍기는 뜨거운 공기가 훅훅 불어나왔으나 순식간에 흩어져버렸고, 차가운 바람이 배기관 속으로 몰아치면서 동굴에서 울려나오는 듯한 아우성 같은 소리를 일으켰다. 샹슬라드는 바람이 불어오는 쪽으로 걸어가려 했지만, 결국 숨을 몰아쉬면서 멈춰 서야 했다. 그는 반대 방향으로 몸을 돌리고서, 다리로 제동을 걸며 바람이 자신을 옥상 가장자리로 몰아가도록 몸을 맡겼다. 가장자리에 이르러 그는 한 손으로 환기구를 잡고서 아래를 내려다보았다. 꿈속에서처럼, 그는 까마득히 아래에 땅바닥에 짓눌린 채로, 어찔어찔하고 텅 비고 어두컴컴한 모습으로 펼쳐진 마을의 모습을 보았다. 캄캄한 어둠 속이기는 하였지만, 그래도 위에서 내려다보니 모든 것이 정결하고 말끔해 보이면서 아무런 움직임도 없는 조용한 그림을 그려놓고 있었다. 어두운 집들, 곧바른 길들, 고정된 빛의 점들, 반짝거리는 자동차들, 그 모든 것이 그곳에, 저 아래쪽에 한덩어리로 밀집되어, 누구의 손길도 닿지 않은 채로 존재했다. 청록색 대양이 물러간 뒤로 훌륭하게 다듬어진 지구 표면의 회색과 검은색과 보랏빛 굴곡이 시야에 드러났다. 더 멀리로는 부드러운 곡선을 그리는 구릉들과 능선이 날카롭게 드러난 산들이 보였다.

샹슬라드는 환기구를 놓지 않고서 다시 한 발을 앞으로 내디댔다. 바람이 몰아쳐서 몸이 흔들리는 것을 느끼며, 그는 건물 바로 아래쪽을 내려다보았다. 그때 갑자기 시커먼 우물 같은 것이 공포와 증오의 비명을 내지르며 그를 향해 솟구쳤다. 그 속에서 자동차들이 달리는 환한 거리와 불 켜진 수백 개의 창문들, 그에게는 들리지 않는 소리를 지르며 몰려다니는 사람들의 모습이 보였다. 그 텅 빈 공간이 단단하게 굳어지더니 눈에 보이지 않는 어떤 막대 같은 것을 구부려서 그의 배와 림프샘과 서혜부와 심지어 그의 뇌를 꿰뚫었다. 샹슬라드는 한순간 그곳에서 화석처럼 굳어 있다가, 곧 뒤로 물러서서 오한을 느끼며 그 낭떠러지를 떠났다.

바람은 계속 환기구 안에서 울부짖었다. 샹슬라드는 추위를 느꼈다. 그는 몸을 숨길 만한 곳을 찾았으나, 옥상은 완전히 편평했고, 주위에는 환기 통로의 시멘트 관과 하늘을 찌를 듯한 텔레비전 안테나밖에 없었다. 그는 옥상 한가운데로 걸어가서 하늘을 바라보며 바닥에 몸을 쭉 펴고 누웠다. 그 상태로 오랫동안 있으면서, 바람소리를 듣고, 별들이 가물거리는 어두운 하늘을 바라보았다.

그곳, 높고 편평한 옥상을 덮은 끔찍한 추위 속에 누워서 보자니, 유리 하늘의 둥근 천장은 더할 나위 없이 매끄러웠다. 수백만 킬로미터 떨어진 곳에 펼쳐진 그 둥근 천장은 꼼짝도 않고 싸늘하게 얼어붙어 있었고, 만년필 펜촉 끝에 매달린 엄청난 크기의 물방울처럼 보였다. 빛도 없었다. 속도도 없었다. 농밀하고 꽉 짜인 그 공간 속에서, 별빛의 흰색 점들이 초점을 잃고 얼어붙은 눈처럼 박혀 있었다. 그곳은 사막, 혹은 그런 어떤 것이었다. 아무것도, 그 속에도, 그 주위에도 아무것도 나타나지도, 보이지도 않았다. 안간힘을 쓰는 빛이 그 우물 속으로 사라져버리고 있었고, 와글거리는 소리들과 마구 뒤엉킨 움직임들도 그러했다. 다리라거나 지느러미라거나 빨판 같은 것은 없었다. 모든 것이 사라지고 소화되어버린, 그 움푹 들어간 아랫배만이 있을 뿐이었다. 그 편평하게 팬 지대, 어느 순간 물러나버린 무한, 결코 닿을 수 없는 진열창. 천천히, 언제까지고, 모든 허망한 것들이 차츰 녹아내리는 뾰족한 끝을 곤두세우고서 하늘로 치달았다. 세상의 빛은 모두 어둠 속에 삼켜졌고, 인간들이나 말들의 생각, 앵무새가 지르는 소리, 전쟁, 순환, 번민, 쾌락, 그리고 죽음 또한 그러했다. 하늘은 생명과 빛에 목말라했다. 하늘은 끝도 한도 없이 지상의 온갖 풍미를 빨아들였고, 현기증을 일으키는 그 강력한 힘을 동원하여 지상을 위협하고 궁핍하게 만들었다. 모든 선이 하늘의 한 공간에서 합류점을 찾아 하늘을 향해 줄달음질을 쳤다. 그러나 그 점은 항상 어느 다른 곳에 있었다.

허공 속에서 물질의 조각들이 떠다니고, 미끄러지듯 움직였다. 태양이 폭발하고, 별들이 수축되고, 끝없이 이어지는 항성들이 둥글게 돌고, 제자리에서 빙글빙글 돌다가 이윽고 사라져버렸다. 다이아몬드 파편들이 한데 쌓이고, 조립식 벽으로 된 방 같은 곳으로 사라져버렸다. 침묵 속에 내던져진 온갖 편린들이 초속 수천 킬로미터로 질주했다. 투명하거나 불투명한 기체 덩어리가 꼼짝도 않고 허공에 걸려 있었고, 그러나 그 덩어리의 점막 같은 부분은 지상을 향해 광속으로 쏜살같이 떨어져내렸다. 이제 혼돈도, 질서도 없었다. 오직 구렁들, 또다른 구렁과 움푹한 자리와 심연과 깊이를 알 수 없는 단층, 갈라진 틈, 뚜껑 문, 그리고 끝없이 이어지는 회랑들뿐이었다. 어둠이 하염없이 미끄러지면서, 팽창하는 유리 화병 속에 너울거리는 안개 같은 것을 채우고, 채우고, 또 게워냈다. 이제 아무것도 해독해낼 수 없었다. 그 어떤 것이든 희망할 수도, 혹은 절망할 수도 없었다. 미워할 수도 없었다. 사랑할 수도 없었다. 저주할 수도 없었다. 시도할 수도 없었다. 흰 종이 위에 이런 작은 기호들을 더이상 새겨넣을 수도 없었으며, 텅 빈 거울 표면에 이마가 피로 물든 채 부드러운 미소를 짓는 한 남자의 환한 얼굴이 비치고 있다고 믿으면서 만족스럽게 그 기호들을 바라볼 수도 없었다. 태양마저도 혼란에 빠져 있었다. 태양도 더이상 사람들의 눈을 멀게 할 수 없었다. 하늘에 태양이 있어야 할 자리에는, 움푹 파인 구멍 같은 것, 깊숙이 파고드는 무한 나사의 소용돌이가 자리잡고 있었고, 나선을 그리며 그 끔찍스러운 구멍을 뚫는 움직임은 곧 죽어가는 정신의 움직임에 다름 아니었다. 29층짜리 건물의 꼭대기에서 샹슬라드는 또다시 오르는 느낌을 받았다. 그러나 이번에는 강철 벽으로 막힌 승강기 속에 들어 있는 것이 아니었다. 대지 전체가 승강기가 되어, 보이지 않는 케이블에 이끌려 어두운 하늘의 공기층을 가로지르는 것이었다.

샹슬라드의 눈앞에서 천장이 계속 물러나고 있었다. 대지가 위로 올라가면서 늘어선 육체들이 살아가는 시멘트와 빛의 편평한 고원이 높이 밀어올려질수록, 광택이 나는 둥근 대리석 지붕은 더욱 멀어지고, 가혹해지고, 점점 더 접근할 수 없는 것이 되어갔다. 샹슬라드는 하늘의 어느 한곳, 대여섯 개의 별 사이의 한 점을 응시하기 시작했다. 그는 무엇인가를 보기 위하여, 이해하기 위하여, 그것과 일체가 되기 위하여, 그 둔중한 어둠의 덩어리 속에 구멍을 하나 뚫고자 애썼다. 그러나 헛일이었다. 그의 시선은 생명이 꺼져버린 각피에 이르러 스쳐지나간 흔적 하나 남기지 못한 채 시들시들해졌다. 그때 그는, 처음에는 낮은 목소리로, 그러다가 훨씬 소리 높여 말을 하기 시작했다. 그는 이를 꽉 물고서, 머리 위에 부풀어 있는 잉크 방울을 향하여 되는대로 말들을 뇌까렸다. 그는 말했다.

"지금 나는 말하고자 한다. 나는 말하고자 한다. 나는 충분히 기다렸다. 당신은 내 말을 듣고 싶어하지 않을지도 모르지만, 아무 상관 없다. 어쩌면 당신은 내 말을 이해하지 못할 수도 있다. 그리고 어쩌면 나는 너무 작은 목소리로 말하고 있는지도 모른다. 당신이 조금이나마 알아듣게 하려면 폭탄을 터뜨리듯 말해야 하는지도 모른다. 혹은 기관총을 쏘아대듯 말을 한다거나. 내게 조약돌이 하나 있었다면, 나는 그 돌을 있는 힘껏 당신 얼굴을 향해 던졌을 것인데, 그러나 내게는—여기에는 조약돌이 없다. 내게는 아무것도 없다. 내가 이 건물의 옥상 위에서 이렇듯 당신에게 말을 하고 있는 것도 그런 이유에서이다. 나는 언젠가는 이렇게 해야 할 것이라고 항상 생각해왔다. 높은 건물의 옥상 위로 올라가서 고개를 하늘로 쳐들고 이렇게 중얼거리는 것 말이다. 그러고 나서 아마도 나는 아래로 뛰어내릴 것이다. 어쩌면 그러지 않을 수도 있다. 아직 잘 모르겠다. 하지만 나는 어느 날 밤에 29층짜리 건물의 옥상 위에 누워 이런 이야기를 당신에게 해야 하리라 항상 생각해왔다. 그래서 지금 나는 이곳에 있는 것이다. 여기에서 뛰어내리지 않으면 나는 내가 곧 어떤 일을 하게 될지 알고 있다. 나는 하얗게 채색된 커다란 항아리를 하나 살 것이고, 그리고 도처에, 벽, 차도, 비행장 한가운데에다 제기랄, 이라고 쓸 것이다. 건물만큼이나 큰 글자로 말이다. 나는 충분히 기다렸다. 나는 충분히—모든 것을 해보았다. 보고, 듣고, 배워온 모든 것을. 그렇다, 이제는 알고 싶다. 이런 상태로, 저 위의 시커먼 하늘을 바라보며, 허공에 못박힌 별들과 환기구에서 울리는 바람소리를 느끼며 말을 하기란 어려운 일이다. 약간 멋쩍기도 하다. 사람들이 아무도 없어서 다행이다. 텔레비전 안테나와 환기구뿐이다. 새 한 마리도 없다. 만약 이곳에 아주 작은 동물들, 고양이라거나 쥐라거나 바퀴벌레, 그런 동물이라도 있다면, 나는 그들에게 말을 늘어놓을 것이다. 이런 말을 혼자 중얼거린다는 건 몹시 우스꽝스러운 일이기 때문이다. 그러나 여기에는 저것들, 환기구와 안테나밖에는 없다. 조금 후에, 이곳을 떠나기에 앞서 나는 저것들을 뽑아버릴 것이다. 지금 어떤 사람들은 카우보이 영화를 보거나 한 여인이 노래 부르는 장면을 보고 있을지도 모르는데, 갑자기 그들은 아무것도 볼 수 없게 될 것이고, 그건 전적으로 나 때문일 것이다. 만약 내게 다이너마이트가 있다면, 나는 그것들을 여기저기에, 모든 환기구 속에 틀어박고서, 심지에 불을 붙일 것이다. 그러면 아마도 사람들에게 어떤 소리가 들릴 터이고…… 그래, 그렇다, 오래전부터 당신은 아무 말도 하지 않는다. 오래전부터 이곳에서는 아무것도 보이지 않는다. 이를테면 춤추는 태양이라거나, 홍해에서의 항해, 불타는 덤불숲 같은 것 말이다. 우리에게 무언가를 보여달라. 노력해

보라고. 우리 중 누구도 그럴 수 없다. 저기, 하늘 위에 삼각형이 나타나게 해보라. 부탁이다. 아니면 내게 벼락을 보내달라. 벼락을 쳐서 나를 죽여달라. 그게 당신에게 뭐 그리 대수로운 일이겠는가? 아주 간단한 일인걸. 여기 내 이마 위에 벼락이 번쩍하고 떨어지면, 그것으로 모든 게 끝날 것이다. 왜 아직도 기다리고 있는가? 응? 아주 간단한 일이라니까."

상슬라드는 캄캄한 하늘의 표면을 찬찬히 바라보았다. 그러나 새로운 것은 아무것도, 하다못해 비행기나 유성조차 없었고, 찬바람만 여전히 환기구 속에서 아우성치고 있었다. 그러나 상슬라드는 눈을 감지 않았다. 그는 말을 이었다.

"당신은 누군가? 당신 말이다. 당신은 누구냐니까, 응? 당신 이름은 무엇인가? 적어도 이름은 있겠지? 나는 이름이 있고, 모든 사람들도 이름이 있고, 이 건물 또한 이름이 있다. 조금 전에 들어오면서 보았는데 이 건물의 이름은 태양 레지던스인가, 비스타레오인가, 뭐 그런 거였다. 저 별들도 이름이 있다. 그런데 당신은 이름이 없다는 말인가? 좋은 생각이 있다. 내가 당신에게 이름을 붙여줄 터이고, 그러면 당신은 이제 이름 없는 사물들의 무無 속으로 사라져버릴 수 없을 것이다. 나는 아주 평범한 이름, 제빵사나 보석 세공사의 이름 같은 약간 우스꽝스러운 이름으로 당신을 부르려 한다. 루베. 자크 루베라고 말이다. 마음에 드는가? 자크 루베, 직업은 무한하고 영원한…… 무언가 의미가 있다. 예전에 나는 사람들이 기도라고 부르는 것, 당신에게 말을 거는 방법을 알지 못했다. 나는, 누군가에게 말을 하는 시늉을 하면서 허공을 향해 중얼거리는 것이 어처구니없는 짓이라고 생각했었다. 신이여, 그건 아무것도 아닌 말이다. 여기에서는 아무도 그런 이름으로 불리지 않는다. 대신 자크 루베는 꽤 그럴듯한 이름이다. 그것은 어떤 장군의 이름, 혹은 비누라거나 땅콩기름을 생산하는 커다란 회사의 사장 이름일 수도 있다. 자크 루베에게 표를 던집시다. 유한 자산 1200만 프랑. 루베 식용유 회사(1897년 설립) 사장 자크 루베 씨, 신문에 광고를 낼 수도 있을 것이고, 광고 사진 속에서는 한 여인이 활짝 웃으면서 병을 기울여 샐러드 위에 기름을 따르고 있을 것이다. 그렇게 오랫동안 숨어 있을 필요 없었다. 이제 나는 당신이 어디에 있는지 안다. 당신은 치약 광고 속에, 박하향 담배와 포도주스와 타자기 광고 속에 있다. 그렇다. 당신은 시가를 피우면서 비서들에게 당신의 말을 받아쓰게 하고, 모두들 머리를 조아리고서 당신 말에 귀를 기울인다. 당신은 판다. 당신은 산다. 당신은 투기를 하고, 당신 이름을 딴 극장과 당신의 머리글자 J. L.이 붙은 호텔을 짓는다. 아무도 당신이 지상에서 그런 식으로 살아왔음을 몰랐다. 사람들은 당신이 자신들을 버렸다고 생각했다. 하지만 그건 사실이 아니었다. 그렇지 않은가, 그건 사실이 아니었다. 당신은 루베, 혹은 코카콜라, 때로는 힐튼이라고도 불렸다. 그리고 당신은 아무것도 눈치채지 못한 다른 사람들 틈에서 살고 있었다. 사람들이 가는 어느 곳이든, 게시판 위, 재떨이 위, 길가, 누추한 낡은 가옥들, 아니면 비행기표 뒷면에도 당신의 이름이 쓰여 있는 것을 볼 수 있었다. 그것이 곧 당신이 이곳에 있다는, 당신이 세상을 살피고 있다는 증거였다. 이봐라! 자크 루베여! 내 말을 듣고 있는가? 지금 나는 여기, 당신 소유일 것이 분명한 이 건물의 꼭대기, 옥상 위에 누워서 당신에게 말을 하고 있다. 당신이 관여한 그 많은 일이 결국 그렇게 귀착될 수밖에 없었던 것인가? 그러니까 내 말은, 그 모든 것이 과연 진정으로 가치가 있는 일들이었던가 하는 것이다. 그 무수한 집단 탈출극, 범죄, 전쟁, 사원, 율법의 판, 노여움, 징벌의 행위와 같은 것들 말이다. 과연 그럴 만한 가치가 있는 것들이었나? 내가 있는 곳을 보라. 당신이 원하고 할 수 있다면 바라보라. 단 한 번만이라도 이 옥상 위를 바라보라. 얼굴을 찌푸리고서 혼자 중얼거리는 한 마리 벌레 같은 존재가 보일 것이다. 이 마을의 구석구석을 바라보라. 아무런 대단한 일도, 특별한 일도 하지 못하는 저 남자들과 여자들을 바라보라. 과연 그럴 만한 가치가 있었던가? 내 생각에 연극은 끝났고, 이제 곧 막이 내릴 것이다. 아주 형편없는 연극이었다. 그렇지 않은가? 특히 마지막 막은 영감이 약간 부족했다. 그 연극무대 위에는 모든 것, 태초의 혼돈의 순간들, 무지로 인한 과실, 제물의 희생, 과장되고 방자하고 거창한 설교들이 있었다. 또한 성년의 교활함, 전쟁, 기만, 위선, 허영도 그곳에 있었다. 뿐만 아니라 허튼소리를 지껄이는 노화, 생에 매달리는 근육의 마지막 경련, 그리고 폭주하는 말처럼 다가오는 진실에서 비롯되는 절망과 고뇌도 그 자리에서 빠지지 않았다. 자, 이제 모든 것이 끝나버릴 순간이다. 바야흐로 막이 내려가야 할 시간이 되었고, 조금 피곤해지기 시작했다. 하지만 그럼에도 불구하고 그것 역시 쉬운 일이 아니다. 고통스럽기까지 하다. 그렇다. 목을 베어야 하고, 무대 위의 뚜껑 문이 덜컹거리게 해야 한다. 견디기 힘든 일이 될 것이다. 자크 루베여, 그건 견디기 힘든 일이 될 것이다. 그러나 이미 끝이다, 그렇지 않은가? 이제는 더이상 달리 할일이 남아 있지 않다. 그래서 나는……"

그 순간이었다, 바로 그 순간 샹슬라드는 그렇게 해야 했다. 단단한 시멘트 바닥에 누워 옷 속으로 파고들어 등의 맨살에 닿는 작은 자갈들을 느끼며, 곳곳에 별들이 얼어붙은 헐벗은 하늘을 바라보면서, 그리고 추위와 고독, 눈앞에 파인 보이지 않는 구렁, 먼 동시에 가까운 유리창, 정적이라고 부를 수 있는 것 속에서 그렇게 해야 했다. 목을 넘어오는 모든 소리들을 있는 힘껏 내질러야 할 순간이었다.

"엘리, 엘리, 라마 사박다니."*

혹은 이렇게.

"아무것도 없다! 아무것도! 아무것도! 아무것도 없다. 나는 혼자다, 이전에도 아무것도 없었고, 앞으로도 아무것도 없을 것이다!"

그러자 말들이 입과 코와 귀를 통해 계속 빠져나가서 어둠 속으로 퍼져갔다. 마치 이제 아무도 진정으로 말을 하지 않는 것, 혹은 한데 밀집된 수많은 사람들이 마구 뒤섞인 말을 뇌까리는 것 같았다. 샹슬라드는 여전히 그곳에, 시커먼 금속으로 덮인 둥근 천장의 한 부분에 눈길을 고정하고서, 마천루의 옥상 한가운데에 누워 있었다. 하지만 이제 그의 말을 아무도 들을 수 없었다. 그가 하는 말은 동시에 도처에서, 삐걱거리는 침대가 놓인 호텔방 깊숙한 곳에서, 번쩍거리는 길, 바, 극장, 차고들에서 울려나왔다. 그 소리는 정차해 있거나 달리는 자동차, 배, 비행기, 기차 들로부터 울려나왔다. 그 소리는 마약중독자들이 마약을 숨기는 벽장, 때묻은 지폐들로 불룩한 창녀들의 손가방, 빈민가의 녹슨 지붕들로부터 울려나왔다. 또한 징이 박힌 망치가 기다

---

* '나의 하느님, 나의 하느님, 어찌하여 저를 버리셨습니까'라는 뜻의 성경 구절.

리는 도살장으로 끌려가는 말의 거친 숨소리 속에 들어 있었다. 그 소리는 병원 침대에 누워 신열과 탈진으로 몸을 떠는 저 남자의 목소리와 함께 들려왔다. 조르주 둘랑의 목소리, 필리프 코르디에의 목소리와 함께 들려왔다. 붉은 옷을 입고, 피곤한 얼굴을 하고, 자동차 불빛을 반사하는 검은색 색안경으로 두 눈을 가린 저 젊은 여자의 목소리와 함께 들려왔다. 살려줘! 살려줘! 라고 잔뜩 쉰 목소리, 두려움에 떨리는 목소리가 소리쳤다. 불이야, 살인이다, 사람 살려, 사람 살려, 살려줘! 뒤로 넘어지려 해, 날 좀 도와줘! 미끄러지겠어, 붙잡아줘! 내 몸에 불이 붙었어, 물을 끼얹어줘, 경찰에 전화해, 어서, 그쪽이 아니야, 창문들을 열어젖혀, 밧줄을 던져줘, 구명대를, 내 쪽으로 막대기를 뻗어줘! 아무도 없나? 사람들, 그 많던 사람들이 모두 어디로 갔지? 왜 내 주위에 온통 거울들뿐인 걸까? 거울들을 깨뜨려, 부숴버려! 나는 여기 바다 한가운데의 등대 위에서 무얼 하고 있는 걸까? 조금 전만 해도 마을이 있었고, 소리들과 여인들과 아이들이 있었으며, 그들의 손과 어깨가 보였었다. 왜 모두들 가면을 쓰고 있을까? 가면을 벗어버려, 가면을 벗어버려! 당신들 얼굴을 보게 해줘, 당신들 안경, 반가면, 의치, 인공신장, 의족을 떼어버려! 나를 닮은 누군가를 보고 싶어! 내가 아닌 다른 사람을 보고 싶어! 오직 멀어져만 가는 차도들, 저주받은 길들, 구름처럼 떠 있는 가옥들뿐이다. 모두들 빈정거리고 얼굴을 찡그린다. 그저 거울들과 메아리들뿐. 나는 이 책을 더는 보고 싶지 않아, 책을 덮어버려. 그 페이지들을 가려줘. 저 따옴표들을 지워버려. 내 사유는 세상 속에 기록되어 있고, 내 사유는 한 자루의 칼이다. 저 책장들을 찢어버려, 불태워버려. 그 모든 것들, 출애굽기, 열왕기, 창세기, 그따위 것들을 불태워버려. 삼각법에 대한 책들, 여행 이야기들, 역사 개론서들, 그리스어 문법서들을 잔뜩 쌓아올려라. 내가 숨 좀 돌리게 해다오. 그 시편들은 변소에 집어던지고, 비극을 음미하는 따위의 짓은 그만두어라. 나는 진정한 말들을 듣고 싶다. 얼간이들! 거기, 당신들, 온갖 질병에 시달리는 가련한 것들! 꼽추, 알코올중독자, 공기연하증 환자들! 나는 나를 갉아먹고 죽음을 초래하는 그 모든 질병을 내 몸에 받으려 한다! 바제도병, 골화석증, 알츠하이머병, 항문소양증, 나르콜렙시, 산욕열을! 캘리포니아뇌염, 샤가스병, 듀크스·피라토우병, 가타야마병, 오스틴·플린트잡음, 쿠싱증후군, 회선사상충증, 실질성 선천갑상샘종, 코르사코프증후군, 루트비히구협염, 부알레병, 모반증후군, 칠일열, 대상포진, 안구건조증, 안면신경마비, 펠·엡슈타인열, 포트리에미세농포, 라이터증후군, 성비투스무도병, 룸펠레데현상, 프리드라이히운동실조, 시핸증후군, 폰야크슈병, 스코다수포음, 로렌레비증후군, 다코스타증후군, 그라데니고증후군, 베버증후군. 보크하르트농가진. 그렇다, 나는 내가 어떤 질병을 얻게 될지 알고 있다. 나는 질드라투레트증후군에 걸릴 것이고, 그리하여 발작적으로 발걸음을 성큼성큼 내디디며 한길을 돌아다니면서, 십 초 간격으로 욕설을 토해낼 것이다. 그리고 내가 듣게 되는 모든 소리를, 틀림없다, 되풀이하여 흉내낼 것이다. 나는 사람들이 "안녕하세요, 오늘은 날씨가 좋군요"라고 말하는 소리를 들을 터이고, 그러면 몇 시간이고 계속하여 그 말을 외치고 다닐 것이다. "안녕하세요, 오늘은 날씨가 좋군요, 안녕하세요, 오늘은 날씨가 좋군요, 안녕하세요, 오늘은 날씨가 좋……"

대지는 그 모양이다. 대지는 이를테면 틱을 일으키는 살갗, 끊임없이 표정을 찡그리고 근육을 움찔거리는 안면이다. 신경선들, 도처에 신경선들이다. 대지는 흔들린다. 대지는 운다, 그러나 눈물은 무심하게 땀줄기처럼 흘러내린다. 대지는 웃는다, 그리고 치아들이 입안에서 덤덤한 기색으로 하얗게 빛난다. 그 위에 사람들이 자리를 잡고 있다. 그리고 지금 바로 여기에 내가 있다. 만화, 소묘, 사진, 끝을 보지 못할 장식 융단. 그 정도로 충분하다! 그만 멈춰라! 나를 가만 내버려둬! 나는 더이상 그 갈런드들, 납작 구슬, 하트 모양, 곱슬머리, 지그재그 모양, 사람들이 내 살갗 위에 꾸며놓은 그 모든 흉측스럽고 현란한 것들을 보고 싶지 않다. 나는 더이상 사람들이 내 머리카락을 가지고 바느질을 하고, 내 표피를 깁고, 나의 뼈를 고래 뼈처럼, 나의 눈을 진주처럼 사용하기를 원하지 않는다. 대체 무슨 소용이 있겠는가? 놀이는 앞에서, 뒤에서, 위에서, 아래에서 계속된다. 비명소리가 토해진다. 온갖 색들이 칠해지고, 그림자들이 비스듬하게 걸쳐치고, 전구에서 빛이 흘러나온다. 모두들 도처에서 한꺼번에 말을 한다. 자신의 샴고양이에게 말을 거는 여인의 약간 촉촉한 목소리가 들린다. 방안에서 아이에게 말을 하는 여인의 목소리도 들린다. 명령, 탄원, 사랑을 속삭이는 말, 질투의 말, 상스러운 말, 최후의 한마디도 들린다. 사람들에게는 이제 아무 소리도 들리지 않는다. 하늘에, 저기 저 어둠 속에, 지상에, 바다에, 하얀 마천루 꼭대기에, 바람이 몰아치고 환기구들이 울부짖는 옥상에는, 그 소리들밖에는 아무것도 없다. 그 누구의 귀에도 들리지 않는 그 모든 비명, 송가들뿐. 새떼가 나무 위에 앉아 지저귀고, 벌판에서 개가 짖으며, 공항은 확성기에서 흘러나오는 소리들로 가득차 있다. 아무도 거기에 귀기울이지 않고 고요함을 방해받지도 않는다. 흠, 흠, 아름다운 고독. 검은 사막, 새하얀 사막. 깊고 광대한 유리 사막, 그곳이 내가 살고 있는 곳이다. 나는 그곳에 있으며, 나의 삶은 나의 복수에 다름 아니다. 나는 결코 사람들이 내게 한 짓을 잊지 않을 것이다. 그 거울들, 내가 그것들을 만들었다. 언제까지고 기억해낼 수 있도록, 어떤 기억도 내게서 빠져나가지 않도록. 그런 식으로 나는 여기저기에 함정을 설치했고, 내 손에 잡힌 것들을 붙잡아두고 감시한다. 내가 세상 생각을 하는 걸까? 아니면 세상이 내 생각을 하는 걸까? 이제 아무 상관 없다. 내가 여기에 있고, 그들도 여기에 있다. 무한히, 영원히 말이다. 그래서 나는 물질 속에 그 사실을 적어넣고, 칼로 새겨넣고, 도끼질을 하여 깊이 파놓았다. 나는 도처에 나의 흔적들을, 찰과상, 그래피티, 배설물, 비듬, 성냥 조각, 눌린 담배꽁초들을 남겨놓았다. 누구든 그 자취를 따르면, 그는 틀림없이 내게로, 이 건물의 옥상 위로 오게 될 것이다. 그리고 아무도 오지 않는다 해도 그것은 아무 상관 없고, 나는 그저 기다릴 것이다. 그러다 언젠가, 아니면 지금 당장이라도 내가 이 옥상에서 뛰어내린다면, 그것은 진짜로 죽기 위해서도, 보도 위에 그려진 어떤 형상처럼 납작하게 으스러지기 위해서도 아니다. 오히려, 건물 꼭대기와 지면 사이에는 특별하거나 경이로운 것은 전혀 없고, 단지 빠른 속도로 콧구멍을 파고드는 차가운 바람과 내 심장 속에서 울리는 끝없는 초침소리뿐이라는 사실을 다시 한번 말하기 위해서, 결정적으로 발언하기 위해서일 터이다. 그것이 전부다. 엄밀하게 말해서, 그런 말을 하는 대신에 해야 할 일이 있다면, 그것은 실물 크기의 지구 모형을 만들어서 우주로 날려보내는 것이다. 혹은 하이에나 암컷에게서 새끼들을 얻는 것. 아니면 매일매일 한 단어씩 적어서 매우 긴 문장을 만드는 것일 수도 있다. 그러면 사람들은 그 문장을 읽을 수 있을 것이고, 과연 육체를 지니고 살아간다는 것이 무엇인지 알게 될 터이다. 당신은 그 점에 대해 어떻게 생각하는가? 말해보라, 당신은 그 점에 대해 어떻게 생각하는가?

도주하고

끝없는 도주가 시작되었다. 어느 날, 우연히, 베이지색 벽지로 덮인 벽과 커튼 없는 창문들과 목재 가구들이 놓인, 알전구 하나만 긴 검은색 전선 끝에 덩그러니 매달린 방 한가운데에서 도주가 시작되었다. 그후로 결코 아무도 멈추지 않았다. 아마도 해방, 혹은 운명이다. 수천 개의 면을 가진 물체들이 그들의 유일한 이미지를 향해 질주하고, 여러 세상들이 서로서로 겹쳐지고, 말들이 소리를 잃어버리며, 그 자체일 뿐인 물질 현실이 모습을 분명히 드러낼수록 시간의 구球가 채워져가는 것이다. 어찌 보면, 오직 인간을 향한 질주일지도.

샹슬라드는 지옥의 길들, 혹은 동화 속의 거리들을 따라 도주한다. 그는 끊임없이 층계를 내리닫고, 시멘트 지하실 깊숙한 곳까지 파고들며, 유리 버튼이 달린 문들을 여닫는다. 때때로 복도 끝에, 은은하게 빛나는 여인의 하얀 얼굴이 나타난다. 그러나 그것은 반사된 상일 뿐이고 도주는 계속된다. 날이 밝으면 그는 살인적인 빛줄기가 번쩍거리는 광명을 피해 달아난다. 밤이면 그는 끈끈한 점액을 흘리는 짙은 그림자를 피해 달아난다. 쉬고 못 쉬고는 문제가 아니다. 멈춰 서서 볼멘소리를 투덜거릴 상황도 아니다. 도처에 길이 열리고, 도로가 뻗어 있어서, 계속 달려야 한다. 샹슬라드는 잠시 숨을 돌리다가 다시 달아난다. 샹슬라드는 높은 창문에서 내려다본다. 그는 곧 창문을 바꾸어, 다른 창문, 또다른 창문을 찾아야 할 것이다. 샹슬라드는 어떤 여인의 부드러운 몸에 기대어 눕지만, 그러나 늘 훗날 기약된 일이다. 공간은 한없이 새로워지려 하고, 시간은 자기 자신을 집어삼킨다. 멈추지 말아야 한다. 뒤돌아보지 말아야 한다. 위험하다. 사람을 조각상으로 바꾸어버리는 차가운 바람이 당장 당신을 덮칠 것이다.

이제는 마을도 고장도 없다. 캔턴, 카야오, 페낭, 그곳들은 멀기만 하다. 그저 길들이 계속 늘어갈 뿐이다. 샹슬라드는 발걸음을 헤아리며 걷고, 거리를 지나면서 그 이름들을 되새겨본다. 갈리에니가, 파퐁가, 라스카리스가, 카시니가, 뤼드가, 대로, 가로수길, 골목길, 산책로, 막다른 골목, 플뢰르대로, 카르노 거리, 세

귀란 소로, 아베이 길. 꽃이 핀 정원 주위를 따라 미모사 가지와 찔레나무가 아래로 드리워 있다. 개들이 짖는다. 그는 위로 올라가고, 내려가고, 다시 올라간다. 그의 도주는 끝나지 않을 것이고, 끝날 수도 없다.

지구의 딱딱한 껍데기 위로, 엄청난 도주로들이 이리저리 뻗어나갔다. 그곳에서 같은 행위를 끝없이 되풀이하게 하는 아주 오래된 저주이며, 이를테면 삶의 깊디깊은 곳에서 전율하는 전우주적인 명령과 같은 것이다. 그것은 멈추지 않고 계속 갈라져 터지는 기다란 균열처럼 각각의 사물들 속 한가운데에 새겨져 있다. 태초에, 완전한 벽두에, 그러한 파열 혹은 공포가 있었고, 세상은 광대한 미지의 세계를 가로지르는 헛된 말의 구보 속으로 사라져버리기를 그치지 않았다. 공간은 말이 내닫는 거리가 되어 있다. 시간은 말의 질주가 되어 있다. 자취 없이 지워져버리는 매초, 매일, 매년은 수평선으로 향하는 말의 도약이다. 그리고 질주 혹은 도주의 행위는 모든 분별력과 희망을 전부 무화시키며 도주 그 자체가 된다.

그러나 상슬라드의 뒤에서 그를 위협하는 건 아무것도 없다. 잘 살펴보면 위험은 오히려 그의 앞에 있는 듯하다. 하지만 그것은 도주가 헛된 짓이기 때문이고, 또한 남겨진 심연들이 더욱 깊은 수렁을 파들어가기 때문이기도 하다. 죽음은 이미 도주 그 자체 속에 자리잡고 있으며, 자기 먹잇감의 살덩어리에 찰싹 들러붙어서 결코 놓는 법이 없다. 사나운 짐승이 목덜미를 흔들어대고 들판을 가로질러 도망쳐봐도, 그 짐승을 물고 있는 죽음의 턱뼈는 천천히 힘을 발휘하여 한 치 한 치 파고들어 결국 가차없이 목뼈를 부러뜨리고 마는 것이다.

샹슬라드는 자신이 살아남지 못하리라는 사실을 알고 있다. 그는 처음부터 알고 있었다. 또한 그는 그의 사형집행인들이 부드럽고 상냥한 이름들, 꽃이나 나무나 물방울의 이름들을 가지고 있다는 것도 안다. 그들의 이름은 태양, 비둘기, 유령거미, 침대보, 담배, 제라늄이다. 그들은 미나라고 불리기도 하며, 짐작하건대 흉기는 금발머리가 감싼 매력적인 얼굴 속에, 입술 오른쪽의 보조개 속에, 금빛 가루가 반짝이는 푸른색 홍채 안쪽에 숨겨져 있다. 그리고 범행은 아마도 그곳, 가슴을 천천히 오르내리게 하는 고요한 숨결 속에, 혹은 발톱을 붉게 칠한 발가락 속에 감추어져 있을 터이다. 그러나 그는 계속 도주하며, 마치 빠져나갈 수 있기라도 한 듯 언어의 끝없는 길을 따라 달린다. 그는 말하고, 생각하고, 깨닫고자 한다. 하지만 그것은 단지 도주하기 위해서이다. 그는 인생이 흥미롭다고 말하고, 자신이 별들과 벌레들, 혹은 인체의 신비를 사랑한다고 말하지만, 그러나 그것은 사실이 아니다. 그가 원하는 것, 그것은 도주하는 것, 생쥐처럼 줄달음치는 것, 말로 표현할 수 없는 그 위험한 장소를 가능한 한 빨리 떠나는 것뿐이다.

어둠 속에서 귀뚜라미들이 미친듯이 울어댄다. 그 긴장된 울음소리는 도주의 울음소리다. 바다는 편평하고, 놋쇠 색깔이고, 수없이 많은 똑같은 물결들로 일렁거린다. 나, 나도 그 바다처럼 존재한다. 흰 하늘에서는 구름들이 창문을 통해 바라보이듯 흘러간다. 그리고 나, 샹슬라드는 그 구름들 하나하나 속에 들어 있다. 강들이 산의 암벽들 사이로 흐르고, 들판은 끝이 없으며, 수평선은 한없이 뒤로 물러난다. 나는 언제까지고 그것들과 함께, 더 멀리, 더욱 멀리, 나아간다. 사유는 공허 속으로 파고드는 또하나의 공허이고, 시선은 곧바로 나아가면서 확고한 것을 아무것도 발견하지 못한다. 그리하여 요컨대 나는 궤도를 벗어나는 행성들 속에, 서로 갈라져서 이리저리 함부로 흘러가는 5천만 도의 뜨거운 마그마 덩어리들 속에 들어 있는 것이다.

햇빛이 작열하는 낡은 벽 위에서 도마뱀이 재빨리 내달린다. 검은 돌 앞을 지날 때 도마뱀은 몸 전체가 갈색이 되었다가, 나뭇잎 앞을 지날 때에는 초록색으로 변한다. 그게 진실이 아니겠는가? 모든 존재는 위험이 닥치면 자기를 숨긴다. 죽은 체하는 것들도 있는데, 그때 이미 그 딱딱한 껍데기 속에는 이를테면 죽음의 비밀이 드러나 있는 셈이다. 대벌레는 잔가지인 양 모습을 꾸민다. 잎벌레는 이파리처럼 모습을 꾸민다. 나방은 한낱 얼룩인 척하며, 나비는 꽃인 척한다. 알로에는 날카로운 이빨이 난 턱을 벌리고, 밀은 이삭을 세운다. 호랑이는 자신의 두려움을 감추는 줄무늬를 띠고 있고, 들소는 바위처럼 웅크린다. 그리고 악어는 물에 뜬 통나무와 흡사하다. 단, 물에 뜬 통나무가 악어와 흡사한 것이 아니라면 말이다. 모든 공포는 그 나름의 신비로운 그림에 꼭 맞아떨어지며, 살갗이나 비늘 위에 채색된 그 수수께끼 같은 무늬는 항상 사냥감이 있고 그 사냥감을 잡으려 하는 사냥꾼이 있음을 말해준다. 마치 천지창조의 순간에 온갖 꾀를 부리는 늙은 남자가 있어, 그의 잔인한 웃음소리가 끊임없이 울려 퍼지기라도 했던 것 같다.

그리하여 샹슬라드와 함께, 혹은 아무라도 상관없는 그 누구와 함께, 궁극의 변신 놀이를 즐길 수 있었다.

샹슬라드가 생쥐로 변하자, 죽음은 고양이가 되었다.

샹슬라드가 물고기로 변하자, 죽음은 그물이 되었다.

그가 사과로 변하자, 죽음은 과도가 되었다.

그가 세균으로 변하자, 죽음은 설파제가 되었다.

그가 불로 변하자, 죽음은 물이 되었다.

그가 담배로 변하자, 죽음은 라이터가 되었다.

그가 유리창으로 변하자, 죽음은 돌멩이가 되었다.

그가 산으로 변하자, 죽음은 비바람이 되었다.

그가 먼지로 변하자, 죽음은 진공청소기가 되었다.

그가 머리카락으로 변하자, 죽음은 면도칼이 되었다.

그가 새로 변하자, 죽음은 공기총이 되었다.

그가 나무로 변하자, 죽음은 도끼가 되었다.

그가 왕으로 변하자, 죽음은 혁명이 되었다.

그가 달팽이로 변하자, 죽음은 구두창이 되었다.

그가 마을로 변하자, 죽음은 화산이 되었다.

그가 시체로 변하자, 죽음은 구더기가 되었다.

그가 물질로 변하자, 죽음은 반물질이 되었다.

그가 글이 되자, 죽음은 지우개가 되었다.

이윽고 늙어서

이제는, 늙었다. 샹슬라드라 불리던 어린 소년이 주방 안쪽에 놓인 버드나무 안락의자에 앉아 있었다. 그의 앞에는 구겨진 신문지들이 널려 있는 탁자가, 그리고 조금 더 떨어진 곳에는 작동을 멈춘 텔레비전이 놓여 있었다. 며칠 전부터, 혹은 몇 달 전부터도 날이 몹시 더웠다. 그 찌는 듯한 열기와 강한 빛이 노랗게 채색된 벽을 투과하여 주방 안으로 들어와, 붉은 육각형 타일이 깔린 바닥과 가구들에 꽉 들러붙고, 방수포와 비닐 테이블보를 천천히 녹이고 있었다. 모든 것, 살갗, 천장, 의복, 그뤼에르 치즈, 안경의 유리알들이 땀을 흘리고 있었다. 풀이나 아교 같은 것이 여기저기에 발려 있었고, 아무것도 움직일 수 없었다.

실제로 소년은 꼼짝도 않았다. 그는 약간씩 떨리는 손으로 팔결이 끝을 잡고, 등이 굽고 두 다리를 의자 밑으로 웅크린 자세로 가만히 앉아 있었다. 목 위로는, 늙고 야윈 얼굴이 어깨 위에서 가까스로 중심을 잡고 있었다. 납으로 된 공처럼 무거운 얼굴은 당장이라도 바닥으로 굴러떨어질 태세였다. 눈꺼풀 또한 끊임없이 내리감겼다. 눈꺼풀은 촉촉한 눈동자 위로 미끄러져내렸고, 잠들지 않으려면 부단히 애써야 했다. 이제는 절대 하얗다고 할 수 없는, 단지 창백할 뿐 약간 누르스름하고 핼쑥한 안면 위에는, 그 기묘한 표정, 근심과 피로와 금방이라도 닥쳐올 졸음이 담긴 표정이 엉겨붙어 있었다. 샹슬라드는 정면을 똑바로 바라보고 있었으나, 그가 무엇인가를 보고 있다고 확실하게 말할 수는 없을 듯했다. 아마도 탁자 위에 널려 있는 신문지들이라거나, 텔레비전의 잿빛 화면, 그러지 않으면 아무것도 걸리지 않은 벽을 보고 있는 것인지도 몰랐다.

푹푹 찌는 그 몇 달, 밝게 빛나고 뜨겁게 타오르는 그 몇 년 동안의 눈부신 햇빛에도 불구하고, 주방은 어두컴컴했다. 다른 곳에서 하얗던 것이 그곳에서는 회색이었다. 다른 곳에서 붉거나 푸르던 것이 그곳에서는 갈색이었다. 그리고 거무스름하던 것은 그곳에서는 보이지 않았다. 바깥에는 코발트색의 하늘과 빨간 지붕의 집이 있었다. 나무들, 무성한 나뭇잎들과 가지들, 은근한 냄새, 설탕과 후추의 맛, 활주, 비명, 순간적으로 나타났다가 사라지는 섬광들이 있었다. 그러나 그것들은 닫힌 창문에 부딪혔고, 방안으로 들어올 수 있을 때에는 이미 느껴지지 않았다. 그리고 그것들은 지금 멀리, 너무도 멀리 떨어져, 마치 존재하지 않는 것과 다를 바 없었다. 흡사 수평선 위의 안개 장막 같았으며, 이를테면 입체감도 움직임도 없이 넓게 퍼진 구름과 수증기층이었다.

상슬라드라 불리던 소년은 늙어 있었다. 그의 이와 머리카락은 빠져 사라지고, 그의 몸은 조금씩 눈에 띄지 않을 정도로 비워져갔다. 그의 뼈는 유리처럼 허약했고, 근육에는 이제 힘이 없었다. 살갗에는 수많은 주름살이 균열을 드러냈고, 주름살은 살짝 건너뛰기도 하고 미세한 기호들을 남기기도 하면서 몸 전체로 퍼져 있었다. 그 주름살들은 고리와 호크 같은 모양으로 연속된, 그곳에 쓰인 문자였다. 몸 여기저기에서, 가령 눈가에서는 x, 입술 양쪽에선 y, 콧구멍 주위와 손바닥 안쪽에서는 z와 같은 글자들이 보였다. 정맥 또한 퍼렇게 솟아올라서 복잡한 여정을 보여주었다. 정맥은 여윈 팔과 장딴지를 따라 아래로 내달렸다. 목 양쪽으로 튀어올라 있었고, 관자놀이와 두개골 위, 눈자위에 불끈 솟아 있었다. 양쪽 손등 위에서도 서로 교차되며 엇갈렸고, 넓적다리에 이르러 특히 두드러져 작고 푸르스름한 반점들을 여기저기에 그려놓았다. 또한 정맥들은 발목과 다리와 팔

위에 단단한 덩어리로 응집되어 교량과 터널의 모양을 이루기도 하였다. 샹슬라드의 몸에는 그러한 기호들, 마구 휘갈겨진 글자들, 흉터들만이 남아 있었다. 시간이 그의 피부를 그렇게 만들어 놓았다. 태양에 시들고, 빛에 누렇게 떴다. 빗물에 젖고, 마모되고, 갈라졌다. 옷가지에 쓸렸다. 의자와 방석과 매트리스에 배겨 굳어졌다. 질병과 번민에 길고 긴 세월 동안 문신이 새겨졌다. 그의 몸을 현미경으로 들여다본다면, 팔십 년 이상의 세월 동안 일어난 모든 일을 읽어낼 수도 있을 터였다. 이쪽에는 전쟁의 상흔이, 저쪽에는 사랑과 열정이 아로새겨져 있었다. 저쪽, 창백한 이마 위에는, 신을 믿었다고, 혹은 한때 영혼을 가지고 있었노라고 말해주는 작은 별이 하나 자리잡고 있었다. 왼쪽 눈가에는 짧은 혈관 하나가 도드라져서 활처럼 휘어 있었는데, 그것은 『분노의 포도』를 읽었음을 의미했다. 뺨 위의 점은 도스토옙스키, 미간의 주름살은 〈전함 포템킨〉이었다. 그의 몸 위에는 모든 것, 그야말로 모든 것이 기록되어 있었다. 잊힌 것은 아무것도 없었다. 극복된 것 역시 아무것도 없었다. 그의 몸은 어떤 보이지 않는 손이 그곳에서 일어나는 일들, 질병이라거나 욕구, 사유, 공포와 같은 것을 빠짐없이 적어넣은 한 권의 수첩과도 같았다. 이를테면, 아주 오래전 어느 날, 샹슬라드는 해변에서 상처 입은 갈매기를 한 마리 발견했다. 그 갈매기는 부러진 날개를 질질 끌며 자갈 위를 기어가고 있어서 쉽게 잡을 수 있었다. 그는 갈매기를 집으로 데려가서 두 달 동안 보살펴주었다. 그는 그것에게 마야라는 이름을 붙여주었다. 그는 매일 갈매기를 손에 안고서 바닷가로 데리고 나갔고, 그때마다 갈매기는 이런 구슬픈 울음소리를 내며 바다를 바라보았다. '케에오오 켁 켁 켁 켁!' 갈매기는 희디흰 몸통에 검은 날개 끝과 꼬리, 붉은 부리, 붉은 다리, 그리고 바다의 수면처럼 투명하면서도 단단한 느낌을 주는 회색 눈알을 가지고 있었다. 그러던 어느 날, 날개가 거의 완전하게 치유되었을 무렵, 개 한 마리가 정원으로 들어와서 그 갈매기의 목을 물어 죽였다. 샹슬라드가 그 현장에 왔을 때에는 피와 흙으로 뒤범벅이 된 깃털과 살덩어리가 남아 있을 뿐이었다. 그는 우는 대신 갈매기 사체를 집어다가 개가 마저 다 먹어치울 수 있도록 멀리, 길 한가운데에 내던져버렸다. 그러나 갈매기는 그곳에, 그의 몸에 각인되어 있었다. 이마 위에 패어 있는 꽃표 같은 모양이랄까, 새의 형상을 한 잔주름 속에.

또 한번은, 역시 아주 오래전의 일이었는데, 아치레알레 혹은 칼라마요르의 한 해변에서 샹슬라드는 커피 한 잔을 쏟은 적이 있었다. 그때, 모래 속으로 천천히 스며들던 갈색 얼룩도 또한 영원히 그의 몸에 흔적을 남겼다. 커피 얼룩은 그의 살갗 어딘가에, 아니면 신경세포 속에 남았다.

모든 것이 기록되어 있었다. 그의 피부 위에서는, 마치 세상의 표피처럼 모든 것을 읽을 수 있었다. 한쪽에 주름살과 튼살과 부스럼과 돌기 들이 있고, 다른 쪽에는 습곡과 침전물과 화산과 산악 들이 있었다. 그 기호들은 하나하나 깊이 파고들었고, 그리하여 지금, 이제는 늙어버린 어린 소년의 몸 위에 무수한 문장들, 페이지들, 장章들로 존재하여서, 역사를, 자신의 삶과 더불어 기록하는 유일하고 진정한 역사를 이야기해주고 있었다.

단 한순간도 망각으로 떨어지지 않았다. 모든 것이 포착되어 기록으로 남았다. 어두운 계단에서 담배에 불을 붙일 때 붉은 빛 속에서 드러나던 여인의 얼굴. 쉭쉭 소리를 내며 날아가던 예광탄. 부러진 치아. 첫 입맞춤. 여름 모기, 겨울의 검정파리. 1951년 9월 12일의 달. 결혼, 장례, 출생. 깨진 바퀴의 삐거덕거리던 소리. 벼락, 눈, 처량하게 들려오던 바람소리, 목소리, 꼬리를 물고 멀리서 두런거리던 목소리들, 그리고 결코 그칠 줄 모르던 그 메아리들. 살아 있는 소설, 사지와 겨드랑이, 털로 덮인 치골과 활기찬 얼굴을 한 인간 서사시. 어느 날 시詩가 한 여인의 배에서 태어나고, 성장하여 스스로를 돌볼 수 있게 되어 현실이라는 더욱 넓고 큰 시 속으로 들어선다. 아마도 바로 그래야 할 것이다. 기억을 되살리려는 대신 살아 있는 인간의 육체에서 삶을 읽는 법을 배워야 할 것이다. 그 미라들을 모두 커다란 냉동실에 보존

해놓고서, 매일 슬며시 찾아와 암호 문자로 쓰인 세세한 사연들을 읽어내야 할 것이다. 그것 외에 다른 예술은 없다고도 할 수 있었다. 그 구체적이고 신비롭고 아름다운 문자 외에 다른 언어는 없다고 할 수 있었다. 그 문자는 사람들 각자에게 나름대로 고유하며, 그 속에서는 아무것도 누락된 것이 없고, 어떤 인위적이고 덧없는 아름다움을 찬양하기 위해 변질시키거나 왜곡하는 일도 없었다.

샹슬라드의 경우처럼 늙는다는 것은 좋은 일이었다. 그는 여전히 자신 그대로이지만, 영혼과 육체가 변화했다. 그리고 어느 날 그는, 그 오랜 여행을 마치고 주방 안쪽의 삐걱거리는 버드나무 의자에 꼼짝도 않고 앉아 있었다. 소란과 흥분이 가라앉았고, 열정은 식었다. 난폭함과 증오심이 서서히 그에게서 빠져나갔고, 이제 그 자리는 침묵이 차지했다.

샹슬라드는 힘겹게 담뱃갑과 성냥갑을 꺼내들었다. 그러고는 경련을 가라앉히려 애쓰며 담배 한 개비를 꺼내어 입으로 가져갔다. 조금씩 떨리는 왼손으로 성냥갑을 잡고, 오른손으로 성냥을 그었으나, 그만 부러지고 말았다. 손을 잠시 멈칫하다가 다른 성냥을 그었고, 곧 주황색 불꽃이 일어났다. 샹슬라드가 가물거리는 불꽃을 담배에 가져다대자, 담배 끝에 불이 붙으면서 회색 연기가 피어올랐다.

그렇게 샹슬라드는 계속 담배를 피웠다. 때때로 담뱃불이 꺼져서 성냥갑을 찾아 저고리 주머니를 뒤져야 했다. 시간은 오후 세시, 혹은 다섯시, 아니면 여섯시였다. 아무래도 상관없었다. 시간은 이제 중요한 것이 아니었다. 그의 시선은 신문지들이 널려 있는 탁자 약간 위쪽, 전원이 꺼져 있는 텔레비전 약간 왼쪽의 벽에 고정된 채 움직이지 않았다. 그 시선은 그에게로 되돌아오지 못했다. 그의 시선은 방향을 잃고 헤매기도 하고, 노란 벽 속에 파묻히기도 했으며, 때로는 침대 시트 속으로 파고들듯 회벽과 나무 안쪽으로 스며들어가고 있었다. 이따금 어떤 말들이 입술 위에 이르렀다. 그 말들은 멀리서 와서, 광막한 지역들을 가로지르며 오랫동안 여행을 하였다. 그러나 일단 입술을 넘어서면, 곧 그 말들은 마구 떨리면서 멈추고는 쉰 목에서 흘러나오는 숨결 속으로 녹아들어버렸다. 어쩌다가 조각난 말들이 입을 벗어나긴 했어도, 그 뒤를 아무런 뜻도 없는 침묵이 덮어버렸다.

"이상하기도 하지, 나는……"

"해야 할, 해야 할……"

"그런데, 무엇이……"

그 말들은 그 누구를 향한 것도 아니었다. 남자들, 여자들, 어린아이들, 그 모든 사람들이 그토록 허무하게 죽어버렸다. 미나, 알프레드, 장, 에티엔, 에마뉘엘. 세르바, 망조니, 필리피, 슈보

브. 니콜. 코렐. 앙생. 알라타, 탈롱, 제롬 바뇨르, 뷜튀레니, 롤랑. 모두들, 그 모두가 사라졌다. 세상이 그들을 하나씩 하나씩 삼켜버렸다. 바다가 그들을 익사시키고, 모래가 덮어버리고, 불이 태워버렸다. 개, 고양이, 생쥐, 전갈 들 역시 사라져버렸다. 오로지 그만이, 샹슬라드라는 이름을 가진, 늙은이 얼굴을 한 어린 소년만이 남아 있을 뿐이었다. 창문과 문이 꼭꼭 닫힌 주방의 찌는 듯한 더위 속에서 아직 생명이 고동을 울렸다. 그 생명은 사막 한가운데의 미세한 하나의 점, 이를테면 한 마리의 개미귀신이 파놓은 구멍 같은 것이 되어 있었다. 눈꺼풀의 잔잔한 떨림처럼 미미하게나마 여전히 심장을 두근거리고 있었다. 그리고 빽빽한 어둠의 광대무변한 혼돈 속에서 거의 눈에 띄지 않을 정도로 파르스름하게 타들어가는 불빛만큼의 빛을 머금고 있었다. 그래도 아직 그 생명은 무無와는 구별될 수 있었다. 버드나무 안락의자에 다가서면, 헐떡이는 숨소리, 뱃속의 꾸르륵 소리, 목으로 침이 넘어가는 소리를 들을 수 있었다. 뿐만 아니라 그는 떨리는 입술 사이로 자신의 이름을, 알아듣기 힘들게나마 발음할 수 있었다. "스스샹……스스……슬라……드……" 그러나 그리 대수롭지 않았다. 그의 이름은 낯설고 하찮은 것, 과거의 운명에 속해 있고 곰팡이 슨 돌에 새겨지기도 전에 이미 삭제되어버린 이름이었기 때문이었다. 그 텅 빈 거품은 아직 빛을 번득이는 생명을 보존하고 있었다. 하지만 밀폐된 그 공간에서는 빛과 세상의 난폭함이 온 방향에서 압박을 가하고 있었던 탓에 얇은 막은 간신히 버텨내고 있었다. 그 거품이 결국 터져버리고 말기를 모두가 바랐다. 각진 다리가 달린 탁자가 그렇게 되길 바랐다. 노란색 벽이 그렇게 되길 바랐다. 환하게 빛나는 유리창이 그렇게 되길 바랐고, 텔레비전의 불투명한 화면도 마찬가지였다. 구겨진 신문지들과 붉은 바닥이 힘을 가해오고, 버드나무 안락의자가 두 팔을 좁히고 등받이를 딱딱하게 굳혔다. 희끄무레한 빛과 열기가 샹슬라드의 머리를 바이스 위에 고정시켜놓았고, 나사가 천천히 돌아가면서 점점 더 조여왔다. 싸움은 끝나지 않았지만, 목적도 대상도 없는 싸움일 뿐이었다. 이미 오래전에 어린 소년은 항복을 한 터였고, 전투는 습관적으로 계속되어온 것이다. 마치 치명적인 일격이 복부를 터뜨려버리고 난 후에도 파리의 몸에서는 단말마의 전율이 오랫동안 지속되듯이.

그때 샹슬라드가 움직이기 시작했다. 그는 우선 노랗게 채색된 낡은 벽에서 시선을 거두고 주방의 창문 쪽으로 고개를 돌렸다. 더러운 유리창 너머로 그는 푸른 하늘과 나뭇가지와 테라스에 놓인 제라늄 화분들을 보았다. 그는 아무런 변화도 일어나지 않는 그 세상의 조각을 잠시 바라보았다. 이윽고 두 손으로 버드나무 안락의자의 팔걸이 부분을 움켜쥐고서 천천히 몸을 일으켰고, 그러자 힘이 들어간 근육이 부들부들 떨렸다. 마침내 그는 두 다리로 몸을 버티고서 탁자 앞에 우뚝 섰다. 그는 뒷굽이 파란 붉은색 실내화를 신은 두 발로 마치 통증을 느끼는 두 개의 받침돌처럼 바닥을 딛고 있었다. 어린 소년은 굽은 등을 펴고서 숨을 깊이 들이마셨다. 그러자 공기 역시 진동을 일으키며 폐 속으로 흘러들었고, 그는 균형을 유지하기가 쉽지 않았다. 샹슬라드는 고개를 앞으로 내밀고서 지팡이를 찾았다. 지팡이는 탁자에서 1~2미터쯤 떨어진 바닥에 떨어져 있었다. 샹슬라드는 잠시 누군가를, 아들이라거나 며느리, 아니면 하다못해 갓난아기인 다니엘이라도 불러야겠다고 생각했다. 그러나 곧 그는 그들이 점심식사 후에 자동차를 타고 외출했으며 밤이 되기 전까지는 돌아오지 않으리라는 사실을 떠올렸다. 그 스스로 지팡이를 집어들어야 했다. 그는 오른손으로 탁자를 짚고서 느릿느릿 움직여 탁자 모서리를 돌았다. 그리고 상체를 앞으로 숙이자 온몸이 더욱 심하게 떨리기 시작했다. 안경이 상의 주머니에서 떨어져 바닥에 부딪혀 깨어졌다. 샹슬라드는 바닥이 그렇게 멀리 떨어져 있다고는 생각하지 못했었다. 마치 빛이 번들거리는 붉은색 타일이 깔린 편평한 바닥을 탑 꼭대기에서 내려다보는 듯했다. 바닥에는 먼지 뭉치가 구름처럼 여기저기에 흩어져 있었다.

그리고 육각 타일의 좁은 홈을 따라 개미들이 빠른 속도로 내달리다가 음식물 조각에 이를 때마다 멈춰 서곤 했다. 흡사 하룻밤새 두 다리가 엄청나게 길어져 땅바닥이 깊이를 헤아릴 수 없는 심연 속에 들어 있는 듯하였다. 샹슬라드는 왼손을 앞으로 뻗어 지팡이를 찾아 손가락을 더듬거렸다. 한참 애를 쓴 끝에 나무막대기를 잡아 위로 들어올렸다. 샹슬라드는 몸을 다시 펴고서 지팡이를 짚었다. 이마에 땀 같은 것이 송글송글 맺히고 셔츠도 젖어 있었다. 다리가 피로감에 후들거렸다. 샹슬라드는 지팡이를 짚은 채 탁자 옆에 서서 잠시 머뭇거렸다. 그는 다시 한번 창을 통해 밖을 내다보았고, 이윽고 밖으로 걸어나갔다.

길 위로 나서려던 차에 그는 다시 멈춰 서서 두려움을 머금은 눈길로 주위를 돌아보았다. 움직임과 색채들의 돌풍이 일거에 그를 덮쳤고, 그는 넘어지지 않기 위해 벽에 등을 기대야 했다. 그의 시선이 닿는 범위에서는 폭력과 광기만이 횡행했다. 길고 소란스러운 물결이 천천히 구르듯 그에게 밀려왔고, 되밀려 나가는 큰 파도가 다리를 잡아당겼으며, 눈부신 빛이 그의 얼굴 위로 빗물처럼 한없이 쏟아져내렸다. 한 무리의 사람들이 닥치는 대로 짓밟을 듯한 튼튼한 발로 박자를 맞추어 보도를 울리며 걸어갔다. 차도에서는 자동차들이 검은 타이어를 맹렬하게 굴리면서 전속력으로 내달리고 있었다. 구급차 한 대가 길 한복판을 질주했고, 귀청을 찢을 듯한 사이렌소리가 하얀 금속 차체로부터 미친듯이 쏟아져나오고 있었다. 도처에, 부풀어오르고, 떠받쳐지고, 끊어져버릴 정도로 팽팽하게 당겨진 것들 천지였다. 여전히 똑같은 바로 그 삶, 눈을 찌를 듯이 번쩍거리고, 뛰어오르고, 창궐하고, 때려눕히고, 수족을 부러뜨려버리는, 여전히 그 삶의 모습이었다. 이중 삼중의 형벌, 부러진 사지를 비끄러맨 바퀴 형틀, 목이 졸려 죽은 시체를 매단 교수대, 끝이 둥근 끌, 단두대, 도끼, 집게, 주릿대, 채찍 들. 세상은 여전히 지네와 뱀이 우글거리는 그 구덩이였고, 그 위로는 짓누르는 듯한 하늘의 징벌이 버티고 있었다. 수많은 칼날처럼 내리꽂히는 그 햇빛도 여전했다. 창문들이 뚫린 여전한 그 흰색 벽들, 끈적거리는 타르, 코를 찌르는 휘발유냄새. 나무들. 강철보다 더 단단하고 희끄무레한 유리들, 영구불변의 불이 타오르는 거울들. 경적, 거친 비명, 목소리, 끝도 쉼도 없이 잃었다가는 되찾고, 잃었다가는 되찾는 말들. 여전히 도처에 그 번민, 혹은 희열, 그중 어느 쪽인지 제대로 알 수 없는 그 무엇이 윗배를 찔러대고 관자놀이에서 피가 뛰게 하고 있었다.

어린 소년 상슬라드는 한 발 한 발 길 가운데로 나아갔다. 그는 꺼끌꺼끌한 보도 위로 뒷굽이 파란 붉은색 실내화를 질질 끌었고, 고무가 달린 지팡이 끝으로 바닥을 울리며 짚어나갔다. 그는 앞으로 계속 걸었다. 그의 두 다리는 후들거리며 흔들렸고, 몸은 앞으로 기울었으며, 그 위에서 회색 눈과 회색 머리카락에 온통 주름살로 덮인 늙은이의 얼굴이 간신히 중심을 잡았다. 사람들이 끊임없이 그를 추월해 지나치거나 그를 향해 걸어왔다. 여인들이 엉덩이를 흔들며 그의 옆을 스쳐지나갔고, 그 여자들의 또각거리는 발소리가 재빨리 그에게서 멀어져갔다.

샹슬라드는 어디로 가는지 자신도 알지 못한 채 벽에 바짝 붙어 서서 길을 따라 걸었다. 그때, 짧은 순간 그의 머릿속에서 이를테면 어떤 지시가 일어났고, 그 지시는 말이 되어서 그에게 무엇인가를 일러주려는 듯했다. 그는 그 말의 내용을, 마치 하얀 널빤지 위에 쓰여 있기라도 한 듯이 두 눈으로 읽을 수 있었다.

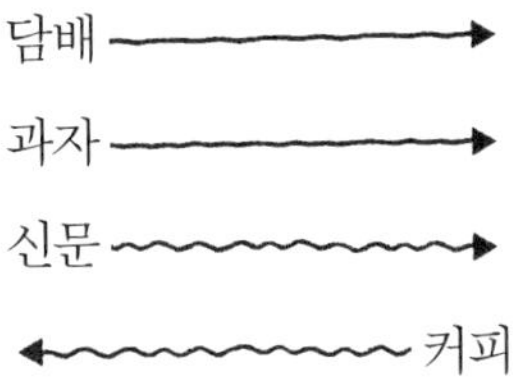

글자들은 이내 사라져버렸고, 길들은 방향을 잃고 멋대로 뻗어 있었다. 그는 후들거리는 다리 위에서 몸을 제대로 가누지 못하면서, 한 발, 또 한 발을 내딛고, 지팡이를 앞으로 옮기고, 한

발, 한 발, 다시 지팡이를 앞으로 옮기는 식으로 나아갔다. 그의 눈앞에는, 잿빛 보도가 온갖 기호들과 그림들로 뒤덮인 채 천천히 펼쳐졌다. 개들이 여기저기 오줌을 갈겨놓았고, 아이들은 반쯤 먹다 만 아이스콘을 내버렸다. 그는 발걸음을 헤아리며 천천히 걸어서, 얽히고설킨 그 발자취들을 따라가기만 하면 되었다. 그러다보면 어디엔가 닿게 될 터였다. 누군가, 혹은 무엇인가를 발견하게 될 터였다. 샹슬라드는 길 위를 지나면서 바닥에 쓰여 있는 세세한 흔적들을 모두 되새겨보았고, 그 흔적들 덕분에 그는 길을 잃지 않을 터였다.

검은 얼룩.
똥.
더럽혀진 종이.
담배꽁초.
담배꽁초.
파란색 종이 뭉치.
바나나 껍질.
긁힌 자국.
깃털.
물웅덩이.

종잇장.

성냥.

담배꽁초.

담배꽁초.

담배꽁초.

가래침.

그 미지의 길은 시간을 가로질러, 그렇듯 조금씩 나아갔다. 여자, 남자, 개와 고양이, 비둘기, 바퀴벌레 들이 무심코 땅 위에 그들의 길을 표시해놓았다. 그들은 언젠가 우연히 누군가가 자기들의 거처에까지 자기들을 따라오도록 흔적을 남겨놓았다. 그들은 흐르는 시간 속에서 매 순간 조금씩 자기 자신을 방기하면서, 길 위에 자기들 삶의 존재를 표기해놓았다. 그들의 땀으로 바닥이 얼룩지고, 그들의 비늘, 각질, 터럭, 그들이 버린 쓰레기들은 그들이 아직 살아 있음을, 삶을 끝마치지 않았음을 말해주었다.

그러나 세상은 무어라 형언할 수 없는 노쇠함에 사로잡혀 있었다. 샹슬라드는 벽을 따라 계속 걸어서 소음과 소란의 강을 거슬러올라갔다. 도처에, 연속적인 떨림 같은 것이 있었다. 뒷굽이 파란 붉은색 실내화 밑에서 땅이 진동하며 당장이라도 갈라지려 했다. 타르는 눅눅하여서 발에 눌릴 때마다 모래처럼 꺼져들어갔다. 지금 이 순간, 도시 전체가 깊은 피로에 사로잡혀 있었다. 거리에서는 인간들의 그림자가 졸음에 취하여 다리를 비틀거리며 걸어다녔다. 차도 위에서는 자동차들, 진공 속으로 내려가는 최면에 걸린 기계들만이 질주하고 있었다. 샹슬라드는 네거리 가까이에 멈춰 서서 활처럼 휘어진 지팡이에 체중을 실은 자세로, 온통 허약함으로 가득한 주위의 광경을 지켜보았다. 그는 주춧돌 위에서 흔들리는 건물들과 병적인 햇빛, 말 더듬거림, 헛디딘 발걸음을 보았다. 그의 주변과 그의 속에 있는 모든 것이 비틀거리기 시작하였다. 흡사 기면성뇌염과 같은 병이 도시 전체를 휩쓴 듯했다. 하늘 한가운데에서는 태양이 최면의 빛을 내리쏟고 있었다. 그 빛이 땅에 닿아서 천천히 사물들과 사람들을 마비시켰다.

이제 확실한 것, 반항하는 것은 아무것도 없었다. 나무들은 열기와 침묵의 기포 속에 갇혀 선 채로 잠들어 있었다. 가로등 역시 기가 꺾여 꼼짝 않았다. 문 옆의 어두운 구석에는 먼지가 작은 덩어리를 이루어 쌓여갔다. 모든 것이 멀고, 길고, 느렸다. 예전에는 그토록 가볍고 순수하던 공기조차도 지금은 늙은 여인의 숨결처럼 진한 냄새를 싣고서 땅바닥에 끌리고 있었다.

샹슬라드는 현기증이 오는 것을 느꼈다. 쓰러지지 않기 위해서 그는 벽을 짚어야 했다. 그는 벽에 기댄 채 보도를 응시하면서 오랫동안 가만히 있었다. 그의 가슴 어디에선가 심장이 뛰는 희미한 소리가 들려왔다.

그러다가 그는 다시 흔들리는 거리를 걷기 시작했다. 길 저쪽 끝에 벤치가 하나 놓인 오두막이 있었고, 사람들이 그곳에서 버스를 기다리고 있었다. 삼십 분이 걸려 그곳에 도착한 샹슬라드는 그 벤치에 앉았다. 사람들은 나이를 짐작할 수가 없었다. 사람들은 망령 든 노인처럼 몸을 떨고, 침을 흘리고, 바지에 오줌을 싸고, 땀을 흘리고, 노망을 부렸다. 하지만 샹슬라드만은 아무것도 망각하지 않았다. 그는 모든 사람 중에서 진정으로 살아 있는 존재, 대지 위에 남아 있는 유일한 인간이었다. 벤치에 앉아서 그는 장애를 가진 화물들을 싣고서 꼬리를 물고 도착했다가 떠나가는 버스들을 지켜보았다. 그때 한 젊은 여인이 그의 옆자리에 앉았다. 샹슬라드는 그녀의 젊은 육체와 갸름한 손, 형형하게 빛나는 두 눈, 주름살 하나 없는 얼굴을 바라보았다. 그는 어렵게 입을 열어 자신의 떨리는 목소리를 의식하며 말했다.

"요상한 일이야. 정말…… 요상한 일이야, 안 그렇소…… 난 말이오, 언젠가 이런 일이 일어나리라고는 전혀 생각하지 못했소……"

젊은 여인이 놀라서 그를 바라보았다.

"무얼 알 수 없으시다는 거예요?" 그녀가 물었다.

그러나 어린 소년 샹슬라드는 그녀의 말에 아랑곳하지 않고 계속 말을 해나갔다. 어쩌면 그는 귀를 먹은 것인지도 모르는 일이었다.

"지금 나는 여기 벤치에…… 16번 버스 정류장에 앉아 있소. 모든 일이 너무도, 너무도 빨리 지나가버렸단 말이오…… 나는 이제 세세한 건 아무것도 생각나지 않아요, 너무도 빨리 흘러가버려서…… 나는 어제 세상에 태어났소…… 그래요, 사실이오, 나는 어제 태어났소…… 그런데 오늘 이미 거의 모든 게 끝나버렸소. 하룻밤 사이에, 단 하룻밤 사이에 모든 일이…… 내가 잠들어 있는 동안에, 모든 것이—모든 세월이 내가 미처 깨닫지 못하는 사이에 흔적도 없이 사라져버렸소. 오늘, 깨어나보니 모든 게 끝났소…… 거의 다 끝났소…… 그러니, 요상한 일이 아니겠소. 안 그래요? 그건 마치 꿈이랄까, 악몽이랄까, 모르겠소…… 잊어버렸어—그 모든 일이 어떻게 시작되었는지 잊어버렸어. 하지만 지금—지금 나는 그게 분명한 사실이라는 것을 알고 있소. 여기에, 이 벤치에 앉아서, 오 분 간격으로 도착하는 초록색 버스들을 바라보면서 말이오. 그 모든 일이 하룻밤 동안에!"

젊은 여인은 어떤 다정한 말을 건네고자 했다. 이를테면, 그렇지 않아요, 보세요, 할아버지는 아직 정정하시잖아요, 전혀 연세가 많은 분 같지 않으세요, 얼마나 젊어 보이신다고요, 등등. 어린 소년 샹슬라드는 그녀의 말을 듣지 않았다. 그가 다시 입을 열었다.

"그게 바로 어제, 아니면 그저께의 일이었단 말이오. 나는 당신 같은 어떤 여인과 말을 하고 있었지. 그래요…… 그녀는 당신과 꼭 닮았었소. 정말 당신이었을 수도 있지. 그녀는 그 자리에, 나는 여기에 앉아 있었지요. 그 모든 게 하룻밤 사이에 사라져버릴 수 있다니 생각만 해도 기가 막히지 않소? 그래도 변한 것은 아무것도 없어요…… 나는 모든 것을 기억하고 있소. 하지만 이젠 너무 멀어져버렸어. 너무 늙어버린 거지. 나는 도무지 이해할 수 없소. 난……"

그는 간신히 입안에 고인 침을 삼켰다. 말들이 다시 이어지려는 참이었다. 그러나 이미 너무 늦었다.

"몇 살이오?" 샹슬라드가 물었다.

"저요? 스물두 살이에요." 젊은 여인이 말했다.

"스물두 살이라…… 마흔두 살, 예순두 살, 여든두 살, 무슨 차이가 있는 걸까? 모두 같은 거요, 같은 거. 어제만 해도 나는 스물두 살이었소. 나는 여기, 이 벤치에 앉아서 버스를 기다리고 있었지. 극장이나, 백화점에 편지지를 사러 가려고 말이오. 그런데 그게 그렇게 빨리 스쳐지나가버릴 줄은 몰랐었소. 사람들은 그걸—사람들은 그걸 인생이라고 부르지. 인생이라고! 하지만 인생은 단 한 시간도 지속되지 않는다오. 겨우 다음 버스가 올 때까지 기다리는 동안의 시간밖에는…… 그건 정말로……"

"하지만 그렇긴 해도 할아버지는……"

"아니요, 아니에요, 나는 아무것도 해놓은 게 없소. 모든 게 너무 빨리 지나가버렸을 뿐이오. 이전에 나는 당신 자리에 앉아 있었고, 지금은 이 자리에 앉아 있는 거요…… 해야 할 일이—해야 할 일이 산더미 같다오, 그렇다니까, 아직 해야 할 일이 산더미같이…… 아마도 나는—모르긴 해도, 블라디보스토크 같은 곳에 갈 수도 있었을 것이고, 많은 여자들과 사귀고, 공부를 하고, 지식을 쌓을 수도 있었을 거요. 산스크리트어라거나, 생물학, 우주학, 식물학, 고고학. 그리고 우주여행도 할 수 있었을 것이고, 철학서들을 읽을 수도 있었을 것이오. 아이를 수백 명 낳을 수도, 정치에 뛰어들 수도, 인도나 페루에서 살 수도 있었을 거요. 하지만 나는 아무것도 한 것이 없소. 내게는 그럴 만한 시간이 없었다오. 모든 것이 너무도 빨리 지나가버렸소, 인생이란, 참으로 믿기 어려운 거요…… 마치 잠을 자거나 꿈을 꾼 것만 같소. 나는 불과 어제 태어났건만……"

어린 소년 상슬라드는 젊은 여인이 눈을 반짝이며 자신을 바라보는 모습을 보았다. 그는 미소를 지어 보이려고 했으나, 이가 모두 빠져버린 입 모양 때문에 겨우 보기 흉한, 찡그린 표정만을 보여주었을 뿐이었다.

"내 말을 들어봐요." 그가 말했다. 그의 목소리가 떨리기 시작했다. "내 말을 들어봐요…… 내가 당신에게 하고 싶은 말은, 그러니까 아직 시간이 있을 때에…… 매 순간을 소중히, 단 한순간도 허비하지 말고 살라는 거요. 당신은 결코 또다른 삶을 얻을 수 없을 것이고, 당신은 결코……" 그는 잠시 머뭇거렸다. "당신은 결코 인생을 다시 시작할 수 없을 거요. 모든 걸 다 해보시오. 일 분 일 초도 놓치지 말아요, 서둘러요, 깨어나시오…… 내일―내일은 당신이 여기에, 이 벤치에 앉아 있게 될 거요…… 그건 끔찍한 일이어서, 나는…… 당신에게……"

샹슬라드의 목소리가 중단되었고, 바로 그 순간 버스가 보도 옆에 멈춰 섰다. 그러자 젊은 여인은 재빨리 몸을 일으켜 뒤도 돌아보지 않고 차에 올라탔다. 어린 소년 샹슬라드는 침침한 눈을 들어 일정한 간격으로 불빛을 반짝이는 초록색 금속 덩어리를 보았다. 곧 버스가 어슴푸레한 안개 속으로 사라지자 거리와 하늘과 그 외의 다른 어떤 곳에도 아무것도 남아 있지 않았고, 단지 쇠약함으로 인한 현기증 같은 것만이 독수리처럼 선회하면서 천천히 원을 좁혀들 뿐이었다. 구렁이 입구를 닫아버리고, 새가 갑자기 돌멩이처럼 하늘에서 떨어져내리게 될 때면, 더이상의 어떤 소리도, 말도, 기괴한 움직임도 없을 터였다. 오로지 지금 있는 그대로 존재하는 세상의 특징 없는 얼굴과, 주름살도 없고 나이와도 무관한 살갗만이 남아 있게 될 것이었다.

죽었고

이제, 죽음의 순간이 다가왔다. 뱀의 몸속에 든 독처럼 고요하게. 살인자의 손에 들린 칼날처럼 격렬하게. 여인을 품에 안은 한 남자의 사랑처럼 뜨겁게. 죽음은 어느 날 밤, 새벽녘이 가까운 시간에 찾아왔고, 그때 샹슬라드라 불리던 어린 소년은 마지막으로 혼자였다. 창백한 얼굴은 천장을 향해 있었고, 땀에 젖은 시트 밑에서 몸을 잔뜩 웅크린 채 벌어진 입으로 색색거리는 숨소리가 흘러나왔다. 저승의 한기가 아직 살아 있는 세포들을 하나씩 잠식하며 다리를 거쳐 천천히 위로 올랐다. 심장이 뛰어올랐다. 혀는 목 속으로 잠기면서 숨을 틀어막았다. 어슴푸레한 천장이 짓누르고, 으깨고, 영원히 뒤덮어버리기 위하여 느릿느릿 하강을 시작했다. 벽들이 가차없는 기계장치에 의해 움직이듯이

1밀리미터씩 좁혀들어왔다. 어두컴컴한 방은 선실처럼 커졌다가 얼마 후 벽장만한 크기로, 그리고 차츰 옷장, 여행가방, 성냥갑만하게 줄어들었다. 그리하여 지금 방은 단단한 바위에 뚫린 아주 작은 점, 각다귀조차 살 수 없는 미세한 구멍에 불과하다. 그러나 샹슬라드에게 그 방은 공항의 대합실처럼 광활하고, 벽이 너무 멀리 떨어져 있고 천장이 너무 높아서 하나의 방이라기보다는 차라리 세상 그 자체이며, 그 속에서 그는 모든 것을 잃고 버림받고서, 춥고 텅 빈 공간을 떠다니며 홀로, 처참할 정도로 홀로 외롭게 누워 있는 것이다.

벽들이 움직이는 죽음의 신전에서, 어린 소년 샹슬라드는 죽어간다. 너무도 공간이 넓지만, 어쩌면 그 정도로도 충분하지 않다. 너무도 많은 공기와 시간과 빛이 있고, 고독은 숨을 틀어막는다. 지금이 바로 그때다, 두 팔을 십자가처럼 펼쳐서 양쪽 벽을 짚고 더이상 다가오지 못하게 막아야 할 것이다. 목 속에 박힌 혀를 끄집어내서 그곳에 있지도 않은 사람들을 향해 온 힘을 다하여 소리질러야 할 것이다. "살려줘! 살려줘! 도와줘! 살려줘!"

그의 눈앞을 가로막고 있는 하얀 천장이 또한 하나의 거울이 되어 있다. 무의식에 빠지기 직전의 마지막 거울이다. 그 거울을 통해 어린 소년의 눈에 보이는 것은 끔찍하기만 할 따름이다. 몹시 늙고 백지장처럼 하얀 얼굴에, 죽은 물고기의 입, 흐릿한 눈,

벌써 음영이 드리워지기 시작한 뺨이 거울에 비친다. 그 얼굴이 바로 그의 앞에 있고, 그는 번민과 격심한 고통으로 상을 찡그린다. 헤벌어진 입, 얼이 빠진 눈, 움푹 파이고 제멋대로 자란 턱수염으로 덮인 뺨, 봉두난발의 머리카락. 그리고 충격으로 창백한 이마에서는 굵은 식은땀 방울이 굴러내린다. 천장에 비친 얼굴은, 기묘한 파문을 이루며 하얀 살갗 위를 줄달음치는 가벼운 경련에 움찔움찔거리면서 조금씩 죽어간다.

천장 한가운데에서 검은색 줄이 늘어뜨려지고, 그 줄 끝에는 전구가 시체의 머리처럼 매달려 있다. 참수당하여 효수되어 있는 것이다.

살갗에 들러붙는 하얀 시트, 유사流砂 속으로 빠져들듯 천천히 후두부를 삼키는 베개를 향한 공포가 엄습한다. 가구들 역시 죽어가고 있다. 서늘한 마비감이 차츰 덮쳐오고, 가구들은 삐걱거리면서 불길한 소리를 울린다. 탁자가 갈라져 터지고, 안락의자가 그 자리에서 스러져버린다. 융단과 커튼이 빠른 속도로 직조과정을 거슬러올라가면서 올올이 풀려나간다. 여기저기에서 먼지가 떨어져내려 바닥을 스치며 미끄러지고, 흰 가루들이 작은 내를 이루어 가느다란 홈들을 따라 흐르다가 넓은 바닥의 바닷속으로 사라져버린다. 그 정도로 충분하다! 이제 그 모든 것을 중지시켜야 할 것이다. 파손된 부분을 보수하고, 부서진 나뭇조각들과 유리 파편들을 다시 붙이고, 터진 틈을 메워야 할 것이다. 충분하다고 말하지 않았는가! 당장 이 장난을 멈추고, 불을 다시 켜라. 연극은 충분히 즐겼다. 두려움도 충분히 느꼈다. 자, 이제 태양도, 신선한 공기도, 평온, 바다, 힘, 아름다움도, 모든 것을 전처럼 돌려놓아라. 모든 것이 영원하지 않은가? 모든 것이 정상적, 그렇다, 지극히 정상적이지 않은가? 누가 이 짓궂고 기분 나쁜 장난을 시작했는가? 벽들과 천장은 저만치 떨어져 있고, 의자와 탁자 들도 죽어가지 않는다. 하얀 천장에 얼굴이 비치지도 않고, 검은 줄 끝에 전구 대신 두개골이 매달려 있지도 않다. 나는 여기에 있다. 당연히 그러하다. 나는 몸과 눈과 입을 가지고 있고, 생각을 하는 두뇌를 가지고 있다. 그러니 이 우스꽝스러운 코미디를 집어치워라! 내가, 바로 내가 영원한 존재가 아니란 말인가? 나는 이 세상에 태어난 것이 아니고, 언제나 항상 이곳에 있었다. 언제나 항상 말이다. 출생이니 죽음이니 하는 것들은 다 지어낸 말들이다. 내가 기억하는 한 나는 언제나 이 세상에 있었다. 1952년 여름, 날이 몹시 더워서 아스팔트가 녹아 신발 밑창에 들러붙을 때, 내가 이곳에 없었다는 말인가? 그리고 1943년, 전쟁이 벌어졌을 때, 탄환들의 섬광이 밤하늘을 가로지르는 광경을 지켜보던 이가 내가 아니면 그 누구란 말인가? 뿐만 아니라 1960년, 런던 거리에 눈이 내릴 때, 혹은 1964년 나폴리에서 지진이 일어났을 때에도, 나는 늘 이곳에 있었다. 나는 항상 여기 있었던 것이다. 또한 1834년, 짐 래틀스네이크 도당들에게 소총을 쏘면서 서부를 향해 로키산맥을 넘었던 사람도 바로 나였다. 베레지나강을 건넌 것도 바로 나였다. 당시에 사람들은 나를 마르코 폴로, 붉은 에이리크, 혹은 광활한 고비사막에서 갈증으로 죽어간 현장 법사라고 불렀다. 나는 페르시아 왕의 원정과 출애굽, 서부 이주의 시기에도 살아 있었다. 아시아, 아프리카, 아메리카 대륙에 살고 있던 사람들도 바로 나다. 나는 이곳에 항상, 매일매일, 저 태양과 비와 바람과 얼음과 불과 함께 존재했다. 나는 빽빽한 밀림 속, 혹은 흰 모래벌판에도 있었다. 산꼭대기와 안개 낀 호수 위에도, 나는 도처에, 항상 있었다. 그렇다면 왜 벽에서 이토록 먼지가 떨어지는 것인가? 왜 천장과 창문들 위에 눈구멍이 텅 빈 저 얼굴들이 나타난 것인가? 왜 정적이 천천히 주위를 뒤덮고, 이 시트와 땀과 수렁은 왜 존재하는가? 당신에게 이 점을 분명하게 말해두고 싶다. 나는 두렵지 않다, 나는 두렵지 않다, 나는 두렵지 않다.

분명 나의 명료한 정신은 불사불멸이다. 나의 시선은 강철 투창처럼 세상을 심장부까지 꿰뚫어보았다. 그리하여 저 사물들, 이질물들, 풍경들, 나무들, 동물들은 애초부터 실질적인 인식을 통해 나와 연결되어 있었다. 그것들은 나를 저버릴 수 없다. 그것들은 나를 배반할 수 없다. 나는 종려나무의 줄기 속에 들어가서, 섬유조직을 통해 올라오는 감미로운 수액의 삶을 살았다. 나는 곤충들의 딱딱한 껍데기 속으로 스며들어가서, 곤충의 다리와 날개를 움직이는 동력부의 미세한 진동을 감지했다. 나는 암소들의 뱃속과 고래와 문어 들의 살 속에도 있었다. 그렇다, 나는 그 모든 빽빽한 기관들과 붉은 힘살들, 냄새를 풍기는 생식기들, 부드러운 감촉의 털들 속에서 살아보았다. 그리고 암벽의 한가운데, 좁다란 규석과 화강암층 속에도 있었다. 나는 수천 톤의 돌과 오래된 토양에 덮인 채, 깊은 산속에서 헤아릴 수 없이 오랜 세월을 살았다. 하천과 구름과 대기의 몸을 가졌었고, 막혀버린 우물 속으로 기어들었고, 장애물에 부딪혀 튀어올랐으며, 뾰족뾰족한 산꼭대기와 넓은 늪지대를 따라 날기도 했다. 어느 곳에서도 나를 볼 수 있었다. 어느 곳에서도 나의 목소리가 들렸다. 나는 널리 활용되었고, 내게는 수많은 이름과 나이가 붙었다. 그런데 지금, 왜 내게 삶의 문을 닫아버리고, 왜 이렇게 벽들을 쌓아올린 것일까?

내가 알게 된 모든 것, 그리고 내가 깨닫지 못한 모든 것은 혐오스러운 공허만을 남겨놓고 내게서 멀어져버렸다. 마치 누군가가 갑자기 내 두 눈을 뽑아버려서, 그 순간 내 얼굴에서 감각을 잃어버린 망막이 붙은 두 개의 둥근 핏덩어리가 굴러떨어지며

나와 세상을 연결하던 비밀스러운 관계가 끊어져버린 것 같았다. 오고가던 부드러운 흐름이 중단되어버렸고, 시선 속에서 출혈이 일어났으며, 그리하여 나는 광막한 허공 속에서 차갑게 얼어붙은 채 어디에도 붙박이지 못하고 떠다니기 시작했다. 세상은 딱딱하게 굳어 있고, 사물들은 생명이 떠나버린 바싹 마른 과일 속처럼 아무 이유 없이 제자리를 떠나 헤매다닌다.

지금, 샹슬라드라 불리는 어린 소년에게는 다음과 같은 일이 일어났다. 이미 오래전부터 언젠가는 오고야 말 일이었다. 그의 주위 여기저기에, 이를테면 여인들의 하얀 살갗 위라거나 우리가 먹는 과실의 연한 과육 속에 쓰여 있었다. 또한 그의 내면에, 해골을 이루는 삐걱거리는 뼛속에, 머리카락과 손톱과 치아 속에 쓰여 있기도 하였다. 그동안 자취를 감추고 있던 급격한 움직임이 첫 순간부터 시작되었고, 말하자면 생이란 그저 그 흐름에 제동을 걸기 위한 불규칙적인 몸짓의 연속이었다.

너무도 푹신한 베개가 놓인 침대 위에서 구렁이 조금씩 더 깊이 파이고 있었다. 싸늘한 한기가 시트 자락과 이불과 매트리스를 잠식해들었고, 이윽고 그 위에 누운 여윈 몸을 서서히 뒤덮어 오한을 일으켰다. 반듯이 누운 자세로 입을 크게 벌린 샹슬라드는 여전히 숨을 쉬고 있었다. 갈라지고 거친 숨소리가 때로는 급박하게, 또 때로는 미약하게 띄엄띄엄 방안을 울렸다. 침대 머리맡 탁자 위, 물병과 약통들 가운데 놓인 괘종시계는 마치 무슨 일을 해야 하는지 일러주려는 듯이 계속하여 규칙적으로 째깍거렸다. 그리고 그 희끄무레한 숫자판 위에서는 바늘들이 오전 여섯시, 혹은 그런 유의 어떤 사실을 보여주었다. 바늘이 다섯시를 가리켰을 때, 누군가가 태어났다. 바늘이 일곱시를 가리키면 누군가가 죽게 될 것이다. 그것이 바로 시간의 진실, 괘종시계의 모습을 한 유일한 진실이었다. 때때로 태엽을 감기 위해 왼쪽에서 오른쪽으로 돌리는 작은 철제 손잡이가 하나 달린.

바깥에서는 자동차들이 엔진을 부르릉거리면서 거칠게 시동을 걸고 출발하고 있었다. 버스 한 대가 요란한 소리를 내며 급정거를 하였고, 곧이어 정체를 알 수 없는 괴상한 소리가 들려왔다. 동쪽 어디쯤에선가 태양이 어느 13층짜리 건물 위로 솟아올랐고, 평소처럼 회색과 장밋빛이 섞인 아침햇살이 보도 위로 미끄러지듯 쏟아져내렸다. 아마도 오늘이거나, 아니면 어제의 일이었다. 어쩌면 내일일 수도 있었다. 이곳, 아니면 저기, 혹은 더욱 멀리 저쪽에서였다. 진실이거나 거짓이거나, 아름답거나 추하거나, 평온하거나 사납기 이를 데 없는 일이었다. 무한이거나 혹은 풀칠이 된 1.5제곱센티미터짜리 우표에 불과할 수도 있었다.

어린 소년 상슬라드는 마지막 놀이를 시작했다. 더럽혀진 침대, 꺼져들어가는 매트리스 위에서 그는 마지막 작은 모험을 위하여 몸을 추슬렀다. 그는 자신과의 게임에 들어갔다. 자신의 몸과 피부와 생각과 게임을 하는 것이다. 게임은 간단하다. 가능한 한 덜 고통스러워하면서 가능한 한 천천히 잃으면 되는 것이다. 그는 발가락 하나를, 곧 다른 하나를, 그리고 또 하나를 잃는다. 발목, 손가락 하나를 잃는다. 말 한 마디를 잃는다. 영상 한 장면도. 그렇게 몸의 부분들이 먼지처럼 날아올라 차례차례 어두컴컴한 구멍 속으로 미끄러져들어가 사라져버린다. 그에게 주어진 모든 것을 잃는다. 그가 얻은 모든 것을 시커먼 강물에 빼앗겨 멀리 끌려가고, 사정없이 벗겨지고, 씻겨나간다.

게임은 그다지 새로울 것도 없다. 따지고 보면, 이미 오래전, 아무도 기억할 수 없을 정도로 오래전부터 행해져온 최종적인 놀이인 셈이다. 불이 붙여진 담배들, 입을 벗어난 말들, 기록으로 남겨진 행위들 하나하나가 모두 그 게임의 일부였다. 단지 아무도 그 사실을 몰랐을 뿐이었다. 적이 없다고 믿어버리고서 실수를 범하는 경우가 비일비재했다. 그러나 적은 항상 그곳에 있어왔고, 투명한 거울 속 깊숙이에 숨어 호시탐탐 당신을 노리고 있었다. 적은 당신의 입과 눈, 귀, 코, 가슴, 다리, 그리고 당신의 지문까지 가지고 있었다. 그는 당신처럼 생각하고, 당신의 언어로 말하곤 했는데, 그의 입을 벗어난 말들은 메아리를 일으키며 자동적으로 당신의 말을 지워버린다. 당신의 적, 그 적은 당신, 바로 당신이다.

의식이 의식을 죽여버렸다. 시선이 당신 자신에게 되돌아와서 눈을 멀게 했다. 당신에게서 빠져나온 빛이 어두컴컴한 세상에 부딪혔고, 곧 당신에게 반사되어 당신을 무화시켜버렸다. 지성이나 이성, 그것은 우둔함이기도 했다. 창조, 그것은 파괴였다. 대낮의 환함 속에, 속을 들여다볼 수 없는 어둠이 깃들어 있었다. 모든 이성 속에, 광기가 있었다. 모든 말들 속에, 곧이어 닥쳐올 침묵이.

그들이 도착했다. 그들은 방안으로 꾸역꾸역 밀려들어와서, 이제 거의 움직임이 없는 몸을 떠받치고 있는 흰 침대 주위에 늘어섰다. 어린 소년은 한눈에 그들을, 그의 앞에 벽처럼 버티고 선 그들 모두를 보았다. 그들의 얼굴은 기억하지만, 이름은 생각나지 않는다. 수척한 얼굴에 잔뜩 굳은 표정의, 눈자위가 움푹 들어간 저 사람은 누구일까? 코밑에 손수건을 대고 있는 검은 머리카락의 저 부인은 누구인가? 그리고 눈이 약간 부어 있는 저 부인은? 하얗게 차려입은 저 젊은 여자는? 샹슬라드의 손목을 잡고 그를 꽉 움켜쥔 두툼한 유리알 안경을 쓴 이 남자는? 이 모든 사람의 이름은 무엇일까? 그들은 무얼 하러 여기에 온 걸까? 샹슬라드는 침대 속으로 흘러들어서, 베개와 매트리스를 지나 바닥까지 뚫고 들어가 사라져버리려 하였으나 허사였다. 두려움을 느끼며 그는 천천히 잿빛 방안으로 모여들어 그를 내려다보는 사람들을 바라보았다. 그들은 무엇을 원하는 것인가? 무엇을 찾고 있는가? 얼굴들, 낯익은 얼굴들이었으나 알아볼 수 없게 된 얼굴들이 온 방향으로 향해 있다. 한낮의 강한 햇살이 그들의 뺨과 코와 눈자위에 검은 그림자를 어른거리게 한다. 부어오른 눈꺼풀 사이에서 눈동자가 격정적으로 강철 공처럼 반짝인다. 샹슬라드는 구경거리로 던져져 있다. 희디흰 침대 위의 그의 몸은 호기심과 역겨움의 대상이 되어 있다. 모든 얼굴이 그의 몸 위로 기울어 있고, 손들은 활짝 펼쳐져 있다. 그는 물체, 이를테면 밀랍 얼굴의 속이 텅 빈 미라이고, 사람들은 각자 그 미라에게서 저버려진 혈육의 징표를 찾아내려 애쓴다. 그는 버려졌다. 그는 부인당한 것이다. 이제 아무도 그를 필요로 하지 않는다. 그를 잊어야만, 잊어야만 한다. 그때 그 밀폐된 방안에서, 은은하고 어슴푸레한 빛 속에서 마지막 변신이 이루어졌다.

그리하여 침대 위로 기울어 있던 얼굴들이 그 많은 눈들로 최후의 거울, 산 자들의 세상과 갈라놓는 커다랗고 윤기 없는 주석판을 세워놓았다. 거울 뒤에서, 이제 그들은 아무것도 두려워할 것이 없다. 그들은 먼지 속을 기어가는 늙은 뱀의 가죽을, 혹은 이제는 이름도 없고 꼴도 갖추지 못한 우중충한 넝마를 볼 수 있다. 그들은 추방의 의식을 치르기 위해 그곳에 모였다. 아버지, 어머니, 아내, 친구들, 정부들, 아이들, 의사들 그리고 공증인들. 그들은 숨어 있던 그늘에서 나와, 지금 그들은 끊임없이 밀어내고 또 밀어낸다.

상슬라드는 더욱 뒤로 밀려난다. 그는 입을 딱 벌리고는 쉰 목소리로 헐떡이면서 저주의 말을 내뱉는다. 그는 소리친다, 아니 소리치려고 애쓴다. 그러나 말이 목구멍을 넘어서지 못한다. 그가 침대를 둘러싼 주름진 얼굴들을 바라보며 말한다.

"이 사람들이 여기서 무얼 하는 거야? 다들 가버려요! 가버리라고! 나는 이렇게 많은 사람들이 내 주위에 몰려 서 있는 걸 원치 않아! 이 사람들에게 가버리라 말해줘! 날 조용히 내버려둬! 꺼지라고! 꺼져!"

그러나 아무도 듣지 않는다. 유령들은 끝까지 그곳에 남아 있을 것이다. 그리고 검은 머리카락의 그 여인은 남자에게 기대어 그에게 이렇게 속삭일 것이다.

"끔찍해요…… 끔찍해요…… 더는 못 보겠어요, 더는……"

"아무래도 카페인 주사를 놔드려야 할 것 같은데……"

"에마뉘엘에게 나가 있으라고 그래요. 이래서야 어디……"

괴상한 소용돌이가 일기 시작했다. 상슬라드는 빙글빙글 돌아가기 시작한 벽을 바라본다. 그는 조금 웃어보려 하다가 숨을 꺽꺽거리고, 증인들의 납빛 얼굴들은 계속하여 그의 눈앞에서 회전한다. 어느 순간, 그가 입을 연다.

"여보세요, 여보세요? 이 전화를 직통으로 내 방광과 연결시켜주세요. 여보세요? 여보세요?"

그러고는 훨씬 보기 좋게 웃음 짓다가 다시 꺽꺽거린다. 의사가 상체를 펴며 말한다.

"……섬망이군……"

검고 흰 정신의 소용돌이가 몇 시간이고 계속되고 나서 샹슬라드는 침대 가까이로 다가오는 어린 소년의 얼굴을 본다. 그 소년은 열한 살쯤 되어 보였고, 금발머리를 짧게 자르고 있었으며, 회청색 눈동자에 낯설어하는 듯한 빛을 담고 그를 빤히 바라보았다. 깊은 꿈에 잠긴 듯, 샹슬라드는 자신을 닮은 그 어린 소년을 알아보고는 조금 더듬거리면서 낮은 목소리로 그에게 말을 건넨다.

"네, 네 이름이 무어지?"

"아시잖아요……"

"그럼, 바로 네가 온 것이구나."

"그래요, 맞아요."

"나는 이제는…… 나는 기억을 할 수가 없어."

"아네요, 아주 쉬워요. 튀리니의 숲속에서 길을 잃고 헤맨 적이 있죠, 기억나요?"

"그래, 맞다, 길이, 구불구불한 길이 하나 있었지."

"그리고 나무들도 많이……"

"어두웠어, 날이 어두웠어, 그렇지? 비도 조금 내렸지."

"그러고는 소리를 지르면서 있는 힘을 다해 달리기 시작했죠."

"난…… 난 무서웠어……"

"숲속의 나무들 뒤에 늑대들이 숨어 있다고 생각했기 때문이었죠."

"그래, 나는 소리를 지르면서 쉬지 않고 달렸지."

"그렇게 뛰어가는 모습을 사람들이 지켜봤어요."

"나는 내가 무얼 했는지 더는 생각나지 않는다. 나는……"

"멈추지 않고 달렸지요. 다리가 아플 정도로."

"그리고 나는 소리를 질렀지…… 계속해서 소리를……"

"맞아요, 똑똑히 기억나요……"

"그런데 너는 왜 여기 와 있니?"

"그것 역시 잘 알고 계시잖아요, 안 그래요?"

"나는 말이야…… 난 아프단다."

"그래요."

"그건 그렇고 이 사람들은 왜 여기에 있는 거니?"

"어디에요? 아무도 안 보이는데요."

"여기, 여기, 내 주위에 서 있잖니. 이 사람들보고 가라고 해줘."

"하지만 아무도 없는걸요."

"네게는 보이지 않니?"

"안 보여요."

"모든 게…… 모든 게 이젠 너무 멀게 느껴진다."

"그럼 그것도 기억해요?"

"뭘 말이니, 산 위로 떨어져내리던 벼락을 말하는 거니?"

"그래요, 그리고 그, 굴러떨어지던 바위도요. 마치 벌집같이 생겼었지요."

"그래……"

"비가 내리던 일도요. 빗방울은 떨어지면서 이상한 소리를 내죠."

"골이 팬 함석지붕 위에 떨어질 때 특히 그렇지. 그리고……"

"그리고 시멘트로 지어진 집에서는 이상한 냄새가 나기도 하고요."

"아바칼리키에서 말이구나, 그래, 그래, 기억난다."

"흰개미들도요. 막대기로 때리면 탁 터지죠."

"그리고 붉은 개미들은 다리를 물잖니, 그래…… 그렇지……"

"바위들로 덮인 곳에 못이 패어 있기도 했어요."

"벨크루트만에서였지, 그래, 그래……"

"바람이 쉭쉭 소리를 내며 불고요."

"하일랜드에서, 그래, 생각나고말고……"

"실은 작별인사를 하려고 왔어요."

"벌써 가려고?"

"네."

"네가 탈 기차가 몇시에 떠나니?"

"여섯시 반에요."

"아."

"오늘은 날씨가 더울 거예요."

"지금이 몇 월이지? 8월? 9월?"

"이런, 지금 떠나야 해요."

"그리고 연도는 어떻게 되지? 응? 몇 년도냐고?"

"모르겠어요."

"이젠 더이상 아무것도 생각나지 않아. 하지만…… 하지만, 그것들은 여기, 내 머리 바로 뒤에 있어."

"뭐가요?"

"뭐긴, 그 나무들, 그…… 그 미모사, 그 아까시나무들 말이지."

"아, 네."

"그리고 그 어두컴컴하던 숲, 사막, 그 길……"

"모두 들자면 한참 걸리겠네요."

"그래, 한이 없을 것 같구나."

"태양이 비치던 수많은 나날, 밤들, 그리고……"

"끝날 것 같지 않구나."

"끝나지 않아요. 어쩌면 시작만 되는지도 몰라요."

"끝나지 않게 하려면 하나하나 헤아려야겠지?"

"아마도요."

"하나, 둘, 셋, 넷, 다섯, 여섯, 일곱, 여덟, 아홉……"

"좋아요, 그런데……"

"더 못 세겠어. 나는…… 머릿속이 뒤죽박죽이야."

"괜찮아요. 그런 건 중요한 일이 아니잖아요."

"지금은 조용하구나."

"그래요, 아무 소리도 들리지 않아요."

"아무도 없어."

"몇 년 동안이고 내처 잠만 자고 싶어지네요."

"그렇구나."

"자, 저는 이만 가야 해요."

"우리 다시 만날 수 있겠지?"

"네, 아마도요."

"그랬으면 좋겠구나."

"저도요. 안녕히 계세요."

"잘 가라."

"곧 다시 만나요."

"잘 가."

이제 어린 소년 샹슬라드는 완전히 혼자였다. 주위의 모든 것이 사라져버렸다. 사람들의 끔찍한 얼굴들은 어슴푸레한 빛 속에 녹아 흩어졌고, 그를 닮은 어린아이의 형체도 안개 속으로 부드럽게 스며들면서 떠나갔다. 방 또한 사라져버렸다. 벽들이 순식간에 없어졌고, 천장이 공중으로 증발되면서 텅 빈 하늘의 분자들과 뒤섞였다. 샹슬라드는 드넓은 벌판 한가운데에서 홀로, 가볍게 떠다니는 침대 위에 누워 있었다. 수평선들이 저만치 뒤로 물러서고, 하늘은 잿빛 구렁을 파놓았으며, 땅은 그 자리에서 표류하는 모래와 물의 반죽 덩어리일 뿐이었다.

고무질 땅, 유동하는 작은 알갱이들로 된 바다, 액체 나무, 액체 돌, 액체 공기! 숨을 내쉬듯, 모든 것이 아주 천천히 빠져나가고 있다. 그리고 피로에 짓눌린 몸속에서는 피가 한 방울씩 말라가고 역류 펌프가 박동할 때마다 한 숨 한 숨 온기를 앗아간다.

지금이 바로 출발의 순간이다. 그렇다, 바로 지금이다.

그곳, 테이블 위에는 인간들의 손이 만든 고약한 덫이 놓여 있고, 그곳을 중심으로 무심하면서도 끔찍한 비극이 진행되고 있

다. 그것이 파리라고 한다면

어떤 파리라도
강력하게 유인해서
박멸하는
새로운 약!

자석이 쇠를, 불빛이 나방을 끌어들이듯, '플라이 케이크'라는 이 약은 파리들을 강력하게 유인합니다.

이것으로 당신은 파리들로부터 영원히 자유로워질 수 있습니다! 미국에서 개발된 이 최신 발명품은 몇 초 만에 집안에 있는 모든 파리들을 죽일 수 있습니다.

파리 박멸!

읽으신 바와 같이, 어떤 파리도 벗어날 수 없습니다. 파리들은 플라이 케이크에 달려들고 싶은 욕구에 저항할 수 없고, 닿는 순간 즉각

죽어버리니까요.

왜 하필이면 케이크로 만들었을까요?

식초로는 파리를 잡을 수 없다는 사실을 당신도 잘 알고 있을 것입니다.

미국의 화학자들은 파리를 끌어들이는 가장 효과적인 방법은 파리가 좋아하는 것, 즉 단것을 놓아두는 것이라고 생각했고, 그 자명한 사실에서부터 출발하여 연구를 하였습니다.

그렇기 때문에 플라이 케이크는 그야말로 파리들을 위한 케이크라고 할 수 있습니다. 이 약의 성분들은 오직 파리들만 맡을 수 있는 냄새를 풍깁니다. 파리들은 그 냄새를 맡는 즉시 과자로 달려들게 됩니다. 하지만 그것은 집단 자살로 이르는 길이겠지요.

플라이 케이크에 앉자마자 파리들은 오 초 안에 그 자리에서 벌렁 뒤집혀서 죽어버립니다.

무슨 일이 일어난 걸까요?

그렇습니다, 파리들은 다리가 플라이 케이크에 닿는 순간 마비되어버립니다. 플라이 케이크에 함유된 독성 물질이 즉각적으로 파리의 신경계통에 작용합니다. 그러면 그러한 과정에 어떤 장점이 있는지 말씀드리겠습니다.

우선, 순식간에 죽는다는 것입니다. 그리고 무엇보다도 특히 파리들이 다른 곳에서가 아닌, 바로 그 자리, 과자 위에서 죽는다는 사실이 중요합니다! 그러나 플라이 케이크의 장점은 그뿐이 아닙니다. 플라이 케이크는 반영구적으로 사용할 수 있는 제품입니다. 약효를 계속 발휘하게 하는 성분의 양을 오랜 연구 끝에 적절히 조절하여 투여했기 때문에, 아무리 작은 조각이 남는다 하더라도 살충력은 변함없이 지속되며, 그 효력은 100퍼센트까지 유지됩니다.

따라서 이 약은 몇 달 동안 사용할 수 있으며, 수천 마리의 파리도 죽일 수 있습니다.

플라이 케이크는 놀라운 결과를 보장합니다. 몇 분 내에 파리 수천 마리가 죽습니다. 일단 이 제품을 원하는 장소에 놓기만 하면, 계속 관리할 필요 없이 매일 한순간도 쉬지 않고 파리 박멸이 이루어집니다.

범죄다! 온통 범죄투성이다! 지구상의 모든 곳에서, 대낮에, 태양의 따가운 햇살 아래에서, 살상이 범해진다. 파리는 죽기까지 오 초가 걸리며, 그것은 영겁의 다섯 곱절에 이르는 시간이다. 도처에서 단도가 날을 세우고, 면도칼이 당장이라도 목을 베려 한다. 바이스처럼 단단하게 물리는 턱뼈에 의해 척추가 부서지고 뼈들이 바스러지고 살점이 튄다. 죽음의 냄새를 풍기는 미지근한 피가 목구멍으로 흘러든다. 소총에서 발사된 탄환이 곧장 목표물로 날아가서, 어깨를 들썩이며 헐떡이는 몸을 꿰뚫는다. 치명상을 입은 황소가 비명을 지르며 무릎을 꿇고 넘어진다. 발광하여 뒷발질하는 말의 귀에 리볼버의 총구가 겨냥되고 방아쇠가 당겨진다! 물고기가 더러운 배의 밑바닥에서 숨이 막혀 몸부림치고, 활짝 벌어진 아가리로는 턱뼈를 반쯤이나 뜯어낸 낚싯바늘을 뱉어내기 위해 계속 버둥거린다. 달팽이가 독을 먹고 딱딱하게 굳어버린다. 범죄용 무기들이 여기저기, 도처에, 태연자약한 손에 들려 있다. 그 무기들은 살상을 할 것이다. 살갗을 뚫어 구멍을 내서 삶의 골수를 뽑아낼 것이다. 푸줏간의 하얀 작업대들이 마련되고, 범죄들을 매달아 전시할 갈고리들이 준비되어 있다. 도끼가 나무를 패 조각낼 것이고, 끝이 뾰족한 큰 식칼이 분홍색 허파를 도려낼 것이다. 징 박힌 나무망치, 쇠막대기, 주릿대, 자루, 작살, 단창, 톱, 단도들이 여기저기서 기계적이고 위협적인 빛을 번득인다. 끓는 기름이 담긴 나무통, 뜨거운 물이 담긴 솥들, 그리고 그 안에서 새우들이 일순간 휘어들고, 붉은 경련과 함께 굳어가고, 두 눈은 불거지고 다리는 딱딱해진다. 초록빛 독극물, 흰색 독극물. 덜컥 생쥐의 목덜미를 덮치는 덫, 숨을 틀어막는 호수, 익사시키는 구렁들. 공기 속에 라벤더의 은은한 향기가 퍼져 있는데, 그 향기는 치명적이다. 천장에서부터 늘어뜨려진 끈끈이 테이프에 수백 마리의 벌레들이 다리가 바짝 들러붙은 채 굶주림으로 기진맥진하여 죽어가고 있다. 자동차 바퀴들은 차도 위를 지나는 개들을 호시탐탐 노리고, 뾰족한 돌멩이가 두꺼비의 목을 짓이긴다. 햇빛 아래, 포석 바닥 위에서 아이들 셋이 오랫동안 낙지 한 마리를 뒤적거리며 놀고 있다. 점액이 스며나오는 별 모양 살덩이 위에서, 질식당한 기관들 속에서, 죽음은 자개 광택을 띠었다.

가증스러운 폭력은 도처에 가득하다. 도처에 숨통을 조이고 사지를 절단하는 억센 손톱이 달린 손들이다. 뜨겁게 타오르는, 혹은 차갑게 얼어붙은 풍경을 탐욕스럽게 바라보는 눈길 아래 세상은 먹잇감일 뿐이다. 범죄가 다가온다, 우리 쪽으로 뻗은, 순환 고리들로 이루어진 길을 따라 서두르는 법 없이 아래로 내려온다. 이윽고 도착한다. 범죄는 이곳에 있다. 은도금 칼들이 놓인 탁자 위에, 정교하게 세공된 크리스털 잔들 앞에서, 시퍼렇게 질린 접시가 제물을 기다린다. 곧 접시 위로 네모난 고깃덩어리가 던져진다. 세포들은 모두 죽어 있고, 피가 조금 스며나온다. 먹어야 한다. 그러나 이번에는, 이번 마지막에는, 당신이 먹이로 제공된다. 무력한 공포, 바로 당신이 잡아먹힐 것이다!

셀 수 없이 길고 긴 세월 동안 지치지도 않고 매일매일, 그는 무수한 범죄를 저질렀다. 매시간 그는 불지르고, 뿌리 뽑고, 자르고, 짓이기고, 물에 질식시키고, 폭행하였다. 그는 다른 존재들의 피를 마시고, 살을 먹었다. 이제 그 대가를 치러야 한다. 무시무시한 아가리들이 기다리는 구렁 속으로 조금씩 빠져들어가야 한다. 땅이 그를 불러내고, 대기가 그를 호출하며, 물과 불이 복수를 원한다. 저주받은 게임은 계속 이어질 터이나, 그는 더이상 놀이를 즐길 수 없을 것이다. 그는 산산이 나뉘어서, 한쪽은 앞을 보지 못하는 구더기가, 다른 쪽은 나무뿌리가 차지하게 될 것이다. 이제는 아무런 할말이 없다. 샹슬라드는 우편엽서들과 붉은 황이 달린 성냥개비들의 세상을 떠났다. 그는 사라진다. 그는 끌려나간다. 누가 그 무엇인가를 생각했던가? 누가 어떤 말들을 했던가? 누가 담배 종이에 '사랑해'라고 쓰고는 말아 피웠던가? 누가 꽃을 꺾어 물잔에 꽂았던가? 1966년 9월 14일, 자정 이십오분 전에, 누가 그것이 영원한 콘, 영원한 크림, 희고 약간 노르스름한 영원한 맛이라고 생각하면서 바닐라 아이스크림을 먹었던가? 누가 신을 믿었던가? 누가 예술을 했던가? 누가 9억 4690만 초의 삶을, 마치 그 시간이 유일하고 독특하고 영원한 듯 살았던가? 누가 말과 배와 누워 있는 벌거벗은 여인을 그렸고, 누가 돌과 공터와 여인들에 대하여, 마치 영생불사하기 위하여 해야 하는 유일한 행위이기라도 한 듯이, 글을 썼던가? 누가 전쟁을 했던가? 누가 아이들과 손자들을 가졌던가? 누가 사진을 위해 가볍게 미소 지으면서, 사소하고 무의미한 것들이 담긴 흑백필름 위에 희미하게 빛날 찡그린 얼굴을 두려워하지 않고 포즈를 취했던가? 그 모든 것들을 누가 했던가, 대체, 누가? 누가 했던가?

하지만 이 정도로도 충분히 꾸며댄 셈이다. 샹슬라드는 없다. 존재한 적조차 없다. 오로지 이 말들을 적고 있는 나만이, 이 글이 아무것도 감추지 않는다고 생각하는 나만이 있다. 서툰 검은 글씨가 마치 무수한 발자국을 남기듯 하얀 종잇장 위에서 나아갈 때, 그 글자들의 목적인 단 하나의 유일한 진실은 갈팡질팡하다가 자취를 감추고 만다. 그러고는 거짓말이 들끓는 사람들로부터 또다른 진실, 모든 것을 덮어버리고 소화시켜버리고 모든 것을 칭송하는, 어둠과 같은 진실이 떠오른다.

세상은 끝나가고 있다. 종말에 이르는 중이다. 갑자기 지표면 위로, 마치 화산처럼 거대한 빛의 궁륭이 터져나왔다. 아무런 색깔도 없는 소용돌이가 하늘로 치솟아, 시커먼 구름을 퍼뜨리고,

그 구름으로부터 번개가 일어난다. 거대한 불길이 언제까지고 사라지지 않을 기세로 공중에 머물러 타오른다. 그러고는 벽처럼 단단한 대기는 지나는 길의 모든 것을 할퀴고 찢는다. 시간은 수없이 많은 세기들을 꿀꺽꿀꺽 삼켜버리면서 갑자기 뒤로 물러서버린 듯하다. 뜨거운 바람이 불어와 땅 위를 스치면서, 더욱 확산되는 사막 위에 어렴풋이 그림자를 드리운다. 원이 점점 더 넓어진다. 그리고 그것이 바로 내 삶의 마지막 범죄, 가장 대대적이고 가장 끔찍한 범죄이다. 나는 아무 말도 하지 않고, 아무 짓도 하지 않았다. 나는 단지 대지 위에서 부풀어오르는 그 현란한 원, 나의 지성과 나의 혐오의 원 안에 자리할 뿐이었다. 그것이 나의 최후의 전쟁, 나 혼자가 아니라 모두가 나와 동시에 벌인 전쟁이다. 그날, 어디에선가, 어떤 그저 그런 책에서 튀어나온 익명의 목소리가 그 전쟁의 이야기를 들려줄 것이다. 그때 그것은 다름 아닌 나의 목소리이다. 나의 목소리.

이온 방사능은 중성자와 감마선과 베타선을 지니며, 붕괴 과정에서 여러 가지 방식으로 방출된다. 아주 적은 양이 붕괴되더라도 중성자의 빠른 방사가 일어나는데, 그 투과력은 상당하지만 물질을 통과하는 즉시 에너지를 잃어버린다. 더 위력적인 것은 감마선이며, 투과력 또한 매우 크다. 베타선은 불과 몇 미터 정도밖에는 나아가지 못한다. 대기중에서 핵폭발이 일어날 때, 핵분열과 핵융합에 의해 생성된 물질들이 퍼져나가며, 오염은 방사능낙진에 의해 이루어진다. 지상이나 수중에서의 직접적인 파괴력과 방사능의 흡수로 인해 훨씬 위험하다.

방사능 오염 증상: 방사능 피폭의 주된 영향은 세포조직에 괴저를 유발한다는 점이다. 적세포 조직과 림프선 조직, 그리고 분열중인 세포핵이 가장 민감하게 반응한다. 혈관장애, 즉 혈소판 감소증, 혈액 내 혈액 응고 억제 물질로 인해 출혈이 발생한다. 일시적이거나 영구적인 불임증이 빈발한다. 그러나 이온 방사능의 발암이나 돌연변이 유발 영향에 대해서는 거의 알려진 바가 없다. 방사능 분진에 의한 오염은 암을 유발할 수 있으며, 그 동위원소들은 뼛속을 돌아다니면서 매우 오랫동안 작용한다. 유전적 결함의 파급은 미래세대에게 가공할 영향을 미친다.

핵전쟁이 발발할 경우, 그 피해 정도에 따라 다음과 같이 네 개의 군으로 분류될 수 있다. 그러나 폭발에 의한 화상과 상처에 따라 더욱 세심하게 고려해야 한다.

1군. 강도 높은 방사능에 노출되면, 구역질과 구토와 쇼크 상태가 몇 시간 내에 나타난다. 점차적인 체중 감소, 발열, 설사 증상이 나타나며, 이 주 안에 독소혈증으로 사망한다.

2군. 노출 강도가 덜하면 삼 주 내에는 증상이 나타나지 않는다. 탈모, 재생불량성빈혈, 폐렴, 위장염이 나타나고 육 주 후 사망한다.

3군. 육 주 후까지 살아남은 사람들은 빈혈이 만성이 되며, 많은 사람들이 폐렴과 장염 등 여러 형태의 이차 감염으로 사망한다.

4군. 경미한 경우에는 백혈구감소증과 설사와 탈모가 이상 증상으로 나타난다.

눈부신 훈륜이 버섯 모양을 이루며 하늘을 온통 채운다. 백열하는 빛이 퍼져나가는 자리에 하나의 얼굴, 윤곽이 희미하고 쓸쓸하며 슬퍼 보이는 얼굴이 하나 나타난다. 눈처럼 흰 그 얼굴은 태양의 자리를 대신하고서, 세상을 향해 신비로운 미소를 짓는다. 모든 것이 기계적으로 사로잡히고 그 무력한 충만함에 이끌려, 그 얼굴 쪽으로 사라진다. 마지막 광채가 둥근 원판 모양의 거울을 세워놓는다. 그리고 그 위로, 그 속으로, 시선이 마침내 삼켜지면서 동시에 자유를 앗아간다. 세상은 그 둥그런 불덩어리 속에서 끝난다. 그 반대편에도 이제는 아무것도 없다. 보잘것없는 인간 개개인이 해체되어가는 그 허망한 순간 너머로, 이제는 다시 모습을 드러낸 세상이 끝을 맞이한다. 수 세기에 걸친 문명과 희망과 문학과 사랑과 신앙의 숙명적인 귀결이 그렇듯 이루어진다.

거대한 구체가 무궁 무한의 저쪽 끝에서 빛을 잃고 떠 있다. 그것 또한 일어나고야 말 일이었다. 이미 기록되어 있던 것이다. 완만하게 진행되는 인간들의 모험 그 심장부에 분열과 혼돈에 대한 위험이 각인되어 있었다. 이미 수천 킬로미터나 밀려나게 되었다. 그곳과 그때로부터 달아나, 어두운 공간 속에 틀어박혀서 저기 아주 멀리, 어두운 방안의 저 끝에서 벌어지는 광경을 바라본다. 온갖 전쟁들이 한데 몰려들었다. 전쟁들은 소란을 일으키며 함께 끓어오르더니, 짚불처럼 갑자기 타올랐다가 순식간에 사그라져버리고, 이제 이윽고 밤이 다시 시작된다.

농밀한 어둠으로 그득한 방안에서 갑자기 불이 켜지고, 완전무결한 빛줄기가 나선을 그리며 너울너울 당신에게로 흘러든다. 마지막 범죄, 바늘들을 파들거리는 시간의 마지막 분노가 바야흐로 이루어진다. 강한 빛의 공간 속에 그대로 노출된 채 나방이 죽음의 무도를 시작했다. 나방은 자기를 부르는 세상 한가운데를 향하여 맹목적으로 달려든다. 나방은 휘황한 구멍을 향하여 날아올라, 영원의 길목을 가로막는 문을 뚫고 들고자 한다. 불은 날카롭고 연속적인 소리를 내지르고, 아무도 거기에 맞설 수 없다. 불은 자신의 벌어진 입 속으로 서둘러 달려들어오기를, 자신의 웃음 속에 휘말려들기를, 연소되어 가루가 되기를, 그리하여 커다란 화덕밖에는 아무것도 남지 않게 되기를 종용한다. 나비처럼, 샹슬라드처럼, 그, 당신, 나처럼, 인간은 자신을 수태한 불에게로 되돌아간다. 백열하는 빛 속에 비밀이 들어 있다. 각각의 원자의 핵 속에 터져나오고 방출되는 비밀이 들어 있다. 태양이 무수히 많다. 온통 화산들뿐이다. 마지막 의식의 시선은 그것들을 향한다. 멀리에서, 한편으로는 아주 가까이에서도, 아무 뜻 없이 그저 쓸쓸하고 슬퍼 보이는 미소를 띤 무기력한 얼굴이 한없이 떠돌고 있는 동안에도, 땅 위에 둥글게 펴져 있는 사막지대가 점점 더 넓어지는 동안에도, 바다가 증발되고 암석들이 긴 하천을 이루어 번쩍거리며 흘러내리는 동안에도, 우주가 단 한 번, 혹은 끝없이 번쩍이며 폭발하는 그러한 동안에도, 마침내 자유로운 의식, 이제 아무것도 아닌 의식은 물질 속에 틀어박혀서 물질과 더불어 타오르고, 놀라운 아라베스크 문양을 그려내고, 빛의 입자, 실재하는 빛의 입자가 되어간다. 모든 것은 마지막 말에 담겨 있다. 사라짐으로써 받아들여진다. 죽음, 죽음이다. 그리하여 무한한 삶, 이를테면 안도 없고 밖도 없는, 바라건대 영원히 그 자체인 삶으로 태어나는 것이다.

나 이 땅에 우연히
태어나서
삶을 시작하고
성장하고
그림에 빠져들기도 하는 중에
여러 낮이 지나갔고
여러 밤이 지나갔고
나는 또한 모든 놀이를 즐기고
사랑하고
행복해하고
모든 언어로 말하였으니
수화도
알아들을 수 없는 말도

혹은 당돌한 질문도 일삼으며
지옥과 다름없는 곳에서
아이를 낳고
침묵을 깨고자 하고
모든 진실을 전하고자 하며
무한한 의식의 세계를 살다
도주하고
이윽고 늙어서
죽었고
매장되었다.

매장되었다

명명백백한 태양 아래, 세상의 광경은 여전히 그대로다. 아무것도, 거의 아무것도 변하지 않았다. 단지 이곳저곳에 몇 번의 낙반과 찰과상과 눈사태가 있었을 뿐이다. 편평한 벌판은 여전히 편평하고, 산들은 여전히 우뚝 버티고 서서 그 뾰족한 산봉우리를 강철처럼 단단한 하늘에 비벼대고 있다. 그 아래쪽으로는 바다가 여전히 부풀고 둔중하고 불투명한 그 모습 그대로, 작은 물결들을 끊임없이 차례차례 일으키고 있다. 반대쪽 수평선 끝에는 뭉게구름, 혹은 톱니 모양 구름이 떠 있다. 붉은 대지 위에는 무수한 나무들이 뿌리를 박고서, 생생한 이파리들이 달린 말뚝처럼 묵묵히 꼼짝도 않고 서 있었다.

이제 모든 것이 지극히 고요하다. 평온히 휴식을 취하고 있다.

모든 것이 순수함과 질서 속에 모습을 드러내고, 마치 파괴를 일삼거나 멋대로 희망에 빠지는 인간들은 애초에 존재하지 않았던 듯하다. 말들은 사물들 속으로 스며들어가서 한데 뒤섞여버렸다. 그 어느 것도 아무런 말도 하지 않는다. 그 어느 것도 이름이 없고, 큰 소리로 외치지도 않는다. 그런 것이 아니라면, 물질의 각 편린들이 자기 자신의 외침이, 아무런 움직임도 없이 스스로 현존함으로써 힘을 다하여 마음껏 내지르는 자기 자신에 대한 부름이 된 것인지도 모른다. 도처에 그 고함이 틀어박히고, 그 어느 것도 그저 스러져버리지 않는다. 공간 속에 못과 칼 들이 꽂혀 있고 리벳들이 박혀 있는데, 그것들이 뜻하는 바는 명백한 것이, 그 누구도 그 뜻을 이해할 필요가 없기 때문이다. 그 말들은 간략하고 충일하며, 더는 넘쳐흐르지 않고, 덧붙일 수 없다. 그 말들은 감추어져 있고, 더 큰 비밀 속에 들어 있는 또하나의 비밀이다. 또한 시작도 끝도, 기쁨도 고통도, 사랑도 증오도 사라져버리고 그 자체, 그 말들 자체만이 살아서 현존하는 한결같은 고함이기도 하다. 나무! 풍뎅이! 수정! 새! 새! 규석! 금속! 물! 먼지! 바로 이런 식으로 사물들과 생명체들은 모두 함께, 그들의 무언의 속살과 뚫을 수 없는 껍데기가 덮인 살갗으로 말한다.

더이상 아무것도 필요하지 않다. 하지만 더이상 아무것도 하찮지 않다. 대지는 충만하고 완벽하다. 보이지 않는 벽 위에 핀으로 고정된 거대한 지도 위에서, 각각의 것들은 실물 그대로의 크기를 지닌다. 그리하여 실선과 점선들로 이루어진 미로 속을 무작정 헤매고 다닐 수 있는 것이다. 둥근 나무줄기 사이로 미끄러지듯 지나가고 구릉들이 그리는 동심원 둘레를 돌아가볼 수도 있다. 그러면서 지표와 고도와 거리와 깊이를 적어넣을 수 있다. 결코 길을 잃을 염려는 없다. 항상 어디엔가는 존재하는 것이다. 숱한 나날을 여우나 들고양이의 다리로 걸어다닐 수 있다. 갈매기나 독수리의 날개로 허공의 회랑을 따라 미끄러지듯 날아다닐 수 있다. 말라붙은 둔덕과 축축한 진흙 덩어리 속에 두더지의 발톱으로 구멍을 팔 수 있다. 혹은 독사의 몸으로 뜨겁게 달구어진 자갈들 위를 기어다닐 수 있다. 풍뎅이의 날개를 붕붕거리면서 풀잎들을 스치며 쏜살같이 날아갈 수 있다. 달팽이의 촉수로 안개 낀 공간을 더듬어볼 수도 있다. 뿐만 아니라 끈적거리는 실 모양의 훈륜을 이루고서 창백한 물속을 떠다닐 수 있고, 그 이름은 해파리라고 불릴 것이다. 자기 자신의 앞과 밑, 그리고 주변에 항상 무엇인가가 엄연히 존재하는 것이다. 애정과 폭력이 교차하는 벽들, 악취가 풍기는 천장, 소음과 열기로 들끓는 바닥, 눈을 현혹하는 사건들이 언제나 존재한다. 도처에, 그렇다, 도처에 그것들로 이루어진 방이 가로막고 있다. 아무것도 버린 것도, 잃은 것도 없다.

또한 남자들과 여자들도 존재한다. 분지와 늪가에, 그리고 졸졸 흐르는 작은 개울들 양쪽에 걸쳐 너무도 아름다운 이 모든 도시들이 자리하고 있다. 통북투, 니네베, 비잔티움. 멤피스, 렉싱턴, 로스앤젤레스. 아디스아바바. 소포트, 탈린, 무쿨라. 모든 시간, 지금, 모든 시대에 그 누군가가 그곳 어딘가에 있는 것이다. 이를테면 가로등의 기둥이라거나 보도의 튀어나온 모서리 속에 말이다. 보도를 쿵쿵거리는 수백만 번의 발자국소리에 가볍게 울리고 엑스와 제트 자의 홈이 파인 타이어를 달고 내달리는 무수한 자동차들의 무게에 눌려 진동한다. 귀가 먹먹한 소음이 나는 네거리에 서서 세 가지 불빛을 규칙적으로 켜고 끈다. 빨간불, 노란불, 파란불, 빨간불, 노란불, 파란불, 빨간불, 노란불, 파란불, 빨간불, 노란불…… 비슷한 이름들을 가진 모든 길을 걷는다. 사각형 창문이 나 있고, 발이 쳐져 있고, 냉방기가 윙윙거리며 돌아가고, 벽이 베이지색, 회색, 푸른색으로 칠해진 모든 좁은 상자 안에 산다. 사기 세면대 속에 들어앉고, 샤워기 속에 자리를 틀고, 변기 물통의 볼탭 속에 갇혀 있다. 더 무엇이 있을까? 어디에, 어떻게, 왜? 그것은 무얼까? 도시들은 영원히 남아 있을 것이다. 도시들 역시 총체적이고 완전한 언어로 말하고, 도시들이 말하는 바는 진실이다. 돌과 콘크리트로 기록된 그들의 부호들은 지상에 남겨져 있으며, 그 부호들은 아무것도 강요하지 않는다. 건물! 하수도! 도로! 보도! 지붕! 자동차! 안테나! 아스팔트! 빨간불! 파란불! 주차장! 공원! 공장! 포장도로 위에 떨어진 담배꽁초들의 외침, 녹슨 쓰레기통들의 외침, 페인트 더께들의 외침, 휘황찬란한 진열대들의 외침. 그 외침들은 단단하게 응고되고, 스스로를 정비하고, 시멘트 덩어리처럼 한데 모여 굳어진다. 그 외침들은 하늘로 솟아오르지도 않고, 경사진 땅 위를 어슬렁거리지도 않는다. 단지 시간을 초월한 물질로부터 터져나오는 끔찍한 말이 되어 그 상태 그대로 남아 있다.

그리고 각각의 인간의 몸들도 마찬가지로 한순간, 혹은 한평생 당신을 끌고 다닌다. 우리는 그곳에, 저 젊은 여자가 끼고 있는 검은색 색안경의 오른쪽 유리알, 빛이 반사되어 어른거리는 그 유리알 속에 있다. 우리는 푸른색과 붉은색 줄무늬 비단 넥타이 속에, 나일론 셔츠의 빳빳한 옷깃 속에 있다. 우리는 까만 브래지어의 호크 속에, 머리핀 속에, 타탄체크 원피스의 777번 체크무늬 속에 있다. 몸들은 당신을 보이지 않는 아이처럼 품고 다닌다. 당신은 이 반점 속에, 금발 여인의 왼쪽 가슴 아래에, 늙은이 안구의 홍채 속에, 가게 일을 마치고 돌아가는 여인의 갈라져 터진 엄지손가락 속에 있다. 또한 때때로 당신은 어린 소년의 무릎 위에 돋아 있는 무사마귀 속에, 꼽추의 굽은 등 속에, 갑상샘종 환자의 갑상샘 속에, 혹은 암으로 생을 마감할 여인의 시커먼 종양 속에도 있다.

인간 집단은 아마도 영원히 꿈틀거리고 우글거릴 것이다. 한편 그들의 도시들은 수천 개의 벽과 천장과 리놀륨 바닥으로 이루어진 방들이다. 그곳에는 사유도, 행동도, 말도 지니지 않은 물질들의 엉겨붙은 덩어리만이 있을 뿐이다. 그리고 그곳에는 지옥과 천국이 한자리에 존재해서, 어느 한쪽의 세계에서만 살 수는 없다. 열정은 얼어붙고, 게시판과 벽보 위에나 나붙을 뿐이며, 그 어떤 눈길도 받지 못한다. 그러하니 죽을 때까지, 그리고 그후에도 고통스러워하고, 사랑하고, 또 사랑해야 한다. 자신의 이름을 다른 모든 이름들로 고쳐 써서, 영속되는 거대한 시장에 내놓아야 하는 것이다. 그 이름들은 또한 모든 남자들, 모든 여자들의 이름이기도 하다. 그들의 무한한 신원은 또한 수없이 많은 다른 사물들로 명기될 수 있다. 그들의 이름은 이러하다. 바, 해변 식당, 잡화점, 역전 담배, 리알토 극장, 리코르 주점, 로넬레크, 팍스 극장, 정육점, 필립스, 인터플로라, 바클리 은행, 포럼 극장, H. 토머스, 치과의, 카지노, B. P., 메르세데스, 도요타, 에빈루드. 전화. 역. 공항. 조르주 식당, 이발사. 워터먼. 펩시콜라, 위스키. 친차노. 코닥. 고속도로. 끄룽통. 체스터필드. 페루지나. 주의! 미끄러운 길. 주의! 화물차 출입로. 주의! 병원, 정숙. 그 모든 목소리들이 한꺼번에, 네온사인으로, 경적과 사이렌으로,

핏빛 페인트칠로 소리친다. 그러나 그것들이 말하는 바는 이해도, 절망도 빗겨나 있다. 명백한, 명약관화한 사실이다. 말을 잃고 귀가 먹은 물질들만이 빽빽하게 들어차 있어, 아무것도 벗어나지도, 소멸될 수도 없다. 죽음은 그곳에서 사라져버렸다. 아니 그보다는, 여전히 죽음은 그곳에 있지만, 이제는 바닥을 기어다니는 개미들의 움직임만큼도, 그리고 개미귀신이 파놓은 구멍만큼도 무시무시하거나 절대적이지 않다.

그러한 세계로 들어서기 위해서는 매우 오랜 시간이 필요했다. 수 세기에 걸쳐 그 모든 사소한 우연이 필요했다. 하지만 이제 된 것이다. 자신이 살았던 세상을 잊을 수 없다. 그리하여 출구 없는 도면을 가로질러 아주 천천히, 혹은 번개처럼 빠르게 앞으로 나아갈 것이다.

지금의 고요. 지금의 평화. 한편 오랫동안 지속될 전쟁, 무한정 이어져나갈 살육. 모든 이름들과 모든 형체들이 함께 존재한다. 한쪽 수평선에서 다른 쪽 수평선에 이르도록 대지는 진실하다. 시커먼 하늘 속 저 깊은 곳, 허공은 가득 채워져 있고, 별들은 가까이 떠 있다. 태양이 타오르다가 이윽고 꺼진다. 둥근 불덩어리는 미지의 길을 따라 계속 나아가며, 폭발이 폭발을 하고, 탄생이 탄생을 낳고, 죽음이 죽음에 이른다. 이루어지는 모든 것이 단 한순간에, 백만분의 일 초의 오차도 없이 이루어진다. 그 어느 곳에서도 그 무엇도 모습이 드러나 있지 않은데, 모든 것이 그 자체로 충분하기 때문이다. 상상 같은 것은 없다. 아무것도 고립되어 있지 않고, 또한 아무것도 서로 소통되지 않는다.

경계가 불분명한 좁고 촘촘한 정원 속에서, 말라붙은 식물들이 움직임 없이 붙박여 살고 있다. 키 작은 선인장들이 가시들을 세우고 있지만, 아무도 이길 수 없는 전쟁을 위한 것이다. 주변에 초록색 모래가 깔린 거울-호수 속에는 철사로 만든 새 같은 것이 언제나 한쪽 다리로 서 있고, 그것의 진실은 그 이미지로부터 벗어나지 않을 것이다.

아마도 그 진실을 찾으려면, 삿갓을 쓴 납빛의 그 어린 소년 속으로 스며들어가야 할 것이다. 언젠가 그 진실을, 만약 그것이 기록되어야 하는 것이라면, 소년이 내밀고 있는 종이 두루마리에 기록할 수 있기 위해서.

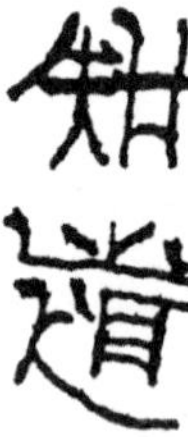

에필로그

자, 이로써 내가 말하고자 했던 바를 거의 모두 한 셈이다. 이제, 당신은 몇 분 내로 책을 덮고서 자리를 떠날 것이다. 당신은 약간 조급한 마음으로 결말까지 남아 있는 마지막 몇 줄을 읽어 나갈 것이다. 지금이 바로 소설이 끝나는 순간, 추리소설 속에서 살인자의 얼굴이 불쑥 솟아오르는 순간이다. 이 순간이 지나면, 당신은 포개진 책장들 위로 두꺼운 종이로 된 표지를 탁 닫고는, 책을 탁자 한쪽에 놓을 것이다. 아니면 당신은 서가 한 귀퉁이, 비슷비슷한 책들 옆에 이 책을 꽂을 것이다. 만일 기차나 배나 비행기를 타고 있다면, 책을 여행가방 속, 신문들과 잡지들 사이에 끼워넣을 것이다. 혹은 바닷가에 있다면, 책을 옷가지들 밑에 밀어넣고서, 더이상 쳐다보지 않을 것이다. 당신은 마치 새로 산 구두가 들어 있던 상자를 다루듯 매우 무심하게 그런 행동을 취할 것이며, 곧 아무런 생각도 하지 않게 될 것이다. 책은 당신의 손을 떠나서도, 종이가 남아 있는 한 계속 존재할 것이다. 인쇄된 활자들이 지워져버리는 것도 아닐 것이다. 백지 위에서 유치하게 멋을 부리고 장식을 한 자잘한 기호들, 숫자들, 대문자들이 찍힌 그대로 존속될 것이다. 그리고 그 활자들은 누에섶이나 홍합들이 사는 갯벌 같은 자기들의 세상에 매달려서 계속 상상의 삶을 살아갈 것이다.

책이라는 흰색과 검은색의 평행육면체 속에는, 그러한 폐쇄되고 은폐된 세계, 이를테면 언어가 지배하는 낙원이 있을 것이며, 이 점은 이 우주 속에서 최소한 한 번쯤은 진실이었을 것이다. 그 별개의 세계는 어쩌면 지긋지긋하고 무시무시한 공간이다. 하나의 삶에서의 몇 시간, 혹은 하나의 문명에서의 몇 번의 경련에 대한 비망록. 대지 위 이곳저곳에서 다른 많은 책들이 펼쳐졌다가 닫혔다. 그 책들 속에 기록된 삶의 동요와 흥분은 그 경계를 넘어서지 않았을 것이다. 사유와 행위는 남는다. 떠나가버리는 것은, 잠시 당신과 책을 연결지어주는 소통로일 뿐이다. 바로 당신 자신이, 운명적인 마지막 페이지를 덮으면서 부지불식간에 이야기의 생명을 끊어버린 것이다. 호메로스가 죽고, 단테와 도스토옙스키와 피란델로가 죽었으며, 매번 그들의 삶을 말소해버린 장본인은 바로 당신이다. 그들은 번번이 납을 단 당신의 구두창 아래, 진흙탕 속에 절망적으로 조금씩 더 깊숙이 처박히며, 짓밟히고, 먼지 부스러기들과 함께 뭉개졌다. 당신이 법, 행복, 우주, 세월, 사랑을 말했을 때마다, 당신이 그들의 살 속에 칼을 박아넣은 것이나 다름없다. 당신이 움직였을 때마다, 당신이 찬물을 한 컵 가득 마시면서 아스피린을 삼켰을 때마다, 당신이 푸줏간에서 시뻘건 고기 한 덩어리를 샀을 때마다, 당신은 그 훼손된 세계에서 또 무엇인가를 제거한 것이다. 미처 깨닫지도 못하고서 살아 있음으로 하여 당신이 만들어낸 그 모든, 이를테면 소설과 시와 영화와 그림 같은 것들은 그들의 피와 살이었던 다른 예술작품들을 말소해버렸을 뿐이다.

책들은 영원하지 못하다. 아무것도 아닌 것, 잠깐 타올랐다가 스러져버리는 불꽃, 약간의 생석회, 벌어진 쓰레기통의 아가리, 혹은 망각, 게다가 책들은 사라져버린다. 넝마주이들은 저녁마다 거리를 돌면서 단조로운 가락을 흥얼거리며 종이를, 항상 더 많은 종이를 찾아다닌다. 여기에서는 책이 기우뚱대는 옷장 다리를 괴고 있고, 저쪽에서는 깨어진 유리창의 틈새를 틀어막고 있다. 빈대가 들끓는 여관의 변소에도 책은 갈고리에 매달려 있으며, 사람들은 드나들면서 신기한 이야기들로 가득한 종잇장을 몇 장씩 잡아뜯는다. 그러니 아직 시간이 있을 때 복수를 하라.

다른 사람들의 글, 교양, 지성이라는 거울을 증오하는 법을 배워라. 그러지 않으면 평화가 있을 수 없기 때문이다. 나의 눈은 당신의 눈과 싸움을 벌이고 있고, 나의 허리와 뼈에게는 그와 유사한 그 육면체의 낯선 물체들이 가장 큰 적이다. 당신의 근육을 단련시켜라. 그리하여 맨손으로 책을 둘, 셋, 넷, 다섯 조각으로 찢을 수 있도록 훈련하라. 거기서 멈추지 말고 책을 계속 해체해서, 훼손된 글자들이 담긴 종잇조각들이 바닥에 수북이 쌓이도록 하라. 그후 여러 색깔의 그 종이 부스러기들을 바람에 날려버리고서, 소설책이 팔랑거리며 한때 자신이 저버렸던 물질 그 자체로 되돌아가는 모습을 지켜보라.

당신은 빠른 속도로 달리는 기차에 올라타 있고, 쇠바퀴에서 전해지는 요동에 몸이 흔들릴 때마다 당신의 머릿속에서는 새로운 생각이 떠오른다. 숨막힐 정도로 뜨거운 공기 속에서, 혹은 부르릉거리며 진동하는 비행기의 동체 속에서 생각이 피어오르고, 땅이 천천히 흔들리다가 수천 미터 멀리까지 무너져내린다. 그것이 곧 단어요, 문장이요, 개념을 갖춘 사유이다. 희뿌연 먼지가 날리는 길거리에서, 개 한 마리가 햇볕 아래 입을 벌리고서 사람들의 다리가 이루는 숲 앞에 앉아 졸고 있다. 그것이 곧 시다. 빗방울이 양철지붕 위로 떨어지며 소리를 내고, 자동차의 와이퍼가 삐걱거리면서 펴졌다 접혔다 한다. 휘어져서 땅 위에 괴어 있는 시, 살아 있는 생물의 뱃속에 들어 있는 시. 굶주린 아이들이 충혈된 눈을 치뜬다. 아이들로서는 너무 큰 얼굴 속에 박힌 생기 잃은 보석과 같은 눈이다. 투명하고 즉각적인 시, 바람처럼 깊고 빛처럼 가벼운 시, 더러운 물웅덩이처럼 넓게 퍼진 시. 혹은 이 빠진 입을 오물거리는 노파가 벽에 바짝 기댄 채 멍청한 시선으로 바라본다. 병사가 진창 속에 무릎을 꿇고 있고, 그의 입에서 피가 천천히 흘러내린다. 그것 역시 마찬가지로 쓰이지 않은 시, 낮은 목소리로 읊조리는 이야기, 또한 꿈으로 꾸는 이야기이다. 도처에, 나의 주위에서뿐만 아니라 당신의 주위에서도, 사람들 모두 낯설고도 친근한 그 시들을 읽는다. 자신들의 몸짓으로 그것들을 기록하고, 자신들의 육체와 욕망으로 아로새긴다.

덮인 책, 아마도 거의 덮인 책 위에서 세상은 파도처럼 끊임없이 부서지고 닳아간다. 따지고 보면, 책 속의 것들은 바깥의 것들보다 덜 중요하다. 한평생에서 하루의 독서가 무슨 의미겠는가? 세상을 뒤덮고 있는 그 무수한, 괴발개발 쓰인 글귀들 속에서 한 줄의 글이 무슨 의미겠는가? 하나의 단어, 하나의 태양, 하나의 문화가 있는 것이 아니다. 도처에 수백만의 사물들이 있다. 어느 곳에든, 이를테면 당신의 시선의 닿는 곳에도 시가 있지 않은가?

당신이 지금까지 읽은 것은, 정말로 내가 쓴 것이 아니다. 어떻게 증명을 해야 할까? 나는 자신이 무슨 연기를 하는지조차 모른 채 연기하는 배우에 지나지 않는다. 내가 여기에 이루어놓은 것은, 너무 강한 바람에 휘말린 각다귀와 같은, 우연히 이루게 된 것이다. 나는 이런저런 말을 했다. 나는 썼다, 압핀, 담배, 사랑, 번민, 나일론, 씨앗. 당신은 읽었다, 지퍼, 팽이, 매력, 여인, 담배, 구름. 우연이 한 치의 어김도 없이 작용하는 중이고, 그 알갱이들은 자기들만의 길을 따라 기계 속으로 부어진다. 하지만 이로써 나는 충분히 말했다. 이제는 당신이 연기를 할 차례이다.

시간과 공간의 드라마, 혹은 삶의 소용돌이

르 클레지오는 2008년에 노벨문학상을 수상했다. 스웨덴 한림원에서는 수상자를 선정하면서 이례적으로 수상 대상작을 거론하지 않았는데, 나는 그의 대표작으로 『조서』(1963)와 『홍수』(1966), 『사랑의 대지』(1967), 그리고 『황금 물고기』(1997)와 『혁명』(2003)을 꼽는다.

발표 연대를 보면 알 수 있듯이, 『사랑의 대지』는 비교적 이른 시기에 쓰인 작품이다. 나는 그의 초기 작품들을 읽으면서, 인간의 자리와 삶의 의미에 대한 전면적인 회의를 발견하곤 한다. 그는 이른바 '카메라-펜'이라고 불리는 문체를 통해, 지극히 일상적인 것들을 순간적이면서 본질적인, 객관적이면서 통찰력 있는 시각으로 포착하고, 그 속에서 각각의 인물은 거의 고행자에 가까운 모습을 충격적으로 보여준다.

충격적이라고 한 이유는, 그 세계 속에 새로운 의미나 가치가 존재하지 않는 상황에서 부재하는 의미를 찾는, 일견 무상하게 여겨지는 몸짓만 남아 있는 듯이 보이기 때문이다. 그 무상한 몸짓은 주위의 모든 것을 향해 끊임없이 반복되는데, 이는 인간이라는 존재가 지니고 있는 본질적인 조건과 구별되지 않는다. 인물의 의식은 한없이 방황하고 배회하며 때로 스스로를 포기하기도 한다. 그의 몸짓, 혹은 그의 의식은 물질문명에 사로잡힌 세상의 어느 곳에서도 뿌리를 내리지 못하고, 오히려 그 의식과 그의 몸짓 자체가 뿌리가 되어, 메마르고 삭막한 흙덩이들, 광물질들 속에서 영양과 수분을 찾아 그 민감하고 무기력한 촉수를 더듬거리는 것이다.

그러한 인물의 의식 앞에서는 당연하거나 자명한 것은 아무것도 없다. 지상에 자리잡고 있는 모든 존재는 물론이고, 시간과 공간 면에서도 당연하게 생각할 수 있는 것은 아무것도 없어서, 그 모든 것이 마치 진공 속에서처럼 부유하거나 한데 얽혀 커다란 소용돌이를 일으킨다. 이렇듯 전적으로 새로운 가치를 추구하려는 시도는 소설 형식상의 미학적 모험으로 이어지는데, 여기에서 우리는 르 클레지오 소설과 이른바 누보로망 계열의 글쓰기를 비교해볼 필요가 있을 것이다.

일반적으로 누보로망은 기존의 모든 이데올로기를 거부하면서 겸허하게, 행동보다는 관찰을 앞세우고, 주관적인 판단을 사실의 확인으로 대체하고, 윤리의 제시보다는 인간에 대한 객관적인 이해를 중요시하여, 주관주의에 빠져들지 않고 새로운 언어와 새로운 형식으로 새로운 의미와 가치를 찾아나서는 데 주력한다고 할 수 있다. 그래서 누보로망 작가들은 전통적인 이야기를 거부하고 감성과 감각의 즉물적인 제시를 통해 이 세계의 전면적인 재구성을 꾀하는데, 그 점에서는 르 클레지오를 누보로망의 연장선상에 올려놓아도 무리가 없다. 그러나 르 클레지오는 일상적인 현실과 의식의 세계를 날과 올로 삼아 인간성에 대한 새롭고도 섬뜩한 진실을 재구성하는 더할 나위 없이 섬세하면서도 혁신적인 감수성을 보여주는데, 누보로망과 구별되는 그의 독창성과 관련하여 탁월한 문학 비평가인 R. M. 알베레스는 이렇게 말했다. "그의 모든 것은 자생적이다. 그러나 그는 스무 살의 나이에, 누보로망과 새로이 등장한 해체된 심리소설이 수렴하는 자리에 위치한다. 그 사이에서 그는 어느 한쪽으로 기울어지는 일이 없이 자신만의 양식, 엄정하면서도 장황하고 자유로우며 기교를 부리지 않는 언어를 창출해낸다. 그리하여 그는 『조서』부터 『사랑의 대지』에 이르면서 삶의 근저를 이루는 내밀하고 막막한 감성을 표현하였다. 그는 사소한 사건들을 통해 조금은 무기력하고 무관심한 개체들을 있는 그대로 포착하는 한편, 그들의 가장 깊숙하고 내밀한 의식을, 그리고 살아 있다는 감각의 기층을 이루는 극히 개인적인 고통과 즐거움이 한데 뒤얽힌 세계를 보여준다."

이제 『사랑의 대지』에 대해 간략하게 살펴보기로 하자. 이 작품은 특히 다양한 울림을 지니고 있어서 여러 가지 방식의 접근이 가능하다. 그중 특히 중요한 특징 중의 하나는, 소설 속에서 전 우주적인 사고와 순간적인 포착이 서로 교직하며 함께 어우러지는 것이 아닐까 한다. 말하자면 시간과 공간이 한없이 작은 점으로 응축되었다가 어느 순간 파열되고 증폭되어서 심지어 시간과 공간의 개념 자체가 사라져버리는 듯한 인상을 주는 것이다.

한 소년이 지상에 태어나서 죽기까지, 그의 의식이 그를 둘러싼 모든 것을 향해 뻗어나가서 더듬거리고 파고들고 때로 부딪치기도 하는 과정을 보여주는 이 소설에서, 특히 시간과 공간의 변환은 중요한 기능을 담당하고 있다.

우선 소설 속의 시간은, 태초 혹은 생명의 근원적인 상태를 연상시키는 시기로부터 197세기까지, 그야말로 광막하게 펼쳐져 있다. 그러나 그 오랜 시간 속으로 주인공의 의식이 자유로이 넘나듦으로써, 그 시간은 단 하루, 혹은 단지 한순간에 불과할 수도 있다는 사실이 드러난다. 늙어버린 어린 소년 샹슬라드가 버스를 기다리면서 젊은 여자에게 독백처럼 늘어놓는 말을 통해 우리는, 소설 속의 모든 이야기가 그의 의식과 감각 속에 새겨졌던 크고 작은 사건들에 대한 기억의 편린들임을 알 수 있다.

소설 속의 공간 역시 시간과 마찬가지로 이동이 자유로우며, 지상의 모든 곳인 동시에 어느 한 지점이기도 하다. 공간의 이동이 시간의 변환과 유기적으로 연관되어 이루어지기 때문이다. 여기에, 프롤로그와 에필로그에서 볼 수 있듯이 작가의 개입이 덧붙여진다. 그리하여 소설 속의 시간과 공간에, 소설가가 소설을 쓰는 시간과 장소, 독자들이 소설을 읽는 시간과 장소가 합쳐지면서, 시공간의 개념이 작품의 테두리 밖으로 넘쳐흐르고, 샹슬라드라는 주인공은 소설가이고 또한 독자 자신이며 나아가 모든 사람이 된다.

이러한 상황은 인칭대명사의 활용을 살펴보아도 확인할 수 있다. 간략하게 말하자면, 각 장마다 서술의 주어가 부정대명사 '사람들on'에서 삼인칭 단수 대명사 '그il'로 바뀌고 또 그 반대의 현상이 일어나는데, 예컨대 "사람들, 이를테면 샹슬라드를 닮은 사람들" 등의 표현을 통해 알 수 있듯이, 전체적인 조망을 해나가다가 어느 순간 한 인물에게 초점을 맞추고, 곧 다시 전체적인 조망으로 옮겨가는 일이 되풀이된다. 이 점에 대해서는, 소설 속의 내용이 한 인간의 이야기인 동시에 모든 인간의 이야기일 수 있다는 의미가 된다. 그런가 하면 삼인칭 주어의 서술 속에 이따금 이인칭 복수 대명사 '당신vous'이 섬처럼 떠오름으로써, 그 인물은 바로 당신 자신에 다름 아니라는 메시지를 내포하고 있다는 점 또한 주목해야 할 것이다.

아울러 여기에서 우리가 놓치지 말아야 할 또 한 가지는, 르 클레지오에게 인간은 식물과 동물과 사물의 중심에 자리잡고서 그것들을 제어하는 이른바 만물의 영장이 아니라, 그것들과 거의 동등한 권리만을 지닌 존재일 따름이라는 사실이다. 즉, 인간은 대지 위에 존재하는 삼라만상 속의 한 단자일 뿐이며, 소설 속에서는 단지 그 모든 존재 중에서 인간이라는 존재가 선택되어 다루어질 따름이다. 따라서 지상에 존재하는 모든 것이 소설 속에서 한데 뒤얽히고, 특히 그 인물의 의식은 그것들로부터 결코 자유로울 수 없는데, 그 결과 우리는 마침내 '인간'을 바라보는 새로운 시각을 얻을 수 있다.

결론적으로 말해서, 영원이자 순간이며 동시에 우리가 글을 쓰고 글을 읽는 현재로서의 '시간', 지상의 모든 곳이면서 동시에 어느 한곳으로서의 '공간', 그리고 사물이자 인간이며 모든 인간이면서 어느 한 인물이고 바로 당신 자신이기도 한 '존재', 이러한 것들의 총체적인 구현이 곧 이 소설이 의도하는 바라고 할 수 있다. 그것들이 하나로 혼효되어 가히 환상적인 드라마를 이루는 이 소설은 의미와 무의미가 한데 맞물려 소용돌이치는 삶 그 자체다. 그 소용돌이 속에서야말로, 죽음과 삶, 존재와 부재, 도시와 사막, 인간과 사물, 더 나아가 말과 생각, 행동과 사유, 읽기와 쓰기 등 모든 이분법적 사고가 무화되면서, 긍정적 전망을 위한 전면적 회의가 시발되고 있다고 할 수 있을 터이다.

다소 어지러운 원고를 꼼꼼히 살펴서 온전히 바로잡아주신 문학동네의 편집부에 깊이 감사를 표한다.

번역 대본으로는 1967년 갈리마르 출판사에서 출간된 『사랑의 대지Terra Amata』를 사용하였음을 밝혀둔다.

최수철

J. M. G. 르 클레지오 연보

1940년 4월 13일, 모리셔스 태생의 영국인 아버지와 프랑스인 어머니 사이에 프랑스 니스에서 태어남.

1948년 아프리카 주둔 군의관이었던 아버지를 만나기 위해 어머니와 형과 함께 나이지리아로 이주.

1949년 니스로 귀향. 이듬해 아버지도 니스로 이주.

1958년 마세나 중고등학교 졸업 후 영국 브리스톨 대학에서 유학.

1960년 런던에서 마리로잘리와 결혼. 이듬해 딸 출생.

1963년 니스 소재의 대학에서 학사학위 취득. 첫 장편소설 『조서*Le procès-verbal*』로 르노도상 수상.

1964년 앙리 미쇼 연구로 엑상프로방스 대학에서 석사학위 취득.

1965년 소설집 『열병*La fièvre*』 출간.

1966년 장편소설 『홍수*Le déluge*』 출간.

1967년 태국에서 군 복무 시작. 곧 멕시코로 전출됨. 장편소설 『사랑의 대지*Terra amata*』, 에세이 『물질적 법열*L'extase matérielle*』 출간.

1969년 장편소설 『도피의 서*Le livre des fuites*』 출간.

1970년 장편소설 『전쟁*La guerre*』 출간. 1974년까지 파나마 체류.

1971년 에세이 『아야*Haï*』 출간.

1972년 발레리 라르보 상 수상.

1973년 『거인들*Les géants*』 출간.

1975년 소설집 『저편으로의 여행*Voyages de l'autre côté*』 출간. 모로코 출신의 제미아와 두번째 결혼. 1977년과 1982년에 두 딸 출생.

1977년 미국 뉴멕시코주 앨버커키에서 프랑스 문학 교습.

1978년 소설집 『몽도와 그 밖의 이야기들*Mondo et autres histoires*』, 에세이 『지상의 미지인*L'inconnu sur la terre*』 출간.

1980년 장편소설 『사막*Désert*』 출간. 아카데미 프랑세즈가 수여하는 폴 모랑 문학대상 수상. 에세이 『성스러운 세 도시*Trois villes saintes*』 출간.

1982년 소설집 『원무, 그 밖의 다양한 사건사고*La ronde et autres faits divers*』 출간.

1985년 장편소설 『금을 찾는 사람*Le chercheur d'or*』 출간.

1986년 장편소설 『로드리게스 여행*Voyage à Rodrigues*』 출간.

1988년 에세이 『멕시코의 꿈과 중단된 사유*Le rêve mexicain ou la pensée interrompue*』 출간.

1989년 소설집 『봄, 그리고 매혹의 계절들*Printemps et autres saisons*』 출간.

1991년 장편소설 『오니샤*Onitsha*』 출간.

1992년 장편소설 『떠도는 별*Étoile errante*』 『파와나*Pawana*』 출간.

1993년 에세이 『디에고와 프리다*Diego et Frida*』 출간.

1994년 〈리르〉지에서 살아 있는 가장 위대한 프랑스 작가로 선정.

1995년 장편소설 『격리*La quarantaine*』 출간.

1996년 장편소설 『황금 물고기*Poisson d'or*』 출간.

1997년 『노래가 넘치는 축제*La fête chantée*』 출간. 장 지오노 상 수상.

1998년 모나코 피에르 대공 문학상 수상.

1999년 소설집 『우연*Hasard: suivi de Angoli Mala*』 출간. 아내 제미아와 함께 쓴 여행 에세이 『하늘빛 사람들*Gens des nuages*』 출간.

2000년 소설집 『타오르는 마음*Coeur brûle et autres romances*』 출간.

2001년 대산문화재단과 주한 프랑스 대사관이 주최한 한불 작가교류 행사로 한국 방문.

2003년 장편소설 『혁명*Révolutions*』 출간.

2004년 장편소설 『아프리카인*L'Africain*』 출간.

2006년 장편소설 『우라니아*Ourania*』, 에세이 『라가—보이지 않는 대륙에 가까이 다가가기*Raga. approche du continent invisible*』 출간.

2007년 에세이 『발라시너*Ballaciner*』 출간. 한국 이화여자대학교 통역번역대학원 초빙교수로 강의.

2008년 장편소설 『허기의 간주곡*Ritournelle de la faim*』 출간. 스티크 다게르만 상 수상. 노벨문학상 수상.

2011년 소설집 『발 이야기 그리고 또다른 상상*Histoire du pied et autres fantaisies*』 출간.

2014년 소설집 『폭풍우*La tempête*』 출간.

2017년 장편소설 『알마*Alma*』 출간.

2018년 장편소설 『빛나, 서울 하늘 아래*Bitna, sous le ciel de Séoul*』 출간.

지은이 **J. M. G. 르 클레지오**
'현대 프랑스 문단의 살아 있는 신화'라 불리는 작가. 1940년 프랑스 니스에서 태어났다. 1963년 스물셋의 나이에 첫 작품 『조서』로 프랑스의 권위 있는 문학상인 르노도상을 수상하며 화려하게 데뷔했다. 1980년 『사막』으로 아카데미 프랑세즈 폴 모랑 문학대상을 수상했고, 2008년 노벨문학상을 수상했다. 주요 작품으로는 『황금 물고기』 『우연』 『타오르는 마음』 『아프리카인』 『허기의 간주곡』 『라가—보이지 않는 대륙에 가까이 다가가기』 『발 이야기 그리고 또다른 상상』 『원무, 그 밖의 다양한 사건사고』 등이 있다.

옮긴이 **최수철**
1958년 춘천 출생. 서울대학교 불어불문학과 및 동 대학원을 졸업했다. 1981년 조선일보 신춘문예 소설 부문에 「맹점」이 당선된 후, 창작집 『공중누각』 『화두, 기록, 화석』 『분신들』 『몽타주』, 장편소설 『벽화 그리는 남자』 『불멸과 소멸』 등을 출간했다. 윤동주문학상, 이상문학상, 김유정문학상을 수상했으며, 르 클레지오의 『황금 물고기』 『매혹』 『우연』 『타오르는 마음』을 우리말로 옮겼다. 한신대학교 문예창작과 교수로 재직중이다.

문학동네 세계문학
사랑의 대지

초판 인쇄 2019년 3월 4일 | 초판 발행 2019년 3월 14일

지은이 J. M. G. 르 클레지오 | 옮긴이 최수철 | 펴낸이 염현숙

책임편집 김미혜 | 편집 양재화 홍상희 이현정
디자인 고은이 이원경 | 저작권 한문숙 김지영
마케팅 정민호 정진아 함유지 김혜연 박지영 김수현 | 홍보 김희숙 김상만 이천희
제작 강신은 김동욱 임현식 | 제작처 영신사

펴낸곳 (주)문학동네
출판등록 1993년 10월 22일 제406-2003-000045호
주소 10881 경기도 파주시 회동길 210
전자우편 editor@munhak.com | 대표전화 031) 955-8888 | 팩스 031) 955-8855
문의전화 031) 955-8862(마케팅) 031) 955-8860(편집)
문학동네카페 http://cafe.naver.com/mhdn | 트위터 @munhakdongne
북클럽문학동네 http://bookclubmunhak.com

ISBN 978-89-546-5546-0 03860

www.munhak.com

새로운 출발·시적 모험·관능적인 희열
현대 프랑스 문단의 살아 있는 신화

2008 노벨문학상 수상 작가
J. M. G. 르 클레지오의 대표 걸작
NOBEL PRIZE IN LITERATURE 2008

홍수 신미경 옮김

"저 소리가 들리나? 이 도시에 곧 홍수가 날 거야……"
숨겨진 진실을 찾아 도시를 방황하는 반영웅 프랑수아 베송. 현대 도시문명을 응시하는 그의 예지자적 시선과 필사의 투쟁, 그리고 오이디푸스적 전락이 홍수 같은 언어로 그려진다.

사막 홍상희 옮김

"자유로 가는 길은 끝이 없었다."
침묵, 바람, 사막 민족의 강인한 생명력, 그들의 역사를 웅숭깊게 표현해낸 르 클레지오의 대서사. 사하라사막의 투사인 청색인간, 그리고 그들의 후예인 주인공 랄라의 삶을 통해 문명사회의 불모성을 비판한다. 아카데미 프랑세즈 폴 모랑 문학대상 수상작.

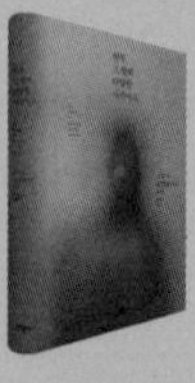

원무, 그 밖의 다양한 사건사고 윤미연 옮김

"사람을 취하게 하고 살짝 미치게 만드는 건 바로 빛이다."
고독의 공포, 억압, 불평등 등 비참한 현재를 벗어나려 불행의 둘레를 내달리는 인물들. 한 사회의 '사건사고'로 표백되는 개인의 처절한 비극 속 빛의 파편을 좇는 끝없는 원무. 우리 시대의 황량하고 쓰라린 단면은 르 클레지오의 펜 끝에서 아름답고 몽환적인 시가 된다.